잃어버린 시간을
찾아서 1

스완네 집 쪽으로 1

À LA RECHERCHE DU TEMPS PERDU
Du côté de chez Swann

잃어버린 시간을 찾아서 1

스완네 집 쪽으로 1

마르셀 프루스트 김희영 옮김

민음사

가스통 칼메트*에게

깊은 감사와 우정의 표시로 이 책을 바칩니다.

마르셀 프루스트

---

* Gaston Calmette(1858~1914). 1900년부터 프랑스《르 피가로》편집주간으로
활동했다. '콩브레' 요약본은 1912년에서 1913년 사이 4회에 걸쳐《르 피가로》
에 실렸다.

일러두기

1 이 책은 Marcel Proust의 *Le Temps retrouvé, A la recherche du temps perdu* (Gallimard, "Bibliotheque de la Pleiade", 1989)를 번역했다. 그리고 주석은 위에 인용한 책과 *Le Temps retrouvé*(Gallimard, Collection Folio, 1990), *Le Temps retrouvé*(Le Livre de Poche, 1993), *Le Temps retrouvé*(GF Flammarion, 2011)를 참조하여 역자가 작성했다. 주석과 작품 해설에서 각 판본은 플레이아드, 폴리오, 리브르드포슈, GF-플라마리옹으로 구분하여 표기했다.

2 총 7편으로 이루어진 프루스트의 『잃어버린 시간을 찾아서』를 원고의 길이와 독서의 편의를 고려하여 13권으로 나누어 편집했다. 1편 「스완네 집 쪽으로」(1, 2권), 2편 「꽃핀 소녀들의 그늘에서」(3, 4권), 3편 「게르망트 쪽」(5, 6권), 4편 「소돔과 고모라」(7, 8권), 5편 「갇힌 여인」(9, 10권), 6편 「사라진 알베르틴」(11권), 7편 「되찾은 시간」(12, 13권)

3 작품명 표기에서 단행본은 『 』, 개별 작품은 「 」, 정기간행물은 《 》로 구분했다.

화자의 가족

화자 나라고 말하며 나이도 이름도 밝히지 않으나(「갇힌 여인」에서 알베르틴이 프루스트의 세례명인 마르셀이란 이름을 호명하고 암시한 두 번의 경우를 제외하고) 책 읽기를 좋아하며 장차 작가가 되기를 열망한다.

아버지 세속적 야심이 많으며 사회적 지위도 꽤 높다. 기상학에 관심이 있다.

어머니 남편과 자식밖에 모르는 헌신적인 여인이다. 병약한 자식 교육 문제로 가끔은 남편과 대립하지만 남편 말에 절대적으로 복종한다.

할아버지(아메데) 화자의 외할아버지로 아돌프 작은할아버지의 형님이다. 유대인 스완과 친구이며 술을 좋아하여 할머니 마음을 아프게 한다.

할머니(바틸드) 화자의 외할머니로 딸과 손자를 지극히 사랑한다. 세비네 부인의 편지를 즐겨 인용하며 성심학교 시절 친구 빌파리지 부인과 친교를 맺는다.

아돌프 작은할아버지 자유분방한 생활 태도로 화자의 가족과 마찰을 빚는다. 불시에 방문한 화자에게 화류계 여인인 '분홍빛 드레스 여인,' 즉 미래의 스완 부인 오데트를 소개해 주어 화자의 가족과 결별한다.

고모할머니 할아버지의 사촌동생이자 콩브레 집의 주인으로 레오니 아주머니의 어머니다. 권위적이고 속되며 무례한 인물로 화자의 할머니를 괴롭힌다.

레오니 아주머니 남편 옥타브가 죽은 후에 자기 방과 자기 침대를 떠나지 않으며 동네 사람들의 이야기로 양분을 취하는 괴팍한 인물이다.

이모할머니(셀린과 플로라) 외할머니의 동생들로 완곡법으로 말하기를 즐긴다.

누구나 한번은 이 이상한 가계도에 놀란다. 삼대가 한 집에 살 뿐만 아니라 할아버지의 사촌과 할머니의 자매가 함께 사는 가족 형태, 게다가 작품에서 한 번도 외가인지 친가인지를 명시하지 않아 할아버지 쪽은 친가, 할머니 쪽은 외가라는 느낌을 주는 것도 부정할 수 없는 사실이다. 이런 혼돈과 모순은 외가가 살았던 파리 근교 오퇴유(Auteuil)와 아버지의 여동생 아미오 고모가 살았던 일리에(Illiers)를 추억 속에서 뒤섞어 콩브레라는 한 허구적인 마을을 만들어 낸 데에서 연유하기도 하지만, 어머니와 할머니의 그 애절한 모녀 관계는 이런 모든 모순을 압도하며 콩브레가 원천적으로 모계사회임을 말해 준다고 한 연구가는 지적한다.

그 밖의 인물들

스완 부유한 증권 중개인 아들로 콩브레에서는 할아버지의 절친하고 소박한 이웃 친구로 등장하나 실은 우아하고 세련된 사교계의 총아로 게르망트 공작 부인 사단에 속한다. 오데트라는 한 화류계 여인을 사랑하면서 긴 질투의 소용돌이에 사로잡힌다.

질베르트 스완과 오데트의 딸로 화자의 첫사랑이다. 콩브레 산사나무 옆에서 처음 만나 샹젤리제에서 사랑을 꽃피우는 화자의 유년시절 친구다.

블로크 화자의 유대인 친구로 이해타산에 밝으며 거창한 화법을 구사한다. 무례한 태도로 가족들을 화나게 하지만 화자의 문학 취향에 영향을 준다.

베르고트 화자의 정신적 멘토로서 서정적이고 관념적인 글을 쓴다. 화자는 어린 시절 이런 베르고트의 글을 읽으며 작가의 꿈을 키운다. 소설가의 전형으로 등장하는 이 인물의 모델로는 아나톨 프랑스와 존 러스킨이 거론된다.

프랑수아즈 레오니 아주머니의 요리사였다가 나중에는 화자의 집에서 일한다. 예스러운 말투와 특이한 어법으로 화자에게는 프랑스를 표상한다. 주인에게는 헌신적이나 자기보다 못한 부엌 하녀와 욀랄리에게는 잔인하다

부엌 하녀 임신한 모습이 조토의 '자비'와 흡사하며 프랑수아즈의 가혹한 시달림을 받는다.

욀랄리 다리를 저는 노처녀 할멈으로 레오니 아주머니에게 동네 이야기를 전해 주는 임무를 맡는다. 프랑수아즈의 강력한 라이벌이다.

주임 신부 콩브레 성당의 신부로 어원학에 조예가 깊다.

테오도르 성당 관리 일을 도와주는 성가 대원이자 식료품 가게 점원이다.

르그랑댕 파리의 엔지니어로 주말마다 콩브레에서 지낸다. 은둔자인 척하나 실은 사교계를 선망하는 속물이다.

뱅퇴유 화자의 이모할머니들의 옛 피아노 선생으로 아내가 죽은 후 은퇴하여 딸과 함께 몽주뱅에 산다. 사후에 위대한 작곡가임이 드러나는 이 인물의 모델로는 세자르 프랑크, 클로드 드뷔시, 가브리엘 포레, 카미유 생상스, 뱅상 댕디가 거론된다.

뱅퇴유 양 뱅퇴유의 딸로 여자 친구와 함께 아버지 모독 의식에 참여하나 선한 인물이다.

페르스피에 콩브레 의사로 화자는 그의 마차를 타고 가다 처음으로 마르탱빌 종탑을 바라보며 글쓰기에 대한 욕망을 느낀다.

빌파리지 후작 부인 게르망트 공작의 고모로 화자의 할머니와 성심학교 친구이다. 화자의 게르망트 가 진입을 가능하게 한 인물이다.

게르망트 공작 부인(오리안) 시아버지가 돌아가시기 전까지는 롬 대공 부인이었다가 나중에 게르망트 공작 부인이 된다. 남편인 게르망트 공작과는 사촌 사이로 메로빙거 왕조까지 거슬러 올라가는 오래된 가문의 광휘로 오랫동안 화자의 몽상을 지배한다.

베르뒤랭 부인 신분이 불분명하고 막대한 부를 소유한 부르주아 여인으로 예술의 진정한 후원자임을 자처하나 유일한 야심은 게르망트 부인처럼 파리 사교계 여왕이 되는 것이다. 귀족 계급에 대한 배타적인 증오와 숭배를 동시에 구현한다. 나중에 게르망트 대공 부인이 된다.

오데트 화류계 여인으로 보티첼리 벽화에 나오는 여인과 흡사하여 스완을 매혹한다. 스완의 질투를 유발하고 끝내는 스완과 결혼하는 데 성공하여 뭇 남성들의 시선을 한 몸에 받으며 불로뉴 숲을 산책한다.

코타르 살롱 단골손님으로 처음에는 남의 말을 곧이곧대로 믿는 순진한 얼간이지만 후에는 파리의 저명한 의사가 되며 관용어 사용에도 놀라운 발전을 보인다.

코타르 부인 베르뒤랭 부인 살롱의 단골손님으로 비슈 선생의 현대적인 그림은 이해하지 못하지만 마샤르와 같은 대중 미술은 좋아한다. 자신보다는 남편을 먼저 생각하는 선량한 여인이다.

브리쇼 살롱의 단골손님으로 현학적인 대학교수의 표징이다.

비슈(엘스티르) 베르뒤랭 살롱을 드나들던 시절에는 '비슈 선생'이었으나 훗날 화자가 발베크에서 만날 때는 엘스티르로 불린다. 화가의 전형인 이 인물의 모델로는 귀스타브 모로, 클로드 모네, 장 르누아르, 휘슬러 등이 거론된다.

포르슈빌 후작 오데트가 스완의 질투를 북돋우기 위해 베르뒤랭 부인 살롱에 새로이 끌어들인 천박한 인물이다.

사니에트 포르슈빌 백작과 동서 사이로 훌륭한 고문서 학자이나 소심하고 순진한 성격 탓에 베르뒤랭 부인 살롱에서 제명된다.

샤를뤼스(팔라메드) 스완의 친구로 게르망트 공작의 동생이다. 메메라는 애칭으로 불리며 지성이 뛰어나지만 충동적인 기행을 일삼는다. 「소돔과 고모라」에 이르면 조끼 짓는 재봉사 쥐피앵과 동성애 관계임이 드러난다.

게르망트 공작(바쟁) 롬 대공이었으나 부친 사망 후 게르망트 공작이 된다. 엄청난 부와 명성을 지녔지만 타고난 바람기로 아내의 마음을 아프게 한다.

생퇴베르트 후작 부인 명문 귀족으로 음악가들을 자주 초대하여 파티를 베푼다. 이 부인이 주최한 파티에서 스완은 뱅퇴유 소나타를 듣고 오데트에 대한 사랑이 끝났음을 깨닫는다.

캉브르메르 부인 르그랑댕의 여동생으로 노르망디 귀족과 결혼하여 후작 부인이 된다. 생퇴베르트 부인 연회에 시어머니와 참석하여 스완의 관심을 끈다.

1부

⬿

콩브레

1

오랜 시간,* 나는 일찍 잠자리에 들어 왔다. 때로 촛불이 꺼지자마자 눈이 너무 빨리 감겨 '잠이 드는구나.'라고 생각할 틈조차 없었다. 그러다 삼십여 분이 지나면 잠을 청해야 할 시간이라는 생각에 잠이 깨곤 했다. 그러면 나는 여전히 손에 들고 있다고 생각한 책을 내려놓으려 하고 촛불을 끄려고 했다. 나는 잠을 자면서도 방금 읽은 책에 대해 끊임없이 생각했는데, 그 생각은 약간 특이한 형태로 나타났다. 마치 나 자신이

---

* 여기서 '오랜 시간'으로 옮긴 '오랫동안(longtemps)'이라는 부사는 '오랜(long)'과 '시간(temps)'의 합성어로, 『잃어버린 시간을 찾아서』의 맨 마지막 단락이 '시간 속에서(dans le Temps)'라는 점에서 작품의 의미론적, 순환적 양상과 밀접한 관계가 있으며, 또 '오랜 시간' 다음에 사용된 쉼표가 '들어 왔다'라는 복합과거에 의한 구어체 문장에 문어체 양상을 부여한다는 점에서 프루스트 문장의 특징을 보여 준다. 오랜 시간 불면에 시달리며 잃어버렸던 시간을 풍요롭고 창조적인 시간으로 바꾸는 것, 바로 이것이 이 작품의 주제다.

책에 나오는 성당, 사중주곡, 프랑수아 1세와 카를 5세와 경쟁 관계라도 되는 것 같았다.* 이 믿음은 잠에서 깨어난 후에도 몇 초 더 지속되어 내 이성에 거슬리지는 않았지만, 내 눈을 비늘처럼 무겁게 짓눌러 촛불이 꺼졌다는 사실조차도 알아차리지 못하게 했다. 그러다 이 믿음은 윤회설에서 말하는 전생에 대한 상념처럼 전혀 이해할 수 없는 것이 되어 버렸다. 책의 주제는 나로부터 떨어져 나가, 나는 마음대로 책의 주제에 전념하거나 전념하지 않을 수 있게 되었다. 이내 시력을 회복한 나는 주위의 어둠에 놀랐다. 내 눈에 부드럽고도 아늑한 어둠은, 내 정신에는 아무 이유도 없는, 이해할 수 없는, 정말로 모호하기만 한 그 무엇으로 느껴졌다. 몇 시나 되었을까 하고 생각했다. 기적 소리가 들렸다. 그 소리는 점점 멀어져 가더니, 마치 숲 속에서 우는 새의 노래마냥 거리감을 드러내면서, 나그네가 다음 역을 향해 발걸음을 서두르는 그 황량한 들판의 넓이를 그려 보였다. 그가 따라가는 오솔길은 새로운 장소, 익숙하지 않은 행동, 밤의 침묵 속에 늘 따라다니는, 낯선

---

* 프랑수아 1세(1494~1547)는 루이 12세의 뒤를 이어 프랑스 국왕을 지냈으며 독일 황제 카를 5세와 삼십 년 동안 전쟁을 하면서도 예술을 보호하고 장려하였다. 카를 5세(1500~1558)는 독일 황제이자 스페인 왕으로 독일-오스트리아라는 거대한 제국을 이끌면서 프랑수아 1세와 삼십 년 동안 전쟁을 한 것으로 유명하다. 이처럼 『잃어버린 시간을 찾아서』는 책의 탄생과 더불어 시작된다. 이 문단에서 말하는 성당, 사중주곡, 경쟁 관계는 곧 콩브레의 성당과 뱅퇴유의 음악, 프랑수아즈와 스완(샤를), 또는 샤를뤼스의 경쟁 관계를 가리키는 것으로, 책이 곧 삶이고 삶이 곧 책인, 즉 『잃어버린 시간을 찾아서』가 허구와 실재의 경계가 더 이상 존재하지 않는 작품임을 말해 준다.

램프 불 밑에서 나누었던 얼마 전의 대화와 작별 인사, 임박한 귀가의 감미로움에서 오는 흥분으로 그의 추억 속에 아로새겨질 것이다.

나는 어린 시절 뺨처럼 팽팽하고 싱그러운 베개에다 뺨을 갖다 대었다. 시계를 보려고 성냥을 켰다. 곧 자정이다. 여행을 떠날 수밖에 없었던 환자가 낯선 호텔 방에서 잠이 들었다가 갑작스러운 통증으로 깨어나 문 아래로 스며든 한 줄기 햇살을 보고 기뻐하는 순간이다. 얼마나 다행인가, 벌써 아침이라니! 곧 종업원들이 일어날 테고 종을 울릴 수 있고, 그러면 누군가가 와서 보살펴 주겠지! 고통을 덜 수 있다는 희망이 아픔을 견뎌 낼 용기를 준다. 그때 마침 발자국 소리가 들리는 것 같았다. 발자국 소리는 가까이 다가오더니 이내 멀어진다. 문 아래 보이던 빛줄기도 사라졌다. 자정이다. 가스등의 불도 방금 꺼졌다. 마지막으로 남아 있던 종업원도 떠났고, 그는 밤새 아무런 처방도 없이 고통에 시달려야 한다.

다시 잠이 들었다. 이따금 나는 아주 짧은 순간, 나무 벽판이 규칙적으로 삐걱대는 소리를 듣거나, 어둠의 만화경을 응시하려고 눈을 뜨거나, 아니면 의식의 일시적인 빛 덕분에 수면을 음미하는 그런 순간에 잠에서 깨어났다. 그때 가구며 방이며 모든 것은 잠 속에 잠겨 있었고, 그 작은 부분에 불과한 나 역시 무감각한 잠의 세계와 하나가 되려고 이내 그 속으로 빠져 들어갔다. 또는 잠을 자면서, 영원히 돌아오지 않을 내 원초적인 삶의 시기로 금세 되돌아가, 작은할아버지*가 내 곱슬머리를 잡아당기던 어린 시절 공포를 떠올리기도 했다. 이 공포는 곱슬머리를 잘라 주던 날 사라졌는데, 그날은 내게 있어서 새로운 시대가 시작된 날이었다. 잠을 자는 동안 나는 그 일을 잊고 있었지만, 할아버지 손에서 빠져나가려고 용케 잠에서 깨어나는 순간 추억이 되살아났다. 그래도 난 신중을 기하기 위해 꿈의 세계로 되돌아가기 전에 머리를 완전히 베개로 감쌌다.

때로는 아담의 갈비뼈에서 하와가 태어나듯이, 내가 잠자는 동안 한 여인이 잘못 놓인 내 넓적다리에서 태어나기도 했다. 그 여인은 내가 맛보려는 쾌락에 의해 만들어졌는데도, 난 그녀가 내게 쾌락을 준다고 상상했다. 내 몸은 그녀의 몸 속에서 열기를 느꼈고, 난 그 몸과 하나가 되려고 하다가 잠에서 깨어났다. 방금 헤어진 여인에 비하면 나머지 다른 사람들은 아주 멀리 있는 듯 보였다. 내 뺨은 그녀의 입맞춤으로 아직 뜨거웠고, 내 몸은 아직도 그녀의 몸무게로 뻐근했다. 가끔 있는 일이지만, 그녀가 만약 내가 아는 여인의 모습이기라도 하면, 난 그녀를 찾기 위해 내 모든 것을 바치려 했다. 마치 욕망하는 도시를 자신의 눈으로 직접 보려고 여행을 떠나면서 몽상의 매혹을 현실에서 맛볼 수 있다고 생각하듯이. 조금씩 그녀에 대한 추억은 사라졌고 나는 꿈속의 소녀를 망각했다.

잠든 사람은 자기 주위에 시간의 실타래를, 세월과 우주**

---

* 마르셀의 외할아버지 동생으로, 나중에 '아돌프 작은할아버지(oncle Adolphe)' 라고 불리는 인물이다.

** 여기서 우주라고 옮긴 이 mondes라는 표현은 프루스트가 공상과학 소설가

의 질서를 둥글게 감고 있다. 잠에서 깨어나면서 본능적으로 그 사실을 생각해 내기 때문에 자신이 현재 위치한 지구의 지점과, 잠에서 깨어날 때까지 흘러간 시간을 금방 읽을 수 있다. 그러나 그 순서는 뒤섞일 수 있으며, 끊어질 수도 있다. 불면증에 시달리며 평상시와는 아주 다른 자세로 책을 읽다가 잠이 들면, 팔만 들어 올려도 태양을 멈추게 하고 뒷걸음치게 할 수 있다. 그래서 잠에서 깨어나는 처음 순간, 그는 시간을 알지 못하고, 자신이 방금 잠든 것이라 생각한다. 그 자세가 평상시와 다르고 장소도 다를 경우, 이를 테면 저녁 식사가 끝난 후 안락의자에서 잠이 들기라도 하면, 그 혼란은 궤도를 이탈한 세계에서 더 극심해져, 마술 의자가 전속력으로 그를 시간과 공간 속으로 여행하게 할 것이며, 그리하여 눈을 뜨는 순간 그는 자신이 몇 달 전에 다른 나라에서 잠이 들었다고 생각할 것이다. 그러나 나는 내 침대에서도 깊은 잠이 들었고, 정신의 긴장을 풀기에도 충분했기 때문에, 내 정신은 잠이 든 장소에 대한 모든 감각을 상실했다. 한밤중에 잠에서 깨어날 때 나는 내가 어디 있는지 알지 못했으므로, 처음엔 내가 누구인지도 알지 못했다. 내겐 동물 내부에서 꿈틀거리는 생존에 대한 지극히 단순한 감정만 있었을 뿐, 아니, 동굴 속에서 살았던 사람들보다도 더 헐벗은 존재였다. 그러자 추억이, 현재 내가 있는 곳에 대한 추억이 아니라, 내가 살았던 곳, 혹은 내가 살았을지도 모르는 곳에 대한 추억이 저 높은 곳에서부터 구

조지 웰스의 『우주 전쟁』에서 영감을 받은 데에 연유한다.

원처럼 다가와 도저히 내가 혼자서는 빠져나갈 수 없는 허무로부터 나를 구해 주었다. 한순간에 나는 몇 세기의 문명을 건너뛰었고, 어렴풋이 보이는 석유 램프와 깃 접힌 셔츠의 상이 차츰차츰 내 자아의 본래 모습을 재구성해 나갔다.

아마도 우리 주위 사물의 부동성은 그것이 다른 어떤 것이 아니라 바로 그 사물이라는 확신에서, 그리고 그 사물과 마주한 우리 사유의 부동성에서 연유하는지도 모른다. 이처럼 잠에서 깨어날 때, 항상 내 정신은 내가 어디 있는지 알려고 뒤척거리지만 결국 알지 못한 채, 사물이며 고장이며 세월이며 이 모든 것이 어둠 속에서 내 주위를 빙빙 돌았다. 아직도 잠으로 마비되어 꼼짝할 수 없는 내 몸은 피로의 형태에 따라 팔다리의 위치를 알아내고, 거기서 벽의 방향과 가구의 위치를 추정하여 현재 내 몸이 놓인 곳을 재구성하고 이름을 불러 보려고 애썼다. 몸의 기억, 즉 갈비뼈와 무릎과 어깨의 기억이, 예전에 그 몸이 잤던 여러 방들을 차례차례 보여 주었고, 반면 내 몸 주위에는 눈에 보이지 않는 벽들이 상상 속에서 그려 본 방 형태에 따라 자리를 이동하며 어둠 속을 맴돌았다. 그러다 시간과 형태의 문턱에서 망설이는 내 생각이 그 방을 식별하려고 여러 상황들을 연결하는 동안, 내 몸이 먼저 그 방을 기억해 냈다. 침대 종류라든가 문들의 위치, 창문의 채광, 복도의 존재, 그리고 내가 그 방에서 잠들면서 또는 깨어나면서 했던 생각들까지도 기억해 냈다. 내 마비된 옆구리는 자신의 위치를 알아보려고 애쓰다가 커튼 달린 커다란 지붕 모양 침대에서 벽을 향해 누워 있는 모습을 떠올렸다. 그

즉시 난 "이런, 엄마가 저녁 키스를 하러 오지 않았는데도 그만 잠이 들었네."라고 중얼거렸는데, 그때 나는 이미 오래전에 돌아가신 시골 할아버지 댁에 있었다. 그리고 내 정신이 결코 망각해서는 안 되는 과거의 충실한 수호자인 내 몸, 그 깔고 누운 옆구리는 아주 오래전 콩브레*의 조부모님 댁, 내 방 천장에 가느다란 사슬로 매달아 놓은 항아리 모양 보헤미아산 유리로 만든 야등의 불꽃과 시에나산 대리석 벽난로를 상기시켜 주었다. 이런 오래전 일들을 정확하게 그려 볼 수는 없지만, 그래도 그것들이 지금 내 앞에 있는 것처럼 느껴져, 조금 후에 잠에서 완전히 깨어날 때면 더 뚜렷이 생각날 것이다.

새로운 자세에 대한 기억이 떠올랐다. 벽은 다른 방향을 향해 달려갔다. 나는 생루 부인**의 시골 저택에 있는 내 방에 있었다. 아! 벌써 10시가 되었으니 저녁 식사가 이미 끝났겠구

---

* 콩브레의 집은 프루스트의 외할아버지의 동생인 루이 베유가 파리 근교 오퇴유에 소유했던 집(프루스트가 태어난 곳)과, 프루스트의 아버지의 동생인 엘리자베트 고모가 소유했던 일리에(현재는 콩브레라고 불리는 곳으로 프루스트 기념관이 있으며 샤르트르 대성당 근처에 위치한다.)의 집 두 곳을 모델로 한다. 그리고 콩브레라는 이름은 이곳에 많은 사암석(grès)과 중세까지 거슬러 올라가는 어두운(sombre) 그림자(ombre)의 이미지인 콩브레 성당과, 샤토브리앙의 고향 콩부르(Combourg)와 연관된다.

** 『잃어버린 시간을 찾아서』의 마지막 편 「되찾은 시간」을 암시하는 대목이다. 화자는 생루 부인의 시골 별장에서 머무르는데, 이 생루 부인은 바로 질베르트 스완으로, 질베르트 스완과 생루의 결혼은 그동안 분리되었던 두 계급, 즉 스완으로 표현되는 부르주아 계급과 게르망트로 표현되는(생루는 게르망트 가문에 속한다.) 귀족 계급이 이제 하나로 통합되었음을 말해 준다.

나! 생루 부인과의 산책에서 돌아와 연미복으로 갈아입기 전
저녁마다 잠시 눈을 붙이곤 하는데, 이번에는 너무 오래 잠을
잔 것이다. 아무리 늦게 귀가해도 내 방 유리창에 저녁놀이 붉
게 반사되는 것이 보였던 콩브레 시절로부터 많은 세월이 흘
렀다. 이곳 탕송빌*에 있는 생루 부인의 저택에서 보내는 삶은
다른 종류의 삶, 다른 종류의 즐거움이다. 밤에만 외출하는 즐
거움, 예전에는 따사한 햇볕을 쬐며 놀던 오솔길들을 달빛 아
래서 산책하는 즐거움이다. 그리고 저녁 식사를 위해 옷을 갈
아입는 대신 잠이 들었던 방에서는, 우리가 집으로 돌아오는
길에 멀리서 바라보노라면, 어둠 속에 홀로 켜진 등대처럼 램
프 불빛이 새어나온다.

　이 소용돌이치는 혼란스러운 회상은 아주 짧은 순간만 지
속되었다. 내가 있는 장소에 대한 이런 짧은 순간의 불확실성
은, 마치 우리가 영사기를 통해 달리는 말을 보면서도 말의 연
속적인 자세에서 각각의 자세를 분리해 내지 못하듯이, 그 불
확실성을 구성하는 여러 다른 가정들을 자주 구별해 내지 못
했다. 그러나 나는 지금까지 살았던 방들을 이것저것 그려 보
다가 마침내는 잠에서 깨어나는 순간을 뒤잇는 긴 몽상들 속
에서 그 방들을 모두 기억해 냈다. 겨울의 방들, 그곳은 베
개 한 귀퉁이, 이불 깃, 숄의 끝자락, 침대 가장자리, 《데바 로
즈》** 등 가장 잡다한 것을 엮어 새들처럼 끝없이 몸을 비비면

---

* 콩브레 근교에 있는 스완의 소유지.
** '분홍색 논쟁'이란 뜻으로 1789년에 창간된 프랑스 조간신문이다. 공식 명칭
은 '논쟁 신문(Journal des Débats)'이었으나, 분홍색 종이로 석간이 발간되었다

서 단단하게 만든 둥지에 머리를 파묻고, 차가운 날씨에 밖으로부터 분리되었다는 기쁨을 맛보며(마치 지하 깊숙한 곳의 열기 속에 둥지를 트는 바다제비처럼) 밤새 벽난로에 불을 켜 놓고, 타다 남은 장작에 불이 붙어 빛이 어른거리며 따뜻한 김이 나는 가운데 커다란 외투 속에서 잠이 드는 일종의 만질 수 없는 알코브*이거나, 방 한가운데 파 놓은 따뜻한 동굴, 또는 따뜻하지만 그 방열 지대에서는 온도가 잘 바뀌는, 모퉁이 혹은 창문에서는 가깝고 벽난로에서는 멀리 떨어져 있어 여전히 공기가 차가운 지대로부터 불어오는 바람으로 얼굴을 시원하게 해 주는 통풍이 잘되는 방이다. 여름의 방들, 그곳은 우리가 더운 밤과 하나가 되기를 좋아하며, 반쯤 열린 덧문에 걸린 달빛이 그 마법의 사다리를 침대 발밑까지 내던지고, 햇빛의 꼭대기에 걸터앉아 미풍에 산들거리는 박새처럼 거의 밖에서 잠을 자는 방이다. 때로는 루이 16세풍의 방, 그곳은 너무도 쾌적해서 처음으로 묵는 방인데도 그렇게 불행하게 느껴지지 않았고, 가볍게 천장을 받치는 작은 기둥들이 아주 우아하게 간격을 벌리면서 침대 자리를 마련하며 가리키고 있었다. 때로는 작지만 천장이 매우 높은 이 층 높이 피라미드 형태로 패었으며 벽 일부를 마호가니로 입힌 방도 생각났는데, 그 방에 발을 디디는 순간부터 나는 낯선 쇠풀 냄새에 정신이 마비되어 보랏빛 커튼이 내뿜는 적대감과 마치 내가 없다는 듯이 시

_____

는 데서 그 이름이 연유한다. 약칭해서 《데바》라고 불리기도 한다.
* alcôve. 침실 벽을 파서 침대를 들여놓은 곳.

끄럽게 울려 대는 추시계의 거만한 무관심을 확인했으며 또 거기에는 네모난 다리가 달린 괴상하고도 냉혹한 거울이 방 한구석을 비스듬히 막고 있어, 평소에 감미로운 충만감에 익숙하던 내 시야에 예측하지 못한 지대를 날카롭게 파헤쳤다. 그곳에서 내 생각은 몇 시간 동안 분해되거나 늘어나기도 하면서, 방 형태와 정확히 똑같은 모습이 되기 위해 그 거대한 깔때기 모양의 천장을 꼭대기까지 채우려고 애쓰며 며칠 동안 힘든 밤을 보내야 했는데, 그때 나는 눈을 치켜뜨고 불안하게 귀를 기울이며, 콧구멍으로는 냄새 맡기를 거부하고, 가슴을 벌렁거리면서 침대에 누워 있어야 했다. 그러다가 습관이 서서히 커튼 색깔을 바꾸고, 추시계를 침묵하게 하고, 그 비스듬하고 냉혹한 거울에도 연민의 정을 느끼게 하면서, 쇠풀 냄새를 완전히 가시게 하지는 못할지언정 숨겨 주고 그렇게 높게 보이던 천장을 낮추어 주었다.* 습관! 능숙하면서도 느린 이 조정자는, 잠시 머무르는 숙소에서 몇 주 동안 우리를 고통스럽게 하다가, 우리가 찾아내면 행복해지는 그런 것이다. 습관의 도움 없이 정신이 가진 수단만으로는 우리의 거처를 살 만한 곳으로 만들 수 없기 때문이다.

이제 나는 확실히 잠에서 깨어났다. 내 몸은 마지막으로 한

* 방에 관한 이 묘사는 문체론적으로 많은 주목을 받아 왔다. 겨울 방, 여름 방, 루이 16세풍 방, 피라미드 모양 방은 각각 『잃어버린 시간을 찾아서』의 주요 공간인 콩브레, 탕송빌, 동시에르, 발베크의 방을 표상하는 것으로, 후자로 갈수록 점점 그 불쾌지수가 높아지는 것이 특징이다. 플로베르의 영향을 받은 삼박자 리듬과 긴 문장이 특징이다.

바퀴 빙 돌더니, 확실성이라는 착한 천사가 내 주위 모든 것을 고정해 나를 내 방 이불 아래 갖다 눕혔고, 어둠 속에서 내 옷장, 책상, 벽난로, 길가 쪽 창문, 두 문을 대충 제자리에 갖다 놓았다. 그러나 지금 있는 처소가, 잠에서 깨어날 때의 아무것도 모르는 상태에서 내가 뚜렷한 이미지로 떠올린 곳은 아니라 해도, 적어도 그것의 가능한 존재를 믿었던 그런 처소들 중 하나가 아니라는 걸 깨달았지만 아무 소용없었다. 이미 내 기억이 움직이고 있었다. 보통 나는 곧바로 잠들려고 하지 않았다. 예전에 콩브레의 고모할머니 댁,* 발베크, 파리, 동시에르, 베네치아, 혹은 다른 곳에서 보낸 삶을 회상하거나, 내가 알고 지냈던 장소들과 사람들, 내가 그 사람들에 대해 보았던 것, 그리고 다른 사람들이 내게 이야기해 준 것을 회상하며 밤의 대부분을 보냈다.**

콩브레에서 매일 해가 질 무렵이면, 나는 어머니와 할머니***

---

* 여기서 고모할머니라고 옮긴 grand-tante는 마르셀의 외할아버지의 사촌으로, 콩브레 집의 주인이자 레오니 아주머니의 어머니다.

** 콩브레는 마르셀이 유년 시절을 보낸 곳이며 파리, 특히 샹젤리제는 어린 마르셀이 놀던 곳이고 발베크는 마르셀이 여름 방학을 보낸 바닷가이다. 또한 동시에르는 친구인 생루가 군대 생활을 했던 곳이며 베네치아는 마르셀이 어머니와 함께 여행 갔던 곳으로, 이 다섯 장소는 『잃어버린 시간을 찾아서』의 핵심적인 공간이다.

*** 마르셀의 외할머니는 이 작품에서 어머니 못지않게 중요한 역할을 한다. 세비네 부인(Marquise de Sévigné)의 작품을 좋아하며 딸과 손자에게 끝없는 사랑을 퍼붓는다. 관례적인 허식을 싫어하는 할머니는 다른 가족들과는 차별화되며, 특히 체면을 중요시하는 마르셀의 아버지와는 대립된다. 절대적인 모성애를 구현하는 할머니에 대해 화자는 동시에르에서의 전화 일화를 통해 사랑하는 이와 헤어지는 아픈 고통을 체험한다.

곁에서 멀리 떨어져 잠자리에 들어야만 했고, 그래서 잠을 이룰 수 없는 순간이 오기 훨씬 전부터 내 침실은 내 불안의 고통스러운 고정점이 되었다. 너무도 슬퍼하는 모습을 본 가족들은 내 기분을 바꿔 주려고 마술 환등기를 생각해 냈고, 저녁 식사 시간을 기다리는 동안 내 등잔에다 환등기를 씌워 주었다. 고딕 시대 초기 건축가와 채색 유리 거장 들을 본떠서 만든 이 마술 환등기는 내 방의 불투명한 벽을 미묘한 무지갯빛과 여러 빛깔로 아롱진 초자연적 환영들로 바꾸어 놓았다. 그 벽에는 마치 순간순간 흔들거리는 채색 유리인 양 전설이 그려져 있었다. 그렇지만 내 슬픔은 커져 갈 뿐이었다. 방에 대한 습관 덕분에 잠자리에 드는 형벌을 제외하고는 그런대로 견딜 만했는데, 이제 조명이 바뀌어 그 습관이 파괴되어 버렸기 때문이다. 나는 내 방을 더 이상 알아보지 못했고, 기차에서 내려 처음으로 도착한 호텔 방이나 산장에 있는 것처럼 불안하기만 했다.

음흉한 생각을 품은 골로가 덜커덕덜커덕 불규칙한 움직임으로 말을 몰며, 짙푸른 녹색 벨벳처럼 산비탈을 덮은 작은 세모꼴 숲에서 나와 가련한 주느비에브 드 브라방*이 사는 성을

---

* 중세 전설에 나오는 인물로, 브라방 공작의 딸 주느비에브는 지그프리트 백작과 결혼하나, 사라센 사람들을 물리치기 위해 남편이 전쟁에 나가자, 집사인 골로의 유혹에 시달린다. 골로의 중상모략으로 숲으로 쫓겨난 주느비에브는 홀로 아이를 키운다. 칠 년 후 전쟁에서 돌아온 백작이 사냥을 나갔다 그녀의 결백을 알게 되고 골로를 처형하지만, 가련한 주느비에브는 얼마 안 가서 죽는다. 이 전설은 오펜바흐의 희가극 「주느비에브 드 브라방」(1859)으로 더 유명해졌다. 그리고 골로(Golo)는 프루스트가 좋아하던 「펠레아스와 멜리장드」(1902)에서 멜

향해 펄쩍거리며 가고 있었다. 성은 하나의 곡선으로 잘려 있었는데, 그 곡선은 단지 환등기 홈 사이로 밀어 놓은 틀 속에 끼운 타원형 유리판의 둘레에 불과했다. 성의 한 면만이 보였고, 앞쪽에는 광야가 펼쳐져 있었으며, 그곳에 푸른색 허리띠를 두른 주느비에브가 몽상에 잠겨 있었다. 성과 광야는 온통 노란색이었는데, 나는 그것을 보지 않고도 금방 그 색깔을 알 수 있었다. 왜냐하면 유리판을 틀에 끼우기 훨씬 전부터 브라방이라는 이름에서 느껴지는 금갈색 울림이 그 색깔을 뚜렷이 보여 주었기 때문이다. 골로는 잠시 발걸음을 멈추더니, 고모할머니가 큰 소리로 읊는 대사를 조금은 침울한 표정으로 듣고는 완전히 이해했다는 듯이, 위엄을 잃지 않은 채, 각본의 지시에 순순히 따랐다. 그러고는 조금 전같이 덜커덕거리며 멀어져 갔다. 아무것도 그의 느린 말타기를 멈출 수는 없었다. 환등기를 움직이기만 하면 골로의 말이, 창문 커튼 위 주름이 불룩한 부분에서는 올라가기도 하고, 주름이 파인 곳에서는 내려가면서 계속 나아가는 것이 보였다. 골로의 몸은 그가 탄 말만큼이나 초자연적인 본질이어서, 모든 물질적인 장애물이나, 길을 방해하는 것은 모두 뼈로 간주하고 자신의 몸속에 흡수했다. 그것이 설령 문고리라 할지라도 그는 즉시 거기에 적응하여 자신의 붉은 옷과 창백한 얼굴, 언제나 고귀하면서도 우수에 찬 얼굴, 이런 골격 변화에도 어떤 동요의 기색도 보이지 않는 얼굴을 떠돌게 하였다.

리장드를 박해하는 골로(Golaud)와도 발음이 같다.

물론 메로빙거 왕조*의 과거로부터 발산되어 내 주위를 아주 오랜 역사의 그림자로 감돌게 하는 이 찬란한 환등의 투사에 난 매혹되었다. 그러나 온통 나 자신으로 가득 채워 더 이상 방에는 주의를 기울이지 않고 오로지 나 자신만을 생각하는 방에서, 이런 신비로움과 아름다움의 개입은 뭔가 말로는 할 수 없는 어떤 거북함을 야기했다. 습관이라는 마취제의 영향이 사라지면서, 나는 서글픈 일들을 다시 생각하고 느끼기 시작했다. 내 방문의 문고리는 손으로 돌리지 않아도 저절로 열린다고 생각할 정도로 세상의 다른 모든 문고리들과는 다르게 여겨져 그만큼 문을 여는 행위가 무의식적인 것이 되었는데, 이제 그것이 골로의 영매로 사용된 것이었다. 저녁 식사 시간을 알리는 종이 울리자마자 나는 식당으로 서둘러 달려갔다. 그곳에서는 골로와 푸른 수염**은 알지 못하지만 내 부모님과 소고기 스튜 요리는 알고 있는 천장의 커다란 램프가 저녁마다 빛을 던지고 있었다. 나는 주느비에브 드 브라방의 불행 탓에 더욱 소중하게 여겨지는 엄마의 품으로 달려들었다. 골로의 범죄가 내 양심을 보다 세밀하게 돌아보게 했기 때문이다.

---

* 메로빙거 왕조(481~751)는 로마인들이 물러가고 프랑크족인 클로비스가 세운 왕조로서, 카롤루스의 카롤링거 왕조보다 앞선다. 숲과 기근, 페스트, 어두운 폭력이 난무하던 시기로 알려져 있다.
** 샤를 페로의 동화에 나오는 인물. 여섯 여인을 가두고 일곱 번째 여인에 의해 정체가 드러나는 푸른 수염은 사랑하는 사람으로부터 배신당하지 않기 위해 자신이 직접 사랑하는 사람을 죽이는, 파괴적이고도 위험한 성적 욕망을 가진 자를 표상한다.

슬프게도 저녁 식사가 끝나면 곧 엄마 곁을 떠나야 했다. 엄마는 날씨가 좋은 날이면 정원에서, 날씨가 나쁜 날이면 모두들 몸을 피하는 작은 거실에서 다른 분들과 대화를 나누셨다. 그 모든 사람들 중에서 "시골에서 방 안에 갇혀 지내는 것은 참 서글픈 일이다."라고 말씀하시는 할머니만은 예외였다. 할머니께서는 비가 많이 오는 날에는 밖에 나가지 말고 방에서 책이나 읽으라고 날 몰아내는 아버지와 노상 말다툼을 하셨다. "그렇게 한다고 해서 애가 튼튼하고 활발해지는 건 아니라네." 하고 할머니는 침통하게 말씀하셨다. "특히 이 아이에게는 힘과 의지가 필요하다네." 그럴 때마다 아버지는 어깨를 으쓱하며 기압계를 바라보셨다. 아버지는 기상학을 좋아하셨다. 어머니는 아버지에게 방해가 될까 봐 소리를 내지 않으려고 애쓰면서 애정 어린 존경심으로 아버지를 바라보곤 하셨는데, 아버지의 우월함의 비결을 간파하지는 않으려는 듯 지나치게 뚫어지게 바라보는 것은 삼가셨다. 그러나 할머니는 모든 날씨에, 이를테면 비가 억수처럼 쏟아져 프랑수아즈*가 저 귀중한 버드나무 팔걸이의자가 비에 젖을까 봐 재빨리 안으로 들여놓을 때에도, 세찬 폭우가 쏟아지는 텅 빈 정원으로 나가 건강에 좋은 비와 바람을 이마에 조금이라도 더 적시려고 헝클어진 회색 머리를 쓸어 올리곤 하셨다. "겨우 숨 쉴 것

---

* 헌신적인 인물로 레오니 아주머니의 요리사였다가 나중에 마르셀을 보살펴 주게 된다. 그러나 부엌 하녀에 대한 그녀의 잔혹함은 이런 모습과는 상반된다. 프랑수아즈는 고풍스러운 말들을 사용하며 마르셀은 이런 그녀에게 매혹되어 종종 그녀를 프랑스 역사와 혼동한다.

같구나!"라고 말씀하시면서 할머니는 빗물로 넘쳐 흐르는 오솔길들을 돌아다니셨다. 자연에 대한 감각이라곤 전혀 없는 새로 온 정원사가 자기 취향에 따라 지나치게 대칭적으로 배열해 놓은 오솔길이었는데, 아버지께서는 아침나절 내내 정원사에게 날씨가 좋아지겠느냐고 묻곤 하셨다. 할머니의 열정적이고 고르지 못한 걸음걸이는 자주색 치마에 흙탕물을 튀기지 않으려는 욕망보다는(할머니에게는 낯선 감정이다.) 소나기에 대한 취기, 위생 관념의 효력, 나를 교육하는 방식의 어리석음, 정원의 대칭적인 모양이 할머니 마음속에 일으키는 여러 다양한 움직임으로 조정되었다. 결국 할머니의 치마 위쪽까지 흙탕물이 튀었고, 이 치마가 하녀에게는 늘 절망과 고민거리를 안겨 주었다.

저녁 식사 후 이렇게 정원을 돌아다니시는 할머니를 집 안으로 불러들일 수 있는 유일한 방법은 — 규칙적인 순회 산책이 끝난 후, 할머니가 술병이 차려진 카드용 탁자가 놓인 작은 거실 불빛 앞으로 마치 나방이 날아오듯 다가오는 순간 — 고모할머니가 "바틸드, 와서 당신 남편 코냑 못 마시게 해."라고 외칠 때였다. 고모할머니는 단지 할머니를 놀려 주려고(아버지 쪽 가족들이 보기에 할머니는 아주 별났으므로 모든 사람의 놀림과 괴롭힘의 대상이었다.) 할아버지*에게 금지된 코냑 몇 모금을 마시게 하는 것이었다. 불쌍한 할머니께서는 집 안으로 들

---

* 마르셀의 외할아버지. 아돌프 작은할아버지의 형님으로 생시몽을 좋아하고 족보나 가계에 관심이 많다. 반유대주의를 표명하기도 하지만, 유대인 친구 스완과 우정이 깊으며, 마르셀의 유대인 친구 블로크에게도 관심이 있다.

어와 할아버지에게 코냑에 입도 대지 말라고 간절히 애원하셨다. 할아버지는 화를 내셨지만 그래도 한 모금 들이켜곤 하셨다. 그러면 할머니는 절망 어린 슬픈 표정으로, 그렇지만 미소는 잃지 않은 채, 다시 밖으로 나가곤 하셨다. 얼마나 겸손하고 따뜻한 분이었는지! 할머니는 할머니 자신이나 자신의 고통은 대수롭지 않게 여기면서도, 다른 사람들에게는 아주 다정한 분이셨다. 이런 점이 할머니의 눈길 속에 미소로 어우러졌고, 보통 사람들의 얼굴에서 찾아볼 수 있는 모습과는 달리 자신에 대해서만 냉소적이었으며, 사랑하는 사람을 볼 때에는 눈길로 열렬히 애무하지 않고는 못 배기겠다는 듯이 눈으로 키스하셨다. 고모할머니가 할머니에게 부과한 형벌이나 할머니의 열렬한 간청, 처음부터 질 줄 알면서도 헛되이 할아버지에게서 술잔을 뺏으려고 하는 할머니의 약한 모습, 이 모든 광경들은 시간이 갈수록 익숙해져서 우리는 그 모습을 보며 웃어 댔고 심지어는 즐겁고 단호하게 가해자의 편에 서서, 이 정도는 학대하는 것도 아니라고 스스로를 설득하기까지 하는 것이었다. 그러나 당시에는 그런 일들이 너무도 끔찍해서, 고모할머니를 때려 주고 싶은 마음이 들 정도였다. 그렇지만 "바틸드, 와서 당신 남편 코냑 못 마시게 해."라는 소리를 듣자, 비겁함에 있어서는 이미 어른이었던 나는, 고통과 불의에 처했을 때 우리 모두가 어른이 되면 하는 식으로, 그것을 보려고 하지 않았다. 나는 눈물을 터뜨리기 위해 지붕 밑 공부방 옆에 있는 아이리스 꽃 향기를 풍기는 작은 방으로 들어갔다. 바깥벽 돌 틈 사이로 나온 야생 까막까치밥 나무가 반쯤 열린 창문으로 꽃핀 가지를 내뻗고 있어 향기로운 방이었다. 보다 특이하고도 속된 용도로 쓰이는 이 방은 낮에는 루생빌 르팽 성탑까지도 내다보여 오랫동안 내 유일한 은신처로 사용되었다. 아마도 그곳만이 독서, 몽상, 눈물, 쾌락같이 침범할 수 없는 고독을 요구하는 내 탐닉이 시작될 때마다 내가 열쇠로 잠글 수 있는 유일한 방이었기 때문일 것이다.* 아! 슬프게도 오후나 저녁이나 시도 때도 없이 배회하는 동안 할머니의 마음을 사로잡은 것이, 할아버지의 식이요법과 관련된 사소한 어긋남보다는 나의 나약한 의지, 허약한 몸, 그로 인한 내 장래의 불확실성이었다는 것을 나는 알지 못했다. 할머니는 우리 앞을 지나가고 또 지나가면서, 하늘을 향해 주름진 다갈색 뺨과 아름다운 얼굴을 비스듬히 쳐들곤 하셨다. 그 뺨은 기울어져 가는 나이와 더불어, 마치 가을에 일구어 놓은 밭처럼 보랏빛으로 보였다. 외출할 때면 반쯤 걷어 올린 작은 베일을 드리운 뺨에는 추위 때문인지 아니면 어떤 서글픈 생각 때문인지, 자신도 모르게 흘러나온 눈물 한 방울이 언제나 말라가고 있었다.

잠을 자러 올라갈 때 내 유일한 위안은 내가 침대에 누우면 엄마가 와서 키스해 주리라는 것이었다. 그러나 저녁 인사는 너무도 짧았고 엄마는 너무도 빨리 내려갔기 때문에, 엄마가 올라오는 소리가 들리고 뒤이어 문짝이 두 개 달린 복도에서 밀짚을 엮어 만든 작은 술이 달린 푸른빛 모슬린 정원용 드레

---

* 이곳은 화장실로, 어린 마르셀이 자위 행위를 통해 처음 성에 눈뜨는 곳이다.

스가 가볍게 끌리는 소리가 들릴 때가 내게는 정말 고통스러운 순간이었다. 다음에 올 순간을, 엄마가 내 곁을 떠나 다시 아래로 내려가는 순간을 예고해 주었기 때문이다. 그래서 난 그렇게도 좋아하는 저녁 인사가 되도록 늦게 오기를, 엄마가 아직 오지 않은 이 유예 기간이 더 연장되기를 바라는 것이었다. 때로는 키스를 하고 문을 열고 나가려는 엄마를 불러 세워서는 "다시 한 번만 키스해 줘요."라고 말하고 싶었지만, 그러면 금방 엄마가 화난 표정을 짓는다는 것을 알고 있었다. 왜냐하면 슬픔으로 상기된 내 모습을 보고 엄마가 양보해서 화해의 키스를 해 준다면, 이런 의식을 엉뚱하고 상식 밖이라고 생각하는 아버지 신경에 거슬릴 것이었고, 엄마 역시 할 수만 있다면 키스에 대한 내 욕망이나 습관을 없애 주려고 애쓰셨기 때문에, 이미 방문까지 다 간 상태에서 한 번 더 키스해 달라는 내 요청을 받아 줄 리가 없었기 때문이다. 조금 전에 엄마가 평화의 영성체에서 주는 밀떡처럼 내 침대 쪽으로 애정 어린 얼굴을 내밀고 기울인 순간, 내 입술이 엄마의 실제 존재와 잠들 수 있는 힘을 길어 올리려고 한 바로 그 순간, 엄마가 조금 전에 가져다주었던 그 모든 평온함은 엄마의 화난 모습에 그만 사라지고 말았다. 그러나 엄마가 그렇게도 짧은 순간 내 곁에 머물렀던 이런 저녁들은, 저녁 식사에 손님을 초대한 관계로 엄마가 저녁 인사를 하러 오지 못하는 날에 비하면 그래도 나은 편이었다. 손님은 거의 스완* 씨밖에 없었는데, 잠깐

---

* 『잃어버린 시간을 찾아서』에 나오는 인물 중 화자 다음으로 작가의 자전적

들르는 몇몇 외부 사람을 제외하고는 콩브레에서 우리 집에 찾아오는 거의 유일한 사람이었다. 때로는 이웃 사람으로 와서 저녁 식사를 같이했고(그러나 그가 저 형편없는 결혼을 한 후부터 이는 아주 드물어졌는데, 우리 부모님께서 그의 아내를 보려고 하지 않으셨기 때문이다.) 때로는 저녁 식사 후에 아무 예고도 없이 불쑥 찾아오기도 했다. 저녁때 집 앞 커다란 마로니에 나무 아래 놓인 철제 탁자에 둘러앉았노라면 정원 한쪽 끝에서 종소리가 났다. 집안사람이면 누구나 들어오면서 '종의 줄을 당기지 않고' 그냥 대문을 열면 쏟아지는 차갑고 정신을 멍하게 만드는, 저 그치지 않는 요란한 쇠방울 소리가 아니라, 손님이 오면 수줍게 울리는 금빛 타원형 종소리로, 그 소리가 두 번 들리면 우리는 곧 "손님이군, 누굴까?" 하고 물어보곤 했다.* 하지만 손님이 스완 씨일 수밖에 없다는 걸 우리는 잘 알고 있었다. 고모할머니는 솔선수범하여 가르치려는 듯이 되도록 자연스러운 어조로 그렇게 수군거리면 안 된다고 하시

요소가 많이 투영되었다. 유대인인 그는 세련되고 지적이지만 예술가가 되지 못한다. 하지만 사랑의 고통 때문에 마르셀과 가까워진다. 스완과 오데트의 사랑은 훗날 마르셀과 알베르틴의 사랑을 예고하는 것으로, 마르셀은 자신의 삶 모든 것이 스완으로부터 비롯되었다고 말한다. 또한 마르셀 할아버지의 동향 친구로 등장하는 1부 '콩브레'의 스완은 2부 「스완의 사랑」에서 보이는 파리 상류 사회의 세련된 스완과는 대조를 이룬다.

* 당시에는 전기가 일반화되지 않아서 시골에서는 대문에 줄을 매달고 그 위에 종을 달아 줄을 당기면 종이 울리게 해 놓았다. 그러나 집안 식구들은 줄을 당기지 않고 그냥 문을 열기 때문에 그 소리가 아주 요란한 방울 소리처럼 들렸던 것이다. 그러므로 같은 종이지만 여는 방식에 따라 때로는 요란한 방울 소리로, 때로는 수줍은 작은 종소리로 들리는 것이다.

면서, 찾아온 손님이 그걸 보면 자기가 들어서는 안 되는 이야기를 하는 거라 여길 테니까 그보다 더 실례는 없다고 하셨다. 그리고 할머니를 정찰병으로 밖에 내보냈는데, 할머니는 늘 정원을 한 바퀴 더 돌 구실을 얻은 데에 기뻐하시면서, 그 시간을 이용해 지나는 길에 장미꽃에 조금 더 자연스러움을 부여하려고 장미나무 받침대 몇 개를 슬그머니 뽑아 버리곤 하셨다. 마치 이발사가 너무 납작하게 만들어 놓은 아들의 머리를 어머니가 손을 넣어 부풀리는 것 같았다.

많은 침입자들 중 누구인지 몰라 망설인다는 듯이, 우리는 할머니가 적에 대해 가져올 소식만을 목 빠지게 기다렸다. 그러다 할아버지가 곧 "스완 목소리군." 하고 말씀하셨다. 사실 스완 씨임을 알 수 있는 것은 목소리뿐이었다. 모기가 꾀지 않게 뜰 안을 되도록 어둡게 해 두었기 때문에 거의 붉은색에 가까운 금발을 브레상*처럼 잘라 훤한 이마며 매부리코며 초록색 눈 등 얼굴을 알아보기가 어려웠다. 나는 시럽을 내오라고 이르려고 살며시 자리를 떴다. 할머니는 손님들이 왔을 때 예외적으로 시럽을 내오는 것이 아니라는 걸 보여 주는데 큰 중요성을 부여하셨고, 그렇게 하는 편이 손님을 배려하는 거라고 여기셨다. 스완 씨는 할아버지에 비해 훨씬 젊었지만 두 분은 아주 각별한 사이로, 할아버지는 스완 씨 아버님의 절친한 친구셨다. 스완 씨 아버지는 훌륭한 분이었지만 좀

---

* 앞은 짧게 깎고 뒤는 길게 늘어뜨린, 연극배우 장바티스트 브레상(Jean-Baptiste Bressant, 1815~1886)이 유행시킨 머리 모양이다.

유별나서, 때로는 아무것도 아닌 일 때문에 한창 열을 올리다가도 금세 식어 버리거나 생각의 흐름을 바꾸곤 했다고 한다. 밤낮으로 간호하던 아내가 세상을 떴을 때, 아버지 스완 씨가 보인 태도에 대해, 할아버지께서 같은 이야기를 되풀이하시는 걸 나는 일 년에도 몇 번이나 들었다. 오랫동안 아버지 스완 씨를 보지 못했던 할아버지가 소식을 듣자마자 콩브레 근교에 있던 스완 씨네 소유지로 달려갔는데, 눈물에 젖은 그를 입관에 참석하지 못하도록 잠시 빈소 밖으로 데리고 나갈 수 있었다고 한다. 두 사람이 햇빛 비치는 정원을 몇 발자국 거닐었을 때, 갑자기 아버지 스완 씨가 할아버지 팔을 잡으며 이렇게 소리쳤다는 것이었다. "아! 여보게, 이런 좋은 날씨에 함께 산책하다니, 얼마나 행복한 일인가! 자네는 이 모든 나무들이며 산사나무들, 그리고 자네가 한 번도 칭찬한 적 없는 이 연못이 아름답다고 생각하지 않는가? 자네는 침통한 표정이구먼. 이 산들바람을 느끼는가? 아! 누가 뭐래도 사는 건 좋은 거라네. 내 친구 아메데!" 그러다 갑자기 죽은 아내의 추억이 떠오르자 어떻게 이런 순간에 즐거운 마음이 들었는지 그 이유를 알 수 없다는 듯이, 조금 어려운 문제가 생기면 늘 하던 버릇대로, 이마에 손을 대고 눈과 코안경의 알을 문질렀다고 한다. 그렇지만 아내의 죽음에 대해서는 좀처럼 마음을 달랠 수 없었는데, 아내가 죽은 후에도 이 년을 더 산 그분은 우리 할아버지에게 자주 이렇게 말씀하셨다고 한다. "이상하지. 난 죽은 아내를 자주 생각하지만 한 번에 많이는 생각할 수 없다네." 그때부터 "자주, 하지만 한 번에 조금씩, 불쌍한 아버지 스완 씨식으로."란 말은 우리 할아버지가 애용하는 문장 중 하나가 되어, 할아버지께서는 전혀 다른 일에도 그 말을 하곤 하셨다. 할아버지의 판결이 곧 내게는 법이어서, 내가 유죄라고 판단하는 잘못까지도 나중에 용서하게 만드시는, 내가 최고의 재판관이라 생각하는 할아버지께서 만약 "그 친구는 참으로 마음씨가 아름다운 사람이었단다."라는 말만 되풀이하지 않으셨어도 난 아마도 아버지 스완 씨를 괴물로 여겼을 것이다.

여러 해 동안 아들 스완 씨는, 특히 결혼하기 전에는, 고모할머니와 우리 할아버지와 할머니를 보려고 자주 콩브레에 왔는데, 그분들은 아들 스완 씨가 자기 가족이 예전에 교류하던 사람들과 이젠 전혀 만나지 않는다는 사실을 알지 못했다. 또 그분들은, 모르고 유명한 강도를 투숙시킨 고지식하고 순진한 호텔 주인처럼, 실은 조키 클럽의 가장 우아한 회원 중 한 사람이며, 파리 백작과 영국 황태자 웨일스 공의 절친한 친구이자* 포부르생제르맹**의 상류 사회에서 가장 환대받는 인

---

* 파리 조키 클럽은 1833년에 만들어진 가장 폐쇄적인 클럽으로, 귀족들이 승마나 경마를 즐기던 사교 모임이었다. 그리고 파리 백작은 루이필리프 1세의 손자인 루이필리프 도를레앙 공이며, 웨일스 공은 미래의 에드워드 7세로 1901년 즉위하였다.

** Faubourg Saint-Germain. 게르망트 저택이 있는 이곳은 (대략 파리 7구에 해당하는) 19세기 상류 사회의 상징이었다. 재정가들과 귀족들의 저택이 모여 있었으며, 지금은 외국 공관이나 정부 기관, 오르세 미술관 등이 있다. 게르망트가는 바로 이 포부르생제르맹을 대표하며, 게르망트 가로 표현되는 귀족 세계와 스완으로 표현되는 부르주아의 대립은 이 작품의 핵심 주제 중 하나다.

물을 스완이라는 익명 아래 우리 집에 맞아들이고 있다는 것도 알지 못했다.

스완이 누리는 그 화려한 사교 생활을 몰랐던 까닭은, 물론 어느 정도는 그의 신중하고도 조심성 있는 성격 탓이기도 했지만, 다른 한편으로는 당시 부르주아 계층의 사회에 대한 다소 힌두교적인 사고 방식 때문이기도 했다. 즉 사회란 폐쇄적인 카스트로 구성되어 있어, 각자는 태어나자마자 자기 부모의 계급을 이어받으며, 예외적인 경력이나 뜻하지 않은 결혼이라는 요행이 아니면 그 계급에서 벗어나 상위 계급으로 진입하게 해 줄 수 있는 것은 아무것도 없다고 생각했다. 아버지 스완 씨는 증권 중개인이었다. '아들 스완'은 납세자 명단처럼 재산이 이런저런 소득에 따라 변동하는 계급에 평생 속해 있었다. 사람들은 그의 부친이 출입하던 세계를 알고 있고, 따라서 스완 씨가 드나드는 세계가 어떤 것인지, 또 그가 어떤 사람들과 어울릴 수 있는 '처지인지도' 잘 알았다. 그가 다른 사람들과 알고 지낸다 해도 그건 젊은이들 간 교제에 불과하며, 우리 부모님 같은 가족의 오랜 친구들이 그런 교제에 호의적으로 눈감아 주었다면, 그건 그가 고아가 된 후에도 계속해서 변함없이 우리를 만나러 왔기 때문이다. 그러나 우리가 모르는 곳에서 스완 씨가 만나고 다니는 사람들을 우리와 함께 있을 때 마주쳤다면, 그는 틀림없이 인사조차 하지 않았을 것이다. 만약 그의 부모님과 동등한 지위인 다른 증권 중개인 아들과 비교하여 스완 고유의 사회적 점수를 억지로라도 매겨 본다 해도 그의 점수는 그리 높지 않았을 것이다. 왜냐하면 스완은 검소한 생활을 했고, 늘 오래된 물건과 그림에 '심취해' 당시에는 자신의 수집품을 쌓아 놓은 오래된 저택에 살고 있었는데, 고모할머니는 늘 그의 집을 방문하기를 꿈꾸었지만 그 집이 오를레앙 강변로*에 있어서, 그런 동네에 산다는 것 자체가 수치스러운 일이라고 생각했기 때문이다. "전문가이시긴 한 건가요? 당신을 위해서 하는 말이지만 장사꾼들이 당신에게 형편없는 그림을 떠넘기는 게 틀림없어요." 사실 고모할머니는 스완을 아무 능력도 없는 사람으로 여겼으며, 지적인 면에서조차도 높이 평가하지 않았다. 그 이유는 스완이 대화를 나눌 때면 진지한 화제는 피하면서도, 요리법에 대해서는 아주 사소한 것까지 늘어놓고, 할머니의 여동생들이 예술적인 주제에 대해 말할 때조차도 지극히 산문적인 정확성만을 보여 주었기 때문이다. 이런저런 그림에 대해 의견을 묻거나 그가 감탄하는 이유에 대해 설명해 달라고 부탁하면 거의 무례하다 싶을 정도로 침묵을 지키다가도, 대신 그림이 소장된 미술관 이름이나 그림이 그려진 해에 대해서는 아주 자세하게 말하는 것이었다. 그러나 평상시에는 우리가 아는 사람들, 이를테면 콩브레의 약제사나 우리 집 요리사, 또는 마차꾼 가운데 선택해서 그 사람과 최근에 있었던 새로운 일화들을 얘기하며 우리를 즐겁게 해 주는 것으로 만족했다. 물론 이런 이야기들은 고모할머니를 웃게 했는데, 늘 스완이 우스꽝

---

* quai d'Orléans. 파리 생루이 섬에 위치한 이곳은 파리 중심부에서 좀 떨어진 관계로 당시에는 주로 작가들과 예술가(보들레르와 세잔 등), 보헤미안들이 살았다. 지금은 파리에서 가장 부유한 동네 중 하나다.

스러운 역할을 맡았기 때문인지, 아니면 "스완 씨, 당신은 진짜 특별난 분이에요."라고 말할 정도로 그의 재치 있는 이야기 솜씨 때문인지는 알 수 없었다. 우리 집안에서 유일하게 속된 인물인 고모할머니는, 스완에 대한 이야기가 나올 때면 손님들에게 그가 하려고만 하면 얼마든지 오스만 대로*나 오페라 대로에 살 수 있으며, 400만 내지 500만 프랑을 유산으로 물려받은 스완 씨의 아들이 오를레앙 강변로에 사는 것은 그의 별난 기벽 때문이라고 애써 말하는 것이었다. 그의 이런 기벽이 다른 사람들의 관심거리가 될 것이라고 믿었던 고모할머니는 파리에서 새해 첫날 스완 씨가 할머니에게 드리려고 설탕에 절인 맛밤 한 상자를 들고 왔을 때, 주위에 다른 손님이 있기라도 하면 놓치지 않고 이렇게 말씀하셨다. "이봐요, 스완 씨, 리옹 행 기차를 놓치지 않으려고 여전히 포도주 전매소 근처에 사시나 봐요?"** 그런 다음 고모할머니께서는 코안경 너머로 힐끗 다른 방문객들을 쳐다보셨다.

그러나 누군가가 고모할머니에게 가장 '훌륭한 부르주아' 계층이나 파리에서 가장 유명한 공증인들과 소송 대리인들로부터 환대받을 정도로 아들 스완으로서 '충분히 자격 있는'(이

---

* 오스만 거리는 파리 유명 백화점이 모인 곳으로, 프루스트는 어머니가 돌아가신 후 오스만 거리 102번지에서 소음 때문에 코르크 마개로 방음벽을 설치하고 1906년부터 1919년까지 살았다. 오페라 거리는 오스만 거리와 그리 멀지 않은 곳에 있다.
** 파리 오를레앙 강변로 근처에는 공설 포도주 시장과 남쪽으로 가는 기차를 타는 리옹 역이 있다.

런 특권을 상실했다 해도 그는 별로 개의치 않을 것이지만) 이 스완에게 실은 남들은 모르는 전혀 다른 삶이 또 하나 있으며, 그가 집에 돌아가 자겠다고 말하고서는 우리 집을 나와 길모퉁이에 이르면 오던 길을 되돌아가 다른 증권 중개인이나 동업자 눈에 띄는 일 없이 이런저런 저택의 살롱으로 들어갔다고 한다면, 이 말이 고모할머니에게는 아주 이상하게 들렸을 것이다. 마치 한 교양 높은 부인이, 개인적으로 친분 있는 아리스타이오스가 그녀와 대화를 나눈 후 인간의 눈에서 벗어난 테티스 왕국 한가운데로, 베르길리우스가 열광적인 환영을 받았다고 묘사한 그 제국으로 깊이 잠수하려고 한다고 말하거나,* 아니면 ── 고모할머니도 콩브레의 과자 접시에 그려진 것을 본 적 있었으므로 그녀 머리에 더 쉽게 떠오르는 이미지로 말해 본다면 ── 혼자 남게 되자 상상할 수도 없는 보물로 가득한 눈부신 동굴로 들어가는 알리바바와 같이 저녁 식사를 들어야 한다고 말하는 것과 같았을 것이다.

어느 날 저녁 식사 후에, 스완이 파리에 있는 우리 집을 방문하면서 연미복 차림으로 온 것을 사과한 적이 있었는데, 그가 떠난 후에 프랑수아즈가 마부에게 들었다면서, 스완이 "어

---

* 로마 시인 베르길리우스의 『농경시』 4권에 보면, 오르페우스의 아내 에우리디케의 죽음이 아폴론과 요정 키레네 사이에 태어난 아리스타이오스 때문이라며 벌해 달라는 오르페우스의 간청에 신들은 아리스타이오스가 키우는 벌들을 죽게 하고, 이에 절망에 빠진 아리스타이오스가 바다 밑에 가자, 어머니가 물길을 열어 환영했다고 한다. 테티스는 바다의 요정으로 펠레우스의 아내이며 아킬레우스의 어머니다.

느 대공 부인 댁"에서 만찬을 들고 오는 길이었다고 전하자 고모할머니는 뜨개질에서 눈도 떼지 않은 채 어깨를 으쓱하고는 "응, 어느 화류계 대공 부인 집이겠지."라고 차분하게 비꼬는 투로 대답하셨다.

이렇게 고모할머니는 스완을 함부로 대하셨다. 할머니는 스완이 우리 집 초대를 영광으로 생각한다고 믿었으므로, 스완이 여름철이면 매번 잊지 않고 자기 집 정원에서 딴 복숭아나 산딸기 한 바구니를 들고 찾아오거나, 이탈리아 여행을 다녀올 때마다 내게 유명한 예술품을 찍은 사진들을 줘도 지극히 당연하다고 생각하셨다.

중요한 만찬이 있을 때에도 우리 집에 처음 오는 손님들을 대접하기에 음식이 충분치 않다고 생각되면, 스완을 초대하지 않았는데도 그에게 그리비시 소스나 파인애플 샐러드 요리법을 물으러 사람을 보내는 것을 대수롭지 않게 생각했다. 어쩌다 우연히 프랑스 왕가 귀족들이 화제에 오르면 "당신이나 나는 결코 알 수 없는 분들이죠. 우리하고는 무관한 분들이에요. 안 그래요?"라고 말씀하셨는데, 아마도 그때 스완의 주머니에는 트위크넘*에서 온 편지 한 통이 있었을 것이다. 또한 할머니의 여동생이 노래를 부르는 저녁이면, 스완에게 피아노를 밀게 하거나 악보를 넘기게 하였는데, 다른 곳에서는 그렇게도 인기가 많은 이 인물을, 마치 귀한 골동품을 싸구려 물건 다루듯 조

---

* 파리 백작인 루이필리프 도를레앙이 영국에 망명 가 머물렀던 런던 근교 별장지다.

심성 없이 아무렇게나 가지고 노는 순진하고도 무례한 아이들처럼 함부로 대했다. 물론 당시 많은 클럽 인사들이 알고 있는 스완이라는 인물과 고모할머니가 상상하는 스완과는 큰 차이가 있었다. 저녁마다 콩브레의 작은 뜰에 종소리가 두 번 망설이듯 울리면 마중 나간 할머니의 뒤를 따라 짙은 어둠 속에서 나타나는 인물은, 목소리만으로 겨우 식별할 수 있는 어둡고도 모호한 인물이었다. 고모할머니는 그 인물에다 스완네 가족에 대해 알던 모든 사실들을 주입해 활기를 불어넣었다. 그러나 삶에서 가장 사소한 것의 관점에서 보더라도, 우리 인간은 마치 회계 장부나 유언장처럼 가서 보기만 하면 알 수 있는, 모든 사람에게 동일한 물질로 구성된 전체가 아니다. 우리의 사회적 인격은 타인의 생각이 만들어 낸 창조물이다. "아는 사람을 보러 간다."라고 말하는 것 같은 아주 단순한 행위라 할지라도, 부분적으로는 이미 지적인 행위다. 눈앞에 보이는 존재의 외양에다 그 사람에 대한 우리 모든 관념들을 채워 넣어 하나의 전체적인 모습으로 만들어 낸 것이다. 그러므로 이 전체적인 모습은 대부분 그 사람에 대한 관념들로 이루어져 있다. 이 관념들이 그 사람의 두 뺨을 완벽하게 부풀리고, 거기에 완전히 부합되는 콧날을 정확하게 그려 내고, 목소리 울림에 마치 일종의 투명한 봉투처럼 다양한 음색을 부여하여, 우리가 그 얼굴을 보거나 목소리를 들을 때마다 발견하는 것은 바로 그 관념들인 것이다. 이처럼 스완에 대한 부모님의 이미지에는, 그의 사교 생활에 대한 무지로 인해 숱한 특징들이 빠져 있었는데, 이 특징들이야말로 다른 사람들에게는, 스완을 만났을 때 그의 얼굴에서 흐르는 우아함이 자연의 경계선인 그의 매부리코에서 멈춘다는 것을 알아볼 수 있게 하는 요인이었다. 그러나 또한 부모님은 그리 위엄 있어 보이지 않는 그의 텅 비고 넓적한 얼굴이나, 그리 높은 평가를 받지 못하는 그의 눈 깊숙이에서, 시골 생활의 좋은 이웃으로 매주 저녁 식사 후에 카드용 탁자 주위나 뜰에서 함께 보낸 한가로운 시간들의 어렴풋하고도 감미로운 잔재를, 반은 기억이고 반은 망각 속에 사라진 시간의 잔재를 쌓아 올릴 수 있었다. 우리 친구를 감싼 이 육체라는 봉투는 그의 부모님에 관한 추억들로 꽉 차 있었기 때문에, 그런 스완만이 내게는 완전하고 살아 있는 존재였다. 그리하여 훗날 내가 비로소 정확히 알게 된 스완으로부터 이 최초의 스완에게로 기억을 더듬어 옮겨 갈 때에는 어쩐지 한 사람과 헤어져 다른 사람에게로 가는 듯한 느낌이었다. 이 최초의 스완에게서는 ― 내 젊은 시절의 감미로운 실수를 되찾게 되는 이 최초의 스완은 훗날 내가 알게 된 스완보다는 오히려 당시 내가 알던 사람들과 더 많이 닮았다는 생각이 들었다. 마치 우리 삶이란 것이, 동일한 시대의 초상화들이 걸린 모습이 마치 가족처럼 보이는, 같은 색조를 띠는 미술관과 흡사하다고나 할까. ― 한가로움이 넘쳐흘렀고, 언제나 커다란 마로니에와 산딸기 바구니, 그리고 쑥의 새싹 향기가 풍겨 나왔다.

그러나 어느 날 할머니께서 성심 학교* 시절에 알게 된 귀

---

* 부르주아 계급 소녀들을 교육하기 위해 성심 수도회가 1802년에 창설한 학교이다.

부인인, 저 유명한 부이용 가문의 빌파리지 후작 부인*(할머
니는 사회 신분에 대한 우리 생각 때문에 서로에게 호의가 있으면
서도 그 부인과 교제를 하려고 하지 않았다.)에게 뭔가 부탁이 있
어 찾아갔을 때, 후작 부인께서 "스완 씨를 잘 아시죠. 그분은
롬 가문의 내 조카들과 아주 친한 사이랍니다."**라고 말씀하
셨다고 한다. 방문에서 돌아온 할머니께서는 빌파리지 부인
이 그 댁 정원 쪽에 나 있는 집을 빌리면 좋을 것이라고 권유
한 데다, 계단을 내려오다 찢긴 치맛자락을 한 바늘 꿰매 달라
고 들어갔던, 그 집 안마당에 작은 가게를 낸 조끼 짓는 재봉
사 부녀 일로 매우 흥분하고 있었다. 할머니는 그 부녀가 나무
랄 데 없는 사람들이라면서 딸은 진주 같고, 재봉사는 지금까
지 본 중 가장 품위 있으며 좋은 사람이라고 단언하셨다. 할머
니에게 품위란 사회적 지위와는 절대적으로 무관했다. 할머
니께서는 재봉사가 한 대답에 경탄하시면서 어머니에게 이렇
게 말씀하셨다. "세비녜 부인***인들 그 사람보다 더 훌륭하게

---

* 게르망트 공작의 고모로 화자의 게르망트 가문 진입을 가능케 한 인물이다.
** 게르망트 공작(Duc de Guermantes)은 원래 롬 대공(Prince des Laumes)이었
으나, 아버지가 돌아가신 후 게르망트 공작이 된다. 따라서 롬 가문의 조카들이
란 게르망트 공작의 동생인 샤를뤼스 남작과 누나인 마르상트 백작 부인의 아들
생루를 가리킨다.
*** Marquise de Sévigné(1626~1696). 귀족 출신으로 17세기 서간 문학의 최
고봉으로 꼽히는 편지들을 남겼다.(『서간집』, 1726) 1651년 남편이 결투로 죽자
일 남 일 녀의 양육을 담당했는데, 사랑하는 딸이 결혼하여 프로방스 지방으로
떠나자 이십오 년 동안 애정 넘친 편지를 써 보냈다. 이 편지들은 섬세하고 인상
적인 필치로 고전주의 정신을 반영하며, 지성과 상상력 넘치는 모성애의 기록인
동시에 17세기 후반 프랑스 사회의 충실한 거울이기도 하다. 화자의 할머니와 어

말하진 못했을 거다!" 반면 그날 빌파리지 부인 댁에서 만난 조카에 대해서는 "어미야, 그 사람은 정말 평범한 사람이었단다!"라고 말씀하셨다.*

그런데 스완에 관련된 이 이야기는 스완에 대한 고모할머니의 평가를 높이기는커녕, 오히려 빌파리지 부인에 대한 평가마저 낮추는 결과를 초래했다. 할머니에 대한 믿음 때문에, 우리가 빌파리지 부인에 대해 품어 온 존경심은 그에 부합하지 않는 행동은 일체 하지 못하도록 어떤 의무감 같은 것을 부여했는데, 그런 부인이 스완의 생활 방식을 잘 알면서도 친척들이 스완과 교제하는 것을 내버려두다니, 어쩐지 부인이 자신의 의무를 저버리고 있다는 생각이 들었기 때문이다. "부인이 어떻게 스완을 알지? 당신이 바로 막마옹 원수**의 친척이라고 했던 그분이?" 스완의 교우 관계에 대한 우리 집안사람들의 이런 견해는 스완이 가장 최하층 여자, 거의 화류계 여자라고 할 수 있는 여자와 결혼함으로써 확인되는 것 같았다. 게다가 스완은 우리 집을 계속 드나들었지만 그 여자를 한 번도 소개한 적이 없었고, 방문도 차츰 뜸해졌다. 우리 집 사람들은 그 여자를 통해, 자신들은 알지 못하지만 스완이 통상적으

머니는 늘 세비녜 부인의 책을 가지고 다니며 즐겨 인용한다.
* 게르망트 공작의 동생 샤를뤼스를 암시한다. 샤를뤼스는 이 조끼 짓는 재봉사인 쥐피앵과 나중에 동성애 관계가 된다.
** 파트리스 드 막마옹(Patrice de Mac-Mahon, 1808~1893). 유서 깊은 무관 가문 출신으로 프랑스 장군이자 1873년부터 1879년까지 프랑스 대통령을 지냈다.

로 드나드는 세계가 — 스완이 그 여자를 취한 곳으로 짐작되는 — 어떤 곳인지 판단할 수 있다고 믿었다.

그러나 한번은 할아버지께서 스완이 어떤 공작의 일요일 오찬 모임에 오는 가장 충실한 초대 손님 중 한 사람이라는 기사를 읽은 적이 있었는데, 공작의 아버지와 삼촌은 루이필리프* 통치 기간 중 가장 저명했던 정치인이었다. 할아버지는 몰레, 파스키에 공작, 브로유 공작** 같은 인물들의 사생활을 이해하는 데 도움이 될 만한 온갖 세부적인 것들에 관심이 많았다. 할아버지는 스완 씨가 그런 인물들을 아는 사람과 교제한다는 사실에 무척 기뻐하셨다. 반면 고모할머니는 이 소식을 스완에게 불리한 쪽으로 해석하셨다. 누군가가 자기가 태어난 카스트나 자신의 사회적 '계급' 밖에서의 교제를 선택한다면, 그런 사람은 할머니 눈에 사회적인 낙오자가 될 수밖에 없었다. 마치 선견지명 있는 부모들이 자식들을 위해 소중하게 보존하고 감춰 온 훌륭한 사람들과의 모든 눈부신 관계의 열매를 단번에 포기하는 것과도 같았다.(고모할머니는 전에 우리 가족의 친구인 공증인 아들과 절교한 적이 있었는데, 그 이유는 그가 '왕족'과 결혼한 까닭에 단번에 공증인의 아들이라는 존경받는 지위에서, 과거에 때때로 왕비의 은혜를 입었다고들 하는 하인이나 마부 같은 건달의 위치로 추락했기 때문이다.) 고모할머니는 스완

---

* 프랑스 왕가인 부르봉 왕가의 지류인 오를레앙 가 출신 루이필리프 도를레앙을 가리킨다. 파리 백작이라고 불리기도 하며 7월 혁명 후 프랑스 왕으로 추대된다.
** 루이필리프 도를레앙 시대의 프랑스 정치가들이다.

이 오기로 한 다음번 저녁 식사 때 우리가 간파한 스완의 친구들에 대한 질문을 할아버지께서 하려는 계획을 비난하셨다. 한편 우리 할머니의 두 여동생인 노처녀들에게는 할머니처럼 고결한 마음씨는 있었지만 그 정신은 없어서, 형부가 이같이 하찮은 일을 이야기하며 즐거워하는 것을 도저히 이해할 수 없다고 단언하였다. 이 두 분은 고상한 것을 동경했기 때문에, 비록 역사적으로 흥미로운 일이라 할지라도 소위 잡담이라고 불리거나, 보다 일반적으로는 미적이나 도덕적인 대상에 직접 연결되지 않는 것에 대해서는 전혀 관심이 없었다. 사교 생활에 직간접으로 연결된 듯이 보이는 것 일체에 대한 그들의 초연한 사고는, 식사 때 대화가 두 분 노처녀께서 좋아하는 화제로 가지 못하고 경박한 어조나 단지 세속적인 어조를 띠기만 해도, 그들의 청각이 일시적으로 불필요하다는 것을 깨닫고는 그 청각 기관을 쉬게 함으로써, 진정한 기능 수축의 시작을 감내하게 할 정도였다. 할아버지는 이 두 처제의 주의를 끌 필요가 있다고 생각하면, 정신과 의사가 어떤 주의 산만한 환자에게 하듯 물리적 경고에 의존해야만 했는데, 나이프로 컵을 몇 번 두드리는 동시에 목소리와 시선으로 갑자기 상대에게 말을 건네는 난폭한 방법이었다. 정신과 의사는 직업적인 습관 때문인지, 아니면 누구든지 약간은 미치광이라고 여기기 때문인지, 이 방법을 건강한 사람과의 일상적인 관계에도 자주 도입한다.

그런데 할머니 동생 분들이 더욱 관심을 보이게 된 것은, 스완이 저녁 식사를 하러 오기로 한 전날, 그가 그분들에게 아스티산 백포도주 한 상자를 보내 주었고, 또 그날 고모할머니께서 손에 들고 있던 신문《르 피가로》에서 코로* 미술 전시회에 출품된 한 폭의 그림 제목 옆에 "샤를 스완 씨 소장"이라는 글귀를 보고는 "스완 씨가《르 피가로》에 실린 것을 봤나요?"라고 말했기 때문이다. "그러기에 내가 뭐랬어요. 스완 씨는 취미가 매우 고상한 분이라고 했잖아요." 하고 할머니께서 말씀하셨다. "물론 당신이겠지.* 당신은 '우리와' 다르게 말할 기회만을 노리니까." 하고 고모할머니가 대꾸하셨다. 고모할머니는 할머니가 한 번도 자기와 같은 의견이었던 적이 없다는 걸 알았고, 또 우리가 항상 자기 편을 들어 주리라는 확신도 없었으므로, 우리에게서 할머니 의견이 통째로 틀렸다는 비난을 이끌어 내어, 할머니에 맞서 우리 모두를 자기 편으로 만들려고 했다. 그러나 우리는 모두 입을 다물고 있었다. 할머니의 여동생들이《르 피가로》기사에 대해 스완에게 말하겠다고 하자, 고모할머니는 만류하셨다. 고모할머니는 다른 사람이 조금이라도 자기보다 우월하다고 생각되면, 그것이 장점이 아닌 단점이라고 확신하고는 부러워하는 태도를 보이지 않으려고 도리어 동정했다. "그렇게 하면 스완 씨가 좋아하지 않을걸. 나 같아도 내 이름이 그처럼 생생하게 신문에 나온 걸 보면 싫을 텐데. 남들이 거기에 대해 말하는 것도 좋아하지 않을 테고." 그렇지만 고모할머니는 한사코 할머니의 여동생들을

---

* 장바티스트 코로(Jean-Baptiste Corot, 1796~1875). 인상주의의 선구자로 불리는 프랑스 화가.

설득하려고 우기지는 않았다. 왜냐하면 할머니의 여동생들은 속된 것을 끔찍이도 싫어한 나머지, 개인적인 암시를 교묘한 완곡법으로 가장하는 기술이 너무도 뛰어나, 상대방조차도 무슨 말인지 잘 알아듣지 못할 때가 있었기 때문이다. 한편 어머니로 말할 것 같으면, 어떻게든 아버지를 설득해서 스완의 아내가 아니라 스완이 끔찍이도 사랑하는 딸 이야기를, 그 때문에 스완이 결혼하게 되었다고 사람들이 말하는 딸에 관한 이야기를 스완과 하게 하려고 했다. "단 한마디라도 좋아요. 따님은 요새 잘 있느냐고 묻기만 하면 돼요. 그분에겐 무척이나 쓰라릴 거예요." 그러나 아버지는 화를 내셨다. "그건 안 되는 말이오. 당신은 엉뚱한 생각을 하고 있구려. 꼴만 우스워질 거요."

그러나 우리 중 유일하게 스완의 방문이 고통스러운 걱정거리인 사람이 있었으니, 바로 나였다. 낯선 사람들, 아니 단지 스완 씨 한 분이라도 찾아오는 저녁이면, 엄마가 내 방에 올라오지 않으셨기 때문이다. 나는 다른 사람들보다 먼저 식사를 하고 테이블에 가서 앉아 있다가 8시가 되면 올라가기로 정해져 있었다. 그 소중하고도 깨지기 쉬운 키스를, 보통 때 같으면 내가 침대에 들어가서 잠을 자려고 할 때 엄마가 와서 해 주나, 그런 저녁에는 그 키스를 식당에서 받고 내 방으로 운반해 와서는 옷을 벗는 동안 줄곧 그 감미로움이 부서지지 않도록, 그 휘발성 짙은 효능이 퍼지면서 증발하지 않도록 더욱더 조심스럽게 엄마의 키스를 받아야 할 필요가 있었건만, 이렇게 갑자기 공개적으로 훔치듯 받아야만 했으니, 그

때 내겐 마치 병적인 불안감이 되살아나면서, 문을 닫았던 순간의 기억을 의기양양하게 떠올리기 위해 문을 닫는 동안은 일체 다른 것은 생각하지 않으려고 애쓰는 그런 편집증 환자 같은 주의력을 내가 하는 일에 쏟는 데 필요한 시간이나 정신적인 자유가 없었다. 우리 모두는 망설이듯 두 번 울리는 종소리가 들릴 때 정원에 있었다. 우리는 그것이 스완 씨라는 걸 잘 알고 있었다. 그렇지만 모두들 질문하는 듯한 표정으로 서로를 쳐다보면서 더 자세히 알아보기 위해 할머니를 내보내는 것이었다. "포도주에 대해 알아들을 수 있게 감사 인사를 하는 걸 잊지 말아요. 포도주 맛도 좋고, 포도주 상자도 아주 컸으니까." 할아버지가 두 처제에게 권고했다. "수군거리지 말아요." 하고 고모할머니가 말씀하셨다. "모두들 낮은 목소리로 말하는 집에 들어서는 게 꽤나 편하겠어!" "아! 스완 씨로군요. 내일 날씨가 좋을지 그분에게 물어봅시다."라고 아버지가 말씀하셨다. 어머니는 스완이 결혼한 후부터 우리 집안이 그에게 줬을지도 모르는 일체의 아픔을 자신의 말 한마디로 지워 줄 수 있을 거라고 생각하셨다. 어머니는 스완을 구석진 곳으로 끌고 갈 방법을 찾아내셨다. 나도 어머니 뒤를 따라갔다. 여느 저녁때처럼 어머니가 와서 키스를 해 줄 것이라는 위로도 받지 못하고, 잠시 후면 어머니를 식당에 남겨둔 채 내 방으로 올라가야 한다고 생각하니 한 발짝도 어머니 곁을 떠날 수 없었다. "스완 씨." 하고 어머니가 말씀하셨다. "따님 얘기를 좀 해 주세요. 따님도 아빠처럼 벌써부터 아름다운 작품에 대한 안목이 있겠죠" "자, 베란다로 와서 우리와 같이 앉으세요." 하고 할아버지가 가까이 다가오며 말씀하셨다. 어머니는 이야기를 중단할 수밖에 없었는데, 그런 강요된 상황에서 기가 막힌 생각을 찾아냈다. 마치 운율을 맞춰야 하는 제약 때문에 오히려 가장 아름다운 시구절을 발견하게 되는 뛰어난 시인들처럼. "나중에 우리끼리만 있을 때 따님 얘기를 다시 하기로 하죠." 하고 어머니는 작은 소리로 스완에게 말씀하셨다. "엄마만이 이런 일들을 이해할 수 있을 거예요. 따님의 엄마도 저와 같은 의견일 거라고 믿어요." 우리는 철제 탁자 주위에 앉았다. 오늘 저녁에도 잠을 이루지 못한 채 홀로 내 방에서 보내야 할 그 고통스러운 시간을 나는 생각하고 싶지도 않았다. 그런 시간들은 내일 아침이면 다 잊어버릴 테니까 전혀 중요하지 않다고 스스로에게 다짐하면서, 장차 다가올 그 무시무시한 심연 너머로, 다리를 건너듯이, 나를 인도해 줄 미래의 생각에만 몰두하려고 애썼다. 그러나 내 정신은 걱정거리로 긴장한 나머지 어머니를 쏘아보는 내 눈처럼 불룩 튀어나와서는 어머니 외 어떤 낯선 인상도 침투하지 못하게 했다. 물론 여러 생각이 내 정신 속에 떠오르기는 했지만, 나를 감동시키거나 기분 전환을 시켜 줄 모든 아름다움의 요소나 단지 재미있는 농담 같은 것은 배제된 상태였다. 마치 환자가 마취제 덕분에 의식은 멀쩡한데도 아무것도 느끼지 못하면서 수술에 임하듯이, 나는 내가 좋아하는 시구절을 암송할 수도 있었고, 오디프레파스키에* 공작 얘기를 스완에게

---

* 가스통 오디프레파스키에(Gaston Audiffret-Pasquier, 1823~1905). 프랑스 국

하고 싶어 노력하는 할아버지의 모습도 관찰할 수 있었다. 하지만 그 시구절은 내게 아무 감동도 불러일으키지 않았고, 할아버지의 모습도 전혀 우습지 않았다. 그런데 할아버지의 노력은 어떤 결실도 맺지 못했다. 할아버지가 스완에게 그 웅변가에 관한 질문을 던지자마자, 할머니의 여동생 중 한 분의 귀에는 그 질문이 심오하지만 시의적절하지 않은 침묵처럼 울려, 그걸 깨트리는 것이 예의 바른 일이라고 생각하셨는지, 다른 또 한 분의 동생에게 말을 걸었기 때문이다. "셀린, 난 젊은 스웨덴 태생 여교사를 알게 되었는데, 그분은 내게 스칸디나비아 국가들의 협동 조합에 대해 아주 흥미로운 점들을 상세하게 알려 줬어. 한번 우리 집 저녁 식사에 초대해야겠어." "그거 좋겠네요." 하고 동생 플로라가 대답했다. "하지만 저도 쓸데없이 시간을 보내지는 않았어요. 뱅퇴유 씨 댁에서 모방*을 잘 아는 어떤 노학자를 만났는데, 모방이 그 학자분에게 맡은 역할을 소화하기 위해 어떻게 행동해야 하는지를 아주 자세하게 설명해 줬다는 거예요. 얼마나 흥미로운 이야기였는지 몰라요. 그분은 뱅퇴유 씨 이웃이라는데 전 그 사실을 전혀 몰랐지 뭐예요. 아주 친절한 분이던데." "이웃에 친절한 사람이 사는 게 뱅퇴유 씨뿐인가 뭐." 하고 셀린 할머니가 말

회의장이자 루이필리프 도를레앙의 고문이었다. 원래는 오디프레 백작의 아들이었으나, 증조부인 파스키에 수상으로부터 공작 지위를 물려받으면서 오디프레파스키에라고 불리게 되었다.
* 앙리 모방(Henri Maubant, 1821~1902). 프랑스 코메디프랑세즈의 연극 배우로, 특히 아버지 역할 전문가다.

했는데, 수줍음 때문에 목소리는 더 컸고 심사숙고한 탓에 더 부자연스러웠다. 그러면서 그녀는 자기가 '의미 있는 눈길'이라고 부르는 것을 연상 스완에게 던지고 있었다. 플로라 할머니는 이 말이 아스티산 포도주에 대한 셀린 언니의 인사라는 것을 알아차리고는, 축하와 야유가 섞인 표정으로 스완을 쳐다보았는데, 그것이 단지 언니의 재치 있는 언행을 강조하려고 한 것인지, 아니면 그런 재치를 불어넣은 스완이 부러워서였는지, 또는 이제 스완이 심판대에 올라갔으니 그를 조롱하지 않을 수 없다고 생각해서 그랬는지 알 수 없었다. 플로라 할머니가 말을 이었다. "그분을 저녁 식사에 초대할 수 있을 것 같은데요. 그분에게 모방이나 마테르나* 부인에 관한 이야기를 해 달라고 하면 몇 시간이건 계속해서 말할 테니까요." "그거 재미있겠군." 하고 할아버지가 한숨을 쉬며 말씀하셨다. 불행히도 할아버지의 정신에는 천성적으로 스웨덴 협동조합이나 모방이 맡은 배역을 소화하기 위해 사용하는 방법에 관심을 가질 만한 가능성이 완전히 배제되어 있었는데, 마치 할머니의 여동생들이 몰레와 파리 백작의 사생활 관련 이야기에서 뭔가 묘미를 맛보기 위해서는 그들 스스로가 '맛을 내기 위해' 작은 소금 몇 방울을 쳐야 한다는 것을 잊어버리는 것과도 같았다. "그런데 말입니다." 스완이 할아버지에게 말했다. "제가 말씀드리려는 것은, 그렇게 보이지는 않겠지만, 어르신께서 조금 전에 제게 물어보시려는 것과 관계가 있

---

* 아말리 마테르나(Amalie Materna, 1847~1918). 오스트리아 여가수다.

습니다. 왜냐하면 어떤 점에서는 오늘이 예전과 크게 다르지 않기 때문입니다. 오늘 아침 저는 생시몽*의 글에서 어르신께서 재미있게 생각하실 구절을 읽었습니다. 생시몽이 스페인 대사로 재직했을 때의 일들을 기록한 것인데, 그가 쓴 것 중에 가장 훌륭하진 않지만, 그것도 일기에 불과합니다만, 그래도 아주 경탄할 만큼 잘 쓴 일기입니다. 그 점이 우리가 아침저녁으로 읽어야만 하는 저 지루한 일기들인 신문들과는 첫 번째로 다른 점일 겁니다." "전 의견이 좀 다른데요. 신문을 읽는 것이 즐거운 날도 있는데요." 하고 플로라 할머니가 《르 피가로》에 실린 코로에 대한 기사에서 스완을 읽은 적이 있다는 걸 보여 주려고 말을 중단했다. "우리 관심을 끄는 물건이나 사람들에 대해 말할 때가 그렇죠." 하고 셀린 할머니는 한 수 더했다. "그 말을 부정하는 것은 아닙니다."라고 스완이 놀라며 대답했다. "제가 신문을 비난하는 것은 매일같이 별 의미 없는 일에 우리 주의를 기울이게 한다는 점입니다. 반면 우리 삶을 통틀어 단지 서너 권의 책만이 진짜 본질적인 것들에 대해 말하는 법이죠. 매일 아침마다 열광적으로 신문 봉투를 찢을 때, 뭔가 신문에 변화가 일어나 우리가 거기에서, 전 잘 모르겠지만, 파스칼**의 『팡세』(!) 같은 것을 발견할 수만 있다면야!"(그는 자신이 너무 현학적으로 보일까 봐 일부러 그 단

---

* Saint-Simon(1675~1755). 프랑스 루이 14세 때 정치가이자 작가로 『회고록』이 유명하다. 스완은 생시몽의 열렬한 애독자다.

** 블레즈 파스칼(Blaise Pascal, 1623~1662). 프랑스 과학자이자 철학자로 『팡세』의 저자다.

어를 비꼬듯 강조하며 발음했다). "그런데 우리가 십 년에 한 번밖에 펴 보지 않는, 옆면에 금박을 입힌 책자에서는……." 하고 그는 몇몇 사교계 사람들이 사교계 일에 대해서 일부러 경멸하는 투로 말하듯이 말을 이었다. "그리스 여왕이 칸에 행차했다든가 레옹 대공 부인이* 가장무도회를 개최했다는 글 따위만을 읽게 될 뿐입니다. 이렇게 하면 어느 정도 균형이 잡힐 겁니다." 그러나 그는 진지한 일을 너무 경솔하게 말한 것을 후회하면서, 비꼬는 투로 말을 이었다. "아주 좋은 대화를 했습니다. 어쩌다 이렇게 '높은 데'까지 이르게 되었는지는 모르겠지만."이라고 말하면서 그는 할아버지를 향해 돌아섰다. "생시몽은 몰레브리에가 자기 아들과 악수를 하려고 했던 대담성에 대해 말하면서, 이 몰레브리에에 대해 이렇게 썼습니다.** '이 두꺼운 병 속에서 내가 본 것이라고는 불쾌함과 저속함과 어리석음뿐이었노라.'라고 말입니다." "두꺼운 것인지 아닌지는 모르겠지만, 저는 완전히 다른 것이 담겨 있는 병들도 아는데요."라고 플로라 할머니가 힘차게 말했다. 아스티산 포도주 선물이 그들 두 자매에게 보내 온 것이었기 때문

---

* 레옹 대공 부인은 시아버지 사망 후 로앙샤보 공작 부인이 되었는데, 그녀는 「스완」 출간 후 프루스트에게, 자신이 1891년에 개최한 가장무도회를 기억해 줘서 감사하다는 편지를 보냈다고 한다.
** 생시몽이 루이 15세와 스페인 황녀와의 결혼을 준비하기 위해 마드리드에 갔을 때, 당시 프랑스 대사였던 몰레브리에 후작이 생시몽을 무례하게 대했다고 한다. 이 인용문은 생시몽의 『회고록』에 나오는 것으로, '이 두꺼운 병 속에'라고 직역한 dans cette bouteille épaisse라는 말에는 '조잡한 음모'라는 의미도 있다.

에, 그녀 역시 스완에게 감사 인사를 하고 싶었던 것이다. 셀린 할머니가 웃음을 터트렸다. 스완은 당황하면서 말을 이었다. "생시몽은 또 이렇게 썼습니다. '나는 그것이 무지(無知)인지 또는 덫인지는 모르겠지만, 그가 우리 아이들에게 손을 내밀려고 했을 때 재빨리 눈치를 채고는 막았다.'라고요." 할아버지는 "무지인지 또는 덫인지"라는 말에 벌써 경탄해 마지않았다. 그러나 셀린 양은 생시몽이라는 작가의 이름만으로도 청각 기능을 완전히 마비하는 데 방해를 받았으므로 화를 냈다. "뭐라고요? 그런 일에 감탄하다니요? 글쎄요, 재미있군요. 그런데 도대체 그게 뭘 의미하는 건가요? 한 인간이 다른 인간만큼 훌륭하지 않다는 건가요? 머리와 마음만 있다면 공작이건 마부건 무슨 상관이죠? 형부가 말하는 생시몽이라는 사람은 훌륭하게 자식을 키우는 법을 아는군요. 누구든 신사에게는 악수하라고 가르치지 않았으니. 정말 가증스럽군요. 그런데 어떻게 감히 형부가 그런 말을 인용하실 생각을 하신 거죠?" 그러자 기분이 상한 할아버지는 이런 방해물에 부딪힌 이상 스완으로 하여금 자기를 즐겁게 해 줄 이야기를 하게 한다는 것은 불가능하다는 걸 알고, 어머니에게 낮은 소리로 말했다. "얘야, 내게 가르쳐 준 그 구절을 다시 말해 다오. 이럴 때 마음을 가라앉혀 줄 말이었는데. 아, 그래, '주여, 당신은 우리로 하여금 얼마나 많은 미덕을 싫어하게 하셨나요!'* 참 좋은 말이다."

---

* 17세기 프랑스 극작가 코르네유의 「폼페이우스의 죽음」에 나오는 구절이다.

나는 어머니로부터 눈길을 떼지 않았다. 이제 모두들 식탁에 가 앉으면, 엄마는 내가 저녁 식사가 끝날 때까지 남아 있는 것을 허락하지 않을 것이고, 또 아버지의 비위를 거스르지 않으려고, 여러 사람이 있는 데서는 내 방에서 하는 것처럼 여러 번 키스를 해 주지 않으리라는 것을 잘 알고 있었다. 그래서 사람들이 저녁 식사를 하기 시작하면 식당에서 그 시간이 다가오는 것을 느끼면서, 그렇게도 짧고 덧없는 키스에 대비하여 내가 혼자서 할 수 있는 것은 모두 다 해 두자고 다짐했다. 내 시선으로는 키스할 뺨의 위치를 선택하고, 내 생각으로는 상상의 키스를 시작해 봄으로써, 엄마가 내게 할애할 그 시간을 오로지 내 입술로 엄마의 뺨을 느끼는 데 바칠 수 있도록 준비하자고 말이다. 마치 모델이 포즈를 취해 줄 시간이 아주 짧아, 화가가 물감을 준비하면서 그가 기억한 것과 메모한 것만으로 모델이 없을 때도 그림을 그릴 수 있도록 모든 것을 준비하는 것과 같았다. 그러나 바로 그때, 저녁 식사를 알리는 종소리가 울리지도 않았는데, 할아버지께서는 자신의 말이 얼마나 잔인한 줄도 모르고 이렇게 말씀하셨다. "애가 피곤해 보이는구나. 방에 올라가 자야겠다. 게다가 오늘 저녁은 식사가 늦구나." 그리고 할머니와 어머니만큼 세심하게 '신앙 서약'을 지키지 않는 아버지께서도 "그래. 그만 가서 자거라." 하고 말씀하셨다. 난 엄마에게 키스하려고 했다. 그 순간 저녁 식사를 알리는 종이 울렸다. "이러면 안 돼요. 어머니를 놔 줘야지. 이만하면 저녁 인사는 충분해요. 이런 꼴을 보이면 남들이 웃어요. 자, 그만 방으로 올라가야지." 난 성체도 받지 못하고 떠나야만 했다. 어머니가 키스를 해 주면 내 마음도 나를 따라갈 수 있었을 텐데, 키스를 해 주지 않아 어머니 곁으로 되돌아가기만을 바라는 내 마음에 맞서, 또는 흔한 표현으로 말하면 '마지못해'* 나는 계단을 하나씩 하나씩 올라가야 했다. 내가 언제나 슬픈 마음으로 올라가는 이 가증스러운 계단에서는 바니시 냄새가 났다. 이 냄새는 내가 매일 저녁마다 느끼는 그 특별한 슬픔을 흡수하고 고정해, 이런 후각적인 것에 대해 별 볼일 없는 내 지성보다는 내 감성에 더 잔인하게 느껴지는 것이었다. 마치 잠을 자면서 느끼는 치통을, 우리가 이백 번이나 계속해서 구하려고 애쓰는 물에 빠진 소녀라고 지각하거나, 끊임없이 되풀이되는 몰리에르**의 시구절로 지각하다가, 잠에서 깨어나면 우리 지성이 치통이라는 생각으로부터 모든 영웅적인 행위나 시 운율에 대한 속임수를 제거함으로써 커다란 안도감을 주는 것과도 같다. 그런데 이런 안도감과는 반대로, 내 방에 올라가야 한다는 슬픔은 계단 특유의 바니시 냄새를 흡입함으로써 ― 정신적인 침투보다 더 독성이 강한 ― 아주 빨리, 거의 순식간에, 갑작스럽고도 엉큼하게 내 몸속으로 들어왔다. 방 안에 들어서자마자 난 모든 출구를 막고, 덧문을 닫고, 이불을 들추고, 나 자신의 무덤을 파헤치면서, 잠옷이라는 수의를 걸쳐야만 했다. 그러나 여름에 큰 침대 주위에 친 커튼 안에서 자는 것이 너무 더워 방 안에 들여놓은

* '마지못해(contrecoeur)'라는 이 합성어의 원래 의미는 '마음과는 반대로'다.
** Molière(1622~1673). 프랑스 17세기 희극 작가다.

작은 침대로 들어가 몸을 파묻기 전에, 갑자기 반항하고 싶은 충동에 사로잡혀 유죄 선고를 받은 자의 술책을 써 보자는 생각이 들었다. 나는 어머니에게 편지로는 말할 수 없는 중대한 일이 있으니, 방에 올라와 달라고 간청하는 글을 썼다. 콩브레에 갈 때면 내 시중을 들어 주던 레오니 아주머니의 요리사인 프랑수아즈가 내 쪽지를 전해 주지 않을까 겁이 났다. 손님들이 와 있을 때 어머니에게 쪽지를 전한다는 것은, 마치 무대 위에 있는 배우에게 극장 문지기가 편지를 건네는 일과 마찬가지로 프랑수아즈에게는 불가능하게 여겨질 거라는 생각이 들었기 때문이다. 그녀에겐 할 수 있는 일과 할 수 없는 일에 대해, 이해하기 힘든 아주 하찮은 구분에 근거하는 엄격하고도 풍부하며 상세하고 강경한 법전이 있었다.(그리하여 이 법전은 영아 학살 같은 가혹한 명령을 내리면서도, 다른 한편으로는 자상함이 지나쳐 염소 새끼를 어미젖으로 삶는 것을 금지하거나, 짐승 넓적다리 힘줄을 먹는 것을 금지하는 고대 법전의 모습을 띠었다.)* 우리가 시키는 몇몇 심부름을 프랑수아즈가 갑자기 하지 않겠다고 고집부리는 것으로 미루어 판단해 볼 때, 이 법전은 프랑수아즈의 주변 사람들이나 시골 하인의 생활에서는 그 무엇도 암시해 줄 수 없었던, 그런 사회적인 복잡성과 사교계의 세련됨을 미리 예측하고 만들어진 듯했다. 그래서 사람들은 그

---

* 성경은 어미젖으로 새끼 염소를 삶는 것을 거듭 금한다. 그리고 야곱은 천사와 싸우다가 넓적다리 힘줄을 부상당한 적이 있는데, 이 기억으로 유대인은 넓적다리 힘줄을 잘 먹지 않는다고 한다. 그리고 영아 학살은 예수님이 태어났을 때 헤롯 왕이 내린 명령을 가리킨다.

녀 마음속에 아주 고상하면서도 잘 알려지지 않은, 오랜 프랑스의 과거가 들어 있다고 생각할 수밖에 없었다. 마치 옛 궁정 생활의 흔적을 말해 주는 오래된 저택과, 테오필 성인*의 기적이나 에몽**의 네 아들을 묘사한 정교한 조각품 한가운데서 화학 제품 공장 직공들이 일하고 있는 그런 공장 도시와도 같았다. 특별한 경우, 프랑수아즈가 나같이 하찮은 인물을 위해 스완 씨가 보는 앞에서 엄마를 방해하러 가는 일이란 화제가 나는 경우를 제외하고는 거의 있을 수 없는 일이지만. 그 법조문은 망자나 사제와 왕 들을 대하듯 부모를 존경해야 한다는 것뿐 아니라, 집 안에 맞아들인 손님도 존경해야 한다고 말했는데, 그런 사실을 책에서 읽었으면 감동했을지 모르지만, 프랑수아즈의 입을 통해 들을 때는 그녀의 정중하고도 감상적인 어조 때문에 늘 짜증이 났다. 더구나 오늘 저녁은 프랑수아즈가 저녁 식사에 성스러운 성격을 부여해서, 그 식사 의식을 방해하는 일은 무엇이든 거절할 것이라는 생각이 들자 더욱 화가 났다. 그러나 내 일을 유리하게 만들기 위해서라면 난 거짓말도 서슴지 않았다. 엄마에게 편지를 쓰고 싶어 쓴 것이 아니라, 엄마가 나와 헤어지면서 찾아보라고 부탁한 물건에 대해 잊지 말고 답을 써 보내라고 했기 때문에 쓴 것이라고 설명

---

* Théophile d'Adana. 13세기 뤼트뵈프가 극화한 「테오필의 기적」은 악마에게 영혼을 팔았다가 성모마리아에게 구원받는 6세기 성인 테오필의 이야기를 다룬 것으로, 파우스트적 테마의 전초가 되는 작품이다.
** 에몽의 네 아들은 13세기 무훈시에 나오는, 카롤루스 대제를 거역했다가 화해하는 인물들이다.

하면서, 이 쪽지를 엄마에게 전하지 않으면 틀림없이 엄마가 크게 화를 내실 거라고 말했다. 지금 생각해 보니 프랑수아즈는 내 말을 믿지 않았던 것 같다. 그녀는 우리보다 훨씬 감각이 뛰어난 원시인들처럼, 이해하기 힘든 기호들에서 우리가 감추고 싶어 하는 진실을 모두 즉각적으로 간파했다. 그녀는 마치 종이 질을 검사하고 글씨 모양만 봐도 편지 내용이 무엇인지, 또 법조문의 어떤 조항을 적용해야 하는지를 알 수 있다는 듯이, 약 오 분 정도 봉투를 바라보았다. 그러고는 "이런 자식을 둔 부모는 얼마나 불행할까!"라고 말하는 듯한 체념 어린 표정을 지으며 방을 나갔다. 그러나 잠시 후 돌아와서는 아직 모두들 아이스크림을 들고 계시기 때문에 식사 담당자로서 쪽지를 전하는 것이 불가능하지만, 입가심용 물그릇이 나갈 즈음에는 엄마에게 쪽지를 전할 방법을 찾을 수 있을 거라고 말했다. 그 즉시 내 불안은 사라졌다. 이제는 내일까지 어머니와 떨어져 있어야만 했던 조금 전과는 사정이 달라졌다. 내 조그만 쪽지가 물론 어머니를 화나게 하겠지만(그리고 이런 술책이 스완의 눈에 우스꽝스럽게 보일 것이므로 어머니 마음을 두 배로 화나게 하겠지만) 황홀해하는 나를 눈에 띄지 않게 어머니가 계신 방에 들어가게 하고, 어머니의 귀에다 대고 내 얘기를 해 줄 것이기 때문이었다. 조금 전까지만 해도 나에게 금지되었던 그 적대적인 식당에서, 어머니가 나를 멀리한 채로 홀로 맛보았기에 '그라니테'* 샤베트와 입가심용 물그릇이 지

---

* granité. 얼음을 갈아서 만든 겉이 오톨도톨한 샤베트.

극히 해롭고 서글픈 쾌락을 담고 있는 것처럼 보였는데, 지금 그 식당이 내게로 열리면서 마치 과일 껍질이 터져 단물이 나오듯이, 엄마가 쪽지를 읽는 동안 엄마의 관심을 쏟아내고, 내 도취된 마음까지 투사하려 하고 있었다. 이제 나는 더 이상 어머니와 떨어져 있지 않았다. 장벽이 무너지면서, 다정한 실 한 가닥이 우리를 연결해 주었다. 그리고 그게 전부가 아니었다. 엄마가 틀림없이 올 것이다!

내가 방금 느낀 고뇌에 대해, 만약 스완이 내 편지를 읽었다면 그 목적을 알아채고 날 놀렸을 거라는 생각이 들었다. 그런데 그와는 반대로 스완 역시 오랜 세월 동안 비슷한 고뇌로 괴로워했으며, 그래서 그만큼 내 마음을 잘 이해해 줄 사람도 없다는 걸 나중에 알게 되었다. 그의 고뇌란 자기가 가 있지 않은, 자기가 함께 가 있을 수 없는 쾌락의 장소에 사랑하는 사람이 가 있다고 느끼는 고뇌다. 스완에게 고뇌를 알게 한 것은 바로 사랑으로, 사랑이 고뇌를 숙명적으로 만들고, 독점하고, 특별하게 만든 것이다. 그러나 내 경우처럼, 사랑이 아직 우리 삶 속에 그 모습을 드러내기 전에 고뇌가 먼저 마음속으로 들어오면, 고뇌는 사랑을 기다리는 동안 막연하고 자유롭게, 정해진 목적 없이, 오늘은 이 감정에서 다음 날은 저 감정으로, 어떤 때는 자식으로서의 애정에, 또 어떤 때는 친구에 대한 우정으로 표류한다. 그리고 내 쪽지가 곧 전해질 거라고 프랑수아즈가 알리러 왔을 때, 나는 처음으로 기쁨이란 것에 입문했는데, 스완 역시 그러한 속임수가 가져다주는 기쁨을 이미 경험한 적이 있었다. 사랑하는 여인이 어떤 무도회나 축제 또는 연극 개막 공연 같은 데 참석하기 위해 저택이나 극장으로 들어갈 때, 그녀를 만나려고 밖에서 배회하며 그녀와 연락할 기회만을 절망적으로 기다리던 우리에게, 사정을 알아챈 그녀의 친구나 친지가 맛보게 해 주는 그런 기쁨이다. 친구는 우리를 알아보고 허물없이 다가와 뭘 하느냐고 묻는다. 그래서 그의 친지나 친구 되는 여인에게 급히 연락할 일이 있다고 꾸며 대면, 친구는 그런 일이라면 전혀 어렵지 않다고 말하면서 우리를 현관으로 안내하고, 찾는 여인을 금방 보내 주겠다고 약속한다. 우리는 ── 이 순간 내가 프랑수아즈를 사랑하듯이 ── 그를 얼마나 좋아하게 되는지. 호의적인 중개인은 상상도 할 수 없는 지옥 같은 축제를, 적들로 가득한 사악하고도 감미로운 소용돌이가 사랑하는 여인을 우리로부터 멀리 깔깔대고 비웃으며 데리고 간다고 생각했던 그 축제를, 자신의 단한 마디 말로, 견딜 수 있는 인간적인, 거의 자비로운 것으로 만들어 주는 것이다. 우리에게 다가와 말을 건네는 여인의 친지 역시 이 잔혹하고 신비로운 세계의 입문자 중 한 사람이지만, 그를 통해 판단해 본다면 축제에 초대받은 다른 손님들에게도 전혀 악마적인 면이 없어 보인다. 사랑하는 여인이 미지의 쾌락을 맛보려고 하는 그 다가갈 수 없는 고통스러운 시간들 속에서, 갑자기 어떤 예기치 않은 틈새 탓에, 그 안으로 꿰뚫고 들어갈 수 있게 된 것이다. 그 순간은 물론 다른 순간들의 연속으로 이루어졌으며 다른 순간들만큼이나 현실적이지만, 어쩌면 우리의 연인과 관련 있어 더 중요한 순간이지만, 저기 아래층에서 기다린다고 누군가가 알리러 가는 그 순간을 우리는 마음속에 그려 보고 소유하고 개입하고 거의 만들어 내기까지 하는 것이다. 어쩌면 축제의 다른 순간들도 이 순간의 본질과 크게 다르지 않을 것이며, 더 감미롭거나 고통스럽지도 않을 것이다. 그 친절한 친구가 우리에게 "곧 내려올 겁니다. 저 위에서 지루해하는 것보다 당신과 이야기를 나누는 편이 훨씬 더 즐거울 테니까요."라고 말했으니까. 아! 슬프게도 스완은 이미 이런 일을 경험한 적이 있었다. 좋아하지도 않는 사람이 축제까지 쫓아오는 데 짜증이 난 여인에게는 제삼자의 호의 따위는 아무 효과가 없는 법이다. 대개 친구는 혼자 내려온다.

어머니는 오시지 않았다. 내 자존심 따위는(내게 찾아보라고 한 것이 어떻게 되었는지 그 결과를 알려 달라고 부탁했다고 꾸며 낸 그 이야기를 어머니가 부인하지 말았으면 하는) 배려하지 않고, 프랑수아즈가 "대답 없음."이라는 말만 전하게 만들었다. 나는 그 후에도 여러 번 고급 호텔 수위나 도박장 종업원 들이 어느 가련한 아가씨에게 이렇게 말하는 것을 들은 적이 있었다. 그러면 아가씨는 깜짝 놀란다. "뭐라고요? 아무 말도 하지 않았다고요. 그럴 리가 없어요. 제 편지는 분명히 전해 주셨겠죠. 좋아요. 좀 더 기다리겠어요." 그리고 ― 수위가 그녀를 위해 보조 가스등을 켜 주겠다고 해도 한사코 필요 없다고 거절하면서, 그곳에 남아 수위와 호텔 종업원이 가끔 날씨에 대해 주고받는 이야기를 듣거나, 수위가 시계를 보고는 갑자기 종업원에게 손님 음료수를 얼음 통에 채울 시간이라고 내보내는 것을 듣는 것과 마찬가지로 ― 나도 차를 만들어 줄까 아니면 옆에 있어 줄까 하는 프랑수아즈의 제의도 거절하고 그녀를 부엌으로 돌려보낸 후, 정원에서 커피를 마시고 있는 식구들의 소리를 듣지 않으려고 침대에 누워 눈을 감았다. 그러다 몇 초가 지나자, 쪽지를 쓰면서 엄마를 화나게 하는 위험을 무릅쓰면서까지 엄마 곁에 다가갔는데, 엄마를 다시 보게 될 순간에 다 이르렀다고 믿을 정도로 그토록 가까이 다가갔는데, 이제 엄마를 보지 않고 잠을 자다니…… 이런 가능성은 이미 내게 차단되었다는 걸 깨달았다. 내 불운을 받아들이는 것이 마음의 안정을 찾는 길이라고 스스로에게 타일러 보았지만, 오히려 내 동요는 심해져 갔고, 심장의 두근거림은 시시각각 더 고통스러워져만 갔다. 그런데 강력한 약 기운이 작용하면서 통증을 없애 주는 것처럼, 갑자기 고뇌가 가라앉으면서 행복감이 나를 사로잡았다. 엄마를 다시 보지 않고서는 잠을 자지 않을 것이며, 그 때문에 분명히 오랫동안 엄마와 사이가 틀어지겠지만, 엄마가 주무시러 올라오실 때면 무슨 수를 써서라도 키스를 해야겠다고 결심했다. 고뇌가 끝나면서 오는 마음의 안정이 기다림과 갈증, 위험에 대한 공포 못지않게 나를 엄청난 기쁨 속으로 몰아넣었다. 나는 소리 없이 창문을 열고 침대 끝에 앉았다. 아래층에 기척이 들리지 않도록 꼼짝하지 않았다. 밖의 사물들도 달빛을 건드리지 않으려고 말없이 주의를 기울이며 응결된 것처럼 보였다. 달빛은 각각의 사물 앞에 그보다 더 짙고 더 단단한 그림자를 늘어뜨리며 사물을 두 배로 확대하거나 뒤로 처지게 하면서, 마치 접혀 있던 지도를 펼치듯이 풍경을 작거나 크게 만들었다. 마로니에 몇 잎이 움직이지 않고는 못 배기겠다는 듯이 움직였다. 그러나 지극히 미묘한 분위기와 섬세함 속에서 이루어지는 잎의 미세하고도 온전한 떨림은 그 밖의 어떤 것으로도 번져 가거나 뒤섞이지 않고 마로니에 나무에만 한정되었다. 아무것도 흡수하지 않는 고요 속에 멀리서 들려오는 소리들, 도시 저편 끝 공원에서 들려오는 듯한 소리들이 하나하나 구분되면서 어찌나 '뚜렷이' 들리던지, 그토록 멀리 있는 것 같은 느낌은 오로지 소리들의 피아니시모 효과에 불과하다는 생각이 들었다. 마치 파리 콩세르바투아르 교향악단*이 저음 모티프를 너무도 잘 연주한 까닭에, 그중 어느 한 음도 놓치지 않고 다 듣고 있는데도 연주회장에서 멀리 떨어진 곳으로부터 들려오는 듯한 느낌과도 흡사했다. 연주회의 모든 단골 회원들은 — 스완이 자기 좌석을 할머니의 두 여동생에게 줄 때면 그분들도 포함해서 — 군대 행진 소리가 멀리서 들리는 것처럼 귀를 기울였지만, 실은 트레비즈 거리 모퉁이도 아직 돌지 않은 곳에서 들려오는 것이었다.

우리 부모님 입장에서 본다면 지금 내가 처한 상황은 내게 일어날 수 있는 일 가운데서도 가장 심각한 결과를 초래할 수 있는, 다른 집안사람은 상상도 할 수 없는, 정말로 수치스러운 잘못을 저질렀을 때에야만 생길 수 있는 가장 최악의 일이라는 걸 나는 잘 알고 있었다. 그러나 내가 받은 교육에서는 잘

---

* 프랑스에서 가장 유서 깊은 파리 콩세르바투아르 교향악단은 매주 일요일 오후에 이 음악원이 위치한 파리 9구 베르제르 거리 근처에서 연주회를 열었다고 한다. 트레비즈 거리는 베르제르 거리 모퉁이에 있다.

못의 경중이 다른 아이들이 받은 교육과 같지 않았다. 우리 가족이 다른 무엇보다도 중요시해 온 잘못은, 지금 와서야 이해하게 되었지만, 모두 신경질적인 충동을 극복하지 못한 데서 오는 잘못이었다.(아마도 그때까지만 해도 내가 그보다 더 조심해야 할 잘못은 없었기 때문이겠지만.) 그러나 당시에는 아무도 그 단어를 입 밖에 내지 않았고, 내가 그런 충동에 굴복하는 것이 무리가 아니며 아마도 그것을 뿌리칠 수 없을 거라고 생각하면서도 그 원인에 대해서는 드러내 말하지 않았다. 그러나 나는 잘못을 저지르기 전에 느끼는 고뇌와 그 뒤를 따르는 엄격한 처벌에 비춰, 그것이 잘못인지를 알 수 있었다. 그리고 내가 방금 저지른 잘못이 전에 엄하게 벌을 받았던 잘못들과는 비교도 안 될 만큼 중대하긴 하지만, 같은 종류에 속한다는 것도 잘 알고 있었다. 어머니가 주무시러 가는 길목에 나타난다면, 어머니는 내가 저녁 인사를 하려고 복도에서 잠도 안 자고 기다렸다는 것을 알게 될 것이고, 그러면 가족들은 나를 더이상 집에 두지 않고 다음 날로 기숙사에 보낼 것이 확실했다. 그래도! 오 분 후에 창밖으로 몸을 내던지게 되더라도 그 편이 더 낫다. 지금 내가 원하는 건 엄마이며, 엄마에게 저녁 인사를 하는 것이었다. 이런 욕망을 실현하기 위한 길로 너무 멀리 와 있어서 되돌아갈 수도 없었다.

스완을 바래다주는 부모님의 발자국 소리가 들렸다. 대문 방울 소리가 이제 막 그가 떠났다는 것을 알려 주자, 난 창가로 갔다. 엄마가 아버지에게 바닷가재 요리가 맛있었는지, 스완 씨가 피스타치오를 넣은 커피 아이스크림을 더 들었는지 물으셨다. "맛이 그저 그랬던 것 같아요." 하고 어머니가 말씀하셨다. "다음번에는 다른 향료를 써 봐야겠어요." "스완이 얼마나 변했는지 말로 할 수 없을 정도야. 늙은이가 다 돼 버렸어." 하고 고모할머니가 말씀하셨다. 스완을 항상 똑같은 청년으로만 봐 오던 습관 때문에, 고모할머니는 평소 생각하던 나이에 비해 스완이 갑자기 덜 젊어 보이자 놀랐던 것이다. 게다가 부모님들도 스완의 노쇠 현상에서 독신자들이나, 내일 없이 밝아 오는 하루가 텅 빈 듯 느껴지고 아이들과 시간을 나누어 가질 수 없어 아침부터 순간순간이 쌓여 가서 하루가 남들보다 더 길게 느껴지는 모든 사람들에게서 늘 찾아볼 수 있는, 비정상적이고 과도하고 수치스러운 것을 발견했다. "바람둥이 아내하고 살려니까 걱정이 많을 거야. 콩브레 사람들이 다 아는 것처럼 요즘은 그녀가 샤를뤼스라는 남자와 산다지. 마을 사람들이 꾸며 낸 이야기이긴 하지만." 어머니는 요즘 스완이 그래도 전보다 덜 울적해 보인다고 말했다. "자기 아버지 같은 버릇은 조금 덜 한 것 같아요. 눈을 비비거나 이마에 손을 대는 것 말예요. 제가 보기에 그분은 사실 그 여자를 더 이상 사랑하지 않는 것 같아요." "물론이지, 스완은 이제 그 여자를 사랑하지 않아."라고 할아버지가 대답하셨다. "벌써 오래전에 이 문제에 관해 스완이 보낸 편지를 받았는데, 바로 답장을 하지는 않았지만, 아내에 대한 감정이나, 적어도 사랑의 감정에는 의심할 여지가 없었어. 아, 참, 두 분께서는 아스티산 포도주에 대한 감사 인사를 못 하셨구먼." 하고 할아버지가 두 처제 쪽으로 몸을 돌리면서 말씀하셨다. "뭐라고요?

우리가 안 했다고요? 우리끼리 얘기지만, 저는 그 말을 아주 정교하게 돌려서 했답니다." 하고 플로라 할머니가 대답했다. "음, 그래, 아주 잘했어. 내가 다 감탄했단다." 하고 셀린 할머니가 말했다. "언니도 아주 잘했어요." "음, 친절한 이웃이라는 말은 내가 생각해도 자랑스러웠어." "뭐라고? 그 말이 감사 인사라고!" 하고 할아버지가 소리쳤다. "그 말은 분명히 나도 들었지만 스완에게 하는 말이라곤 꿈에도 생각하지 못했는걸. 장담하지만 스완도 틀림없이 알아듣지 못했을걸." "그럴 리가요. 스완은 바보가 아니에요. 스완은 그걸 음미했을 거예요. 틀림없어요. 술이 몇 병이고 가격이 얼마고 하는 식으로 말할 수는 없잖아요." 아버지와 어머니 두 분만이 남으셨다. 두 분은 잠시 앉아 계셨다. 아버지가 말씀하셨다. "자, 이제 그만 자러 갑시다." "전 전혀 졸리지 않지만 당신이 원하면 그렇게 하죠. 별것도 아닌 커피 아이스크림이 이렇게 잠을 뺏어 가지는 않았을 텐데. 부엌에 불이 켜진 걸 보니, 가엾게도 프랑수아즈가 여태껏 저를 기다리나 봐요. 가서 코르사주 고리를 벗겨 달라고 해야겠어요. 그동안 당신도 가서 옷 갈아입으세요." 이렇게 말하고 나서 어머니는 계단 쪽으로 난 현관 창문을 열었다. 이내 어머니가 어머니 방 창문을 닫으러 올라오는 소리가 들렸다. 나는 소리 없이 복도로 나갔다. 심장이 너무도 세차게 뛰어 발을 앞으로 내딛기가 힘들었다. 하지만 그것은 불안의 고동 소리가 아닌, 공포와 기쁨의 고동 소리였다. 계단참에서 엄마가 손에 들고 있는 촛불이 어른거리는 것이 보였다. 드디어 엄마가 보였다. 나는 달려들었다. 처음에 엄마는 놀란 얼굴로 나를 쳐다보면서 무슨 영문인지 몰라 하셨다. 그러다 엄마의 얼굴에 노여움이 나타났고, 엄마는 내게 한 마디 말도 하지 않으셨다. 사실 이보다 더 사소한 일로도 엄마는 며칠 동안 내게 말을 하지 않은 적이 있었다. 만일 엄마가 내게 한 마디라도 했다면, 그건 내게 다시 말할 수 있다는 걸 인정하는 셈이 되었을 것이다. 하기야 엄마가 말을 거는 것이 더 두려웠는지도 모른다. 다가올 처벌의 심각함에 비하면 침묵이나 불화 따위는 아무것도 아니었기 때문이다. 만약 엄마가 한 마디라도 말을 했다면, 그것은 이제 막 해고하기로 결정한 하인에게 통보하면서 취하는 침착한 태도나, 아니면 이틀 동안만 사이가 틀어지는 것이었다면 거절했을 키스를 아들이 군에 입대하게 되니까 해 주는 것과도 같았을 것이다. 하지만 엄마는 아버지가 옷을 갈아입으려고 화장실에 갔다 올라오는 소리를 듣고서는, 큰 소리를 피하려고, 노여움으로 중간중간 끊기는 목소리로 말했다. "도망쳐, 도망치라니깐. 적어도 미치광이처럼 기다리는 모습을 아버지에게 들키지는 말아야지." 그러나 나는 엄마에게 되풀이했다. "저녁 키스를 하러 와 주세요." 아버지가 든 촛불 그림자가 이미 벽을 따라 올라오는 것을 보고 공포에 질렸으면서도, 다른 한편으로는 아버지가 가까이 오는 것을 협박 수단으로 삼아, 엄마가 계속해서 거절했다간 내가 거기 서 있는 것을 아버지에게 들킬 테고, 그러면 엄마가 그걸 피하기 위해 "어서 빨리 네 방으로 가거라. 곧 엄마가 갈 테니."라고 말할 것을 기대했다. 하지만 너무 늦었다. 아버지가 우리 앞에 와 있었다. 나도 모르게 "이제 끝장이

구나!" 하고 중얼거렸지만, 아무도 그 말을 듣지 못했다.

그러나 그렇게 되지는 않았다. 아버지는 '원칙' 같은 것에 구애받는 분이 아니셨고, '사람들의 권리'에도 신경을 쓰는 분이 아니셨기 때문에, 어머니와 할머니가 정한 폭넓은 규약 안에서 내게 허락되었던 사항들을 종종 거절하곤 하셨다. 지극히 우발적인 이유나, 또 어떤 때는 아무 이유도 없이, 내가 약속한 것을 어기지만 않는다면 도저히 금지할 수 없는 그렇게도 일상적이고 습관적인 산책을, 내가 막 나가려는 순간 금지하거나, 조금 전 아래층에서처럼 정해진 시간보다 훨씬 전에 "그만 올라가서 자거라. 잔말 말고."라고 말씀하셨다. 그러나 또한 원칙이 없었기 때문에(할머니가 말씀하시는 의미에서) 엄밀히 말하면 비타협적인 분도 아니셨다. 아버지는 한순간 놀라 화난 표정을 지었지만, 어머니가 당황하면서 무슨 일이 일어났는지를 설명하자 "마침 당신이 잠이 안 온다고 했으니 같이 가구려. 저애 방에 있어 주오. 난 아무것도 필요 없으니."라고 말씀하셨다. "하지만 여보, 쟤가 잠이 오고 안 오고는 이 일과는 상관없어요. 애 버릇을 이렇게 들일 수는 없어요." 하고 어머니가 조심스럽게 말씀하셨다. 그러자 아버지는 어깨를 으쓱하며 말했다. "녀석이 울적한 모양이오, 가슴 아픈 일이 있는 모양이지. 우리가 처벌만 하는 사람은 아니잖소. 애가 아프기라도 하면 경솔하게 행동한 셈이 될 거요. 마침 녀석 방에 침대가 두 개 있으니, 프랑수아즈를 불러 큰 침대를 준비시키구려. 그리고 오늘밤은 녀석 곁에서 자구려. 그럼 잘 자오. 난 당신들만큼 그렇게 예민한 사람이 못 되니 가서 잠이나 자야겠소."

나는 아버지에게 감사하다는 말을 할 수 없었다. 만약 그랬다면 아버지가 신경과민이라고 부르는 것으로 아버지를 언짢게 했을 것이기 때문이다. 나는 꼼짝하지 않고 서 있었다. 아버지는 우리 앞에 커다란 모습으로, 하얀 잠옷을 입고, 신경통을 앓고 난 후부터 하게 된 보라색과 분홍색 인도산 캐시미어 숄을 머리에 두르고는, 스완 씨가 전에 내게 주었던 베노초 고촐리의 벽화를 본떠 만든 판화에서, 아브라함이 이제 그만 아들 이삭과 떨어지라고 사라에게 말하는 몸짓을 하면서 서 계셨다.* 그 후로 많은 시간이 흘렀다. 아버지 손에 들린 촛불의 그림자가 올라오는 것이 보이던 계단 벽이 존재하지 않게 된 지도 오래다. 내 마음속에서도 영원히 계속되리라고 믿었던 많은 것들이 파괴되고 새로운 것들이 세워지면서, 당시에는 예측할 수 없었던 새로운 고통과 기쁨이 생겨났고, 그와 더불어 예전 것은 이해할 수 없게 되어 버렸다. 아버지가 "녀석하고 같이 자구려."라고 말하지 않게 된 지도 오랜 시간이 흘렀다. 그러한 시간의 가능성은 두 번 다시는 내게 생기지 않을 것이다. 그러나 얼마 전부터 귀를 기울이면, 아버지 앞에서는 억제하다가 엄마하고 단둘이 되고 나서야 터져 나왔던 흐느

---

* 프루스트 연구자들에게는 당혹스러운 부분이다. 15세기 이탈리아 피렌체 화가였던 베노초 고촐리는 구약성서를 주제로 벽화 23편을 남겼지만(러스킨이 언급하는 「아브라함의 생애」도 포함.) 이 텍스트에 걸맞은 작품은 어디서도 찾아볼 수 없으며, 게다가 아브라함이 사라에게 아들 이삭과 떨어지라고 번역한 동사 se départir가 때로는 '…… 와 헤어지다, …… 와 떨어지다'를 의미하기도 하고, 때로는 '……를 향해 가다(partir du côté de)'로 해석될 수 있기 때문이다.

낌이 다시 뚜렷이 들리기 시작한다. 실제로 그 흐느낌은 결코 멈춘 적이 없었다. 단지 지금은 내 주변 삶이 더 깊이 침묵하고 있어 다시 들리기 시작한 것이다. 마치 낮 동안 도시 소음에 파묻혀 들리지 않던 수도원 종소리가 저녁의 고요함 속에서 다시 울리는 것처럼.

엄마는 그날 밤을 내 방에서 보냈다. 집을 떠나야만 할 거라고 생각했던 그런 잘못을 저지른 나에게 부모님은 착한 일을 할 때 주던 것보다 훨씬 더 큰 상을 주셨다. 이처럼 상이 은혜로 나타날 때조차도 나에 대한 아버지의 행동에는 뭔가 독단적이고 부당한 면이 있었는데, 아버지의 행동은 미리 심사숙고한 계획에 따른 것이라기보다는, 그때그때 형편에 따른 결과라고 할 수 있었다. 가서 자라고 나를 보냈을 때, 내가 아버지의 엄격함이라고 불렀던 것도, 어머니와 할머니의 엄격함에 비하면 그 이름에 어울리지 않는다 할 수 있었다. 왜냐하면 나와 아버지의 성격 차이는 어떤 점에서는 어머니나 할머니의 성격 차이보다 훨씬 커서, 내가 저녁마다 얼마나 괴로워했는지, 어머니와 할머니가 그토록 잘 알던 사실을 아버지는 짐작조차 못 했을 테니까 말이다. 그러나 어머니와 할머니는 나를 너무도 사랑했기 때문에, 단순히 내 고통을 없애는 데 동의하기보다는 내 예민한 신경을 완화하고 내 의지를 강하게 만들기 위해, 스스로 고통을 극복해야 한다는 것을 가르치고 싶어 하셨다. 아버지로 말하자면, 나에 대한 애정은 다른 종류여서 아버지에게 정말로 그럴 용기가 있었는지도 알 수 없었다. 아버지는 내가 슬퍼하는 것을 알아차리자, 즉시 어머니에게 "어서 가서 녀석을 위로해 주구려."라고 말씀하셨다. 엄마는 그날 밤을 내 방에서 지냈다. 그리고 엄마는 내가 기대했던 것과는 아주 다른 이 시간을 양심의 가책 같은 것으로 망치게 하고 싶지 않은 듯, 곁에 앉아 내 손을 잡고는 우는 나를 꾸짖지도 않고 그냥 내버려두셨다. 이런 모습을 본 프랑수아즈는 뭔가 특별한 일이 일어났다는 걸 알아채고는 "마님, 도련님이 왜 이렇게 우시죠?"라고 물었고, 그러자 엄마는 "이 애도 모를 거예요, 프랑수아즈. 신경이 날카로워진 모양이에요. 어서 큰 침대를 준비해 줘요. 그리고 올라가서 자요."라고 대답하셨다. 그리하여 처음으로 내 슬픔은 더 이상 벌을 받아야 하는 죄가 아니라, 내 의지로도 어쩔 수 없는 병으로 공인되었고, 내 책임이 아닌 신경 증상으로 간주되었다. 이제 나는 내 눈물에 더 이상 죄책감을 느끼지 않아도 되었으므로 마음이 놓였고, 또 죄를 짓지 않고도 울 수 있게 되었다. 그리고 프랑수아즈 앞에서 이처럼 내 인격이 회복된 것이 너무도 자랑스러웠다. 한 시간 전만 해도 엄마는 내 방에 올라오는 것을 거절하면서 내가 자야 한다고 경멸하듯 대답해 오셨는데, 이제는 날 성인 위치로 격상하면서, 순식간에 슬픔의 사춘기에, 눈물의 해방기에 이르게 해 주셨다. 나는 행복했어야 했다. 그러나 그렇지 못했다. 어머니가 처음으로, 어머니로서는 무척이나 고통스러웠을 양보를 하셨으며, 나를 위해 품어 왔던 이상을 어머니 쪽에서 처음으로 포기하셨으며, 그토록 용감했던 어머니가 처음으로 자신이 패배했다는 것을 인정한 듯이 보였기 때문이다. 내가 만약 승리를 거두었다면 그건 어머니에 맞서 얻은 승리였고, 병이나 슬픔 혹은 나이가 그런 것처럼, 내가 어머니의 의지를 약화하고 이성을 굴복시키는 데 성공함으로써 얻은 승리라고 생각되었다. 그날 밤은 나에게 새로운 시대가 시작된 날로, 슬픈 날로 남을 것이다. 지금이라도 용기를 내어 말할 수만 있다면 난 엄마에게 이렇게 말했을 것이다. "아뇨, 괜찮아요. 여기서 주무시지 마세요." 하지만 어머니의 성격에는 오늘날 같으면 현실주의라고 불렸을 그런 실질적인 지혜가 있었고, 그것이 할머니의 열렬한 이상주의적인 성격과 중화되고 있다는 걸 난 잘 알았다. 그래서 이렇게 나쁜 일이 일어난 이상 어머니는 내게 마음을 진정시키는 기쁨을 조금이라도 맛보게 해 주고, 또 아버지를 방해하고 싶어 하지 않는다는 것도 잘 알고 있었다. 물론 그토록 다정스럽게 내 손을 잡고 내 눈물을 멈추게 하려고 애쓰던 그날 밤에도 어머니의 아름다운 얼굴은 여전히 젊음으로 빛났다. 하지만 그때 그렇게 되지 말았어야 했는데, 오히려 어머니가 화를 내시는 편이 내가 어린 시절에 알지 못했던 그런 새로운 다정함보다는 덜 슬펐을 텐데. 나는 이제 막, 눈에 보이지 않는 불경한 손길로 어머니 영혼에 첫 번째 주름살을 그었고, 첫 번째 흰 머리칼을 나타나게 한 것같이 느껴졌다. 이런 생각에 내 흐느낌은 더해 갔고, 이제까지 나에 대해 어떤 동정의 기색도 보이지 않던 엄마도 갑자기 내 슬픔에 전염된 듯, 울고 싶은 마음을 억지로 참는 것처럼 보였다. 내가 그걸 눈치챘다고 느꼈는지, 엄마는 웃으면서 말씀하셨다. "내 귀여운 아들아, 작은 방울새야, 이러다간 엄마까지 바보가 되겠다. 자, 너도 잠이 안 오고 엄마도 잠이 안 오니, 우리 흥분하지 말고 뭘 좀 해 보지 않겠니? 책이나 읽어 볼까?" 그러나 방에는 책이 없었다. "할머니가 네 축일날 선물하기로 한 책을 지금 내오면 싫어하겠니? 잘 생각해 보렴. 내일모레 아무것도 받지 않아도 섭섭하지 않은지?" 내게는 오히려 그 편이 더 나았다. 그래서 어머니는 책이 든 상자를 찾으러 나가셨다. 포장지 모양으로 봐서는 길이가 짧고 폭이 넓다는 것밖에 짐작할 수 없었지만, 언뜻 보아 설날에 받은 물감 상자나 작년에 받은 누에고치보다는 훨씬 좋은 선물인 것 같았다. 그것은『악마의 늪』,『프랑수아 르 샹피』,『꼬마 파데트』,『피리장이의 무리』였다.* 훗날 알게 된 일이지만, 할머니께서는 처음에 뮈세의 시집과 루소의 작품 한 권, 그리고 『엥디아나』**를 골랐다고 하셨다. 할머니는 좋지 않은 책을 읽는 것은 사탕이나 과자처럼 건강에 해롭지만, 천재의 위대한 숨결이 담긴 책은 어린아이의 정신에 대기나 바닷바람이 몸에 끼치는 것 이상으로 위험하지도 않고 아이의 정신에 활력을 불어넣는다고 생각하셨기 때문이다. 그런데 내게 주려고

---

* 19세기 프랑스 여성 작가 조르주 상드(George Sand)가 쓴 전원 소설 네 편이다. 이 중에서도『프랑수아 르 샹피』는 작품의 의미 작용에 중요한 역할을 하는데, 화자는 「되찾은 시간」에서 이 작품에 대한 미학적인 분석과 더불어 작품이 자기에게 끼친 영향에 대해 말한다. 방앗간 여주인인 마들렌과 그녀가 입양한 업둥이 프랑수아 사이의 근친상간적인 사랑을 담은 이 이야기는 어머니와의 행복한 결합을 다룬다는 점에서, 어린 마르셀의 팡타즘을 구현한다. '르 샹피'란 업둥이란 뜻으로 옛 표현이다.
** 1832년 작품으로, 위에서 인용한 조르주 상드의 다른 전원 소설들과 달리 정념과 간통과 자살을 다룬 이야기다.

한 책이 어떤 것인지를 알게 된 아버지께서 할머니를 거의 정신 나간 사람 취급했고, 그래서 할머니는 내가 선물을 못 받는 일이 없도록 하기 위해, 주이르비콩트에 있는 서점에 직접 가셔서 조르주 상드의 전원 소설 네 권으로 바꿔 오신 것이었다.(그날은 아주 더워서 할머니가 돌아오셨을 때는 어찌나 숨을 헐떡거렸는지, 의사가 어머니에게 할머니를 그토록 피곤하게 내버려 두어서는 안 된다고 경고할 정도였다.) 할머니는 어머니에게 "어미야, 난 제대로 쓴 글이 아니라면 저 애에게 줄 생각이 없구나." 하고 말씀하셨다.

사실 할머니는 지적인 유익함을 취할 수 있는 책만을, 특히 우리에게 안일과 허영심의 충족이 아닌 다른 면에서 즐거움을 찾도록 가르치는 그런 아름다운 것들을 주는 책만을 사고 싶어 하셨다. 그래서 누군가에게 소위 실용적인 선물을 해야 할 때에도, 이를테면 안락의자나 식기 세트, 지팡이 같은 것을 선물해야 할 때에도, 할머니는 꼭 '옛것'을 찾으셨는데, 그런 것들은 오랫동안 사용되지 않다 보니 실용성이 떨어져서 생활에 필요한 물건이라기보다는, 옛 사람의 생활을 이야기해 주는 데 쓰이는 물건들이었다. 할머니는 내 방에 가장 아름다운 유적들이나 풍경 사진을 걸어 주고 싶어 하셨지만, 막상 그런 사진들을 구입하려고 하는 순간에는, 비록 상당한 미학적 가치가 있다 할지라도, 사진술이라는 기술 복제 방식에서 저속함과 유용성을 발견하셨다. 그리하여 궁여지책으로, 상업적인 저속함을 완전히 없애지는 못하지만 적어도 다소나마 저속함을 줄이면서 그 상당 부분을 예술적인 것으로 대체하고, 예술의 여러 '두께'를 입히려고 하셨다. 그래서 샤르트르 대성당이나 생클루 분수, 베수비오 화산을 찍은 사진 대신, 혹시 어떤 위대한 화가가 그린 것이 없는지 스완 씨에게 알아본 다음, 차라리 코로가 그린 「샤르트르 대성당」이나 위베르 로베르가 그린 「생클루 분수」, 터너가 그린 「베수비오 화산」을 찍은 사진을 내게 주는 편을 더 좋아하셨다.* 그 편이 예술성이 더 높다고 생각하셨기 때문이다. 그러나 사진사가 제아무리 예술품이나 자연의 재현에서 제외되고 위대한 화가로 대체된다고 해도, 그 화가의 해석을 재생할 때는 마음대로 찍을 권리를 가지는 법이다. 이런 통속성의 도래에 직면한 할머니는 그걸 피해 보려고 애쓰셨다. 그래서 할머니는 스완에게 혹시 그런 작품을 판화로 제작한 것이 없는지 물어보셨고, 그것도 될 수 있는 한 옛 판화가 더 좋으며, 판화 자체를 초월하는 어떤 것, 예를 들면 오늘날에는 찾아볼 수 없는 상태에서 걸작을 재현한 판화라면 더 좋다고 말씀하셨다.(이를 테면 레오나르도 다빈치의 「최후의 만찬」이 훼손되기 전에 모르겐**이 제작한 판화 같은 것.) 그러나 이런 식으로 예술을

---

* 코로의 그림은 루브르 박물관에 있다. 위베르 로베르는 분수 그림을 많이 그렸는데, 그중 하나가 1786년 작으로 「생클루에서 본 전망」이다. 프루스트는 위베르 로베르가 그린 '생클루 분수'에 대한 글을 썼으며(*Contre Sainte-Beuve*, 427~428쪽) 「게르망트 쪽」에 나오는 게르망트 저택의 분수 묘사는 이 위베르 로베르의 그림에 의거했다. 그리고 생클루는 파리 불로뉴 숲 근교에 있는 곳으로 축제나 장이 자주 선다. 터너는 영국 화가로 구름, 안개, 비에 반사되는 어렴풋한 빛의 이미지를 즐겨 그렸다.

** 라파엘로 모르겐(Raffaelo Morghen, 1761~1833). 피렌체 화가로 밀라노 수

이해하고 선물하는 방식이 반드시 성공적인 결과만을 가져오지 않았다는 것을 말해야겠다. 석호(潟湖)를 배경으로 그렸다는 티치아노*의 데생을 보고 내가 베네치아에 대해 가지게 된 관념은, 분명히 단순한 사진이 주는 관념보다 훨씬 부정확했으니까. 우리 집에서 고모할머니가 할머니를 공격하는 일은 일일이 헤아릴 수 없을 정도로 많았는데, 이를테면 할머니가 젊은 약혼자들이나 노부부에게 보낸 안락의자는, 선물받은 사람이 사용 전에 시험 삼아 앉아 보는 것만으로도 몸무게 때문에 금방 망가져 버리는 일이 한두 번이 아니었다. 그러나 할머니께서는 속삭임이나 미소, 때로는 과거의 아름다운 상상력을 찾아볼 수 있는 가구에 대해 지나치게 견고함만을 따지는 것은 저속하다고 생각했을 것이다. 그런 가구들 중 생활의 필요에 부응하는 가구가 있다 할지라도, 우리에게 익숙하지 않은 방식으로 사용되면 할머니는 매력을 느꼈다. 습관적인 사용 탓에 우리 현대어에서는 마멸되어 없어진, 어떤 은유에서나 찾아볼 수 있는 그런 옛 말투처럼. 그런데 바로 할머니가 내게 생일 선물로 주신 조르주 상드의 전원 소설들은 마치 옛 가구처럼 유행이 지난 비유적인 표현들로, 시골에서나 찾아볼 수 있는 표현들로 가득했다. 할머니께서는 이런 책들을

도원에 그려진 「최후의 만찬」 벽화가 훼손되는 것을 우려하여 판화로 남겼다.
* 베첼리오 티치아노(Vecellio Tiziano, 1490~1576). 베네치아의 화가로, 신화를 주제로 한 그림을 많이 그렸다. 여기서 말하는 작품은 티롤 지방 알프스 산맥을 배경으로 베네치아에 있는 자신의 집에서 본 석호 풍경을 담은 것으로, 영국 미술 평론가 러스킨으로부터 환상적이라는 평을 받았다.

다른 책들에 비해 선호하며 구입하셨는데, 이는 마치 고딕풍 비둘기 집이 있거나, 무언가 시간 속에서의 불가능한 여행에 대한 향수를 불러일으켜 정신에 행복한 영향을 주는 그런 오래된 것이 있는 집을 기꺼이 빌리는 것과도 같았다.

엄마는 내 침대 옆에 앉았다. 『프랑수아 르 샹피』를 들고 있었는데, 그 붉은색 표지와 뜻을 알 수 없는 제목이, 다른 것과는 구별되는 독특함과 신비스러운 매력으로 느껴졌다. 그때까지 나는 진짜 소설다운 소설을 읽어 본 적이 없었다. 그렇지만 조르주 상드가 소설가의 전형이라는 말은 이미 들은 적이 있었다. 그것만으로도 나는 『프랑수아 르 샹피』에는 뭔가 말로 표현할 수 없는 감미로운 것이 담겨 있다고 상상했다. 호기심이나 감동을 자아내는 서술 방식, 불안과 우수를 불러일으키는 말투 등, 약간 지식이 있는 독자라면 다른 소설에도 흔히 찾아볼 수 있는 그런 것들이 내게는 『프랑수아 르 샹피』의 특이한 본질에서 발산되는 뭔가 혼란스러운 것으로 여겨졌다. 내게 새로운 책이란 그 책과 유사한 많은 것들 중 하나가 아니라, 그 자체로 존재 이유가 있는 유일한 사람 같았다. 그렇게도 일상적인 사건들, 그렇게도 평범한 일들, 그렇게도 흔한 말들이 내게는 특별한 어조나 낯선 억양처럼 느껴졌다. 이야기가 전개되기 시작했다. 그 무렵 내겐, 책을 읽을 때면 내내 다른 것을 몽상하는 버릇이 있었으므로, 그만큼 줄거리는 더 이해하기 힘들었다. 게다가 이런 산만함에서 오는 빈틈 외에도, 어머니가 큰 소리로 책을 읽어 줄 때면 연애 장면은 모조리 건너뛰었기 때문에 더욱 이해할 수 없었다. 그리하여 방앗간 여

주인과 소년의 태도에서 똑같이 나타나는 그 모든 이상한 변화들은 사랑이 싹트는 진행 과정을 알아야만 설명되는데도, 그렇지 못한 까닭에 그 변화가 내게는 심오한 신비로움의 흔적으로 보였으며, 이 신비로움의 원인이 '샹피'라는 그 미지의 부드러운 이름 때문일 거라고 기꺼이 상상하는 것이었다. 어떤 이유로 그런 이름을 가지게 되었는지는 알지 못했지만, 그 이름이 소년을 생생하고 매혹적인 다홍빛으로 채색했다. 어머니는 원문을 충실하게 읽는 낭독자는 아니었지만, 무언가 진실한 감정이 느껴지는 작품에 대해서는 원문을 존중하고 소박한 해석을 하며 또 아름답고 부드러운 목소리로 읽는다는 점에서는 훌륭한 낭독자라고 할 수 있었다. 실제 생활에 있어서도 어머니의 감동과 찬미를 자아내는 대상이 예술 작품이 아니고 사람인 경우, 이를테면 자식을 잃은 어머니라면, 그런 어머니의 마음을 아프게 할지도 모르는 즐거운 표현은 삼가고, 노인에게는 그의 나이를 생각나게 할지도 모르는 기념일이나 생일에 관한 화제는 피하고, 젊은 학자에게는 그를 지루하게 할지도 모르는 살림살이 이야기를 멀리하려고, 얼마나 공손하게 목소리나 태도나 말투를 조심하셨는지, 그런 어머니의 모습을 보노라면 가슴이 뭉클해지는 것이었다. 이처럼 엄마가 조르주 상드의 산문을 읽을 때면, 그 문장에서는 선한 마음과 도덕적인 고결함이 풍겼는데, 그것은 엄마가 할머니로부터 인생에서 가장 훌륭한 것으로 여겨야 한다고 배운 것이며, 훨씬 시간이 흘러서는 내가 엄마에게 책 속에서도 똑같이 훌륭한 것으로 생각해서는 안 된다고 가르쳐 드려야만 했던 것이다. 엄마는 자신의 목소리에서 언어의 강력한 분출을 방해할지도 모르는 모든 잔재주나 꾸밈을 추방하고, 마치 자신의 목소리를 위해 쓰인 것처럼 보이는 문장들, 말하자면 엄마의 감수성이라는 음역 안에 들어 있는 문장들에 적합한 온갖 자연스러운 다정함이나 넘쳐 흐르는 부드러움을 표현하려고 하셨다. 엄마는 그 문장들을 적절한 어조로 공략하기 위해, 문장 이전에 존재하면서 문장을 구술하게 한, 하지만 단어 자체에는 표시되지 않은 따뜻한 억양을 찾아내셨다. 그 억양 덕분에 엄마는 책을 읽으면서, 동사 시제에서 느껴지는 온갖 생경함을 완화했고, 반과거와 단순과거에는 선한 마음이 깃든 부드러움과 다정함이 깃든 우수를 부여하셨다. 그리고 한 문장이 끝나면 다음 문장으로, 때로는 빠르게 때로는 느리게 읽어 가면서, 길이가 다른 문장을 균등한 리듬으로 만들었고 그렇게도 평범한 산문에 일종의 감상적이고도 연속적인 생명을 불어넣으셨다.

내 마음의 가책은 가라앉았고, 나는 어머니가 내 곁에 있어 주는 이 밤의 감미로움에 몸을 내맡겼다. 나는 이런 밤이 두 번 다시 오지 않으리라는 걸 잘 알았다. 그리고 내가 이 세상에 대해 품고 있는 가장 큰 욕망, 이처럼 슬픈 저녁 시간에 어머니를 언제까지나 내 방에 간직하고 싶어 하는 이 욕망은 생활의 필요나 다른 사람들의 소망과는 너무나 상반되어서, 오늘 밤처럼 그 욕망이 이루어졌다는 사실은 뭔가 어색하고 예외적이지 않을 수 없었다. 내일이면 고뇌가 다시 시작될 것이다. 엄마가 더 이상 이곳에 있지 않을 테니까! 하지만 고뇌가 진정되었을 때, 난 이미 고뇌를 알아보지 못했다. 게다가 내일 저녁은 아직 멀리 있었다. 비록 그 시간이 내게는 더 이상 어떤 힘도 가져다줄 수 없다 해도, 내일까지는 충분히 생각할 시간이 있을 거라고 중얼거렸다. 왜냐하면 그런 일들은 내 의지에 달린 것이 아니며 오직 나와 그 일들을 갈라놓는 시간의 간격만이 그 일들을 피하게 해 줄 것처럼 보였기 때문이다.

이처럼 오랫동안 한밤중에 깨어나 콩브레를 회상할 때면, 마치 벵골의 섬광 신호등*이나 조명등이 건물 한 모퉁이를 선택해서 비추면 다른 부분은 칠흑 같은 어둠 속에 잠기는 것처럼, 콩브레는 언제나 분간할 수 없는 어둠 속에 잘린 빛나는 한 조각 벽면으로만 떠올랐다. 비교적 넓은 아래층에는 작은 거실, 식당, 내 슬픔의 무의식적인 저자인 스완 씨가 도착하던 어두운 오솔길 입구, 아주 좁고 고르지 못한 피라미드형 계단의 첫 번째 발판을 향해 내가 그렇게도 고통스럽게 올라가던 현관이 있었다. 그리고 꼭대기에는 엄마가 들어오시던 유리문이 달린 작은 복도와 내 방이 있었다. 한 마디로 그것은 언제나 같은 시간에, 주위 모든 것으로부터 고립되어 내옷 벗기의 비극에 필요한 최소한의 무대장치와 더불어(마치 예전에 지방 공연을 위한 극본 첫머리에 필요한 것만을 적어 두던 것처럼) 홀로 어둠 속에 모습을 드러내고 있었다. 마치 콩브

---

* 18세기 벵골의 인도인들이 적을 놀래기 위해 고안했다는 데에서 그 이름이 유래한다.

레에는 좁은 계단으로 연결된 두 층만이, 단지 저녁 7시만이 존재한다는 것처럼. 사실 누군가가 묻기라도 했다면, 콩브레에는 다른 것도 있고 다른 시간도 존재했다고 대답할 수 있었을 것이다. 그러나 내가 기억해 낼 수 있는 것은 단지 의지적인 기억, 지성의 기억에 의해 주어진 것으로, 이런 기억이 과거에 대해 주는 지식은 과거의 그 어떤 것도 보존하지 않으므로 나는 콩브레의 다른 것에 대해서는 생각할 마음조차 없었던 것이다.* 사실 내게 있어서 이 모든 것은 죽은 것이나 다름없었다.

영원히 죽은 것일까? 그럴지도 모른다.

이 모든 것에는 많은 우연이 개입한다. 그리고 우리의 죽음이라는 두 번째 우연은 첫 번째 우연의 은총을 오래 기다리도록 허락하지 않는다. 나는 켈트족의 신앙이 아주 합리적이라고 생각한다. 그 신앙에 따르면 우리가 잃어버린 영혼은 어떤 열등한 존재나 동물, 식물 혹은 무생물 속에 갇혀 있어, 우리가 우연히 나무 곁을 지나가거나, 그 영혼의 감옥인 물건을 손에 넣는 날까지는 — 많은 사람들에게 일어나는 일은 아니지만 — 우리에게는 잃어버린 존재가 된다. 그러다 그날이 오면

---

* 여기서 작가는 의지나 지성에 의한 의지적인 기억과, 우연이나 감각에 의한 비의지적인 기억을 대립시킨다. 즉 저녁 키스 장면은 의지적인 기억의 표본으로 과거에 대한 단편적인 지식만을 제공한다. 그러나 맛과 냄새에 의해 우연히 다가온 비의지적인 기억은 과거에 대한 총체적인 이미지를 제공하며, 모든 시간과 모든 공간에서의 과거를 부활시킨다. 그리하여 저녁 키스 장면이 상기하는 밤의 콩브레는 마들렌에 의해 찬란한 햇빛 속 낮의 콩브레로 대체된다.

영혼은 전율하고 우리를 부르며, 우리가 그것을 알아보는 순간 마법이 풀린다고 한다. 우리 덕분에 해방된 영혼은 죽음을 정복하고, 우리와 더불어 살기 위해 돌아온다.

우리 과거도 마찬가지다. 지나가 버린 과거를 되살리려는 노력은 헛된 일이며, 모든 지성의 노력도 불필요하다. 과거는 우리 지성의 영역 밖에, 그 힘이 미치지 않는 곳에, 우리가 전혀 생각도 해 보지 못한 어떤 물질적 대상 안에 (또는 그 대상이 우리에게 주는 감각 안에) 숨어 있다. 이러한 대상을 우리가 죽기 전에 만나거나 만나지 못하는 것은 순전히 우연에 달렸다.

이처럼 콩브레에서 내 잠자리의 비극과 무대 외에 다른 것은 더 이상 존재하지 않게 된 지도 오랜 어느 겨울 날, 집에 돌아온 내가 추워하는 걸 본 어머니께서는 평소 내 습관과는 달리 홍차를 마시지 않겠느냐고 제안하셨다. 처음에는 싫다고 했지만 왠지 마음이 바뀌었다. 어머니는 사람을 시켜 생자크라는 조가비 모양의, 가느다란 홈이 팬 틀에 넣어 만든 '프티트 마들렌'*이라는 짧고 통통한 과자를 사 오게 하셨다. 침울

---

* Petite Madeleine. 프루스트가 마들렌 과자를 추억의 매개물로 택한 것은 일찍부터 많은 주목을 받아 왔다. 특히 그의 미발표작 『생트 뵈브에 반하여』에서는 딱딱한 토스트인 '비스코트(biscotte)'를 택했다가 「스완네 집 쪽으로」에서는 마들렌으로 바꾼 것에 대해 르원은 "프루스트 회상의 배경에는 항상 어머니가 자리한다."라고 말한다. 즉 마들렌은 보통명사로는 과자를 의미하지만 고유명사로는 성녀 마들렌을 가리키는 단어로, 마들렌은 창녀이자 예수님의 부활을 처음으로 목격한 성녀다. 이와 같은 마들렌의 양가성은 바로 어머니에 대한 어린 마르셀의 감정을 구현하는 것으로, 이 문단에서 보통 명사인 '작은 마들렌'을 고유 명사화하여 대문자로 Petite Madeleine으로 표기한 것은 그 의미가 단순한 '과자'로 고갈되지 않음을 보여 준다. 그러나 마들렌 모양이 조가비 같다는 묘사

했던 하루와 서글픈 내일에 대한 전망으로 마음이 울적해진 나는 마들렌 조각이 녹아든 홍차 한 숟가락을 기계적으로 입술로 가져갔다. 그런데 과자 조각이 섞인 홍차 한 모금이 내 입천장에 닿는 순간, 나는 깜짝 놀라 내 몸속에서 뭔가 특별한 일이 일어나고 있다는 사실에 주목했다. 이유를 알 수 없는 어떤 감미로운 기쁨이 나를 사로잡으며 고립시켰다. 이 기쁨은 마치 사랑이 그러하듯 귀중한 본질로 나를 채우면서 삶의 변전에 무관심하게 만들었고, 삶의 재난을 무해한 것으로, 그 짧음을 착각으로 여기게 했다. 아니, 그 본질은 내 안에 있는 것이 아니라 바로 나 자신이었다. 나는 더 이상 나 자신이 초라하고 우연적이고 죽어야만 하는 존재라고 느끼지 않게 되었다. 도대체 이 강렬한 기쁨은 어디서 온 것일까? 나는 그 기쁨이 홍차와 과자 맛과 관련 있으면서도 그 맛을 훨씬 넘어섰으므로 맛과는 같은 성질일 수 없다고 생각했다. 그 기쁨은 어디서 온 것일까? 무엇을 의미하는 걸까? 어디서 그것을 포착해야 할까? 두 번째 모금을 마셨다. 첫 번째 모금이 가져다준 것 외에 다른 것은 아무것도 가져다주지 못했다. 세 번째 모금은 두 번째보다 못했다. 멈춰야 할 때다. 차의 효력이 줄어든 것 같았다. 내가 찾는 진실은 차에 있는 것이 아니라 바로 내 안에 있는 것이 분명하다. 차가 내 속에 있는 진실을 일깨웠지만, 그 진실이 무엇인지는 알지 못한 채 점점 힘이 빠져 가

는 접힌 주름이 펼쳐진다는 점에서 기억에 의한 과거의 부활을, 환유적으로는 콩브레 사람들의 독실한 신앙심을(접힌 주름(plié)이라는 단어에는 '복종하다'라는 의미가 있다.) 표상하기도 한다.

면서 무한히 같은 증언만을 되풀이할 뿐이지만, 내가 지금은 이 증언을 해석할 줄 모르나 나중에 결정적인 해명을 위해 내가 요구하면 마음대로 처분할 수 있도록, 적어도 온전한 상태로 되찾을 수 있기를 바랐다. 나는 찻잔을 내려놓고 정신 쪽으로 향한다. 정신이 진실을 발견해야 한다. 그러나 어떻게? 매번 정신은 스스로를 넘어서는 어떤 문제에 직면할 때마다 심각한 불안감을 느낀다. 정신이라는 탐색자는 자기 지식이 아무 소용없는 어두운 고장에서 찾아야만 한다. 찾는다고? 그뿐만이 아니다. 창조해야 한다. 정신은 아직 존재하지 않는 어떤 것, 오로지 정신만이 실현할 수 있고, 그리하여 자신의 빛 속으로 들어오게 할 수 있는, 그 어떤 것과 마주하고 있다.

나는 도대체 이 알 수 없는 상태가 무엇인지 아무런 논리적인 증거도 대지 못하지만, 다른 모든 것들이 그 앞에서 사라지는 그런 명백한 행복감과 현실감을 가져다주는 이 상태가 무엇인지를 물어보기 시작한다. 그것을 다시 나타나게 하고 싶다. 생각의 흐름을 거슬러 올라가 차의 첫 모금을 마신 순간으로 되돌아가 본다. 똑같은 상태가 보이지만 새로운 빛은 없다. 나는 정신에게, 사라져 가는 감각을 붙잡을 수 있도록 좀 더 노력해 달라고 부탁한다. 그래서 그 감각을 다시 포착하려고 애쓰는 정신의 열정을 깨뜨리지 않도록 온갖 장애물과 잡념을 물리치고, 옆방에서 들리는 소음에 귀를 막고 주의력을 보호한다. 그러나 정신이 뜻을 이루지 못하고 피곤해하는 것을 느끼자, 나는 반대로 정신에게 지금까지 거부해 왔던 기분전환을 하거나 다른 것을 생각하면서, 최후의 시도에 앞서 기운을 차릴 것을 요구한다. 그런 다음 두 번째로 나는 정신 앞에 서 모든 것을 비우고, 아직도 생생한 그 첫 번째 모금의 맛을 정신 앞에 내민다. 그러자 내 안에서 무엇인가가 꿈틀하며 위로 올라오려고 움직이는 것을 느낀다. 마치 깊은 심연에 닻을 내린 그 어떤 것이 올라오는 것 같다. 나는 그것이 무엇인지를 알지 못하지만, 그것은 천천히 위로 올라온다. 나는 그 저항을 느낀다. 그것이 통과하는 거대한 공간의 울림이 들려온다.

분명히 내 마음 깊은 곳에서 팔딱거리는 것은 그 맛과 연결되어 맛의 뒤를 따라 내게로까지 올라오려고 애쓰는 이미지, 시각적인 추억임에 틀림없다. 그러나 그것은 너무도 멀리서 너무도 희미하게 몸부림치고 있어, 내가 알아볼 수 있는 것은 기껏해야 휘저어 놓은 색채들의 포착할 수 없는 소용돌이가 뒤섞인, 어렴풋한 그림자일 뿐이다. 그러나 형태를 분간할 수 없는 나는 그 그림자를 향해, 마치 유일한 번역가에게라도 말하듯이, 그것과 동시에 태어나 그것과 떨어질 수 없는 동반자인 미각이 들려주는 증언을 번역해 달라고 부탁할 수도 없으며, 그것이 내 지나간 과거의 어떤 특별한 상황이나 어떤 시기와 관련 있는지 알려 달라고 요청할 수도 없다.

이 추억, 동일한 순간의 견인력이 아주 멀리서 찾아와 내 깊숙한 곳으로부터 부추기고 움직이고 끌어올리려 하고 있는 이 옛 순간이, 내 선명한 의식의 표면에까지 이를 수 있을까? 알 수 없는 일이다. 이제는 더 이상 아무것도 느낄 수 없다. 그 것은 멈추었고 다시 가라앉은 모양이다. 그것이 언제 또다시 어둠 속에서 솟아오를지 누가 알 수 있단 말인가? 열 번도 더 다시 시작해 보고, 그쪽으로 몸을 기울여야 한다. 그러나 온갖 어려운 일이나 중요한 일이 있을 때마다 고개를 돌리게 하는 저 비겁함이 이 모든 것을 그만두고 차나 마시며 별 고통 없이 되씹을 수 있는 오늘의 권태나 내일의 욕망만을 생각하라고 권고한다.

그러다 갑자기 추억이 떠올랐다. 그 맛은 내가 콩브레에서 일요일 아침마다(일요일에는 미사 시간 전에 외출할 수 없었다.) 레오니 아주머니* 방으로 아침 인사를 하러 갈 때면, 아주머니가 곧잘 홍차나 보리수차에 적셔서 주던 마들렌 과자 조각의 맛이었다. 실제로 프티트 마들렌을 맛보기 전 눈으로 보기만 했을 때에는 아무것도 생각나지 않았다. 그 이유는 아마도 빵집 진열창에서 자주 보면서도 먹은 적이 없었기 때문에 그 이미지가 콩브레에서 보낸 나날과 멀리 떨어져 보다 최근 날들과 연결되었기 때문일 것이다. 아니면 오랫동안 기억 밖으로 내던져진 추억들로부터 아무것도 살아남지 않아, 모든 것이 다 붕괴되어 버렸기 때문인지도 모른다. 그 형태는 — 그리고 엄격하고도 경건한 주름 아래 그토록 풍만하고 관능적인 제과점의 작은 조가비 모양은 — 이제 파괴되고 잠이 들어 의식에 합류할 수 있는 팽창력을 잃어버렸다. 그러나 아주 오랜 과거로부터 아무것도 남아 있지 않을 때에도, 존재의 죽음과 사

---

* 레오니 아주머니는 마르셀의 외할아버지의 사촌동생(이 책에서 고모할머니라고 불리는)의 딸로, 남편이 죽은 후에는 콩브레에서 칩거하며 동네사람들의 이야기와 공상으로만 살아가는 인물이다. 그녀의 실제 모델은 프루스트의 아버지 아드리앵 프루스트의 여동생인 엘리자베트 아미오인 것으로 알려져 있다.

물의 파괴 후에도, 연약하지만 보다 생생하고, 비물질적이지만 보다 집요하고 보다 충실한 냄새와 맛은, 오랫동안 영혼처럼 살아남아 다른 모든 것의 폐허 위에서 회상하고 기다리고 희망하며, 거의 만질 수 없는 미세한 물방울 위에서 추억의 거대한 건축물을 꿋꿋이 떠받치고 있다.

그것이 레오니 아주머니가 주던 보리수차에 적신 마들렌 조각의 맛이라는 것을 깨닫자마자(그 추억이 왜 나를 그렇게 행복하게 했는지 당시에는 알지 못했고, 그 이유를 알아내는 일도 훨씬 후로 미루어야 했다.) 아주머니의 방이 있던, 길 쪽으로 난 오래된 회색 집이 무대장치처럼 다가와서는 우리 부모님을 위해 뒤편에 지은 정원 쪽 작은 별채로 이어졌다.(내가 지금까지 떠올린 것은 단지 그 잘린 벽면뿐이었다.) 그리고 그 집과 더불어 온갖 날씨의, 아침부터 저녁때까지의 마을 모습이 떠올랐다. 점심 식사 전에 나를 심부름 보내던 광장이며 거리며, 날씨가 좋은 날이면 지나가곤 하던 오솔길들이 떠올랐다. 일본사람들의 놀이에서처럼 물을 가득 담은 도자기 그릇에 작은 종잇조각들을 적시면, 그때까지 형체가 없던 종이들이 물속에 잠기자마자 곧 펴지고 뒤틀리고 채색되고 구별되면서 꽃이 되고, 집이 되고, 단단하고 알아볼 수 있는 사람이 되는 것처럼, 이제 우리 집 정원의 모든 꽃들과 스완 씨 정원의 꽃들이, 비본 냇가의 수련과 선량한 마을사람들이, 그들의 작은 집들과 성당이, 온 콩브레와 근방이, 마을과 정원이, 이 모든 것이 형태와 견고함을 갖추며 내 찻잔에서 솟아 나왔다.

2

콩브레, 매년 부활절을 앞둔 전 주일에 그곳으로 가면서 사
방 100리 정도의 거리를 두고 멀리 기차에서 바라보면, 콩브
레는 오로지 마을을 요약하고 대표하며 먼 곳을 향해, 마을에
대해, 마을을 위해 말하는 하나의 성당에 지나지 않았고, 또
가까이 다가가서 보면, 성당은 들판 한가운데에서 바람에 맞
서, 마치 양 치는 소녀가 양들을 감싸듯이, 주위에 모여 있는
집들의 양털 같은 회색 지붕들을 크고 어두운 망토*로 껴안고
있었다. 한편 여기저기 남아 있는 중세 성벽들은, 마치 프리미
티프** 그림에서 볼 수 있는 작은 도시처럼, 완전한 원을 그리

---

* 여기서 망토로 옮긴 프랑스어 mante는 여자들이 입는 소매 없는 넓은 케이프
코트와, 수녀나 성직자 들이 입는 의복을 가리킨다. 성당과 양치기 소녀 사이의
유사성을 강조하는 데 쓰였다.
** Primitif. 르네상스 이전, 원근법이 발견되기 전의 서양 미술을 지칭한다.

며 집들을 둘러싸고 있었다. 사람이 살기에 다소 쓸쓸한 콩브레는, 집들이나 거리들이 이 고장에서 생산되는 검은 빛깔 돌로 지어졌고, 돌층계가 밖으로 튀어나왔으며, 지붕 박공이 집 앞에 길게 그림자를 내려 거리가 몹시 어두웠으므로, 해가 기울면 '거실'의 커튼을 걷어 올리지 않으면 안 될 정도였다. 거리에는 성인들의 경건한 이름이 붙어 있었는데(그중 몇몇은 콩브레 초기 영주들의 전기(傳記)와 관련 있었다.) 생틸래르 거리나 아주머니 댁이 있는 생자크 거리, 철책이 쳐진 생틸드가르드 거리, 그리고 아주머니 집 정원의 작은 옆문이 나 있는 생테스프리 거리가 그러하였다. 이 콩브레의 거리들은 지금도 내 기억 속에 일부 남아 있기는 하지만 너무나 깊숙한 곳에, 지금 내 눈에 보이는 세계와는 너무도 다른 빛깔로 채색되어 있어 광장에서 그 거리들을 내려다보던 성당처럼, 내게는 사실 마술 환등기에 비친 모습보다 더 비현실적으로 보였다. 또 어떤 때는 여전히 생틸래르 거리를 횡단할 수 있고, 루아조 거리에서 방 하나를 빌릴 수 있다는 생각이 들기도 했는데 — 루아조플레셰*라는 오래된 여관의 환기창에서 풍겨 나오던 음식 냄새는 지금도 이따금씩 내 몸에서 간헐적으로 따뜻하게 솟아올랐다. — 이런 생각은 골로와 인사를 하거나 주느비에브 드 브라방과 이야기를 나누는 것 이상으로 경이롭고 초자연적인 저 너머 세계와 접촉하는 것 같은 느낌을 주었다.

---

* L'Oiseau Flèche. 화살 맞은 새란 뜻이다. 콩브레의 모델인 일리에에는 실제로 루아조란 거리가 있었는데 (오늘날에는 독퇴르갈로팽이라고 불리는) 이 이름은 바로 '루아조플레셰'라는 호텔에서 연유한다.

우리는 외할아버지의 사촌동생인 고모할머니 댁에서 묵었는데, 이분이 바로 레오니 아주머니의 어머님이셨다. 레오니 아주머니는 남편 옥타브 아저씨가 세상을 떠나자 처음에는 콩브레를 떠나려 하지 않으시더니, 다음에는 자기 집을, 곧이어 자기 방을, 그리고 자기 침대를 떠나려 하지 않으셨다. 언제나 슬픔과 무기력, 병과 고정관념 그리고 신앙심이 뒤섞인 모호한 상태로 자리에 누운 채, 좀처럼 침대에서 '내려오려' 하지 않으셨다. 아주머니가 혼자 쓰는 방은 생자크 거리에 면해 있었는데, 이 거리는 아주 멀리까지 뻗어 있어 대초원(세 거리가 만나는 마을 한복판 녹지인 작은 초원과 구별하여 사람들은 이렇게 불렀다.)까지 이어졌다. 거리는 단조로웠고 잿빛이었으며 거의 모든 집 대문 앞에는 사암토로 만든 계단이 세 개 있었다. 마치 고딕 석상을 새기는 석수장이가 구유나 예수 수난상을 조각했을 법한 돌을 진열해 놓은 것 같은 계단이었다. 아주머니는 실제로 나란히 붙은 방 두 개만을 사용하셨는데, 오후에 한쪽 방을 환기할 때면 다른 쪽 방에 가 계셨다. 이 시골 방들은 — 눈에 보이지 않는 수많은 미생물들로 공기나 바다 전체가 빛을 발하거나 향기를 내뿜는 몇몇 고장에서처럼 — 미덕, 지혜, 습관 같은, 공기 중에 떠 있는, 은밀하고도 눈에 보이지 않으며 넘쳐흐르는, 온갖 삶이 발산하는 무수한 냄새들로 우리를 매혹했다. 그것은 물론 여전히 자연 그대로의 냄새이며 또 가까운 들판의 냄새처럼 그날의 빛깔을 가진 냄새지만, 집 안에 틀어박히기를 좋아하는 인간적이고 밀폐된 냄새, 과수원에서 방 벽장으로 옮겨진 그해 모든 과일로 솜씨 있게 만든 투명한 젤리 냄새, 계절에 따라 변하면서도 가구와 집 안에서 나는 냄새로 톡 쏘는 하얀 젤리 맛을 따끈한 빵의 달콤함으로 중화하는 냄새, 마을의 큰 시계처럼 한가로우면서도 규칙적인 냄새, 빈둥거리면서도 질서 있는 냄새, 태평하면서도 용의주도한 냄새, 세탁물 냄새, 아침 냄새, 신앙심 냄새, 불안만을 가중하는 평화와 그곳에 살지 않고 스쳐 가는 사람에게는 시(詩)의 커다란 보고로 사용되는 산문적인 것에 행복해하는 냄새였다. 방의 공기는 고요함의 섬세한 아름다움으로 늘 포화 상태를 이루고 있어, 아주 영양분이 많고 맛있어 보였다. 그 방으로 들어갈 때면 난 늘 왕성한 식욕을 느끼곤 했는데, 특히 부활절 전 주일의 아직 쌀쌀한 새벽녘에는 더욱 그랬다. 이제 막 콩브레에 도착했을 때라 그 냄새를 더욱 잘 음미할 수 있었다. 아주머니께 아침 인사를 하러 들어가기 전에 나는 잠시 첫 번째 방에서 기다려야 했는데, 그 방에는 아직도 겨울 같은 햇살이 이미 켜진 난롯불에 온기를 쪼러 와 있었다. 난롯불은 두 벽돌 사이에서 타오르며, 온 방 안에 그을음 냄새를 퍼뜨려 놓아, 그 방을 시골집의 커다란 '아궁이 앞', 또는 성의 벽난로 위 선반 같은 것으로 만들어 놓았다. 그 앞에서 우리는 칩거의 안락함에다 겨울 보내기의 시적 정취를 곁들이기 위해, 밖에서 비나 눈이 내리기를, 심지어는 대홍수 같은 재난이 일어나기를 바랄 정도였다. 나는 기도대로부터 무늬 있는 벨벳 안락의자 쪽으로 몇 걸음 다가갔는데, 머리 닿는 부분에는 코바늘로 뜨개질한 덮개가 늘 씌워 있었다. 벽난로 불은 밀가루 반죽을 구울 때처럼 식욕을 자극하는 냄새를 풍겼으며, 이 냄새 탓에 방 안 공기는 완전히 엉겨 있었다. 그리하여 그 냄새는 아침의 화창하고도 습기 찬 신선함이 이미 반죽하고 '발효해 놓은' 냄새들을 여러 겹으로 포개 놓고 노랗게 구워 주름지게 하고 부풀어 오르게 하여, 눈에는 보이지 않지만 손에는 만져지는 시골 과자인 거대한 '쇼송'*으로 만들었다. 거기에다 더 바삭바삭하고 더 섬세하고 더 평판 좋은, 그러나 벽장이나 서랍장, 나뭇가지 무늬 벽지에서 풍기는 더 메마른 향내를 맡게 되면, 이내 나는 늘 말 못 할 식탐과 함께, 꽃무늬 침대 커버에서 풍기는 방 중심부의 뒤섞이고 끈적끈적하고 김빠지고 소화가 안 되는, 과일 냄새 속에 들러붙는 것 같았다.

옆방에서는 아주머니가 나지막한 소리로 혼자서 이야기하는 것이 들려왔다. 아주머니는 항상 낮은 소리로 말했는데, 머릿속에 뭔가 깨어져 떠돌아다니는 것이 있어 너무 큰 소리로 말을 하면 그것이 움직인다고 생각했기 때문이다. 그러나 아주머니는 혼자 있을 때조차도 말하지 않고는 오래 못 배겼는데, 그 이유는 중얼거리는 것이 목구멍에 유익하며, 피가 멈추는 것을 막게 해 주고, 또 그렇게 해야 지병인 숨 막힘 증세와 불안증의 빈도가 조금 줄어들 것이라고 믿었기 때문이다. 극도의 무기력증 속에 살다 보니 아주머니는 아주 미세한 감각에도 많은 중요성을 부여하셨다. 그러나 그런 감각들에 부여된 그 변화무쌍한 움직임을 혼자서는 감당할 수 없었고, 또 그

---

* chausson. 잼 등을 넣어 반원형으로 접은 파이로 여러 겹의 껍질에 싸여 있다.

것을 들려줄 친구도 없어 할 수 없이 자신의 유일한 행동 방식인 저 끊임없는 독백으로 스스로에게 들려주는 것이었다. 불행히도 아주머니는 소리를 내며 생각하는 버릇이 몸에 배어 있었지만, 옆방에 누가 있을지도 모른다는 사실에는 별로 신경을 쓰지 않으셨다. 그래서 나는 자주 아주머니가 이렇게 말씀하시는 걸 듣곤 했다. "내가 잠을 자지 않았다는 걸 꼭 기억해야 해."(아주머니는 잠을 자지 않았다는 걸 자랑으로 여기셔서, 우리 모두의 말투에는 이 자부심에 대한 흔적과 존경이 깃들어 있다. 이를테면 아침에 프랑수아즈는 아주머니를 '깨우러' 가는 것이 아니라, 아주머니 방으로 '들어가는' 것이었고, 또 아주머니가 잠깐 낮에 눈을 붙이고 싶어 하시면, 집안사람들은 아주머니가 "명상하거나" "휴식을 취하고" 싶어 하신다고 말했다. 어쩌다가 이야기에 열중한 나머지 아주머니 자신도 깜박하고 "나를 깨운 건" 또는 "꿈을 꿨는데"라는 말이 나올 때면, 아주머니는 얼굴을 붉히고 이내 말을 고치셨다.)

잠시 후 나는 아주머니에게 키스하려고 방 안으로 들어갔다. 프랑수아즈가 홍차를 끓였다. 혹은 아주머니 스스로 자신이 좀 흥분했다고 생각하면 대신 보리수차를 청했다. 그러면 약봉지에서 정량의 보리수를 꺼내 접시에 담고 끓는 물을 부어 넣는 것이 내 임무였다. 건조되는 동안 오그라든 꽃줄기는 고르지 못한 격자 모양으로 뒤엉켜 있었지만, 마치 화가가 최대한 장식하듯 매만지고 배열해 놓은 것처럼 빛바랜 꽃들이 거기서 활짝 열리고 있었다. 보리수 잎은 모양이 망가지거나 달라져서, 날아다니는 파리의 투명한 날개나 글자가 적히지 않은 상표 뒷면, 또는 장미 꽃잎처럼 잡다한 물건들을 모아 놓은 것 같은 모양이었지만, 마치 새가 둥지를 틀 때처럼 쌓거나 빻거나 짜거나 한 것처럼 보였다. 약제사의 매력적인 사치라고 할 수 있는 수많은 불필요하고 세부적인 것들은 — 인공적인 차 제조 과정에서라면 생략했을지도 모르는 — 마치 책 속에서 아는 사람의 이름을 만날 때 놀라며 느끼는 기쁨 같은 것을 맛보게 했는데, 그것이 바로 역 앞 큰길에서 보았던 것과 똑같은 진짜 보리수 꽃줄기이며, 모조품이 아닌 진짜지만 오래되어서 모양이 변했을 뿐이라는 걸 이해하는 기쁨을 줬다. 그리고 새로운 성질이란 옛 성질이 변한 것에 불과하므로, 나는 이 작은 회색 알맹이 속에서 아직 영글지 않은 초록빛 싹을 알아볼 수 있었다. 그러나 특히 작은 금빛 장미처럼 매달려 있는 가냘픈 줄기들의 숲 속에서 그 꽃들을 드러나게 하는 부드럽고도 창백한 분홍빛 광채는 — 지워진 벽화가 있던 자리를 말해 주는 희미한 빛처럼, 보리수나무에서 '색깔이' 있던 부분과 그렇지 않은 부분의 차이를 나타내 주는 표시인 — 내게 이 꽃잎들이 약봉지를 장식하기에 앞서 봄날 저녁을 향기롭게 해 주었음을 말해 줬다. 이 분홍빛 촛불, 그것은 여전히 보리수 색깔이긴 했지만, 이제 꽃들의 황혼이라고 부를 수 있는, 그들의 줄어든 삶 속에서 반쯤 꺼진 채 졸고 있었다. 이윽고 아주머니는 죽은 잎과 시든 꽃잎을 맛볼 수 있는 끓는 차에 프티트 마들렌을 담그고 과자가 충분히 부드러워지자 한 조각 내게 내밀었다.

아주머니의 침대 한쪽에는 커다란 노란색 레몬나무 서랍장과, 약을 조제하거나 제단(祭壇)으로 사용되는 탁자가 놓여 있었고, 거기에는 작은 성모상과 비시셸레스탱 생수병 밑에 미사 책 몇 권과 약 처방전, 침대에서 성무일과와 식이요법을 행하는 데 필요한 것들, 펩신*을 복용하는 시간과 저녁 기도 시간을 잊지 않도록 하는 데 필요한 모든 것들이 놓여 있었다. 반대쪽에는 침대가 창가 가까이 놓여 있어서 바로 아주머니 눈 아래로 거리가 보였고, 아주머니는 무료함을 달래기 위해 페르시아 왕자들처럼 아침부터 저녁까지 그 거리에서 펼쳐지는 일상적인 일들을, 그러나 아득한 옛날부터 내려오는 콩브레의 일상사를 읽으면서 프랑수아즈와 더불어 그 일들에 대해 논평까지 하셨다.

아주머니께서는 내가 옆에 있은 지 오 분밖에 안 되었는데도 피로해질까 봐 두려워 날 내보내시곤 하셨다. 아주머니는 창백하고 윤기 없는 그 서글퍼 보이는 이마를 내 입술 쪽으로 내밀곤 하셨는데, 이처럼 이른 시간에는 아직 가발을 쓰지 않아서 그런지 이마에는 등뼈**가 마치 가시관의 뾰족한 끝이나 묵주 알처럼 훤히 드러나 있었다. 또 아주머니는 이렇게 말씀

---

* 위의 소화를 도와주는 소화 효소로 단백질을 분해한다.
** 여기서 등뼈라고 옮긴 프랑스어의 vertèbres에 대해 앙드레 지드는 그 비현실적인 사용과 모호성(그것이 이마에 연결되는 것인지 아니면 가발에 연결되는 것인지)에 대해 놀라움을 표명한 적이 있다. 프루스트는 별 설명 없이 '그리고(et)'라는 접속사를 붙여 그것이 이마에 연결된다는 것을 밝혔지만, 여전히 모호성은 남아 있다. 이에 대해 한 연구가는 등뼈가 드러난다는 것은 일종의 은유적인 표현으로, 레오니 아주머니를 가시관을 쓴 예수 그리스도의 형상에 비유하는 것이라고 풀이하며, 콩브레의 종교적인 지형도와 관계된다고 설명한다.

하셨다. "자, 얘야, 내려가 보거라, 미사 갈 준비를 해야지. 그리고 아래층에서 프랑수아즈를 만나거든, 너무 오래 너희 가족들과 꾸물대지 말고, 내게 필요한 게 없는지 빨리 올라와서 보라고 해라."

여러 해 전부터 아주머니의 시중을 들어 온 프랑수아즈는, 훗날 우리와 한 식구가 되리라고는 당시에는 꿈에도 생각해 본 적이 없었지만, 아주머니 댁에서 우리가 머무르는 몇 달 동안은 사실 아주머니를 다소 소홀히 했다. 내가 아직 어려서 우리가 아직 콩브레에 가기 전이었을 때, 레오니 아주머니는 그녀의 어머니 집에서 겨울을 나기 위해 파리에 계셨다. 나는 아직 프랑수아즈를 잘 알지 못했으므로, 새해에 고모할머니 댁에 들어가기 전에 엄마는 내 손에 5프랑짜리 동전 하나를 주면서 이렇게 말씀하셨다. "특히 사람을 착각하면 안 된다. 엄마가 '프랑수아즈, 잘 있었어요?' 하고 말하며 네 팔을 살짝 건드릴 테니까, 기다렸다 주도록 해라." 고모할머니 댁의 컴컴한 응접실에 도착하자마자, 나는 어둠 속에서 눈부시게 빛나는 빳빳하면서도 솜사탕처럼 부서지기 쉬운 헝겊 모자 주름 장식 아래서 미리 고마움을 표하는 미소가 동심원을 그리며 퍼져 가는 것을 보았다. 바로 프랑수아즈였다. 그녀는 마치 벽감(壁龕) 속 성녀상처럼 복도의 작은 문틀 안에 꼼짝 않고 서 있었다. 이런 성당 제단 같은 어둠에 조금 익숙해지자, 나는 프랑수아즈의 얼굴에서 인류에 대한 사심 없는 애정과 상류 사회에 대한 감동 어린 존경심이 떠오르는 것을 볼 수 있었는데, 그 존경심은 새해 선물을 받을 기대로 그녀 마음의 가장

선한 지대에서 끓어오르고 있었다. 엄마는 내 팔을 세차게 꼬집고는 큰 목소리로 말했다. "프랑수아즈, 잘 있었어요?" 이 신호에 내 손가락이 벌어졌고, 동전이 떨어지기가 무섭게 그녀는 그걸 받으려고 어색해하는 손을 내밀었다. 그러나 콩브레에 가게 되면서부터 나는 누구보다도 프랑수아즈에 대해 더 잘 알게 되었다. 그녀는 우리 가족을 좋아했다. 그녀는 우리에게 적어도 처음 몇 해 동안은, 아주머니를 대하는 것과 같은 존경심, 어쩌면 그 이상의 애정을 베풀었는데, 그 이유는 우리가 같은 '가족'에 속한다는 특권에다(프랑수아즈는 같은 혈통이 가족 구성원들을 맺어 주는 그 눈에 보이지 않는 관계에 대해 그리스 비극 작가만큼이나 경의를 표했다.) 그녀가 통상 접해 온 주인들과는 다르다는 매력 때문이었다. 그래서 차가운 바람이 부는 부활절 전날 우리가 콩브레에 도착할 때면 그녀는 아직 날씨가 좋지 않아서 유감이라고 말하며 얼마나 우리를 기쁘게 맞이해 줬는지. 엄마는 프랑수아즈에게 딸과 조카들 소식을 물었고, 손자가 얌전한지, 장차 크면 어떤 사람이 되기를 기대하는지, 또는 할머니를 닮았는지를 물어보셨다.

그리고 엄마는 프랑수아즈가, 오래전에 돌아가신 부모님을 그리워하며 슬퍼한다는 걸 알고 있었으므로, 옆에 사람이 없으면 친절하게 그들에 대한 이야기를 꺼내면서 생전의 그들 모습에 대해 자세히 물어보셨다.

엄마는 프랑수아즈가 사위를 좋아하지 않으며, 딸과 함께 지내는 즐거움을 사위가 망쳐 버린다는 것을, 사위가 있는 데서는 딸과 마음대로 말도 못 한다는 것을 알고 있었다. 그래서 프랑수아즈가 콩브레에서 몇십 리 떨어진 곳에 사는 딸 부부를 만나러 갈 때면 엄마는 미소를 지으며 이렇게 말씀하셨다. "이봐요, 프랑수아즈, 만일 쥐피앵이 부득이하게 집을 비워 하루 종일 마르그리트하고 단둘이 지내게 된다면, 조금은 섭섭하긴 하겠지만 그래도 그편이 프랑수아즈에겐 더 좋겠죠?" 그러면 프랑수아즈는 미소를 지으며 말했다. "마님은 무엇이든 다 아시는군요. 마님은 엑스레이보다(그녀는 미소를 지으며 엑스레이란 단어를 일부러 힘들게 발음했는데, 무식한 자신이 이런 학술 용어를 쓴다는 자체가 가소롭다는 식이었다.)* 더 지독한 분이에요. 옥타브 마님을 찍기 위해 이곳으로 오게 한, 저 가슴속에 무엇이 있는지를 훤히 들여다본다는 그것 말이에요." 그러고는 누군가가 자기 같은 사람에게 신경을 써 준다는 사실에 당황해서는 자리를 비켜섰는데, 아마도 우는 모습을 보이지 않으려고 그랬던 것 같다. 엄마는 시골 여인네로서의 그녀 삶이, 그녀 행복과 슬픔이 자기가 아닌 다른 사람의 관심을 끌 수도 있으며, 또 그 사람의 기쁨 또는 슬픔의 원인이 될 수 있다는 걸, 그 따사로운 감동을 최초로 느끼게 해 준 분이셨다. 어머니가 그 똑똑하고 부지런한 하녀의 시중에 감탄하고 있다는 것을 아신 아주머니께서는, 우리가 그곳에 머무르는 동안에는 프랑수아즈를 독점하는 걸 어느 정도는 단념하셨다. 프랑수아즈는 새벽 5시부터 마치 도자기같이 눈부신 주름 잡

---

* 뢴트겐이 엑스선을 발견한 것은 1895년이며, 1914년 이후에야 프랑스에서 의학적으로 활용되었으므로 연대기 착오라고 할 수 있는 부분이다.

힌 헝겊 모자를 쓰고 부엌에 나타났는데, 그 모습은 미사에 갈 때처럼 보기에도 근사했다. 프랑수아즈는 몸이 아프건 말건 말처럼 일을 잘했고, 그것도 소리 없이, 일을 하는 티조차 내지 않았다. 엄마가 더운 물이나 블랙커피를 부탁할 때면, 정말로 펄펄 끓는 물을 가져오는 사람은 아주머니 집 하녀들 가운데 프랑수아즈뿐이었다. 어느 집이나 처음에는 손님 마음에 들지 않는 하인들이 있는 법인데, 프랑수아즈도 그런 사람 중 하나였다. 그런 하인들은 손님을 필요로 하지 않을뿐더러 주인들도 자신들을 해고하기보다는 손님을 더 이상 초대하지 않는 편을 택할 것임을 너무도 잘 알기 때문에, 일부러 손님 마음에 들려고 애쓰지도 않고 세심한 배려도 하지 않는다. 그리고 그들의 실제 능력을 경험했던 주인들은 손님에게는 좋은 인상을 줄지 모르지만 대개는 고칠 수 없는 무능력을 가리고 있는 그런 가식적인 아첨이나 비굴한 수단에 신경을 쓰지 않는 하인들을 더 소중히 여기는 법이다.

프랑수아즈는 우리 부모님이 필요로 하는 것이 없는지 잘 살펴보고 나서는, 첫 번째 하는 일이 아주머니 방에 올라가서 펩신을 드리고 또 점심 식사에는 무엇을 들겠느냐고 물어보는 것이었는데, 아주머니는 거의 예외 없이 뭔가 중요한 사건에 대해 자신의 의견을 먼저 말하거나 설명을 하지 않고는 못 견뎠다.

"프랑수아즈, 구필* 부인이 십오 분이나 늦게 동생을 데리

---

* Goupil. 중세까지는 여우의 이름이었다.

러 갔네. 가는 도중에 조금이라도 지체하다간 틀림없이 영성체가 끝난 뒤에나 성당에 도착할걸."

"저런! 그렇게 돼도 놀랄 일이 아니지요." 하고 프랑수아즈가 대답했다.

"프랑수아즈, 오 분만 더 빨리 올라왔더라도 앵베르 부인이 칼로 부인네 것과 같은, 두 배나 더 굵은 아스파라거스 단을 들고 가는 것을 보았을 텐데. 부인이 어디서 그걸 손에 넣었는지 그 집 하녀에게 좀 물어봐 줘요. 자네는 올해 모든 소스마다 아스파라거스를 넣으니, 우리 손님들에게도 그와 비슷한 것을 드시게 해야지."

"틀림없이 주임신부님 댁에서 가져온 아스파라거스일 거예요." 하고 프랑수아즈가 말했다.

"그럴까, 프랑수아즈?" 하고 아주머니는 어깨를 으쓱하면서 대답했다.

"신부님 댁이라고? 아닐세. 자네도 잘 알면서 뭘 그래, 신부님 댁에서 나오는 건 형편없이 작고 가느다란 아스파라거스뿐일 텐데. 아까 내가 본 건 팔뚝만큼이나 굵은 거였네. 물론 자네 팔뚝 말고 내 팔뚝만큼 말이야. 이 한심한 팔뚝은 올해 들어 더 가늘어졌지만……."

"프랑수아즈, 머리가 깨질 것 같은 저 요란한 종소리를 들었어요?"

"듣지 못했는데요, 옥타브 마님." "아! 이 가련한 사람아, 자네 머리는 꽤 단단한 모양이군. 주님께 감사해야겠어. 마글론 부인이 피프로 의사를 찾으러 가던 길이었다네. 의사는 즉시 부인과 함께 집에서 나와 루아조 거리 쪽으로 돌아갔고. 아이가 병이 난 모양이지."

"저런! 맙소사." 하고 프랑수아즈는 한숨을 지었다. 그녀는 모르는 사람에게 생긴 불행한 이야기를, 설령 먼 고장에서 일어난 일이라 할지라도 탄식하지 않고는 들을 수 없었다.

"그런데 프랑수아즈, 도대체 누가 죽었기에 조종이 울렸을까? 아! 그렇지, 루소 부인 때문이군. 그분이 어젯밤에 돌아가신 걸 까맣게 잊고 있었군. 아, 정말이지, 이번에는 내가 하느님의 부르심을 받을 차례인가 봐. 불쌍한 내 남편 옥타브가 죽은 후부터는 내 머리가 어떻게 됐는지 통 모르겠어. 그런데 내가 자네 시간을 허비하게 했군."

"아녜요, 옥타브 마님. 제 시간은 그렇게 중요하지 않아요. 시간을 만드신 분이 우리에게 돈 받고 판 것도 아닌걸요, 뭐. 하지만 잠깐 불이 꺼지지나 않았는지 보고 올게요."

이렇게 프랑수아즈와 아주머니는 아침 회의에서 그날 일어난 첫 번째 사건들에 대한 평을 하는 것이었다. 그러나 때로 이런 사건들이 아주 신비롭거나 중대해서 아주머니는 프랑수아즈가 올라올 때까지 참고 기다릴 수 없는 경우가 있었다. 이럴 때면 종소리가 네 번 요란하게 집 안에 울려 퍼졌다.

"옥타브 마님, 아직 펩신 드실 시간이 아닌데요. 현기증이 나는 것처럼 느껴지세요?" 하고 프랑수아즈가 물었다.

"아닐세, 프랑수아즈." 하고 아주머니가 말했다. "그런 일로 부른 게 아닐세. 자네도 잘 알지 않나, 요즘엔 현기증이 안 날 때가 좀처럼 없다는 걸. 어느 날 나도 루소 부인처럼 제정신으로 돌아오지 못한 채 그대로 가 버릴지도 몰라. 하지만 종을 울린 건 그 때문이 아니라네. 여보게, 내가 지금 자네를 보는 것처럼, 이제 막 구필 부인이 내가 전혀 모르는 여자애와 함께 지나가는 걸 보지 않았겠어. 어서 카뮈네 가게에 가서 소금을 두 푼어치 사 와 봐요. 그 애가 누구인지, 테오도르라면 자네에게 얘기하지 못할 일은 없을 테니까."

"그 애라면 퓌팽 씨 딸일 거예요."라고 프랑수아즈가 말했다. 그녀는 아침부터 이미 두 번이나 카뮈네 가게에 다녀왔기 때문에 그 자리에서 설명하는 것으로 끝내고 싶었다.

"퓌팽 씨 딸이라고! 오오! 정말 그럴까, 프랑수아즈! 그 애라면 왜 내가 알아보지 못했지!"

"그 집 큰딸을 말하는 게 아니에요, 옥타브 마님. 주이 기숙사에 가 있는 작은 딸을 말하는 거예요. 오늘 아침에 이미 그 애를 본 것 같은데요."

"아, 그렇군." 하고 아주머니가 말했다. "축일 휴가라 왔군. 그래, 맞아! 이젠 찾으러 갈 필요가 없네. 축일 휴가를 보내러 온 모양이군. 그건 그렇고, 조금 있으면 사즈라 부인이 점심 식사를 하려고 동생 집 초인종을 울리는 게 보일 텐데. 그래, 갈로팽네 가게 꼬마가 파이를 들고 지나가는 걸 보았으니까! 두고 보면 알겠지, 그 파이는 틀림없이 구필 부인 댁에 배달될 테니."

"구필 부인이 손님을 초대했다면, 옥타브 마님, 얼마 있지 않아 그 집으로 손님들이 점심 식사를 하러 몰려드는 걸 보시겠네요. 벌써 이른 시간은 아니니까요." 하고 프랑수아즈가 말했다. 점심 식사를 준비하러 서둘러 내려가고 싶었지만, 그녀는 아주머니를 위해 앞으로의 소일거리를 남겨 두는 걸 귀찮아하지 않았다.

"정오가 되기 전에는 오지 않을걸." 하고 아주머니는 체념한 투로 대답하셨다. 그녀는 벽시계를 향해 불안하고도 은밀한 시선을 던졌는데 모든 걸 다 포기한 사람이 구필 부인이 누구를 초대했는지 알아내는 데에 짜릿한 기쁨을 느낀다는 걸 다른 사람에게 들키고 싶지 않았기 때문이다. 그러나 불행하게도 그 기쁨을 맛보려면 아직도 한 시간 이상이나 기다려야 했다. 아주머니는 혼잣말하듯이 낮은 목소리로 덧붙였다. "그것도 하필이면 내 점심 식사 시간과 겹치겠는걸!" 점심 식사도 그 자체로 충분한 소일거리가 되는데, 같은 시간에 다른 소일거리가 있다는 것이 아주머니는 달갑지 않았다. "적어도 크림을 두른 달걀 요리를 납작한 접시에 담아 내놓는 건 잊지 않았겠지?" 그 납작한 접시란 이야기 주제로 장식된 유일한 접시들로, 아주머니는 식사 때마다 그날 내온 접시에서 전설 속 이야기를 읽는 것을 좋아했다. 아주머니는 안경을 걸치고 「알리바바와 사십 인의 도둑」, 「알라딘 또는 요술 램프」를 판독하시고는 미소를 지으며 "참 재미있어, 참 재미있어."라고 말씀하셨다.

프랑수아즈는 아주머니가 자기를 보내지 않으리라는 걸 알자 "카뮈네 가게에 가도 되는데요."라고 말했다.

"아닐세, 그럴 필요가 없네. 그 애는 확실히 퓌팽 씨 딸이네. 불쌍한 프랑수아즈, 아무것도 아닌 일로 올라오게 해서 정말

미안하이."

하지만 아주머니는 아무것도 아닌 일로 프랑수아즈를 부른 게 아니었음을 잘 알고 있었다. 콩브레에서 '전혀 모르는' 사람이 존재한다는 것은 신화 속에 나오는 신만큼이나 믿기 어려운 일로, 생테스프리 거리나 광장에 그런 놀라운 존재가 나타날 때마다, 철저한 조사로 이 신화적인 인물이 개인적으로나 추상적으로 호적상 콩브레 사람들과 어떤 친척 관계인 '자신들이 아는 사람으로' 환원되지 않은 경우란 그들의 기억에서 찾아볼 수 없었기 때문이다. 이를테면 군 복무에서 돌아온 소통 부인의 아들이나 수녀원에서 나온 페르드로 신부님의 조카딸, 샤토덩의 세무 관리원으로 있다가 정년퇴직을 하여 부활절 휴가를 보내러 온 주임신부의 동생이 그러했다. 처음 이런 사람들을 보았을 때 동네 사람들은 단지 금방 상대방을 알아보지 못했거나 식별하지 못했기 때문에, 콩브레에도 알지 못하는 사람들이 있다고 생각하면서 무척이나 동요했다. 그러나 소통 부인과 신부님은 아주 일찍부터 그들이 '손님들을' 기다린다는 사실을 알려 놓았다. 저녁 무렵, 집에 돌아오는 길로 조금 전 산책에 대해 얘기하려고 이 층에 올라가, 할아버지께서 모르는 분을 퐁비외 다리* 근처에서 만났다고 내가 무심코 말하기라도 하면 아주머니께서는 이렇게 소리를 지르셨다. "할아버지가 알지 못하는 사람이라고! 네 말

---

* pont vieux. 오래된(vieux) 다리(pont)란 뜻으로, 여기서는 고유명사로 간주하여 '다리'를 붙이고자 한다.

을 믿고 싶지만 글쎄." 하지만 그 소식에 약간 동요된 아주머니는 진상을 확인하려고 하셨고, 결국 할아버지가 소환되어 오셨다. "퐁비외 다리 근처에서 만나셨다는 분이 도대체 누구예요? 아저씨가 모르는 분인가요?" "아냐." 하고 할아버지는 대답하셨다. "부이유뵈프 부인 댁 정원사 동생 프로스페르였어." "어머! 그래요." 하고 아주머니는 진정된 듯 약간 얼굴을 붉히며 말씀하셨다. 그러고는 약간 냉소적인 미소를 지으며 어깨를 으쓱하더니 덧붙였다. "아저씨가 전혀 모르는 분을 만나셨다고 이 애가 나한테 말하지 않겠어요." 그러면 식구들은 내게 다음부터는 좀 더 조심하라고 당부하면서 경솔한 말로 아주머니를 흥분하게 하지 말라고 주의를 주는 것이었다. 콩브레에서는 모든 사람들을, 동물이건 사람이건 간에 너무도 잘 알았으므로, 만약 아주머니께서 '전혀 알지 못하는' 개 한 마리가 어쩌다 눈앞을 지나가는 걸 보기라도 하면, 아주머니는 그에 대한 생각을 멈추지 않았고, 그 이해할 수 없는 사실에 자신의 온갖 추리력과 자유 시간을 쏟아부었다.

"사즈라 부인네 개일 거예요." 하고 프랑수아즈가 별 확신 없이, 단지 아주머니의 마음을 진정하려고, '머리를 아프게 하지 않으려고' 말했다.

"마치 내가 사즈라 부인네 개도 모르는 것처럼 말하는군." 하고 아주머니가 말씀하셨다. 아주머니의 비판 정신은 어떤 사실이라도 그렇게 쉽게 인정하려 하지 않으셨다.

"아, 갈로팽 씨가 이번에 리지외에서 새로 데리고 온 개일 거예요."

"어쩌면 그렇겠군."

"아주 개가 순한가 봐요." 하고 테오도르에게서 얻어들은 것이 있는 프랑수아즈가 덧붙였다. "사람처럼 영리하고, 언제나 명랑하고, 언제나 상냥하고, 언제나 품위 있어요. 그 나이에 벌써부터 그렇게 매력적인 개도 드물죠. 옥타브 마님, 이젠가 봐야겠어요. 놀고 있을 시간이 없어요. 곧 10시가 되거든요. 아직 화덕에 불도 지피지 못했고, 아스파라거스 껍질도 벗겨야 하니까요."

"뭐라고, 프랑수아즈, 또 아스파라거스인가! 자네는 올해 정말 아스파라거스 병에 걸렸나 보군. 우리 집 파리지앵들이 모두 질리겠어!"

"천만에요, 옥타브 마님, 모두들 좋아하시는걸요. 그분들이 성당에서 돌아오실 때쯤이면 시장기가 도셔서 아스파라거스를 우습게 보지 않는다는 걸 아시게 될 거예요."

"그렇군, 성당에 벌써 가 있겠군. 자네도 꾸물거릴 시간이 없군. 어서 점심 식사를 감독하러 가게나."

이렇게 아주머니가 프랑수아즈와 수다를 떠는 동안 나는 부모님을 따라 미사에 갔다. 나는 얼마나 성당을 사랑했던가! 지금도 얼마나 눈에 선한지! 우리들의 성당! 우리가 드나드는 그 오래된 문은 꺼멓고, 거품기처럼 작은 구멍이 나 있고, 휘어졌고, 모서리마다 깊게 패어 있었다.(그 문으로 들어가면 곧장 만나게 되는 성수반과 마찬가지로.) 마치 성당에 들어가는 시골 여인들이 입은 외투자락의 쏠림과 성수를 찍어 바르는 그 조심스러운 손길이 수세기 동안 계속되면서 드디어는 파괴력을 가지고 돌을 휘게 하여, 매일 부딪치는 모서리에 바퀴 흔적 같은 고랑을 파 놓은 듯했다. 성당 묘석들 아래에는 콩브레 역대 사제들의 고귀한 유골들이 묻혀 있었는데, 그 묘석은 성가대석의 정신적인 포석 구실을 해 온 것으로, 그 자체가 생명 없는 단단한 물질만은 아니었다. 시간이 묘석을 부드럽게 하면서 네모꼴 가장자리 바깥으로 꿀이 흐르듯 흘러나가게 만들어, 어떤 곳은 금빛 물결이 넘쳐흘러 꽃 모양 고딕체 대문자를 떠내려 보내며 대리석을 장식한 하얀 제비꽃을 잠기게 하는가 하면, 또 다른 곳은 묘석들이 네모꼴 안으로 흡수되어 본래 생략적인 라틴 문자의 비명(碑銘)을 더욱 짧게 하고, 그 요약된 글자들의 배열에 또 한 번 변덕을 부려 한 단어의 두 글자를 너무 가까이 붙여 놓거나 다른 글자들은 엄청나게 늘려 놓거나 하는 것이었다. 성당 채색 유리는 햇빛이 나지 않는 날에만 찬란하게 반짝였는데, 따라서 밖의 날씨가 흐리면 성당 안 날씨는 예외 없이 화창했다. 어떤 채색 유리에는 트럼프에 그려진 왕과도 흡사한 인물이 혼자서 전체를 꽉 채우고 있었는데, 그는 저 높은 곳, 건물의 둥근 천장 아래, 하늘과 땅 사이에 살고 있었다.(푸른 반사광이 이 채색 유리를 통해 비스듬히 비치는 미사 없는 주중 어느 정오, 바람이 잘 통하고 한적하며 더 인간적이고, 호화로운 가구에 비치는 햇빛과 더불어 더 사치스러워진 성당은, 마치 조각한 돌과 채색 유리로 장식된 중세풍 대저택의 커다란 홀처럼 거의 사람이 살아도 좋을 것처럼 보였는데, 그런 극히 드문 순간에 사즈라 부인이 조금 전 건너편 과자 가게에서 점심 식사 때 먹으려고 사 온 끈으로 맨 과자 봉지를 바로 옆 기도대 위에 올려놓고 잠시 무릎 꿇고 앉아 있는 모습이 보였다.) 또 다른 채색 유리에는 분홍빛 눈으로 뒤덮인 산기슭에서 전투가 벌어지고 있었고, 산이 유리창 전체를 서리로 뒤덮어 그 흐릿한 싸락눈으로 부풀어 오른 모습은 마치 눈송이들이, 그것도 여명에 비친 눈송이들이 유리창에 남아 있는 것 같았다.(아마도 제단 뒤 장식 벽을 붉은색으로 물들인 그 여명이었을 것이다. 그 빛깔이 어찌나 선명한지 돌에 영구히 부착되었다기보다는, 이제 막 사라지려고 하는 밖의 빛이 일시적으로 비친 것 같았다.) 그리고 이 모든 채색 유리들은 너무도 오래되어서, 그 은빛 감도는 고색창연함이 여기저기 수세기 동안 쌓인 먼지 위에서 반짝거렸고, 또 그 부드러운 유리 융단을 짠 실까지도 너무 닳고 닳아서 번들거리는 것이 보였다.* 그중에서도 높은 곳에 있는 채색 유리 칸은 작은 직사각형 백여 개로 나뉘어 있었는데, 샤를 6세**를 즐겁게 해 주려고 만든 커다란 게임용 트럼프 카드처럼 푸른색이 주조를 이루었다. 그러나 빛의 반짝임 때문인지, 아니면 내 시선이 움직이면서, 꺼졌다 켜졌다 하는 유리창을 통해 유동적이고 귀중한 불꽃을 이리저리 끌고 다녔기 때문인지, 유리창은 잠시 후 공작 꼬리처럼 변화무쌍한 광채를 띠며 전율하더니

---

* 프루스트는 여기서 묘사된 채색 유리가 노르망디 에브뢰 성당과 퐁오드메르, 파리의 생트샤펠에서 영감을 받은 것이라고 말한다.
** 발루아 왕조의 4대 프랑스 국왕으로 백년전쟁에서 영국 헨리 5세에게 크게 패했다. 연인 또는 광인으로 불렸으며, 여기서 말하는 트럼프 카드는 광란에 사로잡힌 샤를 6세를 즐겁게 해 주기 위해 사람들이 만든 그림카드가 나중에 게임용 트럼프가 되었다는 것을 암시한다.

어두운 바위 궁륭 꼭대기에서 습기 찬 벽을 따라, 한 방울 두 방울 떨어지는 불꽃 모양의 환상적인 비로 물결쳤다. 마치 내가 기도서를 든 부모님의 뒤를 따라 구불구불한 종유석이 무지개처럼 아롱거리는 동굴 중심 근방에 와 있는 듯한 느낌이었다. 잠시 후에 작은 마름모꼴 채색 유리가 거대한 가슴 장식 위에 나란히 박힌 사파이어처럼 깊은 투명함과 견고한 단단함을 띠었는데, 그 뒤로 이 모든 화려함보다 더 사랑스러운 태양의 순간적인 미소가 느껴졌다. 그 태양의 미소는, 광장 포석이나 시장에 깔린 짚단에서 볼 수 있는 것과 마찬가지로, 보석 세공품을 비추는 부드러운 푸른색 물결 속에서도 알아볼 수 있었다. 우리가 부활절 전에 도착하여 맞는 첫 일요일들에는 대지가 아직 헐벗어 검은 빛이었으나, 마치 성 루이 왕의 계승자들로부터* 시작된 역사적 봄날같이, 그 미소가 유리 물망초들로 장식된 융단을 눈부신 황금빛으로 꽃피우게 하여 내 마음을 위로해 주었다.

　날실을 건 곳에 씨실로 무늬를 짜 넣은 두 개의 장식 융단이 에스더**의 대관식을 묘사하고 있었는데(전해지는 말에 따르면 크세르크세스 왕은 어떤 프랑스 왕의 얼굴이었고, 또 에스더는 그 왕

---

* 성 루이 왕의 계승자들이란 13세기 후반과 14세기에 프랑스를 다스렸던 왕들을 가리킨다. 성 루이 왕은 루이 9세의 별칭이다.
** 『구약성서』 중 「에스더」에 나오는 유대 여왕으로 페르시아 왕 크세르크세스 1세의 비가 되어, 박해받던 유대인들을 해방한 인물이다. 이 유대 신화를 프랑스 17세기 비극작가 라신은 「에스텔」이라는 종교극으로 승화했는데, 「소돔과 고모라」에서 동성애자들은 라신의 「에스텔」을 인용하면서 하느님의 뜻에 따라 유대인이라는 사실을 감춘 에스텔의 언어를 동성애자들의 언어로 희화한다.

이 사랑하던 게르망트 가의 어떤 부인 모습이었다고 한다.) 색채들이 녹아들면서 장식 융단에 어떤 표현이나 입체감, 조명을 더해 주고 있었다. 에스더의 입가에는 입술 윤곽을 넘어 분홍빛이 감돌았고, 그녀의 노란색 옷은 그렇게도 물결치듯 풍성하게 퍼져서, 일종의 견고함을 띠며 억눌린 분위기에서도 활기차게 올라가고 있었다. 또 실크와 울로 짜인 장식 융단 아랫부분에는 나무의 초록빛이 아직 생생하게 남아 있었는데, 윗부분은 색깔이 '바래' 짙어진 나무줄기 위에는, 눈에 보이지 않는 햇살이 느닷없이 비스듬하게 내리비쳐 금빛으로 노랗게 물들이는 동시에 반쯤 지워 버린 높다란 가지들이 흐릿하게 드러나 보였다. 이 모든 것들과, 더 나아가 내게는 거의 전설 속 인물이나 다름없는 사람들이 성당에 기증했다는 몇몇 귀중한 물건들(다고베르 왕*이 기증한 것으로 알려졌으며 성 엘루아**가 제작했다는 황금 십자가며, 칠보를 입힌 구리와 반암(斑岩)으로 만들어진 루이 르 제르마니크***의 아들들의 묘비 등) 때문에, 성당 안으로 들어가 우리 좌석에 다다를 때면 나는 마치 요정들이 방문한 골짜기에서 농사꾼이 바위나 나무나 늪에서 그들의 초자연적인 이동 흔적을 보고 황홀해하는 것과 같은 느낌이 들어, 성당이 내게는 마을 나머지 부분과는 전혀 다른 그 어떤 것으

* 프랑스 왕으로 메로빙거 왕국을 통일했다.
** Saint Eloi(588~660). 금세공의 거장이자 다고베르 왕의 재상이었다.
*** Louis le Germanique(804~876). 카롤루스 대제의 손자로 루이 2세다. 카롤링거 왕국의 동쪽 지역을 다스렸는데 왕국을 분할하는 문제로 세 아들 간에 끊임없는 갈등과 불화가 있었다.

로 생각되었다. 성당은 말하자면 사차원 공간을 차지하는 건물로 ── 사차원이란 바로 시간의 차원이다. ── 수세기에 걸쳐이 기둥에서 저 기둥으로, 이 제단에서 저 제단으로, 단지 몇 미터의 거리뿐만 아니라, 계속되는 시대들을 통해 마침내 승리자가 된 내부를 펼쳐 보였다. 거칠고 잔인한 11세기를 두꺼운 벽속에 감추었으므로, 거기 드러나는 것은 투박한 석재 덩어리로막히고 메인 육중한 아치형 종탑 계단이 현관 옆에 파헤쳐 놓은 깊게 파인 홈뿐이었고 그곳 역시 우아한 고딕 양식 주랑이종탑 계단을 가려서, 그 모습이 마치 버릇없고 투덜대는 형편없는 옷차림을 한 남동생을 누이들이 낯선 사람들의 눈으로부터 감추려고 애교를 떨며 앞을 가로막고 서 있는 것 같았다. 또한 광장 너머 하늘에는 예전에 성 루이 왕을 응시하였고, 지금도 바라보는 듯한 첨탑이 솟아 있었다. 그리고 성당 지하납골당은 메로빙거 왕조 시대의 어둠 속으로 깊숙이 파묻혀 들어가고 있었는데, 돌로 된 커다란 박쥐 날개같이 힘차게 리브볼트로 고정된 어두운 둥근 천장 밑으로, 테오도르와 그의 여동생이 더듬더듬 우리를 안내하면서 촛불로 시즈베르 왕의 손녀딸무덤을 비추었다. 묘석에는 ── 화석 흔적 같은 ── 깊은 관이패어 있었다.* 누군가에 의하면 "이곳에 구멍을 낸 건 크리스털 등으로, 원래는 현재 성당 후진(後陣)**에 해당되는 장소에 걸

---

* 리브볼트는 첨두아치와 더불어 대표적인 고딕 양식이다. 시즈베르(Sigebert, 535~575)는 프랑스의 옛 왕국인 프랑크 족의 오스트라지 왕국을 아버지 클로테르에게서 계승한 왕이다.

** 성당 제단 뒤의 반원형 부분을 지칭하며, 성당 동쪽 끝 부분에 위치한다.

려 있었으나, 프랑크 왕족의 한 왕녀가 살해되던 날 밤, 매달려 있던 금 사슬에서 저절로 떨어져 나가면서 크리스틸 등이 깨지지 않고 불도 꺼지지 않은 채 돌 속에 움푹 박히는 바람에 돌이 물렁하게 뚫렸다."*라고 한다.

콩브레 성당의 후진에 대해서는 과연 무슨 말을 할 수 있을까? 그것은 너무도 조잡해서 예술적인 아름다움뿐 아니라, 종교적인 열정마저도 결여되어 있었다. 밖에서 보면, 낮은 지대의 길과 교차하는 곳에 면해 있었고, 또 그 조잡한 벽은 자갈돌이 삐져나온 다듬어지지 않은 석재 초석 위에 솟아 있어서 성당다운 구석이라곤 전혀 찾아볼 수 없었다. 또 채색 유리 창들은 지나치게 높은 곳에 뚫려, 그 전체가 성당 벽이라기보다는 감옥 벽에 더 가까운 느낌이었다. 그래서 먼 훗날, 내가 보아 온 저 영광스러운 성당들의 후진들을 떠올리면서도, 그것들을 콩브레 성당 후진과 비교해 볼 생각은 전혀 하지 못했던 것이다. 다만 어느 날인가, 시골 작은 길모퉁이를 돌다가 세 갈래 길이 교차하는 곳 정면에서 지나치게 높이 솟은 거친 벽을 본 적이 있었는데, 위쪽에는 채색 유리 창이 뚫려 있고 콩브레 성당 후진과 마찬가지로 비대칭적이어서, 그때 나는 샤

---

* 오귀스탱 티에리의 『메로빙거 시대 이야기』(1840)에서 인용한 대목으로 문자 그대로의 인용이 아닌 약간 변형되었다. 스페인 왕의 딸인 갈방트가 시즈베르 왕의 동생인 남편 실페릭에게 살해되어 장례식을 치르던 날(따라서 그녀는 시즈베르 왕의 손녀가 아니라 제수다.) 그녀 무덤 가까이 있던 크리스틸 등이 떨어졌는데도 깨지지 않고 무덤으로 반쯤 들어갔다는 전설을 환기한다. 중세, 특히 메로빙거 시대에 대한 프루스트의 매혹은 앞에서 나온 마술 환등기의 주느비에브 드 브라방 이야기와 더불어 텍스트를 중세의 깊은 어둠 속으로 안내한다.

르트르 대성당이나 랭스 대성당*에서처럼 종교적인 감정이 얼마나 힘 있게 표현되었는지는 묻지도 않고, 그만 나도 모르게 "성당이다!" 하고 외치는 것이었다.

성당! 가족 같은 성당, 그 북쪽 문이 나 있는 생틸레르 거리에서는 두 이웃인 라팽 씨 약국과 루아조 부인네 집 사이에 떨어지지 않고 딱 붙어 있는 성당! 만약 콩브레 거리에 번지가 매겨졌다면, 평범한 시민인 성당 역시 번지가 있었을 것이고, 우편배달부도 아침나절 배달을 할 때면 라팽 씨 집에서 나와 루아조 부인 집으로 들어가기 전에 그 앞에서 걸음을 멈추었을 것이다. 그렇지만 성당과 성당이 아닌 다른 모든 것 사이에는 내 정신이 결코 넘어갈 수 없는 어떤 경계선이 있었다. 루아조 부인 집 창가에는 머리를 숙이고 가지를 아무 데나 내뻗는 버릇 나쁜 푸크시아 화분이 있었는데, 꽃송이가 점차 커져감에 따라 별로 할 일이 없다는 듯 충혈된 보라색 뺨을 성당의 어두운 벽면에다 대고 열을 식혀 댔지만, 그렇다고 해서 푸크시아가 내 눈에 성스럽게 보인 것은 아니었다. 꽃과 꽃이 기대는 검은 돌 사이에서 비록 내 눈은 아무 틈도 지각할 수 없었지만, 내 정신은 어떤 심연의 느낌을 비축하고 있었다.

콩브레가 아직 우리 앞에 모습을 나타내기 전에 지평선 위로 그 잊을 수 없는 형상을 새기고 있는 생틸레르 종탑은 멀리서도 알아볼 수 있었다. 부활절 전 주일에 파리에서부터 우리를 데려다 주는 기차를 타고 갈 때, 종탑이 꼭대기 철제 수탉

---

* 샤르트르 대성당과 랭스 대성당은 프랑스 고딕 양식의 대표 성당들이다.

을 온 방향으로 돌리면서 하늘의 모든 고랑 위를 차례차례로 미끄러지는 것이 보이면, 아버지께서는 "담요를 챙겨라, 도착했다."라고 말씀하셨다. 그리고 우리가 콩브레 멀리 떨어진 곳으로 오랜 산책이라도 나갈 때면 좁았던 길이 갑자기 광대한 평원으로 탁 트이면서 여기저기 쪼개진 숲으로 막힌 지평선이 보였는데, 그 위로 생틸래르 종탑의 뾰족한 끝이 홀로 삐죽 나와 있었다. 종탑 끝이 얼마나 가늘고 얼마나 선명한 분홍빛이었는지, 오직 자연으로 이루어진 이 풍경, 이 화폭에 누군가가 예술의 작은 흔적, 단 하나의 인간적인 표시를 남겨 놓으려고 손톱으로 하늘에 줄을 그어 놓은 것 같았다. 그러나 가까이 다가가면 종탑만큼 높지는 않으나 그 곁에 반쯤 무너진 네모난 탑의 나머지 부분을 볼 수 있었는데, 그때 우리는 무엇보다도 돌 더미의 어두운 진홍빛에 놀랐다. 마치 가을날 안개 긴 아침에 강렬한 보라색 포도밭 위에 치솟은, 거의 개머루빛에 가까운 자주색 폐허처럼 보였다.

산책에서 돌아올 때면 할머니께서는 나에게 종종 광장에서 걸음을 멈추고 종탑을 바라보라고 하셨다. 종탑 창문은 두 개씩 위아래로 나란히 나 있었는데, 오로지 사람 얼굴에만 아름다움과 품위를 부여할 수 있는 그런 정확하고도 독창적인 비율에 따라 배열되어 있었고, 거기서부터 까마귀 떼가 규칙적인 간격으로 쏟아져 나오고 있었다. 까마귀 떼는 마치 이제까지는 본 척도 하지 않고 멋대로 뛰놀게 내버려두었던 오래된 돌들이 무한한 동요의 요인을 방출하며 후려치고 내몰아 더 이상 살 수 없는 곳이 되었다는 듯이 빙빙 돌면서 울어 댔다. 그러다 보랏빛 벨벳 같은 저녁 하늘에 사방으로 줄을 그어 놓고는 갑자기 조용해지더니, 음산한 곳이 다시 살기 좋은 곳으로 변했다는 듯이 탑 안으로 빨려 들어갔다. 그중 몇 마리는 꼼짝하지 않는 낚시꾼의 자세로 파도의 물마루에 멈춰 있는 갈매기마냥 이곳저곳 작은 종탑 꼭대기에 놓여 있었는데, 아마도 무슨 벌레를 물고 있는 것 같았다. 할머니께서는 그 이유도 모르면서 생틸레르 종탑에는 저속함이나 건방짐, 또는 인색함 같은 것이 없다고 생각하셨는데, 이러한 생각 때문에 할머니는 고모할머니 댁 정원사가 한 것처럼 인간의 손길로 왜소하게 만든 자연이 아니라, 바람직한 영향을 많이 끼친다고 여겨지는 진짜 자연의 상태와 천재의 작품을 좋아하셨다. 물론 우리 눈에 보이는 성당의 모든 부분은 그 본연의 어떤 사상 탓에 다른 건물과 구별되겠지만, 그래도 성당이 자신을 의식하고 개별적이고 책임감 있는 존재임을 확인하는 것은 바로 종탑 덕분이었다. 바로 종탑이 성당을 대변했다. 할머니께서는 막연하게 자신이 가장 가치 있다고 생각하는 것, 즉 자연스러운 모습과 품위 있는 모습을 콩브레 종탑에서 발견하셨다. 할머니께서는 건축에 대해 잘 알지 못하셨지만 이렇게 말씀하셨다. "너희들은 날 비웃을지 모르지만, 저 탑이 규정된 미의 기준과는 거리가 있다 해도, 저 오래된 기이한 모습이 마음에 드는구나. 만일 종탑이 피아노를 친다면 결코 메마른 소리는 내지 않을 거다." 그러고는 종탑을 바라보면서, 기도하기 위해 모은 두 손처럼 위로 갈수록 좁아지는 경사진 돌들의 그 부드러운 긴장과 열정적인 기울어짐을 두 눈으로 좇으셨는데, 첨탑의 기세와 완전히 하나가 된 할머니의 시선은 첨탑과 더불어 높이 날아오르는 것 같았다. 동시에 할머니는 오래되어 닳아빠진 돌들을 향해 다정한 미소를 던지셨는데, 이제 노을빛은 탑 꼭대기만을 비추고 있었고, 이 빛이 비추는 지대 안 돌들은 갑자기 빛을 받아 부드러워지면서, 마치 한 옥타브 높은 '두성(頭聲)'으로 이어지는 노래처럼 단숨에 아득히 높고 먼 곳으로 올라가는 것 같았다.

우리 마을의 모든 일, 모든 시간, 모든 관점에 형태를 주고 완성하고 축성하는 것은 바로 생틸레르 종탑이었다. 내 방에서는 슬레이트로 덮인 종탑 아랫부분밖에 볼 수 없었으나, 그래도 무더운 여름 일요일 아침, 슬레이트가 검은 태양처럼 타오르는 것이 보이면 나는 이렇게 중얼거렸다. "이런, 벌써 9시네! 곧 미사 갈 준비를 해야지. 가기 전에 레오니 아주머니에게 인사하러 가야 하니까." 그때 나는 광장으로 쏟아지는 태양의 색깔, 시장의 더위와 먼지, 가게의 차양이 던지는 그림자 모양까지도 정확히 알았다. 어머니는 아마도 미사 전에 표백하지 않은 무명 냄새가 물씬 나는 가게로 들어갈 것이고, 가게 주인이 허리를 굽히며 보여 주는 손수건 몇 장을 살 것이다. 주인은 가게를 닫을 채비를 하면서 가게 뒷방으로 들어가서는 외출용 양복저고리로 갈아입고 비누로 손을 씻을 것이다. 그에겐 가장 울적할 때조차도, 어떤 일을 계획하거나 은밀한 모험을 즐기거나 혹은 성공할 때와 같은 표정을 지으면서 오분마다 한 번씩 손을 비비는 버릇이 있었다.

사촌들이 화창한 날씨를 틈타 점심 식사를 하러 티베르지에서 온다고 했으므로, 미사가 끝나자 우리는 테오도르네 가게에 가서 보통 때보다 더 큰 브리오슈 빵*을 갖다 달라고 했는데, 그때 눈앞에 보이는 종탑은 축성받은 커다란 브리오슈 빵처럼 노랗게 잘 구워진 모습으로 태양 껍질과 고무질 수액을 뚝뚝 떨어뜨리면서, 그 뾰족한 침으로 푸른 하늘을 찔러 대고 있었다. 그리고 저녁에 산책에서 돌아올 무렵, 잠시 후 어머니에게 저녁 인사를 해야 하고 어머니를 더 이상 볼 수 없다는 생각을 할 때면, 종탑은 반대로 저물어 가는 빛 속에 너무도 부드러워져서는 마치 창백한 하늘에 놓인 갈색 벨벳 방석처럼 움푹 들어간 모습이었고, 하늘은 그 무게에 짓눌려 자리를 내주려고 가볍게 파이면서 가장자리를 부풀리는 듯했다. 종탑 주위를 빙빙 도는 새들의 울음소리는 종탑을 더 고요하게 만들고 첨탑을 더욱 높이 끌어올리면서 뭔가 말로 표현할 수 없는 것을 남겼다.

종탑이 보이지 않는 성당 뒤쪽으로 장을 보러 갈 때조차도, 모든 것은 여기저기 집들 사이로 솟아 있는 종탑을 중심으로 배열된 것처럼 보였다. 어쩌면 이처럼 성당이 보이지 않고 종탑만 나타날 때가 더 감동적이었는지도 모른다. 물론 이런 식으로 바라본 종탑들 가운데에는 더 아름다운 것들도 많으며, 내 기억 속에도 지붕 위로 솟아 나온 종탑의 이미지가 몇몇

---

* brioche. 버터와 달걀이 많이 들어가 달고 씹는 느낌이 부드러운 빵이다. 예전에는 버터나 설탕이 귀해 귀족들이 주로 먹었다고 한다. 마리 앙투아네트가 빵을 달라고 외치는 군중에게 빵이 없으면 브리오슈를 주면 될 것 아니느냐고 했다는 일화가 유명하다.

저장되어 있지만, 그 이미지들은 쓸쓸한 콩브레 거리가 만들어 내는 종탑 이미지와는 다른 예술적 성격을 띠었다. 나는 노르망디 발베크 근처 어느 이상한 마을에서 본 매력적인 18세기풍 저택 두 채를 결코 잊을 수가 없다. 그 저택들은 여러 면에서 나에게 소중하고 성스러운데, 현관 앞 층계로부터 강 쪽으로 내려 뻗은 아름다운 정원에서 마을을 바라보면, 두 저택에 가렸던 성당의 고딕식 첨탑이 저택 정면을 완성하고 그 위로 솟아오르는 것처럼 보이는 효과를 자아낸다. 그러나 첨탑의 질료가 너무나 다르고, 귀하고 둥글고 분홍빛 윤이 나서, 그 첨탑이 이 두 저택의 일부가 아니라는 것을 금방 알 수 있다. 작은 탑 모양 칠보를 입힌 조가비의 꺼칠꺼칠하고 뾰족한 자줏빛 끝이, 바닷가에서 나란히 뒹굴며 반짝반짝 고르게 빛나는 아름다운 두 조약돌 사이에 끼어 있어도 그 조약돌의 일부가 아닌 것처럼 말이다. 나는 파리의 가장 지저분한 구역에서, 첫 번째 두 번째 세 번째 축으로 겹겹이 쌓인 여러 길들의 지붕 너머로 보랏빛 종이, 때로는 불그스름하고 때로는 대기가 찍어 내는 가장 고상한 '판화'가 보여 주는, 재를 걸러 낸 검은색 종이 보이는 그런 창문을 나는 안다. 바로 생토귀스탱 성당 돔으로, 피라네시가 그린 몇몇 로마 전경 같은 성격을 파리 전경에 부여한다.* 그러나 아무리 내 기억이 이런 종류의 판화를 멋

---

* 파리의 생토귀스탱 성당 돔은 로마의 생피에르 성당 돔과 흡사한데, 프루스트는 1919년까지 생토귀스탱 거리에 살았다. 조반니 바티스타 피라네시(Giovanni Battista Piranesi, 1720~1778)는 이탈리아 화가로 「로마 전경」이 유명하다.

있게 찍어 낸다고 해도, 그 어떤 것에도 내가 오래전에 잃어버린, 즉 우리로 하여금 사물을 단순한 광경이 아니라 비할 데 없는 존재로 여기게 하는 감정은 없었으며, 그 어떤 것에도 콩브레 성당 뒷골목에서 본 종탑 모습에 대한 추억만큼 내 삶 깊숙한 부분을 지배하는 것도 없었다. 5시쯤 집에서 몇 집 떨어진 곳에 있는 우체국으로 편지를 찾으러 갈 때면, 왼쪽에서 갑자기 종탑 외딴 꼭대기가 지붕 용마루 선을 더 높이 추켜올리는 것을 보았고, 반대로 사즈라 부인의 안부를 물으러 갈 때면, 우리 시선은 종탑 다른 쪽 사면을 따라 내려가며 낮아지는 용마루 선을 좇아가다가 종탑을 지나 두 번째 골목에서 돌아야 한다는 것을 알았다. 또는 더 멀리 기차역 근처에 갈 때면, 마치 돌고 있는 물체를 어느 알지 못하는 순간에 포착했을 때처럼, 새로 생긴 모서리와 옆 표면을 드러내면서 비스듬하게 비치는 종탑을 보기도 했다. 또는 멀리 비본 냇가에서 바라보면, 종탑 후진이 근육질적으로 뭉치면서 위로 치켜올려진 모습이 마치 하늘 심장부를 향해 뾰족한 첨탑을 내던지려는 노력을 뿜어내는 것 같았다. 결국 우리가 되돌아가는 곳은 항상 종탑이었고, 종탑이 언제나 모든 것을 지배했다. 종탑은 예기치 않은 뾰족한 봉우리로 마을 집들을 불러내면서, 마치 수많은 인간 속에 몸을 파묻어도 내가 결코 혼동하는 일이 없는 신의 손가락처럼 내 앞에 모습을 내밀었다. 오늘도 지방 대도시나 파리의 잘 모르는 거리에서 길을 묻는 나에게, 한 행인이 가야 할 길을 알려 주면서, 성직자 모자처럼 뾰족한 끝을 추켜올리는 수도원 종탑이나 병원 탑을 마치 무슨 표지처럼 가리켜 보일 때,

거기서 내 기억이 소중하면서도 이제는 사라져 버린 종탑 형상과 조금이라도 비슷한 특징을 찾아내기라도 하면, 나는 하던 산책이나 해야 할 심부름을 잊어버린 채 몇 시간이고 꼼짝 않고 서서는 내 마음 깊숙이에서 망각의 강으로부터 빠져나온 땅이 건조해지며 단단해져서는 건물이라도 지을 수 있다는 듯이 기억을 더듬는다. 혹시 내가 길을 잘못 들지나 않았는지 확인하려고 뒤돌아보던 행인은 이런 내 모습을 보고는 깜짝 놀랄 것이다. 그러면 난 아마도 조금 전 행인에게 길을 물었을 때보다도 더 초조하게 가야 할 길을 찾으며 길모퉁이를 돌겠지만…… 그러나 그 길은 내 마음속에 있기에…….

미사를 보고 돌아오는 길에 우리는 자주 르그랑댕 씨와 만났다. 그는 엔지니어라는 직업 탓에 파리에 붙잡혀 자신의 콩브레 소유지에는 여름 바캉스를 제외하고는 토요일 저녁에서 월요일 아침까지만 와 있었다. 눈부시게 성공을 거둔 과학자라는 경력의 사람들 중에는 그들의 직업적인 전문지식에는 소용없지만 대화를 주고받을 때는 도움이 되는 그런 전혀 다른 종류의 문학적, 예술적 소양을 지닌 사람들이 있는데, 그도 그런 사람 중 하나였다. 그런데 그런 사람들은 문학가보다 더 문학적이고(우리는 당시에 르그랑댕에게 작가로서도 상당한 명성이 있다는 것을 알지 못했는데, 어느 유명한 음악가가 그의 시로 작곡한 것을 보고는 무척이나 놀랐다.) 화가들보다 더 '능숙한 솜씨'를 보여 현재 자신의 삶이 스스로에게 적합하지 않다는 생각이 든 나머지, 실제적인 일에는 충동적인 기분이 섞인 무심함과, 또는 고상하면서도 도도하고 멸시하는 듯하면서도 씁

쓸하고 성실한 열성을 보인다. 키 크고 멋있는 풍채, 긴 금빛 콧수염에 섬세하고 생각에 잠긴 얼굴, 공허한 푸른 시선과 세련되고 예의 바른 르그랑댕 씨는 또한 우리가 일찍이 들어 본 적 없는 달변가로서, 언제나 그를 본보기로 삼는 우리 가족들 눈에는 인생을 가장 고상하고 가장 우아한 방식으로 살아가는 엘리트의 전형이었다. 할머니께서는 단지 그가 책처럼 지나치게 말을 잘하며, 언제나 나풀대는 그의 큰 넥타이나 학생처럼 헐렁한 양복저고리에서 느껴지는 자연스러움이 그의 말투에는 없다고 나무라셨다. 할머니는 또한 르그랑댕 씨가 자주 귀족이나 사교계 생활, 스노비즘*에 반대하며 늘어놓는 그 열띤 장광설에 놀랐는데, 그는 스노비즘에 대해 "틀림없이 사도 바울이 용서받지 못할 죄악에 대해 말씀하셨을 때 마음속으로 생각했던 바로 그 죄악일 겁니다."**라고 말했다.

사교계에 대한 야심이란 할머니가 실감할 수도, 거의 이해할 수도 없는 감정이었으므로, 그것을 단죄하는 데 그토록 열

---

* 흔히 '속물근성'이라고 번역되는 스노비즘(snobisme)은 프루스트 소설의 핵심 주제 중 하나다. 이 말은 원래 영국 케임브리지 대학에서 그 대학 출신이 아닌 다른 대학 출신의 낯선 사람을 가리키는 말이었다고 하는데, 보다 일반적으로는 명문가에서 유행하는 태도나 방식을 찬양하고 채택하는 사람을 가리킨다. 르그랑댕이나 베르뒤랭 부인은 바로 이런 귀족 계급에 대한 부르주아의 모방 욕망을 재현하는 인물들로, 피에르 지마에 의하면『잃어버린 시간을 찾아서』의 세계관은 곧 스노비즘, 또는 '신화에 대한 욕망'이라고 정의된다. 이 책에서는 주로 (반드시 그런 것은 아니지만) '스노브'는 '속물'로, '스노비즘'은 원어 그대로 옮기고자 한다.
** 사도 바울에 의하면 용서받지 못할 죄악은 바로 배교다.「히브리인들에게 보내는 편지」, 6장 4~6절 참조.

정을 쏟아붓는 것은 불필요하다고 생각하셨다. 더욱이 르그랑댕 씨의 여동생이 발베크 근처 바스노르망디 지방의 한 귀족과 결혼했는데도 귀족들을 맹렬히 공격하면서, 대혁명 때 귀족들을 모두 단두대로 보내지 않았다고까지 비난하는 것은 그다지 좋은 취향으로 보이지 않았다.

"안녕하십니까, 친구분들!" 하고 르그랑댕 씨가 우리 쪽으로 다가오며 인사했다. "여기 오래 머무르실 수 있으니 참 행복하시겠습니다. 저는 내일 파리 제 거처로 돌아가야 합니다."

"아!" 하고 그는 자신의 독특한, 뭔가 냉소적이며 불만족스러운, 그러면서도 방심한 미소를 지으며 덧붙였다. "물론 제 집에는 불필요한 것밖에 없습니다. 여기 커다란 하늘 조각처럼 정작 필요한 건 하나도 없고 말입니다. 어린 친구, 언제나 그대 인생 위에 한 조각 하늘을 간직하게나." 하고 그는 내 쪽을 돌아보며 말을 이었다. "그대에겐 드물게도 아름다운 영혼과 예술가의 자질이 있으니, 그에 필요한 것이 부족하지 않도록 하게나."

우리가 집에 돌아왔을 때, 레오니 아주머니는 구필 부인이 미사에 늦게 도착했는지 어떤지를 알아보려고 사람을 보내왔지만, 우리는 그 점에 대해 전혀 알려 드릴 수 없었다. 대신 성당에서 한 화가가 질베르 르 모베*의 채색 유리를 복사하고 있었다는 이야기를 하여 아주머니를 더 혼란스럽게 했다. 아주머니는 즉시 프랑수아즈를 식료품 가게에 보냈지만, 테오도

---

* 188쪽 주석 참조.

르가 가게에 없었기 때문에 빈손으로 돌아왔다. 성당 관리 일을 도와주는 성가대원이자 식료품 가게 점원이라는 이중 직업 덕분에 모든 사람들과 접촉하는 관계로 테오도르에겐 보편적인 지식이 있었다.

"아!" 하고 아주머니가 한숨을 쉬었다. "어서 빨리 욀랄리가 오는 시간이 됐으면 좋으련만. 정말이지 그걸 알려 줄 수 있는 사람은 그 사람밖에 없어."

욀랄리*는 다리를 저는 부지런하고 귀가 먼 늙은 노처녀로, 어렸을 때부터 일해 오던 라 브르토니 부인이 죽자 '은퇴하여' 성당 옆에 방을 얻어 살았는데, 매일같이 집 밖으로 나와 성무일과에 가거나, 그런 시간 외에는 짧은 기도를 바치거나, 아니면 테오도르 일을 거들어 주는 것으로 소일하고 있었다. 나머지 시간에는 레오니 아주머니처럼 아픈 사람들을 찾아가서 미사나 저녁기도 시간에 일어난 일들을 들려주곤 했다. 그녀는 옛 주인들의 가족이 주는 얼마 안 되는 연금에, 이따금 주임신부의 세탁물이나 콩브레 성직자 사회의 저명한 인사들의 세탁물을 챙겨 주는 대가로 받는 임시 수입을 보태는 것을 소홀히 하지 않았다. 검정색 나사 모직 외투에 거의 수녀들이 쓰는 것 같은 작고 하얀 모자를 쓰고 있는 얼굴은 양쪽 뺨일부와 매부리코에 생긴 피부병 탓에 봉선화처럼 붉은 분홍빛이었다. 주임신부 외에 달리 찾아오는 사람도 없었던 레오

---

* 프랑수아즈와 일종의 라이벌 관계인 욀랄리 역시 종교적이고 중세적인 콩브레 지형도에 속하는 인물이다.

니 아주머니에게 윌랄리의 방문은 큰 기분 전환이었다. 아주머니는 다른 모든 방문객들은 점차 내쫓고 말았는데 그 이유는 그들 모두가 아주머니 눈으로 볼 때, 가장 싫어하는 두 부류에 속했기 때문이다. 첫 번째 부류는 아주머니가 맨 먼저 쫓아 버린 가장 고약한 작자들로, 아주머니에게 너무 "자기 몸을 아끼지 말라고" 충고하면서, 비록 소극적인 방식으로나마 비난의 침묵이나 의혹의 시선을 보내며, 햇빛 드는 곳에서 산책하거나 익히지 않은 질 좋은 비프스테이크를 먹는 편이(겨우 두어 모금 마신 비시 광천수가 아주머니 위에 열네 시간이나 남아 있는 형편인데도) 침대와 약보다 훨씬 유익할 것이라고 말하는 다소 극단적인 원칙을 설교하는 사람들이었다. 또 다른 부류는 아주머니 병이 아주머니가 생각하는 것보다 훨씬 위중하거나, 아주머니가 말하는 것만큼 위중하다고 믿는 듯한 표정을 짓는 작자들이었다. 그들은 아주머니께서 상당히 망설이다가 프랑수아즈의 간청 때문에 어쩔 수 없이 방으로 올라오도록 허락한 사람들이었는데, 그들이 병문안 도중 조심스럽게 "이런 화창한 날씨에는 좀 움직여 보는 게 좋지 않을까요?"라고 말함으로써 아주머니가 베풀어 준 호의에 얼마나 자격이 없는지를 보여 주거나, 반대로 아주머니가 "난 이제 기력이 다했어요. 정말 다했어요. 이젠 끝인가 봐요, 친구분들!" 하고 말할 때 "그래요, 건강하지 못하면. 하지만 그런대로 좀 더 버틸 수 있을 겁니다."라고 대답하든가 하면, 그런 사람들은 앞의 사람들과 마찬가지로 두 번 다시 아주머니 집에 받아들여지지 않을 것이 확실했다. 그리고 만약 그런 사람들 가운데 한 사람이 집에 찾아올 것 같은 낌새로 생테스프리 거리에 들어서고 있는 것이 침대에서 보이거나 종소리가 울리는 것을 들었을 때, 아주머니의 겁에 질린 표정을 보며 프랑수아즈는 아주 재미있어했는데, 아주머니의 기가 막힌 술책이 언제나 성공을 거둬 그들을 내쫓거나, 그들이 아주머니를 만나지 못한 채 실망한 표정으로 돌아가는 모습을 보면 더욱더 재미있어 했다. 프랑수아즈는 자기 주인이 그 모든 사람들을 만나지 않는 걸로 미루어 그들보다 월등한 존재라고 판단하고는 아주머니를 마음속으로 존경해 마지않았다. 요컨대 아주머니는 사람들이 그녀의 식이요법을 인정해 주는 동시에 그녀의 고통을 동정하고, 그녀의 미래에 대해 안심시켜 줄 것을 요구했다.

바로 이 점에서 욀랄리는 탁월했다. 아주머니가 일 분 동안에도 스무 번이나 "난 이제 끝이라네, 내 가련한 욀랄리!" 하고 말하면, 욀랄리는 스무 번이나 "옥타브 마님, 마님처럼 자신의 병을 잘 아는 사람은 백 살까지도 간대요, 어제만 해도 사즈랭 부인이 그렇게 말씀하셨는걸요."라고 대답했다.(욀랄리의 가장 확고한 믿음 중 하나는, 아무리 그 사실이 틀렸다는 것을 경험으로 확인했음에도, 바로 사즈라 부인의 이름이 사즈랭 부인이라고 믿는 것이었다.)

"백 살까지 가기는 원치 않는다네."라고 자신의 수명에 정확한 기한을 정하고 싶지 않은 아주머니가 대답하셨다.

게다가 욀랄리는 그 누구도 할 수 없는, 아주머니를 피로하지 않게 하면서 재미있게 해 주는 방법을 알았다. 뜻밖의 일이 생기지 않는 한, 일요일마다 규칙적으로 행해지는 그녀의 방문은 아주머니에게는 커다란 즐거움이었다. 이런 날에는 그녀가 찾아온다는 생각에 처음 얼마 동안은 기분 좋은 상태가 유지되다가도, 조금이라도 그녀가 늦기만 하면 심한 배고픔처럼 기다림은 곧 고통으로 변했다. 윌랄리를 기다리는 쾌감도 너무 오래 연장되면 고문이 되어, 아주머니는 연상 시계를 들여다보거나 하품을 하며 기력이 쇠진해져 가는 것을 느꼈다. 더 이상 아무도 기대하지 않는 해 질 무렵에 윌랄리의 종소리가 들리면, 아주머니는 거의 병이 날 지경이었다. 사실 일요일에 아주머니는 오로지 이 방문밖에 다른 것은 생각하지 않았으므로, 점심 식사가 끝나자마자 프랑수아즈는 이 층에 올라가 아주머니를 '돌봐주기'* 위해 우리에게 서둘러 식당을 떠나도록 독촉했다. 그러나 (특히 콩브레에 화창한 날씨가 계속되면서부터) 정오를 알리는 거만한 종소리가 생틸레르 종탑의 꽃무늬 문장 열두 개로 장식된 왕관에서 순간순간 소리를 내며 지상에 내려와 우리가 앉은 식탁 주위에서, 또 성당으로부터 나와 우리 곁에 친숙하게 다가온 축성받은 빵 옆에서 울린 지도 오래되었건만, 우리는 여전히 『아라비안나이트』 그림이 그려진 접시 앞에 더위와 식사로 몸이 무거워진 채 앉아 있었다. 왜냐하면 프랑수아즈가 미리 알릴 필요도 없는 달걀, 갈비 구이, 감자, 잼, 비스킷 같은 기본 음식

---

* 프랑수아즈는 '돌보다'라는 의미의 프랑스어 s'occuper 대신 '차지하다(occuper)'라는 말을 잘못 쓰는데, 그녀만의 고유 어법이다.

외에도 밭과 과수원 수확물, 해산물, 우연히 가게에서 구입한 것, 친절한 이웃이 보내온 것, 그녀 자신의 기발함으로 구한 것을 곁들였으므로, 우리 집 식단은 마치 13세기 대성당 정문에 새겨진 네잎 무늬 장식처럼, 계절의 리듬과 삶의 여러 일화들을 반영했다. 가게 주인이 신선하다고 보증한 넙치가 나오면, 다음으로 루생빌르팽 시장에서 프랑수아즈가 좋은 칠면조를 발견했기 때문에 칠면조 요리가 나오고, 아직 우리에게 이와 같은 요리법을 보인 적이 없기 때문에 만들어 본 아티초크를 곁들인 사골 요리가 나오고, 바깥 공기를 쐬고 나면 배가 고파져서 저녁 식사까지 아직도 일곱 시간이나 소화할 충분한 시간이 있기 때문에 양갈비 구이가 나오고, 변화를 주기 위해 시금치 요리가 나오고, 아직은 귀한 살구가 나오고, 두 주 후면 더 이상 맛볼 수 없기 때문에 까치밥나무 열매가 나오고, 스완 씨가 일부러 가져온 나무딸기가 나오고, 두 해나 열리지 않던 정원 벚나무에서 처음으로 딴 버찌가 나오고, 내가 전에 아주 좋아했다고 크림치즈가 나오고, 프랑수아즈가 전날 주문한 아몬드 케이크가 나오고, 우리 쪽에서 내야 할 차례이기 때문에 브리오슈 빵이 나왔다. 이 모든 것이 끝난 후에도 일부러 우리 식구를 위해 만들었다는, 특히 그걸 좋아하는 아버지를 위해 헌정된, 프랑수아즈의 영감이자 개인적인 배려인 초콜릿 크림이 나왔는데, 그녀가 재능을 모두 쏟아부은 작품이면서도 어쩌다 우연히 만든 것처럼 덧없이 가볍게 제공되었다. "난 그만 먹을래요. 더 이상 못 먹겠어요."라고 말하면서 맛보기를 거부한다면, 그런 사람은 화가로부터 그림 한 폭을 선물로 받고 오직 화가의 의도와 서명만이 가치가 있는데도 무게와 재료만을 따지는 천박한 사람의 수준까지 당장 떨어지고 말았을 것이다. 게다가 접시에 소스를 단 한 방울이라도 남기기라도 한다면, 곡이 끝나기도 전에 작곡가의 코앞에서 일어서는 것과 똑같은 무례를 범하는 꼴이 되었을 것이다.

드디어 어머니가 말씀하셨다. "자, 언제까지나 이곳에 있지 말고. 밖이 너무 더우면 네 방으로 올라가거라. 하지만 식탁에서 일어나자마자 바로 책을 읽지 말고 잠깐 동안이라도 바깥 공기를 쐬렴." 나는 정원 한구석 라일락 그늘 아래 등받이 없는 벤치에 가서 앉았는데, 벤치는 펌프 우물과 물통 사이에 놓여 있었고, 물통에는 고딕풍 성수반과 같은 투박한 돌에 우의적인 유선형 도마뱀이 마치 시간에 따라 변하는 살아 움직이는 부조처럼 새겨져 있었다. 이 정원 한구석에는 생테스프리 길 쪽으로 난 후문이 있었고, 또 거의 사람들이 돌보지 않은 땅 위로는 독립된 건물처럼 보이는 이 층짜리 부엌 뒤채가 본채에서 불쑥 튀어나와 있었다. 부엌 타일 바닥이 반암(班岩)처럼 붉게 번쩍이는 것이 보였다. 그곳은 프랑수아즈의 소굴이라고 하기보다는 베누스의 작은 신전처럼 보였다. 우유나 과일, 야채 장수 여인네들이, 때로는 아주 멀리 떨어진 마을로부터 그들의 밭에서 난 첫 번째 수확을 봉납한 것들로 넘쳐흘렀다. 그리고 그 꼭대기에는 언제나 비둘기 울음소리로 장식된 관이 쓰여 있었다.

예전에는 작은 신전을 둘러싼 이 축성된 숲에서 그렇게 오래 머무르지 않았다. 책을 읽으러 올라가기 전에 소령으로 퇴역한 전직 장군인 할아버지의 동생 아돌프 작은할아버지*가 쓰던 일 층의 작은 휴게실로 들어갔기 때문이다. 그곳은 열어놓은 창으로 햇볕이 들어오지는 못해도 밖의 더위가 스며들어 동시에 숲 냄새 같기도 하고 앙시앵 레짐** 시대 냄새 같기도 한, 모호하고도 신선한 냄새를 무한정 뿜어 대고 있었는데, 마치 버려진 사냥용 오두막에 들어갔을 때 콧구멍을 오랫동안 꿈꾸게 하는 그런 냄새였다. 그러나 몇 해 전부터 나는 더 이상 아돌프 할아버지 방에 들어가지 않았다. 내 잘못으로 할아버지와 우리 가족 사이에 생긴 불화 때문에 할아버지가 콩브레에 오지 않으셨기 때문이다. 그 상황은 이렇다.

파리에서는 한 달에 한두 번 부모님께서는 나를 아돌프 할아버지 댁에 방문하도록 했다. 그 시간에는 늘 군복 스타일의 단순한 재킷을 걸친 할아버지가 보라색과 흰 줄이 쳐진 면직 작업복 상의를 입은 하인의 시중을 받으면서 점심 식사를 끝내고 있었다. 할아버지는 내가 너무 오랜만에 왔다고 하시면서, 사람들이 자기를 내팽개친다고 투덜대며 불평하셨다. 그러고는 아몬드 과자와 귤을 내오게 하셨다. 우리는 거실을 가

---

* 프랑스에서는 호칭이나 존칭 구분이 명확하지 않아 부모님이 부르는 호칭을 그대로 사용하는 경우가 많지만(이 책에서도 외할아버지의 동생인 '아돌프 할아버지'를 '아돌프 아저씨'라고 부른다.) 우리말 표현을 존중하여 '아돌프 할아버지'로 옮기고자 한다.

** Ancien Régime. 르네상스 말기에서부터 프랑스 대혁명 때까지, 대강 16세기에서 18세기까지 구시대를 일컫는 말이다.

로질러 갔지만, 한 번도 멈춘 적이 없었다. 그곳은 불도 때지 않았고, 벽은 금색 쇠시리로 장식되어 있었으며, 천장은 하늘을 흉내 낸 푸른색으로 칠해져 있었고, 가구는 우리 할아버지 댁에서처럼 새틴으로 쿠션을 댔으나 노란색이었다. 그런 다음 우리는 할아버지가 "작업실"이라고 부르는 방에 들어갔는데, 거기에는 검은색 바탕에 이마에 별을 단 분홍빛 피부의 관능적인 여신이 전차를 몰거나 지구본 위에 서 있거나 하는 모습이 그려진 판화가 걸려 있었다. 이런 판화들은 제2제정 시대 폼페이풍이라 하여 사람들이 좋아했지만 그 후로는 싫어했다가, 여러 다른 이유들 중에서도 제2제정풍이라는 단 하나의 같은 이유로 다시 좋아하게 된 것이었다. 할아버지와 같이 있는데, 하인이 와서 마부가 몇 시에 마차를 준비하면 되느냐고 물었다고 전했다. 그럴 때면 할아버지는 깊은 명상에 잠겼고, 할아버지의 그런 모습에 경탄해 마지않은 하인은 조금만 몸을 움직여도 방해가 되지 않을까 염려하면서 호기심을 품고 기다렸는데, 결과는 항상 똑같았다. 할아버지는 극도로 망설인 후에 반드시 이렇게 말씀하셨다. "2시 15분." 그러면 하인은 놀라면서도 토를 달지 않고 같은 말을 되풀이했다. "2시 15분요. 그렇게 전하겠습니다."

그 무렵, 나는 연극과 사랑에 빠져 있었다. 일종의 정신적인 사랑으로, 부모님은 그때까지 내가 극장에 가는 걸 허락해 주지 않으셨다. 그래서 사람들이 그곳에서 맛본다고 생각하는 즐거움을 아주 부정확하게 상상했는데, 관객들이 각각 보는 장면이 나머지 다른 관객들이 보는 많은 장면과 같은데도, 마치 저마다 입체경을 들여다보듯 자기만을 위한 무대를 바라본다고 믿었다.

나는 아침마다 모리스 기둥*까지 달려가서는 기둥에 전시된 연극 광고를 바라보곤 했다. 그곳에 예고된 연극이 나의 상상력에 제공하는 꿈들보다 더 행복하고 더 비타산적인 것도 없었다. 연극 제목을 알려 주는 글자들과, 동시에 제목이 뚜렷이 보이는, 아직은 풀칠이 마르지 않아 축축하게 부풀어 오른 포스터의 색깔, 이 분리될 수 없는 두 가지 이미지들에 의해 생겨난 꿈들이었다. 오페라 코미크 극장의 초록색 포스터가 아닌, 코메디프랑세즈 극장의 와인색 포스터에 찍힌 「세자르 지로도의 유언」과 「오이디푸스 왕」 같은 낯선 작품들을 제외하고는, 「왕관의 다이아몬드」 광고에 나오는 그 반짝이는 하얀 깃털 장식과 「검은색 도미노」의 매끄럽고도 신비로운 공단보다 더 달라 보이는 것은 아무것도 없었다.** 그런데 부모님께서 나의 첫 번째 극장 방문으로 이 두 연극 중 하나를 골라야 한다고 말씀하셨으므로, 나는 이 연극 제목에서 저 연극 제목으로 번갈아 가며 계속해서 멈추지 않고 연구했다. 그 작품들에 대해 아는 것이라곤 제목밖에 없

---

* 파리에서만 찾아볼 수 있는 것으로 연극이나 영화 광고를 붙이는 둥근 기둥을 말한다. 인쇄업자인 가브리엘 모리스가 1868년 광고를 붙이기 위해 허가를 받은 데서 그 이름이 연유한다.

** 「세자르 지로도의 유언」은 아돌프 블로와 에드몽 빌타르의 작품으로 1859년에 오데옹 극장에서 상연되었다. 연극 배우 사라 베르나르가 이 작품으로 유명해졌다. 무네 쉴리가 연기한 「오이디푸스 왕」은 1881년부터 코메디프랑세즈에서 상연되었다. 그리고 「왕관의 다이아몬드」와 「검은색 도미노」는 오페라 코미크로 각각 1841년과 1837에 상연되었다. 도미노는 두건 달린 옷을 가리킨다.

었기 때문에, 각각의 제목이 내게 약속하는 기쁨을 포착하려고 애쓰고 다른 쪽에 감춰진 기쁨과 비교함으로써, 마침내 한쪽에는 눈부시고 오만한 작품을, 다른 한쪽에는 벨벳처럼 부드러운 작품을 그려 보이기에 이르렀다. 마치 식후 디저트로 '여왕식 쌀 크림'*과 초콜릿 크림 중 하나를 선택하라고 했을 때처럼, 나는 두 작품 중 어느 것이 더 좋은지 전혀 결정할 수 없었다.

내가 친구들과 나누는 대화도 모두 배우들에 관한 것이었다. 배우들의 연기는 아직 내가 모르는 세계였지만, 예술이 보여 주기를 허락한 모든 형태들 중에서 내가 예술을 느낄 수 있는 최초의 형태였다. 각각의 배우가 대사를 낭독하거나, 긴 독백에 어떤 미묘한 느낌을 풍기는 방식에서 가장 미세한 차이들이 헤아릴 수 없이 중요하다고 나는 생각했다. 그리고 사람들이 말하는 것에 따라 배우들의 재능에 대한 순위를 매기고, 그 순위표를 온종일 암송하다 보니까, 나중에는 그 변하지 않는 순위표 때문에 머리가 굳어 잘 돌아가지 않을 정도였다.

나중에 중학교에 갔을 때, 수업 중 선생님이 다른 쪽으로 고개를 돌리기만 해도 나는 새 친구와 쪽지를 주고받았는데, 내가 친구에게 하는 첫 번째 질문은 언제나 극장에 간 적이 있는지, 그리고 최고의 배우는 고이고 두 번째는 들로네라고 생각하는지 같은 것이었다.** 만약 친구가 페브르는 티롱보다 한

---

* riz à l'Impératrice. 영국식 크림이 섞인 우유에 쌀을 넣어 만든 디저트로 샹티 유 크림과 함께 나온다.
** 에드몽 고(Edmond Go, 1822~1901). 19세기 후반 코메디프랑세즈에서 활동한 유명한 연극 배우다. 루이아르센 들로네(Louis-Arse Delaunay, 1826~

수 아래며,* 들로네가 코클랭보다 못하다고 하면, 내 마음속에서 코클랭은 갑자기 돌의 견고함을 잃고 움직여서 두 번째 자리로 옮겨 가거나, 들로네가 네 번째 자리로 후퇴하기 위해 갑자기 기적적으로 민첩하고도 풍요로운 활기로 채색되는 것을 보게 되었는데, 이와 같은 민첩함은 꽃이 피는 것 같은 생명력의 감각을 부여하여 내 머리를 유연하고도 풍요롭게 했다.

그러나 이처럼 남자 배우들이 내 마음을 사로잡으며, 또 어느 날 오후 우연히 국립극장에서 본 모방**의 모습이 사랑의 감동과 고통을 불러일으켰을 때, 극장 입구에서 본 화려한 스타들의 이름이나 이마에 장미꽃을 꽂은 말이 끄는 사륜마차 유리창을 통해 힐끗 본, 여배우처럼 보이는 한 여인의 얼굴은 얼마나 오랫동안 내 마음을 혼란스럽게 했으며, 또 나는 그녀의 삶을 그려 보기 위해 얼마나 고통스럽고 헛된 노력을 했던가! 나는 재능에 따라 가장 유명한 여배우들, 이를테면 사라 베르나르, 라 베르마, 바르테, 마들렌 브로앙, 잔 사마리 같은 여배우들을 분류했지만, 그들 모두가 내 관심을 끌었다.*** 아돌프 할아버지는 그런 여배우들과 화류계 여자들을 많이 알

1903) 역시 코메디프랑세즈에서 활동한 배우다.
* 여기 인용된 배우들은 모두 19세기 후반 코메디프랑세즈에서 활동했다.
** 53쪽 주석 참조.
*** 여기 거론된 여배우들은 라 베르마를 제외하고는 모두 19세기 후반에 실제로 활동했다. 허구 인물인 라 베르마가 이 시대에 가장 유명했던 사라 베르나르(Sarah Bernhardt, 1844~1923)와 자리를 나란히 하고 있는데, 라신의 페드르를 탁월하게 연기하는 것으로 설정된 라 베르마의 실제 모델은 바로 이 사라 베르나르로 알려져 있다.

왔는데 난 그들을 잘 구별하지 못했다. 또 할아버지는 그런 여자들을 자기 집에 맞아들이고 있었다. 우리가 정해진 날에만 할아버지를 방문하는 것도, 다른 날이면 우리 가족이 만나서는 안 되는 그런 여자들이 오기 때문이었다. 적어도 우리 가족들의 의견은 그러했다. 할아버지 의견은 반대였는데, 한 번도 결혼한 적이 없는 것처럼 보이는 미망인들이나, 대체로 가명에 불과한 것처럼 이름이 요란한 백작 부인들을 할아버지가 우리 할머니에게 소개한다든가, 또 가보로 전해 오는 보석을 그런 여자들에게 쉽게 줘 버려서, 이미 몇 번이나 우리 할아버지와 말다툼을 한 적이 있었다. 대화 중 누구든지 여배우 이름이 나오기만 하면, 나는 아버지가 웃으면서 어머니에게 이렇게 말씀하시는 것을 듣곤 했다. "당신 아저씨의 여자 친구요." 그러면 나는 아마도 그런 여자의 집 대문으로는 중요한 지위에 있는 인물들이 몇 년이나 헛되이 드나들었을 것이고, 그래도 그 여자는 대답도 하지 않고 자기 집 문지기에 명하여 그런 무리들을 내쫓았을 테지만, 할아버지라면 나 같은 아이 상대로는 그런 수고를 하지 않고 당신 집에서 그 여배우에게 날 소개해 주겠지 하고 생각했다. 다른 사람들은 접근할 수도 없는 여배우가 할아버지에게는 아주 친한 친구였으니까.

그리하여 ─ 수업 시간이 변경되어 운이 나쁘게도 몇 차례나 할아버지를 만나러 갈 수 없었고 또 앞으로도 만나러 갈 수 없다는 구실로 ─ 어느 날인가 나는 우리가 방문하기로 정해진 날이 아닌 다른 날, 마침 부모님께서 점심 식사를 평상시보다 일찍 끝내셨으므로 그 기회에, 혼자 가도 좋다고 허락받은 광고 기둥 대신 할아버지 댁으로 달려갔다. 문 앞에, 마차꾼이 단춧구멍에 단 것과 똑같은 붉은 카네이션을 눈가리개에 꽂은 두 마리 말이 끄는 마차가 있는 것이 보였다. 계단에서부터 여자 웃음소리와 말소리가 들렸다. 내가 종을 울리자 순간 조용해졌다가 문을 닫는 소리가 들렸다. 하인이 문을 열러 와서는 내가 있는 것을 보자 난처한 표정을 지으며 할아버지께 바쁜 일이 있어서 아마도 만날 수 없을 거라고 말했다. 그러나 어쨌든 내가 왔다는 것을 알리려고 들어갔는데, 그때 내가 조금 전에 들은 것과 똑같은 목소리가 말하는 것이 들렸다. "아! 들어오라고 해요. 단 일 분이라도. 아주 재미있을 거예요. 당신 책상 위 사진을 보면 그 애는 당신 조카인 자기 엄마와 꼭 닮았어요. 그 애 옆에 있는 것이 엄마 사진이죠? 난 그 애를 아주 잠깐이라도 보고 싶어요."

할아버지가 투덜거리면서 화를 내는 소리가 들리더니 마침내 하인이 나를 들여보냈다.

탁자 위에는 여느 때처럼 아몬드 과자 접시가 놓여 있었고, 할아버지는 늘 입는 군복 스타일 재킷을 걸치고 있었으며, 앞에 앉은 젊은 여자는 분홍빛 실크 드레스를 입고 커다란 진주 목걸이를 했으며, 이제 막 귤을 먹은 후였다. 부인이라고 불러야 할지 아가씨라고 불러야 할지 그 불확실함에 난 그만 얼굴이 붉어졌다. 그래서 말을 걸게 될까 봐 겁이나 그녀 쪽으로는 눈도 돌리지 않고 할아버지에게 키스하러 갔다. 그녀가 나를 보며 미소를 짓자 할아버지는 말씀하셨다. "내 종손자요." 그러나 내 이름도 말하지 않고 내게 그녀 이름도 말해 주지 않았다. 아마도 우리 할아버지와 말다툼을 하고 난 후부터는 우리 가족과 이런 관계를 이어 주지 않으려고 최대한 노력했기 때문일 것이다.

"어머니와 많이 닮았네요." 하고 그녀가 말했다.

"하지만 당신은 내 조카딸을 사진에서만 봤잖소." 하고 할아버지는 퉁명스러운 목소리로 격하게 말씀하셨다.

"그렇지 않아요. 작년에 당신이 심하게 아팠을 때 계단에서 마주친 적이 있는걸요. 물론 아주 짧은 순간이었고 계단도 컴컴하긴 했지만 그래도 멋진 분이라는 걸 알기에는 충분했어요. 이 도련님 눈도 아주 아름답네요. 또 이것도요." 하고 말하면서 그녀는 손가락으로 자기 이마 아래쪽에 선을 그어 보였다. "당신 조카분도 당신과 같은 성인가요?" 하고 그녀는 할아버지에게 물었다.

"이 애는 특히 자기 아버지를 닮았소." 하고 할아버지는 퉁명스럽게 내뱉었다. 할아버지는 가까이 있는 나뿐만이 아니라 멀리 있는 어머니의 이름을 알려 주면서 소개하는 일 따위는 전혀 하려 하지 않았다. "자기 아버지와 꼭 닮았소. 그리고 돌아가신 우리 어머니하고도 닮았고."

"저는 이 도련님의 아버지는 모른답니다."라고 그 분홍빛 여인은 머리를 약간 기울이며 말했다. "그리고 당신의 불쌍한 어머니도 뵌 적이 없고요. 당신이 그 큰 슬픔을 당한 직후에 우리가 알게 되었으니까요."

난 조금 실망했다. 이 젊은 여인이 이따금 내가 집안에서 만났던 다른 예쁜 여자들이나, 특히 해마다 설날이면 방문하는 사촌들 가운데 한 분의 딸과 별로 다르지 않았기 때문이다. 물론 옷은 더 잘 입었지만, 할아버지의 여자 친구 역시 그들과 똑같이 눈빛이 착했고, 똑같이 솔직하고 사랑스러워 보였다. 내가 여배우의 사진을 볼 때 찬미하던 그런 연극적인 모습이나, 그녀의 생활에 어울리는 악마 같은 표정도 전혀 찾아볼 수 없었다. 말 두 필이 끄는 마차와 분홍빛 드레스, 그리고 진주 목걸이를 보지 못했더라면, 또 할아버지가 알고 지내는 여자들이 최고급 화류계 여자들이라는 걸 알지 못했더라면 나는 이 여인이 화류계 여자, 그것도 멋쟁이 화류계 여자라고는 결코 믿지 못했을 것이다. 하지만 저 여자에게 마차와 저택과 보석류를 대 준다는 백만장자가 어떻게 이처럼 소박하며 단정한 여자를 위해 재산을 탕진하면서까지 좋아할 수 있는지 정말 이상했다. 그렇지만 그녀의 생활이 어떨까 하고 생각해 보자니까, 그녀의 부도덕함은 내 눈앞에서 특별한 얼굴로 구체적으로 나타났을 때보다 눈에 보이지 않을 때 — 부르주아 가문인 부모 집에서 뛰쳐나와 모든 남자의 것이 되어서는 자신을 아름다움으로 꽃피우고 화류계 여자로 격상해 이름까지 날리게 한, 마치 소설이나 스캔들 배후에 있는 그 무슨 비밀처럼 — 더 내 마음을 흔들어 놓았다. 그러나 내가 이미 아는 다른 많은 여자들과 다를 것 없는 그녀의 표정과 억양에 그만 나도 모르게 그녀를 좋은 집안 처녀로 여기게 되었는데, 실은 그녀는 어떤 집안에도 속하지 않았다.

우리는 '작업실'로 갔다. 할아버지는 내가 있는 것을 약간 불편해하면서 그녀에게 담배를 권했다.

"괜찮아요." 하고 그녀가 말했다. "전 대공작 전하께서 주시는 담배에 익숙해 있답니다. 그 때문에 당신이 질투한다고 그분께 말씀드렸어요." 그녀는 금빛 외국 문자로 덮인 담배 케이스에서 담배를 한 대 꺼내 들었다. "아, 그래." 하고 갑자기 그녀가 말을 이었다. "당신 집에서 이 젊은이의 아버지를 만난 적이 있었는데. 당신 조카분 아니었던가요? 어떻게 잊을 수가 있었지? 아주 좋은 분으로 저에게도 아주 잘해 주셨는데." 하고 그녀는 겸손하면서도 정감 어린 어조로 말했다. 그러나 아버지의 신중함과 냉정함을 잘 아는 나는 그녀가 잘해 주었다고 말하는 아버지의 응대가 얼마나 거칠었을까 생각하니 마치 아버지가 실례라도 저지른 것처럼, 아버지에 대한 그녀의 지나친 감사 표시와 아버지의 불충분한 친절 사이에 어떤 불균형이 느껴져 거북했다. 훗날 알게 되었지만 이 한가로우면서도 부지런한 여자들이 맡은 역할에서 감동적인 점은, 바로 그녀들의 너그러움과 재능, 감상적인 아름다움에 대한 유연한 꿈, ── 그녀들은 예술가들과 마찬가지로 섣불리 그 꿈을 실현하거나 일상의 틀 안에 집어넣으려 하지 않으므로 ── 그리고 그녀들에게는 별 가치 없는 황금, 이러한 것들을 남자들의 거칠고도 세련되지 못한 삶에 소중하고도 섬세한 방식으로 끼워 넣어 그 삶을 풍요롭게 하는 데 있는 것 같았다. 할아버지가 군복 스타일 재킷 차림으로 그녀를 접대하고 있는 이 끽연실에서, 그녀의 부드러운 육체와 분홍빛 실크 드레스, 그리고 진주 목걸이와 어느 저명한 공작과의 우정에서 비롯된 우아함이 발산되는 것처럼, 그녀는 내 아버지와 나누었던 별 의미 없는 이야기를 끄집어내어 섬세하게 가다듬고, 거기에 소중한 호칭과 표현법을 부여하고, 겸손과 감사의 마음으로 반짝이는 눈길을 끼워 넣음으로써, 그것을 예술적인 보석, 말하자면 '아주 진귀한' 그 무엇으로 변모시키는 것이었다.

"애야, 이젠 갈 시간이 다 됐다." 하고 할아버지가 말씀하셨다.

나는 일어섰다. 분홍빛 드레스를 입은 여인의 손에 키스하고 싶다는 강렬한 충동을 느꼈으나, 마치 그녀를 유괴라도 하는 것 같은 지나치게 대담한 행위처럼 느껴졌다. 가슴이 두근거렸다. '해야 할까, 하지 말아야 할까?' 나는 망설여졌다. 드디어 무엇인가를 하는 데 있어 해야 할지 어떨지를 묻는 것은 그만두기로 했다. 그래서 조금 전까지 그녀를 위한 것이라고 생각했던 모든 이유들을 내팽개치고, 맹목적이고도 무분별한 몸짓으로 그녀가 내민 손에 입술을 갖다 대었다.

"얼마나 친절한가요. 벌써 여자의 환심을 사려 하다니, 여자를 배려할 줄도 알고. 할아버지를 닮았나 봐요. 완벽한 신사가 될 거예요." 하고 그녀는 자신의 말에 약간 영국식 억양을 주기 위해 이를 꼭 붙이며 덧붙였다. "우리 이웃인 영국식으로 말해 보자면 '차 한잔(a cup of tea)' 마시러 우리 집에 오지 않겠어요? 아침나절에 나에게 '블루'* 하나만 보내면 돼요."

나는 블루가 무엇인지 알지 못했다. 나는 그 여인이 한 말을 반밖에 알아듣지 못했지만, 대답하지 않으면 예의에 벗어날

---

* 예전에 파리에서 통용되던 속달 우편을 말한다. 푸른 용지를 사용하여 '블루'라고 불렸다.

지도 모르는 질문이 그 말에 숨어 있지나 않나 걱정되어 줄곧 그 말에 주의를 기울여야 했으므로 무척이나 피로했다.

"아! 그건 불가능하오." 하고 할아버지는 어깨를 으쓱하며 말했다. "이 애는 아주 바쁜 데다가 공부도 열심히 해서 학교에서 모든 상을 차지한다오." 내가 이런 거짓말을 듣고 아니라고 말할까 봐 할아버지는 낮은 소리로 덧붙였다. "이 애가 작은 빅토르 위고*가 될지, 볼라벨** 같은 사람이 될지 누가 안단 말이오?"

"저는 예술가들을 좋아해요. 그들만이 여자들을 이해한답니다. 아니, 예술가들과 당신 같은 엘리트들이오. 그런데 제 무지를 용서해 주세요, 볼라벨이 누구인가요? 당신 방에 있는, 유리를 끼운 작은 책장 안에 있는 금색 장정 책들의 저자인가요? 그 책을 제게 빌려준다고 약속한 건 아시죠? 아주 조심히 다룰게요."

책 빌려주기를 아주 싫어하는 할아버지께서는 그 말에 대답도 하지 않고 날 응접실로 데리고 갔다. 분홍빛 드레스 여인***에 대한 사랑으로 정신이 없던 나는 담배 냄새가 나는 할

---

* Victor Hugo(1902~1885). 프랑스 낭만주의 대표 시인으로 『레 미제라블』과 『파리의 노트르담』의 저자다.

** 아실 드 볼라벨(Achille De Vaulabel, 1799~1879). 프랑스 신문기자이자 사학자다.

*** 이 분홍빛 옷의 여인은 바로 오데트 드 크레시로 미래의 스완 씨 부인이다. 그들 사이에 난 딸 질베르트와 마르셀의 나이가 같으므로 오데트는 오래전에 화류계를 떠났어야 했는데도 여전히 아돌프 할아버지가 만나는 여자로 설정된 것은 이 작품에서 흔히 찾아볼 수 있는 연대기 착오라고 할 수 있다.

아버지 뺨에 미친 듯이 키스를 해 댔다. 할아버지께서는 매우 당황하면서 감히 대놓고 말하지는 못했지만, 부모님에게 오늘 방문에 대해서는 말하지 않았으면 좋겠다는 뜻을 비치셨다. 나는 눈물을 글썽거리며 할아버지의 친절에 대한 기억이 내 마음 깊숙이 새겨졌으므로, 언젠가 반드시 은혜를 갚을 방법을 찾아보겠다고 말했다. 실제로 그 기억이 얼마나 강렬했던지, 두 시간 후에는 부모님께 수수께끼 같은 두세 마디 말을 했고, 그것만으로는 내게 부여된 새로운 중대한 의미를 충분히 분명하게 전하지 않은 것처럼 느껴져, 내가 할아버지를 방문한 것에 대해 아주 자세하게 얘기하는 편이 더 낫다고 생각했다. 그러나 이것이 할아버지에게 누를 끼치리라고는 결코 생각도 하지 못했다. 내가 그걸 원치 않는데 어떻게 그런 일이 생길 수 있단 말인가? 게다가 내가 별로 나쁘게 생각하지 않은 방문을 부모님께서 나쁘게 생각하시리라고는 상상도 할 수 없었다. 한 친구가 편지를 쓸 수 없어 대신 여자에게 미안하다는 말을 전해 달라고 부탁했는데도, 우리에게 별로 중요한 일이 아니니까 그녀에게도 이 침묵이 별로 중요한 일이 아닐 거라고 판단해서 우리가 그 부탁을 소홀히 하는 일이 매일같이 일어나고 있지 않은가? 누구나 그렇게 생각하듯이, 나도 다른 사람들의 두뇌라고 하는 것은 거기에 무엇을 넣든 특수한 반응을 일으킬 수 없는 무기력하고 온순한 그릇이라고 여겼다. 그래서 할아버지 댁에서 새롭게 알게 된 사람의 소식을 부모님의 두뇌에 넣으면서, 동시에 그녀를 소개받은 일에 대한 내 호의적인 판단도 내가 바라는 대로 부모님께 전해질 수 있다고 생각했으며, 또 조금도 그 사실을 의심치 않았던 것이다. 그러나 불행히도 부모님께서 할아버지의 행동에 대한 판단을 하려고 했을 때에는, 내가 그분들에게 암시한 것과는 전혀 다른 원칙을 따르는 것이었다. 아버지와 할아버지는 아돌프 할아버지와 심하게 다투었고, 나는 그 사실을 간접적으로 알게 되었다. 그로부터 며칠 후, 거리에서 덮개를 벗긴 마차를 타고 지나가는 할아버지를 보았을 때, 나는 괴롭고도 고맙고도 죄송한 마음을 느꼈고 또 그런 마음을 할아버지께 표하고 싶었다. 그러나 이런 커다란 감정의 크기에 비해 잠시 모자를 벗고 인사하는 것이 뭔가 쩨쩨하게 느껴졌고, 또 할아버지께 내가 다만 흔해 빠진 인사 정도로 충분하다고 생각한다는 인상을 줄 것 같아, 그만 이런 불충분한 인사 따위는 집어치워 버리자고 결심하고는 고개를 돌려 버렸다. 작은 할아버지는 내가 그렇게 한 것이 틀림없이 부모님 명령 때문이라고 생각하시고는, 우리 부모님을 용서하지 않으셨다. 그 일이 있은 지 몇 년 후에 할아버지께서 돌아가셨지만, 돌아가시기 전까지 우리 가족들 가운데 어느 한 사람도 할아버지를 결코 다시 보지 못했다.

그래서 지금은 문이 잠긴 아돌프 할아버지 방에 들어가지 않게 된 것이었다. 부엌 뒤채 근처에서 서성거리고 있으니까, 프랑수아즈가 앞뜰로 나와서는 "부엌 하녀에게 커피하고 뜨거운 물을 갖다드리도록 일러 놓을게요. 전 옥타브 마님께 가 봐야 하니까요."라고 말했다. 나는 집 안으로 들어가 곧장 내 방에 올라가 책을 읽으려 했다. 부엌 하녀는 일종의 도덕적인 인물이자 지속적인 제도 같은 존재로, 그 변하지 않는 역할이 연달아 서로 다른 일시적인 모습으로 실현된다고 해도 일종의 연속성과 정체성이 확보되어 있었다. 우리 집에서는 부엌 하녀를 두 해 연속 둔 적이 없었기 때문이다. 우리가 아스파라거스를 많이 먹던 그해, 언제나 '껍질을 벗기는' 일을 도맡아 했던 부엌 하녀는 우리가 부활절에 도착했을 때에는 이미 임신한 지 꽤 되어 몸을 제대로 가누지 못하는 상태였다. 우리는 프랑수아즈가 부엌 하녀에게 장 보는 일이나 그토록 많은 일을 시키는 것을 보고 놀라지 않을 수 없었다. 그녀가 날마다 부풀어 오르는 그 신비한 바구니를 앞에 달고 다니는 것을 힘겨워하기 시작하던 무렵이어서, 우리는 그녀의 헐렁한 작업복 너머로 그 거대한 형체를 짐작할 수 있었다. 그 옷은 조토* 그림에 나오는 몇몇 상징적 인물들이 걸친 커다란 겉옷을 상기시켰는데, 스완 씨가 내게 그 사진을 준 적이 있었다. 그러한 유사성을 지적해 준 사람도 바로 스완 씨였다. 그는 부엌 하녀의 소식을 물을 때면 이렇게 말했다. "조토의 '자비'는 요즘 어떻게 지내는가?" 게다가 임신 때문에 얼굴과 뺨까지 살이 쪄 두 볼이 똑바로 네모꼴로 처진 그 가엾은 여자아이는, 온갖 미덕

---

* 조토 디 본도네(Giotto de Bondone, 1266~1337). 이탈리아 피렌체 출신 화가로, 파도바의 아레나 성당(스크로베니 예배당이라고도 한다.)에 예수 그리스도와 성모 마리아의 일생을 그린 벽화들을 장식하였다. 여기서 인용된 작품은 「우의상 14도」로 일곱 가지 미덕과 일곱 가지 악덕을 그린 벽화다. 이 중에서도 「자비」와 「선망」, 「정의」에 대해 화자는 원작에 충실한 묘사를 한다. 프루스트는 러스킨을 통해 조토에 입문했다.

이 의인화된 그 아레나 성당의 벽화에 나오는 힘세고 남자 같은 처녀상들이나 결혼한 여자상들과 무척이나 흡사해 보였다. 또한 지금에야 안 사실이지만, 파도바 성당에 있는 미덕과 악덕 그림은 다른 측면에서도 부엌 하녀와 매우 닮았다. 부엌 하녀의 이미지가 배 앞의 추가적인 상징으로 강화되었지만, 그녀는 그 의미조차 모르는 듯 얼굴 어디에도 그 아름다움과 정신을 드러내지 않고 단지 무거운 짐을 안고 있는 듯 보였는데, 이와 마찬가지로 아레나 성당에 '카리타스'*라는 이름 밑에 그려져 있고, 그 복제 사진이 내 콩브레 공부방 벽에 걸려 있는 그림 속 억센 주부 역시 그 미덕을 구현하지만, 그녀의 정력적이고 천박한 얼굴은 자비에 대한 어떤 생각도 표현할 수 없는 것처럼 보였다. 화가의 멋진 창조 덕분에 지상 보물들을 짓밟고 있는 여인의 모습은, 마치 즙을 짜려고 포도를 밟고 있는 모습과도 흡사하다고나 할까, 아니 차라리 키를 높이기 위해 자루 위에 올라선 것 같다고나 할까. 그녀는 하느님에게 자신의 타오르는 심장을 내밀고 있다. 아니 '건넨다'는 표현이 더 적절할지 모른다. 그 모습은 마치 부엌 하녀가 아래층 창문에서 병따개를 달라고 말하는 사람에게 지하실 환기창 너머로 그것을 건네주는 것처럼 보인다. '선망'의 여인상은 좀 더 선망에 가까운 표현을 보여 주어야 했을 것이다. 그러나 벽화

---

* '자비'라는 뜻이다. 한 손에는 과일 바구니를 들고 다른 손으로는 자기 심장을 하느님에게 내미는 이 "정력적이고 천박한 얼굴"은 '자비'가 구현하는 정신적인 미덕과는 거리가 멀다. 자비라는 관념은 단지 작품 제목에만 존재하며, 바로 이런 관념과 상징의 차이에 프루스트는 매혹된 듯 보인다.

에서도 상징이 많은 부분을 차지하며, 또 얼마나 사실적으로 그려졌는지, '선망'의 입술에서 획획 거리는 뱀이 하도 굵어서 그녀의 딱 벌린 입을 가득 채운다. '선망'의 근육은 뱀을 어떻게든 입속에 집어넣으려고 마치 고무풍선을 부는 아이의 근육마냥 한껏 팽창했고, 또 '선망'의 주의력은 ─ 그와 동시에 우리의 주의력은 ─ 온통 입술 움직임에만 쏠려 선망하는 생각 같은 것은 할 틈조차 없다.

이러한 조토의 형상들에 대한 스완 씨의 공공연한 찬사에도, 나는 오랫동안 스완 씨가 가져다준 복제 사진이 걸린 공부방에서 그 그림들을 바라보면서도 아무런 기쁨을 느끼지 못했다. '자비'에는 자비가 없었고, 또 '선망'은 기껏해야 의학서적에서나 찾아볼 수 있는, 혀의 종양이나 외과의사가 들이미는 기구 때문에 성대나 목젖이 짓눌린 그런 형상이다. 또 볼품없고 단정한 회색 얼굴의 '정의'는, 콩브레 성당 미사에서 만날 수 있는, 독실하지만 메마른 몇몇 부르주아 요조숙녀들과도 흡사했는데, 그중 몇 명은 이미 '불의'의 예비 부대에 편입되어 있었다. 하지만 아주 오랜 시간이 지난 후에, 나는 벽화의 놀라운 기이함과 특이한 아름다움은 바로 그 그림에서 커다란 자리를 차지하는 상징으로부터 비롯된다는 것을 이해하게 되었다. 상징화된 사상이란 표현될 수 없는 것이기에, 이 상징이 단순한 상징으로서가 아닌 실제로 느끼거나 물질적으로 다루어진 하나의 현실로서 표현되어, 이것이 이 작품의 의미에 보다 정확하고 충실한 그 어떤 것을 부여하며, 작품의 교육적인 면에도 구체적이고 강렬한 그 무엇을 준다는 사실을 알게 되었다. 저 가련한 부엌 하녀의 경우에도, 배를 잡아당기는 무게 때문에 주의력이 끊임없이 배로만 향했던 것이 아닌가? 마찬가지로 죽어 가는 병자의 생각도 보다 실제적이고, 고통스럽고 컴컴하고 내장 깊숙이에 있는 것, 즉 죽음이 그에게 실제로 제시하고 죽음이 그로 하여금 느끼도록 강요하는, 우리가 흔히 죽음의 관념이라고 부르는 것보다 더 그를 짓누르는 무거운 짐이나 호흡 곤란, 마시고 싶은 욕구와도 더 흡사한, 그런 죽음의 이면을 향한 것은 아닐까?

파도바 성당의 저 '미덕'과 '악덕'에는 그 자체에도 현실감이 있었음이 틀림없다. 왜냐하면 그것이 내게는 임신한 하녀와 마찬가지로 살아 있는 것처럼 보였고, 또 하녀 자신도 그림 못지않게 우의적으로 보였기 때문이다. 아마도 한 존재의 영혼이 그 존재가 보여 주는 미덕과 무관하다 할지라도(적어도 표면적으로라도) 그 미학적 가치를 따지지 않는 경우, 심리적인 현실이 아니라면 적어도, 이를테면 관상학적인 현실은 내포한다고 할 수 있다. 훗날 내 삶의 행로에서, 이를테면 수도원 같은 곳에서 실제로 살아 움직이는 성스러운 자비의 화신들을 만나 볼 기회가 있었는데, 그들은 대개 바쁜 외과의사처럼 쾌활하고 긍정적이며 무관심하고 퉁명스러웠다. 다른 사람의 고통을 눈앞에서 보면서도 동정심이나 연민의 정을 드러내기는커녕 아무 두려움 없이 직시하는 얼굴, 온화함이 결여된, 진정한 선의 얼굴이라 할 수 있는 적대적이고 숭고한 얼굴이었다.

어머니 말에 의하면 부엌 하녀가 — 마치 '오류'가 대조적으로 '진실'의 승리를 빛나게 해 주는 것처럼, 자기도 모르는 사이에 프랑수아즈의 우월함을 돋보이게 하면서 ── 그저 더운 물에 불과한 커피를 내놓거나, 아니면 우리 방에 미지근한 물에 불과한 더운 물을 올리거나 하는 동안, 나는 책 한 권을 손에 들고 침대에 누웠다. 내 방은 거의 닫혀 있는 덧문 너머로 스며드는 오후 햇살에 맞서 투명하고도 부서지기 쉬운 서늘함을 파르르 떨며 지켜 주고 있었다. 대낮의 반사광이 그 노란 날개를 스며들게 할 방법을 찾다가, 나비가 꽃 위에 앉듯 덧문 문살과 유리창 사이 구석진 곳에서 꼼짝하지 않았다. 방안은 겨우 책을 읽을 정도로 밝았고, 빛의 찬란함에 대한 감각은, 퀴르 거리에서 카뮈가 먼지 쌓인 상자를 두들기는 망치 소리로 느낄 수 있었는데(카뮈는 프랑수아즈를 통해 우리 아주머니가 '쉬고 계시지 않으니까' 소리를 내도 괜찮다는 연락을 받았다.) 그 소리는 더운 날이면 더욱 낭랑하게 울려 퍼져서 대기 속으로 진홍색 행성들을 멀리 날려 보내는 듯했다. 또한 빛의 감각은 내 앞에서 여름 실내악을 연주하듯, 작은 음악회에서 연주하는 파리 떼가 윙윙거리는 연주 소리에서도 느낄 수 있었다. 그러나 이 실내악은 우연히 날씨 좋은 계절에 들으면 나중에 그 계절을 기억하게 되는 인간의 음악과는 아주 다른 방식으로 빛의 감각을 환기한다. 파리 떼의 음악은 보다 필연적인 관계로 여름에 연결되어 있다. 화창한 날씨에 태어나 화창한 날씨와 더불어서만 다시 태어나는 이 음악은, 그런 나날의 본질을 함유하면서 우리 기억 속에 그 이미지를 일깨우는 동시에, 그런 나날이 돌아왔다는 것을, 실제로 우리 주위에 있다는 것을, 그래서 즉각적으로 접근할 수 있음을 확인해 준다.

이렇듯 내 방의 어두운 서늘함과 거리의 강렬한 햇빛은 그림자와 빛의 관계였다. 즉 방의 서늘함은 거리의 빛만큼이나 밝다고 할 수 있었는데, 내가 산책을 나갔다면 파편적으로밖에 즐기지 못했을 여름의 총체적인 광경을 내 상상력에 제공해 주었고, 또 내 휴식과 조화를 이루면서(책 속 모험담 덕분에 내 휴식을 활기차게 움직이게 하는) 흐르는 물 한가운데 꼼짝하지 않고 휴식을 취하는 손처럼, 행동의 격류로 야기되는 충격과 활기를 받아들이고 있었다.

그러나 할머니는 너무 더워서 날씨가 조금이라도 흐려지기만 하면, 폭우나 단지 소나기만 와도 내게 외출을 하라고 간곡히 빌었다. 독서를 멈추고 싶지 않은 나는 정원에 나가 계속해서 책을 읽으려고, 마로니에 나무 그늘 아래 천 덮개를 씌워 놓은 버드나무 의자에 들어가 앉았는데,* 그 속에 들어가 있으면 손님들이 찾아와도 눈에 띄지 않을 것이라고 생각했기 때문이다.

그때 내 머릿속 생각 또한 하나의 요람인 양 여겨져, 밖에서 일어나는 일들을 보면서도 나 자신은 요람에 깊숙이 파묻혀 있다고 느꼈다. 밖에서 한 물체를 보아도, 그 물체를 보고 있는 의식이 나와 그 물체 사이에 놓이거나 그 물체를 가느다란 정신적인 가두리로 둘러싸고 있어, 나는 결코 직접적으로

---

* 우리말로 '파수막' 또는 '움막', '막사'라고 번역되는 guérite는 예전에 프랑스 북쪽 해변에서 흔히 찾아볼 수 있었던, 햇빛이나 바람을 피하기 위해 천 덮개를 씌운 버드나무로 엮어 만든 의자를 가리킨다.

그 질료에 가닿을 수 없었다. 그 질료는 말하자면 내가 접촉하기도 전에 증발해 버렸다. 마치 젖은 물체에 뜨겁게 달구어진 물체를 갖다 대도 거기에는 언제나 증발하는 지대가 먼저 생기기 때문에, 습기에는 가닿을 수 없는 것과도 같은 이치였다. 내가 책을 읽고 있을 때 내 의식은, 내 자아의 가장 깊은 곳에 숨어 있는 열망에서부터 저기 정원 끝 내 눈앞 지평선 너머 보이는 곳에 이르기까지 갖가지 상태를 동시에 펼쳤는데, 그와 같은 일종의 다채로운 스크린에서 우선 내게 가장 내밀하게 느껴진 것, 쉴 새 없이 움직이면서 나머지 모든 것들을 지배하던 손잡이는, 바로 내가 읽고 있는 책의 철학적인 풍요로움과 아름다움에 대한 내 믿음이었고, 또 그 책이 어떤 책이든 간에 그 풍요로움과 아름다움을 내 것으로 만들려는 욕망이었다. 비록 콩브레의 보랑주 식료품 가게 앞에서 — 프랑수아즈가 카뮈네 가게처럼 쉽게 거래하기에는 집에서 좀 떨어져 있었지만 이 가게는 문방구와 책방을 겸해 물건이 많았다. — 대성당 입구보다 더 신비롭고 더 많은 사상이 뿌려져 있는 가게 문 좌우 양쪽에서 여러 소책자와 간행물 속에 끈으로 묶여 있는 것을 발견하고 산 책이라 할지라도, 내가 그 책을 알아본 것은 이미 선생님이나 친구들이 훌륭한 작품이라고 말했기 때문이다. 그 무렵 나는 내가 반쯤은 예감하고 반쯤은 이해할 수 없는 진리와 아름다움의 비밀을 선생님과 친구들은 안다고 생각했고, 또 그 비밀을 알아내는 것이 내 사유의 막연하지만 변함없는 목표이기도 했다.

내가 독서를 하는 동안, 안에서 밖으로 진리 발견을 향해 끊임없이 움직이는 그 중심적인 믿음 다음에 오는 것은, 바로 내가 참여하는 행동들이 주는 감동이었다. 그런 날들의 오후는 평생 동안 경험하는 것보다 더 많은 극적인 사건들로 가득 차 있었다. 그것은 내가 읽고 있는 책에서 일어나는 사건들로, 그 사건들과 관계되는 인물들은 사실 프랑수아즈의 말대로 '실제' 인물은 아니었다. 그러나 우리가 실제 인물의 기쁨이나 불운에 대해 느끼는 감정도 모두 이런 기쁨이나 이런 불운에 대한 이미지의 매개를 통해서만 생겨나는 것이다. 초기 소설가들의 독창성은, 우리의 감동을 자아내는 장치 중 이미지가 유일하게 본질적인 요소여서 단지 실제 인물을 제거하는 단순한 작업만으로도 결정적인 완성도에 이를 수 있다는 것을 이해했다는 데에 있다. 우리가 아무리 실제 인물과 깊은 교감을 나눈다 할지라도, 그 인물 대부분은 우리 감각에 의해 지각되고, 말하자면 우리에게 불투명하게 남게 되므로, 우리 감성으로는 들어 올릴 수 없는 죽은 무게를 제공한다. 불행이 한 실제 인물을 휘몰아쳐도 우리가 감동하는 것은 불행에 대한 우리의 전체 관념 중 극히 일부에 불과하며, 뿐만 아니라 그 인물 자신이 감동하는 것도 자신에 대한 전체적인 관념 중 극히 일부분에 지나지 않는다. 소설가의 독창적인 착상은 정신으로서는 뚫고 들어갈 수 없는 부분을 같은 양의 비물질적인 부분으로, 다시 말하면 우리 정신이 동화할 수 있는 부분으로 바꾸어 놓을 생각을 했다는 데 있다. 이렇게 해서 새로운 유형의 존재들이 하는 행동이나 감동이 우리에게 사실인 것처럼 보인다 해도 별로 문제될 것이 없다. 우리가 그러한 행동이나 감동을 우리 것으로 만들었고, 그런 일이 일어나는 것도 우리 마음속이며, 또 우리가 열정적으로 책장을 넘기는 동안 호흡이 빨라지고 시선이 강렬해지는 것도 바로 우리 마음에 달렸기 때문이다. 소설가가 우리를 이런 상태로 몰아넣으면, 다시 말해 우리가 오로지 내적 상태에 있게 되면 모든 감동은 열 배나 더 커진다. 소설가가 쓴 책은 꿈과 같은 방식으로, 그러나 우리가 자면서 꾸는 꿈보다 더 선명하고 더 오래 기억되는 꿈으로 우리를 뒤흔들 것이다. 소설가는 한 시간 동안 모든 가능한 행복과 불행을 우리 마음속에서 폭발시키는데, 실제 삶에서라면 그중 몇 개를 아는 데도 몇 년이 걸리며, 또 그중에서도 가장 격렬한 것들은 너무도 느리게 진행되어 우리 지각을 방해하기 때문에 결코 우리에게 드러나지 않을 것도 있다.(이처럼 삶에서 우리 마음은 변한다. 이것이 가장 커다란 고통이다. 그러나 우리는 이 고통을 단지 독서나 상상력을 통해서만 알 수 있다. 현실에서의 변화는 몇몇 자연 현상처럼 너무도 느리게 진행되어 그 각각의 다른 상태를 차례차례 확인할 수는 있지만, 변화에 대한 감각 자체는 우리로부터 빠져나가기 때문이다.)

다음으로 행동이 전개되는 풍경이 있는데, 작중인물들의 삶만큼은 내 몸에 들어와 있지 않았지만, 내 앞에 반쯤 투사되면서 내가 책에서 눈을 떼었을 때는 눈앞 현실의 풍경보다 더 내 생각에 영향을 미치는 것이었다. 이렇게 해서 나는 그 두 해 여름 동안 당시 읽던 책 덕분에 콩브레 정원의 더위 속에서 강물이 흐르는 산악 지방에 대한 향수를 품게 되었다. 그곳에는 제재소가 많았던지, 나뭇조각들이 물냉이 덤불 아래서 썩어 가고, 멀지 않은 곳 낮은 벽에는 보라색 꽃과 불그스름한 꽃송이들이 기어 올라가고 있었다. 그리고 내 생각 속에는 언제나 나를 사랑하게 될 여인에 대한 꿈이 떠나지 않았으므로, 그 두 해 여름의 꿈에는 흐르는 물의 서늘함이 배어 있었고, 또 내가 그려 보는 여인이 누구든 간에 그녀 옆에는 언제나 보라색 꽃과 불그스름한 꽃송이들이 마치 보색(補色)처럼 솟아 오르고 있었다.

단순히 우리가 꿈꾸는 이미지가, 어쩌다 우연히 우리 몽상 속에서 그 이미지를 둘러싼 낯선 색채의 반사광의 도움을 받아 새겨지고 치장되고 미화되기 때문만은 아니었다. 내가 읽는 책 속 풍경들은 눈앞 콩브레 풍경보다도 더 선명하게 내 상상 속에서 재현되기는 했지만, 그것은 또한 콩브레 풍경과도 유사했다. 작가가 여러 풍경들 가운데 하나를 선택하고, 또 내 생각이 마치 하나의 계시를 받은 것처럼 믿음을 갖고 작가의 말을 받아들였으므로, 책 속 풍경은 ─ 내가 있던 고장은, 특히 할머니가 경멸하던 정원사가 규범에 맞는 상상력에 의거해 만든 그 초라한 정원은 결코 주지 못했던 인상이지만 ─ 연구하고 규명해야 할 가치가 있는 '자연' 자체의 진정한 일부인 듯 보이는 것이었다.

내가 책을 읽을 때, 그 책에 묘사된 지역을 방문하는 것을 부모님께서 허락해 주셨다면 나는 진리를 정복하는 귀중한 발걸음을 내딛었다고 믿었을 것이다. 그 이유는 우리가 항상 자신의 영혼에 둘러싸여 있다는 느낌을 받으면서도 움직이지 않는 감옥에 갇힌 것과는 달리, 오히려 자기 주위에서 외부 울림이 아닌 내적 진동의 울림과 동일한 음향을 들으면서 일종의 절망감을 품고 자신의 영혼을 뛰어넘어 외부 세계에 도달하고자 하는 부단한 비약 속에 그 영혼과 함께 휩쓸려 가기 때문이다. 그렇게 해서 소중해진 사물 속에서 우리는 영혼이 사물에 투사한 빛을 찾아내려고 애쓰지만, 우리 생각 속에서 몇몇 관념들과 연결되어 나타났던 사물의 매력이 자연 속에서는 상실된 듯 보여, 우리는 그 사실을 확인하고 실망한다. 때때로 우리는 이런 영혼의 모든 힘을 능숙한 솜씨나 찬란함으로 전환해, 우리 밖에 존재하고 있어 우리가 결코 도달할 수 없다고 여겨지는 존재들에게까지 힘을 미치고자 한다. 그리하여 내가 사랑하던 여인 주위로 당시 내가 가장 가고 싶어 하던 장소를 상상해 보거나, 또는 나를 그 장소까지 안내해 주고, 또 미지의 세계를 향한 통로를 열어 주는 것이 모두 그 여인이기를 바란 것은 단순한 연상작용의 우연 때문만은 아니었다. 그렇다. 여행에 대한 내 꿈도, 사랑에 대한 꿈도 ── 무지갯빛으로 아롱져 얼핏 보기에는 움직이지 않는 것처럼 보이는 분수를 높이에 따라 여러 단계로 구분하듯이, 오늘날 내가 인위적으로 분리하는 ── 바로 내 삶의 온갖 힘들이, 단 하나나의 굴절되지 않은 동일한 분출로 솟아오르는 몇몇 순간들에 지나지 않았다.

마침내 나는 내 의식의 상태들을 나란히 차례차례 안에서 밖으로 좇아가다가, 그 상태들을 감싸고 있는 현실의 지평선에 도달하기에 앞서 다른 종류의 즐거움을 맛본다. 이를테면 편히 앉아 있는 즐거움, 신선한 공기 냄새를 맡는 즐거움, 방문객에게 방해받지 않는 즐거움, 그리고 생틸레르 성당 종탑에서 시간을 알리는 종소리가 울려올 때 그 종소리를 전부 합하여 마지막 소리를 들을 때까지 이미 흘러가 버린 오후의 몇 시간이 조각조각 내려오는 것을 바라보는 즐거움, 또 그에 뒤이은 오랜 고요가 저녁 식사 때까지 책을 읽을 수 있는 낮의 모든 부분을 푸른 하늘에 펼치기 시작하면서 프랑수아즈가 맛있는 저녁 식사를 준비하여 책을 읽는 동안 책 속 주인공을 쫓아다니느라 피곤해진 내 기운을 북돋아 주려니 하고 생각하는 즐거움이었다. 또 시각을 알리는 종소리가 울려올 때마다, 이전 시각을 알리는 종소리가 울려온 것이 바로 조금 전이라고 느껴져, 막 울려온 시각이 또 다른 시각 옆 하늘에 새겨지면서 그 두 금빛 기호 사이에 끼어든 작고 푸른 궁형 안에 육십 분이라는 시간이 들어갈 수 있으리라고는 전혀 믿어지지 않았다. 가끔 때 이르게 찾아온 이 시각은 바로 앞 종소리보다 두 번 더 울리는 경우도 있었다. 내가 듣지 못한 시각이 한 번 더 있었던 것이다. 말하자면 실제로 일어난 일이 내게는 일어나지 않았다. 깊은 잠과 마찬가지로, 마술적인 독서의 이점은 환각에 사로잡힌 내 귀를 속이고, 고요라는 창공의 표면에서 금빛 종을 지워 버린다는 데 있다. 콩브레 정원의 마로니에 그늘에서 보낸 화창한 일요일 오후들이여, 내가 그대들을 생각할 때면, 그대들은 내 개인적인 삶의 보잘것없는 사건들을 정성스럽게 비워 버리고 대신에 흐르는 물로 적셔진 고장의 낯선 모험과 열망으로 바꾸어 놓았던 그때의 삶을 여전히 환기하고 또 실제로 그 삶을 담고 있도다. 내가 독서를 계속 해 나가고 한낮의 더위가 가시는 동안, 그대들은 조금씩 그 삶을 에워싸면서 무성한 나뭇가지 사이로 서서히 연속적으로 변해 가는 그대들의 고요하고도 향기롭고 투명하게 울려 퍼지는 시간의 크리스털 안에 그 삶을 가두어 놓았도다.

때때로 오후나절, 정원사의 딸 때문에 독서를 중단할 때가 있었다. 그녀는 미친 듯이 뛰어다니며 지나는 길에 오렌지 나무를 넘어뜨리거나 손가락을 다치거나 이를 부러뜨리기도 하며 "그들이 왔어요, 왔어요." 하고 소리를 질러 댔다. 프랑수아즈와 내가 함께 달려가 구경거리를 놓치지 않도록 하기 위해서였다. 그날은 주둔 부대가 군사 훈련을 위해 콩브레를 통과하는 날이었는데, 부대는 대개 생트일드가르드 거리를 지나갔다. 우리 집 하인들은 철책 밖으로 의자를 내놓고 줄을 지어 앉아서는 일요일 콩브레 거리를 산책하는 사람들을 바라보았고, 또 그들의 시선을 받기도 했다. 그때 정원사의 딸이 멀리 역 앞 큰길가 두 집 사이에 난 틈으로 철모가 번쩍거리는 것을 보았다. 하인들은 서둘러 의자를 집 안으로 들여놓았다. 이 흉갑기병대가 생트일드가르드 거리를 행진할 때면 길 전체를 넓게 꽉 채워, 집에 닿을 듯이 질주하는 말발굽이 마치 너무 좁은 강바닥 때문에 급류가 넘치는 둑처럼 보도를 휩쓸었기 때문이다.

"불쌍한 아이들." 하고 프랑수아즈가 철책에 이르자마자 벌써 눈물을 글썽거리며 말했다. "가엾게도 저 젊은이들은 초원의 풀잎처럼 베이겠죠. 생각만 해도 너무 충격적이에요."

하고 '충격을' 받은 가슴에 손을 얹고 덧붙였다.

"참 근사하지 않아요? 프랑수아즈 아주머니, 목숨을 아끼지 않는 젊은이들의 모습을 보니?" 하고 정원사는 일부러 프랑수아즈를 '흥분시키려고' 말했다. 그의 말은 헛되지 않았다.

"목숨을 아끼지 않는다고요? 목숨을 아끼지 않는다면 그럼 뭘 아껴야 하죠? 하느님께서 결코 두 번 주시지 않는 단 하나의 선물인데, 그런데 슬프게도! 오, 저런. 저들이 목숨을 아끼지 않는다는 건 정말이에요! 이 눈으로 1870년에도* 봤지만, 저들은 저 한심한 전쟁에서도 죽는 걸 조금도 겁내지 않았어요. 미치광이나 다를 바 없죠. 교수형에 매달 밧줄만큼도 가치가 없는 놈들이에요. 인간이 아니라 사자인걸요."(프랑수아즈가 인간을 사자에 비교하는 것은 — 그녀는 사아자라고 발음했다. — 전혀 칭찬이 아니었다.)

생트일드가르드 거리의 길은 급하게 구부러졌기 때문에 멀리서 오는 모습이 잘 보이지 않았고, 그래서 사람들은 항상 역 앞 큰길가 두 집 사이로 난 틈을 통해 새로운 철모가 햇빛에 반짝이며 달려가는 모습을 보았다. 정원사는 얼마나 더 많은 사람들이 통과할지 알고 싶었지만 내리쬐는 햇볕에 목이 말랐다. 그러자 갑자기 정원사의 딸이 포위당한 곳을 뚫듯 튀어 나가더니, 거리 모퉁이에 이르러 백번이나 사경을 넘은 후에, 저들은 한 천 명쯤 되며 티베르지와 메제글리즈 방면에서부

---

* 1870~1871년에 프랑스와 독일 사이에 일어난 전쟁을 말한다. 이 전쟁으로 프랑스는 알자스로렌을 잃었다.

터 쉬지 않고 오고 있다는 소식을 감초주 한 병과 함께 가져왔다. 프랑수아즈는 정원사와 화해를 하고 전쟁이 일어날 경우에 취해야 할 태도에 대해 토론했다.

"프랑수아즈 아주머니, 혁명이 일어나는 편이 더 나아요. 혁명이 선포되면 원하는 사람만 가면 되니까요." 하고 정원사가 말했다.

"그래요. 적어도 그건 이해할 수 있어요. 그 편이 더 솔직해요."

정원사는 전쟁이 선포되면 모든 철도가 끊기는 걸로 알고 있었다.

"틀림없어요! 도망치지 못하게 하려고요." 하고 프랑수아즈가 말했다.

그러자 정원사는 "교활한 놈들이에요."라고 말했다. 그는 전쟁이란 국가가 국민을 농락하는 일종의 속임수 같은 것으로, 그 속임수를 쓸 기회만 생기면 단 한 사람도 도망치지 못할 것이라고 생각했다.

그러나 프랑수아즈는 서둘러 레오니 아주머니에게로 돌아갔고, 나는 책으로 돌아갔고, 하인들은 문 앞에 다시 앉아 병사들이 일으킨 먼지와 감동이 가라앉는 것을 바라보고 있었다. 소요가 가라앉은 후에도 오랫동안 평소에는 보이지 않던 산책자들의 물결이 콩브레의 길을 여전히 검게 물들이고 있었다. 그리고 어느 집 앞에나, 평소에는 그런 습관이 없던 집 앞에서조차도 하인이나 주인 들이 나와 앉아서는 변덕스럽고도 우중충한 테두리인 양 문턱을 장식하고 있었는데, 그 모습은 마치 세찬 썰물이 지나가고 난 후에 해초와 조가비가 바닷가에 남겨 놓은 수놓인 크레이프 천 장식 같았다.

　이런 날들을 제외하면 평소에는 반대로 조용히 책을 읽을 수 있었다. 그러나 한번은 내가 처음 대하는 작가인 베르고트*의 책을 읽고 있을 때, 스완 씨가 찾아와서 내 독서를 멈추고 한마디 해 준 말이 있었는데, 그 후부터 오랫동안, 내가 몽상하는 여인의 이미지는 보라색 방추형 꽃으로 장식된 벽이 아니라 고딕식 성당 정문 앞이라는 전혀 다른 배경에서 떠오르는 결과를 자아냈다.

　내가 처음으로 베르고트 이야기를 들은 것은 나보다 나이 많은 학교 친구로 평소에 내가 감탄해 마지않던 블로크**를 통해서였다. 「10월의 밤」***을 좋아한다는 내 고백을 듣고 블로크는 나팔처럼 요란하게 웃더니 이렇게 말했다. "뮈세 선생에 대한 네 저속한 취미 따위는 이제 버려. 아주 위험한 녀석에다 기분 나쁜 작자야. 고백하는데, 그 녀석이나 라신이란 작자는 평생 동안 운율을 잘 맞춘 시구절 하나씩은 쓰긴 했지만, 그 시구절은 내가 보기엔 절대로 아무 의미도 없다는 데에 그 최상의 가치가 있어. 예를 들면 뮈세의 '하얀 올로손과 하얀 카미르(La

---

* 마르셀의 문학적 스승인 작가 베르고트는 다른 많은 작가들 중에서도 특히 영국 미학자 존 러스킨과 프랑스 작가 아나톨 프랑스를 모델로 삼았다고 전해진다.
** 마르셀의 유대인 친구 블로크(Bloch)는 이해 관계에 투철한 출세주의자로 상류사회에 진입하는 데 성공한다. 또 다른 유대인인 스완과는 달리 부정적으로 묘사된다.
*** 19세기 프랑스 낭만파 시인 알프레드 드 뮈세(Alfred de Musset, 1810~1857)의 작품이다.

blanche Oloosone et la blanche Camyre)'그리고 라신의 '미노스
와 파지파에의 딸(La fille de Minos et de Pasiphaé)'이라는 구절
이지.* 내가 존경하는 스승이자 불멸의 신들이 총애하는 르콩
트** 스승님께서 이 두 불한당 놈들을 변호하기 위해 어느 글에
서 지적하신 말씀인데, 나중에 나도 알게 되었어. 그런데 여기
책 한 권이 있거든. 요즘 시간이 없어서 읽지는 못하지만, 저 위
대한 인물께서 추천하신 책이지. 듣기로는 그분은 이 책의 저자
인 베르고트 선생을 아주 섬세한 작가라고 생각한다더라. 그분
도 더러는 설명하기 힘든 관용을 베풀기도 하지만, 그래도 그분
말씀은 내게 있어서 델포이 신탁이라 할 수 있어. 그러니 이 서
정적인 산문을 읽어 봐. 만약 「바가바드」와 「마그뉘스의 토끼
사냥개」에서 그 엄청난 운율을 만든 자가 진실을 말했다면,***
아폴론을 걸고 맹세하지만, 존경하는 선생, 자네는 올림포스의
신주(神酒)를 마시는 기쁨을 맛볼거야." 블로크는 나를 '친애하
는 선생'이라고 부르더니, 냉소적인 어조로 자기도 그렇게 불
러 달라고 했다. 그러나 우리는 아직 이름을 붙이는 것만으로도

---

* 이 두 구절은 각각 뮈세의 시 「5월의 밤」과 라신의 「페드르」에 나온다. 형식적
인 아름다움을 추구하는 순수시의 대표적 표현으로 간주되는 이 작품들을 블로
크가 비난하는 것은 나중에 마르셀이 추구하는 문학이 블로크와는 달리 이런 순
수시, 또는 예술을 위한 예술의 방향으로 나아가리라는 것을 짐작하게 해 준다.
** 르콩트 드 릴(Leconte de Lisle, 1818~1894). 프랑스 고답파 시인의 수장으로
형식적인 아름다움과 순수예술을 추구했다. 그런데 프루스트는 『장 상퇴유』에
서, 17세기 작가 라신의 「페드르」에서 가장 아름다운 구절이 '미노스와 파지파에
의 딸'이라고 말한 테오필 고티에를 삼류작가라고 비난한 적이 있는데, 마치 르콩
트 드릴이 이 말을 한 것처럼 꾸밈으로써 블로크의 현학을 풍자하는 것이다.
*** 르콩트 드 릴의 「고대시편」과 「비극시편」에 실린 시다.

사물을 창조할 수 있다고 믿는 나이에 가까웠으므로 사실상 이런 장난에서 어떤 기쁨 같은 것을 맛볼 수 있었다.

불행하게도 나는 블로크와 이야기하면서 설명을 요구하기도 했지만, 그가 아름다운 시(詩)란 아무것도 의미하지 않을수록 더욱 아름답다고 했을 때(오로지 진리의 계시만을 기대하던 나에게) 그 말이 내 마음에 불러일으킨 혼란을 진정시킬 수 없었다. 실제로 블로크는 두 번 다시 우리 집에 초대받지 못했다. 처음에 그는 크게 환영받았다. 할아버지는 내가 학교 친구들 중 누군가와 특히 친해져서 그 친구를 집에 데리고 올 때면 여전히 또 유대인이구나라고 말씀하셨지만, 내가 친구를 고를 때 최상의 친구들 가운데서 택하지 않았다는 생각만 들지 않는다면, 원칙적으로 유대인이라는 사실 자체를 싫어하신 것은 아니었다. 할아버지 친구인 스완도 유대인이었으니까. 내가 새 친구를 데리고 올 때마다 할아버지는 "아, 우리 조상들의 신이여."라는 「유대 여인」*의 구절이나 "이스라엘이여, 그대의 사슬을 끊어라."**라는 구절을 읊지 않은 적이 드물었다. 물론 멜로디(티 라 람 타 람 탈림)***만 흥얼거렸지만 나는 친구가 그 멜로디를 알아듣고는, 원래 가사를 찾아낼까 봐 겁이 났다.

─────────────

* 프로망탈 알레비(Fromental Halévy, 1799~1862)가 1835년에 작곡한 오페라 「유대 여인」 2막에 나오는 합창이다. 알레비는 작곡가 조르주 비제의 부인이자 프루스트의 학교 친구인 자크 비제의 어머니, 스토르스 부인의 아버지다.
** 생상스가 작곡한 오페라 「삼손과 델릴라」 1막 2장에 나오는 곡이다.
*** Ti la lam ta lam, talim. 프랑스어로 가사 없이 곡을 흥얼거리는 것을 표현하는 의성어다.

할아버지는 내 친구들을 만나 보기 전에 단지 이름만 듣고서도 — 그 이름이 유달리 이스라엘적이지 않은데도 — 친구가 유대 태생이라 짐작했고, 사실 유대 사람이었다. 게다가 때로는 그의 가족에게 있었던 불미스러운 일까지 알아맞히는 것이었다.

"오늘 저녁에 오는 친구 이름이 뭐지?"

"뒤몽이에요, 할아버지."

"뒤몽이라고, 그거 의심스러운걸."

그리고 할아버지는 이렇게 노래하셨다.

"사수들이여, 경계하라.
쉬지 말고 소리 없이 감시하여라."

그리고 할아버지께서는 보다 정확한 질문을 교묘하게 던지고서는 소리치셨다. "오! 경계해라, 경계해!" 또는 문제의 상대방이 이미 도착한 경우에는 아무렇지도 않은 듯 슬쩍 심문한 결과 그 친구가 마지못해 자신의 출생을 고백하면, 할아버지께서는 더 이상 의심의 여지가 없다는 듯 아주 작게 노래를 읊으면서 우리를 바라보는 것으로 만족해하셨다.

"이 소심한 이스라엘 사람의 발걸음을
어찌해서 이리로 안내했는가!"*

---

* 프랑스 작곡가 샤를 카미유 생상스(Charles Camille Saint-Saëns, 1835~1921)

또는

"조상의 들판 헤브론이여, 정겨운 골짜기여!"*

또는

"그렇다. 나는 선택받은 종족이다."

할아버지의 이러한 작은 기벽들에는 내 친구들에 대한 어떤 악의적인 감정도 없었다. 그러나 블로크는 다른 이유 때문에 부모님 마음에 들지 않았는데, 그는 처음부터 아버지의 기분을 상하게 했다. 블로크의 옷이 비에 젖은 걸 본 아버지께서는 관심을 가지고 물으셨다.

"아니, 블로크 군, 도대체 날씨가 어떤가? 비라도 왔는가? 모를 일이군, 기압계에는 날씨가 아주 좋은 걸로 나왔는데."

그러나 그는 이렇게만 대답했다.

"비가 왔는지 어떤지는 절대적으로 말씀드릴 수가 없군요. 제가 단연코 물리적인 우연성 밖에서 살다 보니, 제 감각은 그 물리적인 우연성을 저에게 통고하는 수고를 하지 않는군요."

"아니, 이 불쌍한 아들아, 네 친구란 아이는 정말 멍청하구나." 하고 아버지는 블로크가 떠나자 말씀하셨다. "날씨가 어

_____

의 3막 오페라 「삼손과 델릴라」에 나오는 삼손의 노래.
* 에티엔 메월(Etienne Méhul, 1763~1817)의 오페라 「요셉」에 나오는 노래.

편지도 알려 줄 수 없다니! 그보다 더 흥미로운 것이 어디 있다고! 그 앤 정말로 바보다."

블로크는 할머니의 마음에도 들지 않았는데, 점심 식사 후에 할머니께서 몸이 좀 불편하다고 말씀하시자 그가 오열을 억누르며 눈물을 닦았기 때문이다.

"그것이 어떻게 진심에서 우러나온 행동이라고 할 수 있느냐?"라고 할머니는 말씀하셨다. "날 알지도 못하는데, 아니면 미쳤든가."

그리고 마침내 그는 모든 사람들의 불만을 샀는데, 점심 식사에 한 시간 삼십 분이나 늦게, 그것도 흙탕물 투성이로 나타나서는 미안하다는 말을 하기는커녕 이렇게 말했기 때문이다.

"저는 대기 변동이나 관습적인 시간의 구분에는 영향을 받지 않습니다. 아편 파이프나 말레이시아 단검을 사용하는 것은 기꺼이 되돌려 놓겠습니다만, 그보다 훨씬 더 해롭고 게다가 따분한, 부르주아의 도구인 시계와 우산 사용법은 알지 못합니다."

이 모든 것뿐이었다면 그래도 그는 다시 콩브레에 올 수 있었을 것이다. 그렇지만 그는 부모님께서 나에게 바람직하다고 여기는 그런 친구는 아니었다. 우리 가족들은 할머니의 불편한 몸 때문에 그가 흘린 눈물이 거짓이 아니라는 것을 알게 되었다. 하지만 그들은 본능적으로, 또 경험상, 감정의 충동적인 변화가 그 뒤를 잇는 행위나 태도에 별 영향을 끼치지 못한다는 것을, 오히려 도덕적인 의무의 존중이나 친구에 대한 신의, 과제 수행, 식이요법 준수가 쓸데없이 흥분하는 저 일시적인 격정보다는 맹목적인 습관에 보다 확고한 근거를 둔다는 것을 알고 있었다. 가족들은 부르주아 도덕관에 비추어 친구에게 줄 수 있는 것 이상을 주지 않는 동반자를 블로크보다 더 좋아했을 것이다. 어느 날 갑자기 나에 대해 다정한 생각을 품게 되었다고 해서 불쑥 과일 바구니를 보내오는 친구가 아니라, 우정의 의무와 요구 사이에서 상상력과 감수성의 충동적인 움직임으로 올바른 저울을 내 쪽으로 기울일 수 없다고 해서 내게 해로운 쪽으로 왜곡하지 않는 그런 친구를 더 원했다. 비록 우리가 잘못을 했다고 해도, 우리 가족 같은 사람들에게는 그 잘못이 의무를 쉽게 면제해 주지는 못했다. 그 좋은 예가 고모할머니였는데, 할머니는 여러 해 전부터 조카딸과 사이가 틀어져서 말 한마디 하지 않고 지냈지만, 그렇다고 해서 그녀에게 전 재산을 물려주기로 한 유언장을 바꾸지는 않았다. 조카딸이 그녀의 가장 가까운 친척이었고, 또 '그래야만' 했기 때문이다.

하지만 나는 블로크를 좋아했고, 부모님께서는 이런 나를 기쁘게 해 주고 싶어 하셨는데, "미노스와 파지파에의 딸"이라는 구절의 무의미한 아름다움에 대해 내가 제기한 그 해결할 수 없는 문제 탓에 나는 피곤해졌고, 비록 어머니께서 블로크와의 대화가 해롭다고 판단하셨을지라도 이런 블로크와 새로운 대화를 나누는 편이 더 나았을 정도로 나는 괴로움에 시달렸다. 그래도 이런 일만 없었다면 블로크는 콩브레에 다시 초대받을 수도 있었을 것이다. 그날 저녁 식사 후에 그는, 여자란 모두 사랑타령밖에 하지 않으며, 사랑에 저항하던 여자들도 결국은 다 넘어가기 마련이라고 가르쳐 주고 나서는 — 이 얘기는 훗날 내 삶에 큰 영향을 끼쳤는데, 처음에는 내 삶을 행복하게, 나중에는 불행하게 만들었다. — 가장 확실한 소식통으로부터 전해들은 바에 따르면 우리 고모할머니가 아주 파란만장한 젊은 시절을 보냈고, 또 공개적으로 남자에게 얹혀사는 첩이었다고 단언했다. 나는 부모님께 이 말을 전하지 않을 수 없었고, 다음에 그가 우리 집에 다시 왔을 때는 가족들이 그를 문 밖으로 내쫓아 버렸으며, 내가 길에서 그와 마주쳐 다가갔을 때는 그가 나를 아주 냉정하게 대했다.

그러나 그가 베르고트에 대해서 한 말은 진실이었다.

처음 며칠 동안은 우리가 몹시 좋아하지만 뚜렷이 구별할 수 없는 곡조처럼, 내가 베르고트의 문체에서 그렇게도 좋아하게 될 요소가 아직 드러나지 않았다. 한번 그의 소설을 읽기 시작하면 손에서 놓을 수 없었지만, 마치 연애 초기에 매일같이 여인을 만나러 가면서도 단지 모임이나 오락거리의 즐거움에 이끌려 가는 것이라고 믿는 것처럼 나는 단지 이야기 주제에만 흥미를 느낀다고 생각했다. 그러다가 감추어진 조화의 물결이나 내적인 서곡 같은 것이 그의 문체를 들어올리는 어떤 순간에 그가 드문 표현을, 거의 고풍스러운 표현을 즐겨 쓴다는 것을 인지했다. 또 그런 순간이면 그는 "삶의 헛된 꿈"이라든가 "아름다운 표면의 한없는 분출", "이해하고 사랑한다는 감미로운 불모의 고뇌", "대성당의 존엄하고도 매력적인 정문을 영원토록 고귀하게 만드는 감동적인 인물상들"에 대해 말하면서* 내게는 아주 새로운 철학을 경이로운 이미지로 표현했는데, 마치 이미지들이 하프의 노래를 일깨우고 솟아오르게 하여 그 노래에 뭔가 숭고한 것을 덧붙이는 듯했다. 베르고트의 이런 구절 중 하나를, 세 번째 구절인지 네 번째 구절인지를 다른 구절로부터 분리하게 되었을 때, 그것은 내가 첫 번째 구절에서 느꼈던 기쁨과는 비교할 수도 없는 그런 기쁨을 맛보게 해 주었다. 내 마음 깊은 곳에서 온갖 장애물과 거리감이 제거된, 보다 통합되고 보다 광활한 지대에서 느껴지는 기쁨이었다. 예전에 읽었을 때 내가 이해하지는 못했지만 이미 내 기쁨의 원인이었던 드문 표현에 대한 동일한 취향, 동일한 음악적인 유출, 동일한 관념론적인** 철학을 인식하면서, 나는 내 사유의 표면에 전적으로 단조로운 형상을 그려 보이는 베르고트의 어느 특정 문단과 마주하는 것이 아니라, 오히려 베르고트의 모든 저술에 공통되는 그의 '관념적인 단락'을 대하고 있다는 인상을 받았으며, 모든 유사한 구절들이 그 단락과 혼동되면서 일종의 두께와 부피를 갖춰 내 인식이 확

---

* 첫 번째 구절과 마지막 두 구절은 아나톨 프랑스로부터 영향을 받았고, 두 번째 "아름다운 표면의 한없는 분출"은 르콩트 드릴의 「비극 시편」에 나오는 '라 마야'에서 영향을 받은 것처럼 보인다. 「스완의 사랑」(폴리오) 483쪽 주석 참조.
** 여기서 관념론이라고 옮긴 프랑스어의 idéalisme에는 이상주의라는 뜻도 있다. 베르고트가 아나톨 프랑스로부터 영향을 받았다는 점과, 그의 존재론적인 성찰이 회의론자와 같다는 점에서는 관념론이란 용어가 더 적절해 보이지만, 자유로운 사유나 자발성에 대한 존중이 이상주의적인 성격을 띤다는 것도 부인할 수 없는 사실이다. 따라서 이 텍스트에서는 이 두 단어를 병행해서 사용하고자 한다.

대되어 가는 듯한 느낌이었다.

베르고트의 찬미자는 비단 나만이 아니었다. 그는 문학에 아주 조예 깊은 내 어머니 친구분이 선호하는 작가이기도 했다. 또 뒤 불봉 의사는 베르고트의 최신작을 읽으려고 환자들을 기다리게 할 정도였다. 이렇듯 의사 진찰실과 콩브레 근교 공원으로부터 베르고트에 대해 열광적인 최초의 씨앗들이 퍼져 나갔다. 그 씨앗은 당시에는 아주 드물었지만, 오늘날에는 보편적으로 널리 퍼져 유럽과 미국 도처에, 심지어는 아주 작은 마을에 이르기까지 그의 이상주의적이고 공통적인 꽃이 발견된다. 어머니의 여자 친구분이나 뒤 불봉 의사가 베르고트의 책에서 특히 좋아하는 점은(그렇게 보이는 것은) 내가 좋아하는 점과 같았는데, 똑같은 음악적인 흐름, 고풍스러운 표현들, 그리고 아주 간단하고 흔한 표현일지라도 그것이 조망되는 위치 때문에 작가 특유의 취향을 드러내는 그런 부분들이었다. 그리고 마지막으로 슬픈 대목에서의 어떤 서두름이나 거의 쉰 듯한 억양 같은 것이 있었다. 어쩌면 작가 자신도 자신의 가장 큰 매력이 바로 거기 있다는 것을 인식했음이 틀림없다. 왜냐하면 그 후 작품들에서는 무슨 커다란 진리나 유명한 대성당 이름만 나와도 하던 이야기를 멈추고 기원이나 돈호법, 긴 기도를 통해 자신이 발산하고 싶은 것을 마음대로 토로했기 때문이다. 그러나 초기 작품에는 그것이 문장에 내재되어 표면의 파동을 통해서만 드러났으므로, 그 표면의 파동이 가려졌을 때는 속삭임이 어디서 왔는지, 어디서 끝나는지를 정확히 알 수 없어 더 감미롭고 더 조화롭게 느껴졌다. 이처럼 그가 만족하는 단락이 바로 우리가 선호하는 단락이었다. 나는 그 문단을 거의 외우고 있었는데, 그가 이야기 원래 줄거리로 되돌아가면 실망하기까지 했다. 지금까지 내게 감추어져 있던 아름다움들, 예컨대 소나무 숲이나 우박, 파리의 노트르담 대성당, 「아탈리」 또는 「페드르」*에 대해 말할 때마다, 그는 그것을 이미지로 폭발시켜 내게로까지 전해 줬다. 만약 베르고트가 나로 하여금 다가가게 해 주지 않았다면, 내 하찮은 지각으로는 도저히 인식하지 못할 부분이 이 우주에 얼마나 많았을까 하는 생각이 들자 나는 모든 사물들에 대해, 무엇보다도 나 자신의 눈으로 볼 수 있는 기회를 얻은, 특히 프랑스 옛 건축물과 어떤 바다 풍경에 대해 그의 견해나 은유적인 표현을 들었으면 했다. 그가 그런 것들을 자신의 작품에서 끈질기게 인용하는 것으로 보아, 거기에 풍요로운 의미나 아름다움이 깃들어 있다고 생각하는 것으로 보였기 때문이다. 불행히도 나는 거의 모든 것에 대해 그의 의견을 알지 못했다. 그의 의견은 내가 올라가려고 하는 미지의 세계로부터 내려왔으므로, 내 의견과 완전히 다르다는 걸 나는 의심치 않았다. 그처럼 완벽한 정신에게는 내 생각 따위가 어리석음 그 자체로 보일 거라는 생각이 들자 나는 내 모든 생각을 백지화해 버렸다. 그래서 어쩌다가 그의 이런저런 책에서 우연히 내가 품고 있던 생각을 발견하면, 착하신 하느님께서 그 생

---

* 「아탈리」와 「페드르」는 프랑스 17세기 비극 작가 라신의 작품들로, 특히 프랑스적인 정념의 표징인 「페드르」는 화자에게 큰 영향을 끼친다.

각을 내게 돌려주며 적절하고 아름답다고 선언하는 것만 같아 가슴이 설레었다. 때로는 베르고트가 쓴 책의 한 페이지가, 내가 잠을 이루지 못하는 밤에 할머니와 어머니에게 쓴 글들과 똑같은 것을 이야기하면, 그때 베르고트의 그 페이지는 내 편지 서두에 실릴 인용구의 모음같아 보였다. 훗날 내가 책 한 권을 쓰기 시작했을 때조차도, 몇몇 문장의 질이 계속해서 글을 쓰겠다는 결심을 하게 할 만큼 충분치 못하다는 생각이 들 때면, 나는 베르고트의 작품에서 내가 쓰려고 하는 것과 유사한 문장을 발견할 수 있었다. 그러나 그의 문장을 즐기는 것은 단지 그의 작품을 읽는 순간뿐이었다. 왜냐하면 나중에 나 자신이 직접 그 문장들을 써 나가면서부터는 내 생각이 지각한 것을 정확히 반영하는 데에만, '닮게 하는 데'에만 신경을 쓰다 보니, 내가 쓰는 것이 과연 내 마음에 드는지 어떤지는 물을 시간도 없었기 때문이다. 그러나 실제로 내가 정말로 좋아한 것은 그때 내가 쓴 것과 같은 문장이나 그런 관념 들뿐이었다. 나의 불안하고도 만족하지 못하는 노력은 그 자체로 사랑의 표시였으며, 기쁨은 없지만 그래도 심오한 사랑의 표시였다. 그리하여 갑자기 다른 사람의 작품에서 그런 문장을 발견하면, 다시 말해 양심의 가책이나 엄격한 잣대를 가질 필요 없이, 또는 번민할 필요도 없이 그런 문장을 발견하면, 마치 요리사가 한 번은 요리를 하지 않아야 비로소 음식을 음미할 시간을 얻는 것처럼, 그런 문장들을 좋아하는 취향에 즐겁게 자신을 맡기는 것이었다. 어느 날 베르고트의 책에서 나이 든 하녀에 대한 농담을 발견했는데, 작가의 유려하고도 경건한 필치가 더 풍자적으로 만들긴 했지만, 그 농담은 내가 곧잘 프랑수아즈에 대해 할머니께 했던 것과 똑같았다. 또 한번은 우리들의 친구 르그랑댕 씨에 관해서였는데, 베르고트가 진리의 거울이라고 할 수 있는 자신의 작품에서 표현해도 부적절하다고 판단하지 않았는지, 내가 우연히 지적했던 것과 비슷한 지적을 했다.(그런데 프랑수아즈와 르그랑댕에 관한 이 지적에 베르고트가 별 흥미를 못 느꼈다면, 내가 그를 위해 단호하게 내버렸을 문장들이었다.) 그때 갑자기 나는 내 소박한 삶과 진실의 왕국이 내가 생각했던 것만큼 그렇게 멀리 떨어져 있지 않으며, 어떤 점에서는 서로 일치하기조차 한다는 생각이 들어, 마치 되찾은 아버지 품에 안기듯이 작가가 쓴 책의 페이지 위에 신뢰와 기쁨의 눈물을 흘렸다.

베르고트의 책을 읽으면서 나는 그가 아마도 자식을 잃은 슬픔에서 영영 헤어나지 못하는 나약하고 실의에 빠진 노인일 거라고 상상했다. 그래서 그가 쓴 산문을 대할 때면, 그가 쓴 것보다 더 '부드럽게(dolce)', 더 '천천히(lento)' 마음속으로 노래하면서 읽었다. 그러자 가장 간단한 문장조차도 감동적인 어조로 말을 걸어 오는 것이 느껴졌다. 나는 다른 무엇보다도 그의 철학을 좋아했고, 그 철학에 영원히 내 몸을 바쳤다. 빨리 중등학교에 들어가 철학 반에서 공부할 수 있는 나이가 되기만을 초조하게 기다렸다.* 철학 반에 들어가면 오로지 베

---

* 과거에 프랑스 중등 과정은 칠 년으로, 5학년이 되면 철학문학, 경제사회, 수학물리학, 수학자연과학, 수학기술의 다섯 반으로 나뉘어 운영되었다.(현재는 중학교와 고등학교로 분리되었다.)

르고트의 사상과 더불어 살며 그 외에는 다른 아무것도 하고 싶지 않았다. 만약 누군가 내가 전념하게 될 형이상학자들이 베르고트와 전혀 닮지 않을 수 있다고 말한다면, 나는 틀림없이 평생 한 여인만을 사랑하길 원하는 사람이, 나중에 자신에게 다른 정부가 생길 거라는 말을 들었을 때 느끼는 그런 절망감을 맛보았을 것이다.

어느 일요일, 정원에서 책을 읽고 있는데 부모님을 찾아오신 스완 때문에 독서가 중단되었다. "지금 무슨 책을 읽고 있는가? 아, 베르고트로군? 누가 자네에게 베르고트의 책을 알려 주었는가?"

나는 블로크라고 대답했다.

"아, 그래! 여기서 한 번 만난 적이 있지. 벨리니*가 그린 무함마드 2세의 초상화와 닮은 친구 말이지. 아주 인상적이더군. 똑같이 흰 눈썹하며 똑같이 구부러진 코며 똑같이 튀어나온 광대뼈며, 턱수염만 기르면 똑같은 사람이었을 텐데. 어쨌든 자네 친구는 꽤 안목이 있군. 베르고트는 훌륭한 작가니까." 그리고 내가 베르고트를 얼마나 존경하는지를 보고서는, 아는 사람들의 이야기를 결코 하는 적이 없는 그가 예외적으로 친절하게도 이렇게 말했다.

"난 그분을 잘 아네. 지금 읽는 책의 첫머리에 그분이 글 한마디 써 주기를 원한다면 내가 부탁해 줄 수 있네."

---

* 베네치아 화가 젠틸레 벨리니(Gentile Bellini, 1429~1507)는 무함마드 2세의 요청으로 이스탄불에서 이 그림을 그렸다고 한다.

나는 감히 그 제안을 받아들일 수 없었지만 스완에게 베르고트에 대해 몇 가지 질문을 했다. "그분이 어떤 배우를 좋아하는지 말씀해 주실 수 있나요?"

　"배우라, 글쎄. 하지만 그분이 가장 높이 평가하는 라 베르마에 견줄 남자 배우가 없다고 말하는 건 들은 적이 있다네. 라 베르마가 낭송하는 걸 들은 적이 있는가?"

　"아뇨, 선생님, 부모님께서는 제가 극장에 가는 걸 허락해 주지 않으세요."

　"참 안됐군. 부모님께 부탁해 보게나. 「페드르」나 「르 시드」*에 나오는 라 베르마는 한 여배우에 불과할지 모르지. 하지만 난 예술에서 '서열' 같은 건 믿지 않는다네."(스완 씨가 할머니 자매들과 나누는 대화에서 이미 내가 여러 번 주목한 적이 있었는데, 그가 진지한 이야기를 할 때나 중요한 주제에 대해 자기 의견을 드러낼 수밖에 없을 때는 그 표현에 특별하고도 기계적이며 비꼬는 듯한 억양을 줘서 표현을 애써 분리했다. 마치 인용 부호 안에 집어넣어 그 표현을 쓰긴 하지만 자기에게는 책임이 없다는 듯이 "서열, 저 웃기는 사람들이 말하는 것 말이죠."라는 투였다. 그러나 그것이 웃기는 일이라면 왜 그는 서열이라고 말한 것일까?) 잠시 후 그가 말을 이었다. "라 베르마의 낭송은 자네에게 어떤 걸작 못지않은 고상한 견해를 줄 걸세. 글쎄 뭐라고 할까…… 가령 '샤르트르 성당의 왕비들'**에 비교할 만하다고나 할까……."

---

* 프랑스 17세기 비극 작가를 대표하는 코르네유의 작품이다.
** 프랑스 샤르트르 대성당 서쪽 문에는 그리스도 조상들인 왕과 왕비 들이 조각되어 있다.

라고 말하며 그는 웃었다. 이제까지 나는 스완이 진지하게 자기 의견을 표현하기를 싫어하는 것이 뭔가 우아한 파리 사람답게, 할머니 자매들 같은 시골사람들의 독단적인 태도와는 대조를 이룬다고 생각해 왔다. 그리고 이것은 또한 스완 씨가 드나드는 사단이 보여 주는 재치의 형태로서, 전 세대의 서정주의에 대한 일종의 반동 작용이며 과거에는 저속하다고 여겨 왔던, 하찮지만 정확한 사실들을 과도하게 복원함으로써 '미사여구' 사용을 금지한다고 생각했다. 그러나 지금은 사물들에 대한 스완의 이런 태도에서 뭔가가 거슬렸다. 그는 자기 의견 말하기를 꺼렸고, 소상하게 정확한 정보를 줄 수 있을 때에만 안심했다. 그러나 그런 행동 자체가 이미 세부적인 것의 정확함이 중요하다는 사실을 가정하고 말하는 태도를 드러낸다는 걸 그는 이해하지 못했다. 나는 그날의 저녁 식사를 다시 생각했고, 엄마가 내 방으로 올라오지 않아서 그렇게도 서글펐던 그날, 스완이 레옹 대공 부인 댁 무도회가 별로 대단치 않다고 말했던 것이 생각났다. 그러나 어쨌든 스완 씨는 이런 즐거움을 위해 살아 왔다. 나는 이 모든 것이 모순이라고 생각했다. 사물에 대해 마침내 자기가 생각하는 바를 솔직하게 말하고, 자기 판단을 인용 부호 안에 넣지 않고 표현하고, 웃기는 짓이라고 하면서도 동시에 까다로운 예의를 지키는 일에 전념하지 않는 태도를, 그는 도대체 어떤 다른 삶을 위해 남겨 두는 것일까? 또한 스완이 베르고트에 대해 말하는 방식에서 나는 그의 의견이 그만의 특별한 것이 아닌, 오히려 반대로 당시 베르고트의 모든 찬미자들, 어머니 친구분이나 뒤 불봉 의사의 의견과 같다는 사실을 알아보았다. 그들도 스완처럼 말했다. "그분은 매력적인 지성인이죠. 아주 특별해요. 사물에 대해 약간 꾸며서 말하긴 하지만 기분 좋은 정도죠. 서명을 보지 않고도 금방 그의 작품이라는 걸 알아볼 수 있으니까요." 그러나 어느 누구도 "그분은 위대한 작가예요, 그의 재능은 대단해요."라고까지는 말하려 하지 않았다. 아니, 그에게 재능이 있다는 말조차 하지 않았다. 그들이 그렇게 말하지 않은 것은 그의 재능을 알지 못했기 때문이다. 일반적인 우리 의견들의 박물관에서는, 새로운 작가의 특이한 모습에서 '위대한 재능'이라는 이름을 가진 모델을 찾아내기까지는 아주 오랜 시간이 걸린다. 그 모습이 너무도 새롭기 때문에, 우리가 재능이라고 부르는 것과 비슷하다고 생각하지 못하는 것이다. 오히려 우리는 그것에 독창성, 매력, 섬세함, 힘 따위의 이름을 붙인다. 그러다 어느 날 우리는 이 모든 것이 바로 재능이라는 걸 알게 된다.

"베르고트의 작품 가운데 라 베르마에 대해 말한 책이 있나요?"라고 나는 스완 씨에게 물었다.

"라신에 관한 소책자에 있는 것 같은데. 하지만 그 책은 이미 절판되었을걸세. 어쩌면 재출간되었는지도 모르지만. 내가 알아보지. 게다가 자네가 원하는 거라면 뭐든 베르고트에게 부탁할 수 있네. 일 년 중 한 주도 빠지지 않고 우리 집에 와서 저녁 식사를 하니까. 내 딸의 가장 가까운 친구라네. 그들은 함께 옛 도시와 대성당, 성 들을 구경하러 다닌다네."

사회적인 계급에 대한 관념이 전혀 없던 나에게, 스완 씨 부인과 스완 양과의 교제는 절대로 불가능하다고 생각하는 아버지 의견이 오래전부터 그녀들과 우리 가족 사이에 커다란 거리감을 만들었고, 이 점이 오히려 그녀들에게 커다란 매력을 부여하는 결과를 가져왔다. 스완 씨 부인이 남편을 위해서가 아니라 샤를뤼스 씨 마음에 들려고 머리 염색도 하고 입술에 립스틱도 바른다는 말을 이웃인 사즈라 부인에게서 들었을 때, 나는 우리 어머니가 그렇게 하지 않은 것이 안타깝기만 했다. 그래서 우리가 스완 씨 부인에게는 틀림없이 멸시의 대상일 거라고 생각했는데, 이런 생각을 하면 특히 스완 양 때문에 마음이 아팠다. 그 소녀가 정말 예쁘다는 말에 나는 매번 그녀 얼굴을 내 멋대로 매력적이게 그려 보며 몽상에 잠겼기 때문이다. 하지만 나는 그날 스완 양이 그렇게도 많은 특권을 가진, 마치 자연 요소인 듯 몸에 밴 드문 조건을 가진 존재로서, 부모님에게 오늘 저녁 식사에 어떤 손님이 오느냐고 물으면, 저 빛으로 충만한 음절이, 집안 오랜 친구에 불과한 베르고트라는 황금빛 손님의 이름이 그녀에게 대답으로 돌아오고, 또 고모할머니가 대화라고 부르는 식탁에서의 내밀한 잡담이 베르고트가 자기 책에서 다룰 수 없었던 온갖 주제에 관한 말들, 즉 내가 그렇게도 듣고 싶어 하던 그의 신탁들이며, 끝으로 질베르트가 도시를 방문하러 갈 때면 베르고트가 인간 사이에 내려온 신들처럼 눈에 보이지 않지만 영광스러운 존재로 그녀 곁에서 걸어간다는 것을 알았을 때, 나는 스완 양의 가치가 어떤지를 깨닫는 동시에, 그녀 눈에 내가 얼마나 거칠고 무식해 보일까 하는 생각이 들자 내가 그녀 친구가 되는 것은 즐거우면서도 불가능함을 깨닫고는 욕망과 절망감이 내 마음을 가득 채웠다. 그때부터 그녀를 생각할 때면, 그녀는 자주 어느 성당 정문에서 조각상들의 의미를 설명해 주면서, 나를 칭찬하는 듯한 미소를 지으며 베르고트에게 자기 친구라고 소개하는 모습으로 떠올랐다. 그리하여 대성당이 내 마음속에 불러일으키는 온갖 관념들의 매력과 일드프랑스*의 언덕, 그리고 노르망디 평원의 매력이 스완 양에 대한 내 이미지에 그 반사광을 다시금 떠오르게 했다. 나는 그녀를 사랑할 준비가 되어 있었다. 한 존재가 어떤 미지의 삶에 참여하고 있어서 사랑이 우리로 하여금 그 미지의 삶 속으로 뚫고 들어가게 해 줄 수 있다고 믿는 것, 바로 이것이 사랑이 생겨나기 위해 필요한 전부이며, 사랑이 가장 중요시 하는 것으로, 나머지는 중요하지 않다. 남자를 단지 외모로만 판단하는 여자들조차도 이 외모에서 어떤 특별한 삶이 발산되는 것을 본다. 그렇게 해서 그녀들은 흔히 군인이나 소방수를 연모하는데, 제복이 얼굴에 대해 덜 까다롭게 해 주기 때문이다. 그녀들은 철갑 너머에 숨어 있는 다른 마음, 이를테면 모험으로 가득한 부드러운 마음에 입을 맞춘다고 생각한다. 젊은 군주나 황태자가 그들이 방문한 외국에서 가장 멋있는 여인을 정복하는 데에는 주식 중개인에게는 필수적인 균형 잡힌 얼굴 따위는 필요가 없다.

_____

* 파리와 파리 인근 여덟 도를 포함한 지역 이름이다. 프랑스 중심부라고 할 수 있다.

내가 정원에서 책을 읽는 것이 일요일이 아닌 다른 날이었다면 고모할머니는 이해하지 못했을 것이다. 일요일에는 진지한 일이라면 아무것도 해서는 안 되기 때문에, 고모할머니는 뜨개질조차 하지 않았다.(만약 주중의 어느 하루였다면 고모할머니는 "어떻게 너는 여전히 책이나 읽으며 노는 것이냐, 일요일도 아닌데."라고 말씀하시면서 '노는 것이냐'라는 말에 어린애 같다는 의미와 시간낭비라는 의미를 부여하셨을 것이다.) 이처럼 내가 책을 읽는 동안 레오니 아주머니는 프랑수아즈와 함께 욀랄리가 오기만을 기다리며 잡담을 나누고 있었다. 아주머니는 프랑수아즈에게 조금 전 구필 부인이 "우산도 들지 않고 샤토덩에서 맞춘 실크 원피스를 입고" 지나가는 걸 보았다고 말했다. "만약 저녁 기도 시간 전에 멀리 다녀오는 거라면 옷이 흠뻑 젖을걸."

"아마도, 아마도."(어쩌면 아닐지도 모른다는 의미다.) 하고 프랑수아즈는 보다 다행스러운 양자택일의 가능성을 단번에 배제하지 않으려고 말했다.

"아차." 하고 아주머니는 이마를 두드리며 말했다. "아, 그러고 보니 구필 부인이 성체 거양이 끝난 후 성당에 도착했는지 어떤지 모른다는 게 생각났네. 욀랄리에게 물어보는 걸 잊지 말아야지. 프랑수아즈, 저것 좀 봐요. 종탑 뒤 저 검은 구름이며, 슬레이트 지붕 위 저 고약한 햇볕이며, 틀림없이 비가 오지 않고는 못 배길걸. 저렇게 있지는 못할 테니, 날씨가 너무 더웠어. 빠르면 빠를수록 좋으련만. 소나기가 쏟아지지 않고서는 내 비시 약수도 내려가지 않을 텐데." 하고 아주머니는 덧붙였다. 아주머니의 머릿속에는 구필 부인의 옷이 망가지는 걸 보는 걱정보다는, 비시 약수가 빨리 내려가기를 바라는 소망이 훨씬 더 컸다.

"아마도, 아마도."

"광장에 비가 오면 몸을 피할 곳이 없는데. 어머, 벌써 3시인가 봐?" 하고 아주머니는 얼굴빛이 창백해지며 소리쳤다. "저녁 기도가 시작되었겠군. 펩신 마시는 걸 잊어버렸어. 왜 비시 약수가 위에 그냥 있나 했더니 이제야 알겠군."

이렇게 말씀하시고 나서 아주머니는 금색 테두리로 두른 보라색 벨벳 장정 미사 책 쪽으로 급히 달려들었는데 서두르는 바람에 그림 몇 장이 떨어졌다. 누런 종이 레이스로 테를 두른 그림들로 축일 페이지를 표시하려고 끼워 둔 것이었다. 아주머니는 펩신을 들이켜면서 그 성스러운 책을 아주 빨리 읽기 시작했다. 비시 약수를 마신 지 오랜 후에 펩신을 마시는 거라 그게 약수를 따라잡아 내려가게 할 수 있을지 어떨지 확실치 않아 생각이 약간은 모호해진 상태였다.

"3시라니? 시간이 이렇게 지나가다니 도저히 믿을 수가 없군."

뭔가 유리창에 부딪치는 것 같은 작은 소리가 나더니, 다음에는 위쪽 창문에서 모래 알갱이를 뿌리듯 가볍고 넓게 쏟아지는 소리가 들렸고, 이어 그 소리가 퍼지고 고르게 되고 리듬을 타고 액체가 되고 울리고 수를 셀 수 없는 보편적인 음악이 되었다. 비였다.

"거봐요, 프랑수아즈, 내가 뭐라고 했어? 잘도 오는군! 정원 쪽 대문의 방울 소리가 들리는 것 같은데 이런 날씨에 누가 밖에 있는지 가서 좀 보고 와요."

프랑수아즈가 돌아왔다.

"아메데 마님이세요.(내 할머니였다.) 한 바퀴 돌고 오시겠다는군요. 비가 아주 많이 오는데도요."

"전혀 놀랍지 않군." 하고 아주머니는 하늘로 눈을 쳐들며 말씀하셨다. "내가 늘 말했지만 그 사람 정신 상태는 보통 사람들하고는 달라. 하지만 그래도 지금 밖에 있는 게 내가 아니라 그 사람인 게 천만 다행이지."

"아메데 마님은 다른 사람들과는 늘 반대예요." 하고 프랑수아즈가 부드럽게 말했다. 할머니가 약간 '정신 나간' 사람이라는 말은 다른 하인들과 같이 있을 때 하려고 남겨 두었다.

"성체강복식이 끝났겠군! 윌랄리가 이젠 오지 않을 거야." 하고 아주머니는 한숨지으며 말했다. "날씨 때문에 겁이 난 거지."

"아직 5시도 안 됐는걸요. 옥타브 마님, 4시 30분밖에 안 됐어요."

"4시 30분이라고? 저 형편없는 햇빛을 보려고 작은 커튼을 다시 걷어 올려야 했으니. 4시 30분이라고! 삼천일*이 일주일밖에 안 남았는데도. 아! 불쌍한 프랑수아즈, 필시 하느님께서 화를 내시는 게 분명해. 요즘 세상은 해도 너무하니까. 내 불

---

* 삼천일이란 예수 승천일(부활절 사십 일 후) 전 사흘 동안 행렬을 지어 삼천 번 기도를 바치며 연도를 읊는 기도 행사를 가리킨다.

쌍한 옥타브도 말했지만, 사람들은 하느님을 너무 잊어버렸어. 그래서 복수하시는 걸 거야."

그 순간 아주머니의 양 볼에 붉은 생기가 돌았다. 윌랄리가 온 것이었다. 그런데 불행하게도 윌랄리가 들어오자마자 프랑수아즈가 다시 돌아와서는 자기가 전하는 말이 아주머니에게 틀림없이 기쁨을 가져다줄 것이라고 생각하며, 그 기쁨에 자신도 참여하고 있다는 듯한 미소를 지으면서 말했다. 그녀는 간접화법으로 말하긴 했지만, 그래도 착한 하인으로서 방문객이 한 말을 그대로 전한다는 걸 보여 주려고, 음절을 하나하나 분리하면서 발음했다.

"옥타브 마님께서 지금 쉬시는 것이 아니어서 신부님을 만나 주실 수 있다면, 신부님께서는 매우 기쁘게 생각하실 겁니다. 신부님께서는 방해가 되고 싶어 하지 않으십니다. 신부님께서는 아래층에 와 계십니다. 제가 거실로 들어오시라고 말씀드렸습니다."

사실 주임신부의 방문은 프랑수아즈가 생각하는 것만큼 그렇게 아주머니를 기쁘게 하지 않았다. 주임신부의 방문을 알릴 때마다 얼굴 가득 기뻐하는 표정을 지어야 한다는 생각이 환자의 기분에 완전히 부응하는 것은 아니었다. 주임신부는 (나는 그렇게 훌륭한 분과 이야기를 많이 나누지 못한 것을 지금도 후회한다. 그분은 예술에는 문외한이었지만 어원 연구에는 조예가 깊었다.) 성당을 방문하는 저명인사들에게 성당에 관한 지식을 알려 주는 데 익숙해서(그분은 콩브레 소교구에 관한 책을 쓰려고 하셨다.) 끝없는 질문에다가 똑같은 질문으로 아주머니를 지치게 했다. 그런데 그의 방문이 이처럼 윌랄리의 방문과 동시에 이루어지면 아주머니는 정말로 불쾌해했다. 윌랄리를 만나는 편이 더 나았으므로, 두 사람을 한꺼번에 만나고 싶지 않았던 것이다. 그러나 주임신부의 방문을 차마 거절하지는 못했으므로, 아주머니는 단지 윌랄리에게 신부님과 같이 가지 말고 신부님이 떠난 후에도 잠시 남아 달라는 신호만을 보냈다.

"신부님, 들리는 말에 따르면 한 화가가 채색 유리를 그리려고 성당 안에 그림 받침대를 설치해 놓았다고요. 이 나이가 될 때까지 그런 일은 한 번도 들어 본 적이 없다는 걸 맹세할 수 있어요! 도대체 요즘 사람들은 뭘 찾으려고 하나요? 성당에서 그보다 더 보기 흉한 것도 있나요!"

"그 채색 유리가 성당에서 가장 흉하다고는 말할 수 없습니다. 생틸레르 성당에는 방문할 가치가 있는 부분들도 많지만 오래된 것들도 많으니까요. 우리 교구에서 유일하게 복원되지 않은 것이 바로 우리의 불쌍한 성당입니다. 성당 정문은 더럽고 낡았지만, 그래도 여전히 그 장엄한 특징만은 간직하고 있습니다. 에스더 장식 융단만 해도 저라면 한 푼도 주지 않겠지만, 전문가들에 따르면 상스 대성당* 장식 융단 다음이라는 군요. 어쨌든 저도, 몇몇 사실주의적이고 세부적인 것을 제외한다면 이 장식 융단에서 진정한 관찰 정신을 입증해 주는 부분들이 있다는 걸 인정합니다. 그러나 채색 유리에 대해서는

---

* 부르고뉴 지방 생테티엔 시에 위치한 이 성당은 고딕식으로 15~16세기 보물들이 많이 소장된 것으로 유명하다. 그중 하나가 에스더 왕비 대관식을 묘사한 벽걸이 장식 융단이다.

저에게 말하지 마십시오. 햇빛이 들어오지 않는, 뭐라고 해야 할지 모르는 그런 색채의 반사로 사람들 눈을 속이기까지 하는 창문을, 높이가 같은 포석 하나 없는 성당에, 내가 그 포석을 바꾸려고 해도 이건 콩브레 수도원장의 묘석이다, 이건 브라방 옛 백작인 게르망트 영주들의 묘석이다 하는 구실로 거절하기가 일쑤인 그런 성당에 그대로 남겨두는 게 과연 분별 있는 일일까요? 그 영주들은 지금 게르망트 공작과 공작 부인의 직계 조상인 분들인데, 공작 부인이 게르망트 가문 따님으로, 자기 사촌과 결혼했답니다.(할머니는 사람들에게 무관심했으므로 이름들을 모두 혼동하곤 하셨는데, 아무리 사람들이 게르망트 공작 부인이라고 말해도 빌파리지 부인의 친척임에 틀림없다고 주장하는 것이었다. 그러면 모두들 웃음을 터트렸고, 할머니는 어떤 초대장을 구실 삼아 변명하려고 애썼다. "그 안에 어딘가 게르망트라는 이름이 쓰여 있는 걸로 기억하는데." 나도 한번은 할머니 기숙사 친구가 주느비에브 드 브라방의 후손과 관계 있다는 사실이 납득 가지 않아 다른 사람들과 한편이 되어 할머니를 공격한 적이 있었다.)* "루생빌을 보십시오. 그곳은 옛날에는 펠트 모자와 괘종 시계 장사로 아주 번창했지만, 지금은 겨우 소작인들의 교구에 지나지 않습니다. 루생빌의 어원에 대해서는 확실하지 않습니다만, 원래 그 이름은 틀림없이, 샤토루가 '붉은 성'을 의미하는 '카스트룸 라둘피(Castrum Radulfi)'인 것처럼, '붉은

---

* 할머니의 기숙사 친구란 빌파리지 부인으로, 게르망트 공작의 고모다. 게르망트 가문은 중세 메로빙거 왕조로 거슬러 올라가는 그 오랜 역사의 흔적으로 화자를 매혹하는데, 그 상징이 바로 주느비에브 드 브라방 전설이다.

영지'를 의미하는 '라둘피 빌라(Radulfi villa)'였을 겁니다.* 이 점에 대해서는 차후에 말씀드리겠습니다. 그런데 루생빌 성당에는 거의 전부가 현대적이라 할 수 있는 아름다운 채색 유리들이 있는데, 그중에는 콩브레 성당에 있어야 마땅한, 저 장엄한 「루이필리프의 콩브레 입성」** 같은 것도 있답니다. 그런데 그것이 샤르트르 성당의 저 유명한 채색 유리만큼이나 가치 있다는군요. 저는 어제 아마추어 화가인 페르스피에 동생 분을 만났는데, 그분은 우리 성당 채색 유리를 가장 아름다운 작품으로 보더군요. 하지만 아주 예의 바르고 진정한 화필의 명수로 보이는 화가에게 저는 이렇게 말했습니다. '이 채색 유리의 어디가 그렇게 훌륭하다고 생각하십니까? 다른 것보다 더 어두워 보이는데요?'"

"만약 주교님께 부탁해 보신다면⋯⋯." 하고 약간은 피로가 오는 것처럼 느껴진 아주머니께서 힘없이 말씀하셨다. "새로운 채색 유리로 바꾸는 데 반대하지 않을 거라고 확신해요."

"전혀 그렇지 않습니다, 옥타브 부인." 하고 주임신부가 대

---

* 루생빌(Roussainville)이란 단어에는 붉은색을 의미하는 roux가 들어 있는데 그 어원은 라틴어로 '붉은 영지'를 의미하는 Radulfi villa다. 샤토루(Chateauroux)라는 지명이 '붉은 성'을 의미하는 라틴어 Castrum Radulfi에서 연유한 것 같다는 뜻이다. 그런데 루생빌이 함축하는 이 붉은색은 유대인의 붉은 안색과 관계되는 것으로 스완, 즉 유대인의 딸인 질베르트의 '분홍색 주근깨가 난 붉은 금발 아가씨'라는 표현에서도 함축적으로 나타난다. 이처럼 루생빌은 은폐된 성적 욕망의 함의와 더불어 저주받은 도시 소돔과 고모라를 예고한다.
** 이 그림은 앵그르가 1821년에 그린 「미래의 샤를 5세, 왕세자 파리 입성」을 가리키는 것처럼 보인다.

답했다. "오히려 주교님께서는 이 불운한 채색 유리에 방울종을 달았다는 것 아닙니까. 이 채색 유리가, 게르망트 가문 직계 후손이자 게르망트 영주였던 질베르 르 모베*가 성 일레르**로부터 사면받은 장면을 그린 것이라고 하시면서요."

"저는 성 일레르가 어디에 있는지 모르겠는데요."

"채색 유리 한구석에 노란 옷을 입은 귀부인을 보지 못하셨나요? 그렇지요. 그분이 성 일레르인데, 아시다시피 지방에 따라서는 그 이름을 성 엘리에(Saint Hélier), 쥬라 지방에서는 성 일리(Saint Ylie)라고 부르기도 한답니다. 이런 호칭은 모두 상투스 힐라리우스(Sanctus Hilarius)에서 변형된 이름들이지요. 성인들의 이름에 나타나는 변형 중에서, 이건 그다지 신기한 축에 끼지도 못한답니다. 이를테면 윌랄리 아주머니, 아주머니의 수호성녀인 성녀 에울랄리아가 부르고뉴 지방에서는 어떻게 불리는지 아십니까? 단지 성 엘루아(Saint Eloi)라고 한답니다. 성녀가 성인이 된 것이지요. 윌랄리 아주머니, 아주머니가 돌아가시면 사람들이 아주머니를 남자로 바꾸어 놓을지

---

* 프루스트가 16세기 인물로 간주하는 이 허구 인물은 나바르 왕이자 에브르 백작인 샤를 2세를 가리키는 듯하다. 100년 전쟁 동안 수도원을 황폐화한 이 인물은 처남인 샤를 5세를 상대로 나쁜 계략을 꾸며 '모베'(나쁘다는 뜻)라는 별칭을 얻었는데, 에브르 성당 채색 유리에는 손을 모으고 무릎을 꿇은 모습으로 그려졌다.

** 원래 표기는 Saint Hilaire나 프랑스어 발음에 따라 표기하면 생틸레르가 되어, 성인 이름이 잘 드러나지 않는 관계로 이 책에서는 인명인 경우 '성', '성녀' 다음에 이름을 적고자 한다. 그러나 지명인 경우에는 연음을 하여 원명 그대로 표기하고자 한다.

도 모릅니다."

"신부님은 늘 우스운 말씀을 하세요."

"질베르의 형인 '말더듬이 샤를'은 신앙심 깊은 왕자였지만, 정신병을 앓던 아버지 '미치광이 패팽'이 젊은 나이에 죽자, 규율이 부족한 젊은이의 온갖 오만함으로 절대적인 권력을 행사했답니다.* 마을에서 자기 마음에 들지 않는 사람의 얼굴만 봐도 마지막 주민까지 다 학살했으니까요. 질베르는 이런 샤를에게 복수하려고 콩브레 성당에 불을 질렀는데, 그것이 콩브레 초대 성당이었답니다. 테오데베르가 신하들과 함께 부르군트 족과 싸우기 위해 이 근처 티베르지(테오데베르치아쿠스)에 있던 별장을 떠나면서,** 만일 성 일레르가 자신에게 승리를 안겨 준다면 그의 무덤 위에 짓겠다고 약속했던 바로 그 성당이랍니다. 그러나 질베르가 성당을 불살라 버렸기 때문에 지하 납골당만 남았고, 테오도르가 이미 여러분을 그곳으로 안내했을 겁니다. 후에 질베르는 이 불운한 샤를을, 기욤 르 콩케랑***(신부는

---

* 허구 인물들이다.

** 테오데베르(596~612)는 메로빙거 왕조의 오스트라시아 왕이자 힐데베르트 2세의 아들로, 형인 부르고뉴 왕 티에리 2세와의 싸움에 패배하여 부르군트에게 넘겨져 살해당한다. 그리고 부르군트는 게르만 일파인 부르군트 족이 현재 프랑스 동부 부르고뉴에 해당하는 지역에 세운 부르군트 왕국을 가리키는데, 독립된 메로빙거 왕국으로 남았다가, 8세기에 들어 카롤루스에 의해 프랑크 오스트라시아의 일부가 된다. 테오데베르치아쿠스(Theodeberciacus)는 티베르지의 어원이다.

*** 정복자 윌리엄, 즉 기욤 르 콩게랑(Guillaume le Conquérant, 1027~1087)을 가리킨다. 노르망디 수장으로, 도버해협을 건너 헤이스팅스 전투에서 잉글랜드 왕 해럴드 2세에게 크게 승리한다.

기욤을 길롬이라고 발음했다.)의 도움을 받아 멸망시켰고, 그 때문에 오늘날에도 많은 영국 사람들이 방문하러 오는 거랍니다. 그러나 질베르는 콩브레 주민들의 호감은 얻지 못한 것 같습니다. 주민들이 미사를 마치고 나오는 질베르에게 달려들어 머리를 베었으니까요. 어쨌든 이러한 사실은 테오도르가 빌려 주는 소책자에 다 설명되어 있습니다."

"그러나 우리 성당에서 누가 뭐래도 가장 신기한 것은 종탑에서 바라보는 전망이라 할 수 있습니다. 정말 굉장합니다. 물론 부인께서는 튼튼하지 못하시니까 아흔아홉 개의 층계를 올라가 보시라고 권하지는 않겠습니다만, 밀라노의 저 유명한 돔의 꼭 절반인 계단인지라, 건강한 사람도 지칠 수밖에 없습니다. 게다가 머리를 부딪치지 않으려면 허리를 구부리고 올라가야 하니까요. 또 계단의 거미줄이란 거미줄은 모두 옷에 묻고. 아무튼 옷을 단단히 입고 가야 한답니다."라고 주임신부는 덧붙였다.(아주머니가 자신도 종탑에 올라갈 수 있다는 생각 때문에 무척이나 화가 났다는 것을 주임신부는 알아차리지 못했다.) "꼭대기에 올라가면 바람이 엄청나니까요! 추위로 죽을 뻔했다고 말하는 사람들도 있을 정도니까요, 어쨌든 일요일에는 언제나 먼 곳에서부터 단체로 와서는 그 전경의 아름다움에 감탄하고 황홀해하며 돌아간답니다. 두고 보세요. 날씨가 이대로만 계속된다면 다음 일요일은 삼천일이라 틀림없이 많은 사람들이 몰려올 겁니다. 그리고 거기서는 아주 독특한, 일종의 트인 평원으로 펼쳐지는 아주 환상적인 조망을 즐길 수 있답니다. 날씨가 맑으면 베르뇌유까지 볼 수 있으니까요.

특히 평소에는 한쪽만 보이던 것이 한꺼번에 다 보인답니다. 이를테면 비본 내의 흐름이나 생타시즐레콩브레의 도랑 같은 것인데, 비본 내는 커다란 나무들의 장막으로 분리되어 있습니다. 또는 주이르비콩트(그 어원은 부인께서도 아시다시피 가우디아쿠스 비체 코미티스(Gaudiacus vice comitis)입니다.)*의 여러 운하들도 보인답니다. 주이르비콩트에 갈 때마다 보면, 운하 한 끝과 길을 돈 후 또 다른 부분도 잘 보이지만, 그때 이미 앞 부분은 시야에서 사라진답니다. 이 모든 것을 머릿속에서 하나로 맞추어 보려고 해 봐야 헛수고라, 아무 효과도 주지 못합니다. 하지만 생틸레르 종탑에서 보면 문제는 달라집니다. 전 지역이 포착되는 그물망이라고나 할까요. 단지 물만은 구별되지 않습니다. 말하자면 커다란 균열 같은 것이 도시를 구획해서, 마치 조각으로 잘렸지만 전체는 하나로 붙어 있는 브리오슈 빵 덩어리 같다고나 할까요. 제대로 보려면 생틸레르 종탑 꼭대기에 있으면서 동시에 주이르비콩트에 있어야 하는 거겠지요."

주임신부가 아주머니를 얼마나 피곤하게 했는지 신부님이 떠나자마자 아주머니는 욀랄리도 보내야 했다.

"자, 받아요, 내 불쌍한 욀랄리." 하고 아주머니는 손 닿는 곳에 놓아둔 작은 지갑에서 동전 하나를 꺼내며 가냘픈 소리로 말했다. "그리고 기도하면서 날 잊지 말아요."

"아, 그렇지만 옥타브 마님, 제가 이렇게 받아도 되는 건지

---

* Jouy-le-Vicomte. '자작(子爵)의 기쁨'이란 뜻의 라틴어다.

모르겠어요. 이 때문에 오는 건 아닌데." 윌랄리는 매번 처음 돈을 받는 것처럼 똑같이 망설이며 똑같이 쩔쩔매곤 했다. 그러고는 불편한 표정을 지었는데 이런 태도가 아주머니를 기쁘게 하면 했지 거슬리게 하지는 않았다. 어느 날인가 윌랄리가 돈을 받으면서 평소 때보다 조금 덜 난처해하는 기색을 보이자 아주머니는 이렇게 말씀하셨다.

"오늘 윌랄리에게 무슨 일이 있었나. 보통 때처럼 똑같이 줬는데도 별로 만족하는 것 같지 않으니."

"그렇지만 불평할 게 뭐 있나요." 하고 프랑수아즈는 한숨 지으며 말했다. 그녀는 아주머니가 자기나 자기 자식들에게 주는 것은 모두 푼돈에 불과하다고 생각하면서도, 주일마다 아주 은밀하게 자기도 보지 못하게 윌랄리의 손에 쥐어 주는 작은 동전은, 마치 배은망덕한 자에게 터무니없는 보물을 낭비하는 것으로 여겼다. 그렇지만 아주머니가 윌랄리에게 주는 돈을 그녀 자신이 갖길 원했던 것은 아니다. 그녀는 아주머니가 소유한 것을 충분히 누렸고, 주인이 부유하면 하녀도 모든 사람들의 눈에 함께 격상되고 돋보인다는 것을, 또 아주머니의 수많은 농장과 주임신부의 빈번하고도 긴 방문, 소비된 비시 약수 병의 놀라운 수량 때문에 프랑수아즈 자신도 콩브레나 주이르비콩트와 그 밖의 고장에서 명성이 높고 칭송이 자자하다는 것을 잘 알았다. 프랑수아즈는 단지 아주머니를 위해서만 인색했던 것이다. 만약 그녀가 아주머니의 재산을 관리했다면(그녀의 꿈이었다.) 그녀는 모성적인 사나움으로 아주머니의 재산을 타인의 계략으로부터 지켰을 것이다.

그러나 아주머니의 인심이 손을 쓸 수 없을 정도로 후하다는 것을 알았으므로, 아주머니가 돈을 주려고 한 상대가 적어도 부자들이라면 그렇게 해롭지 않다고 생각했으리라. 그들은 아주머니의 선물을 필요로 하지 않았기에 선물 때문에 아주머니를 좋아한다고 의심할 필요가 없으니까. 그래서 상당한 재산가인 사즈라 부인이나 스완 씨, 르그랑댕 씨, 구필 부인 등 이를테면 아주머니와 '같은 신분의, 잘 어울리는' 사람들에게 하는 선물에 대해서는, 부자들의 독특하고도 화려한 생활 습관의 일부로서 사냥을 하거나 무도회를 열거나 서로를 방문하기도 하는 것과 같다고 생각하며, 그런 습관에 대해서는 미소를 지으며 경탄해 마지않았다. 그러나 아주머니의 후한 인심의 혜택을 받는 사람들이 프랑수아즈가 "나와 같은 사람들, 나보다 더 낫지 않은 사람들"이라고 부르는 사람들인 경우에는 사정이 달랐는데, 그들이 그녀를 '프랑수아즈 부인'이라고 부르거나, 그들 자신을 '그녀보다 열등하다'고 간주하지 않는 한, 프랑수아즈는 그들을 몹시 경멸했다. 그리고 그녀가 충고하는데도, 아주머니가 기분 내키는 대로 그런 하찮은 자들에게 돈을 던져 주는 것을 보면 — 적어도 프랑수아즈는 그렇게 생각했다. — 그녀는 아주머니가 욀랄리 때문에 낭비하는 그 상상 속 금액에 비해 자기가 받는 선물이 아주 작다고 느끼기 시작했다. 콩브레 근교에는 그렇게 값비싼 소작지가 없었으므로, 프랑수아즈는 욀랄리가 방문할 때마다 가져간 돈을 합친다면 쉽게 소작지를 살 수 있을 거라는 추측까지 했다. 사실 욀랄리는 욀랄리대로 프랑수아즈가 감추어 놓은 재산이 막대할 것이라고 생각했다. 보통은 윌랄리가 떠났을 때, 프랑수아즈는 그녀에 대해 호의적이지 않은 예언을 했다. 그녀를 증오했지만 동시에 두려워했고, 그래서 그녀가 있는 데서는 '좋은 낯짝'을 해야 할 의무가 있다고 생각했기 때문이다. 그러나 윌랄리가 돌아간 다음에는 그동안 잃은 것을 보충해서, 사실을 말하자면 결코 윌랄리의 이름을 거명하는 일 없이, 무녀의 신탁 같은 것을 발언하거나 전도서에 나오는 것 같은 일반적인 격언을 늘어놓았는데, 그 적용 대상이 누구인지 아주머니가 알아차리지 못할 리가 없었다. 프랑수아즈는 윌랄리가 대문을 닫았는지 커튼 구석 너머로 바라본 다음 "아첨꾼이란 어떻게 하면 자기 자신을 환대하게 만들고 돈을 주워 모을지를 잘도 아는군요. 그렇지만 두고 보세요. 하느님께서 어느 날 그들을 벌주실 테니까요." 하고 곁눈질하며 말했는데, 그 말은 조아스가 단지 아탈리를 생각하며 한 말을 암시했다.

사악한 자의 행복은 급류처럼 흘러가나니.*

---

* 17세기 비극 작가 라신이 쓴 「아탈리」 2막 7장에 나오는 대사로, 구약 성경에 나오는 이야기를 토대로 씌었다. 유대 왕국이 유대와 이스라엘의 두 왕국으로 갈라져 종교를 달리했을 때, 이스라엘 태생으로 이교를 믿는 아탈리가 유대 왕국 왕비가 되어 왕손들을 모두 학살하고 왕위를 빼앗는데, 조아스라는 아이만이 살아남아 아탈리를 물리치고 왕위에 오른다는 이야기다. 라신의 작품 중 특히 「페드르」와 「아탈리」, 「에스테르」는 『잃어버린 시간을 찾아서』의 의미 작용에 중요한 역할을 한다.

그러나 주임신부도 왔고, 또 그의 긴 방문이 아주머니의 힘을 고갈했으므로, 프랑수아즈는 욀랄리의 뒤를 따라 방에서 나오며 말했다.

"옥타브 마님, 마님께서 쉬시게 전 그만 가 볼게요. 아주 피곤해 보이세요."

아주머니는 대답조차 하지 않고 죽은 사람처럼 두 눈을 감고는 마지막인 듯한 숨을 내쉬었다. 그러나 프랑수아즈가 아래층에 내려가자마자 온 집 안의 종이 요란하게 네 번 울렸고, 아주머니는 침대에서 벌떡 일어나 앉더니 소리를 질렀다.

"욀랄리가 벌써 갔어? 구필 부인이 성체 거양 전에 미사에 도착했는지 어떤지 물어보는 걸 깜빡했네. 빨리 쫓아가 봐요."

그러나 프랑수아즈는 욀랄리를 붙잡지 못하고 그냥 돌아왔다.

"난처하게 됐군!" 하고 아주머니는 머리를 흔들며 말했다. "욀랄리에게 물어볼 것 중에서도 가장 중요한 것이었는데."

레오니 아주머니에게서 삶은 이렇게 늘 똑같이 흘러갔다. 그녀가 짐짓 경멸하는 척하면서도 깊은 애정을 품고 '내 작은 일상의 반복'이라고 부르는, 그 감미로운 단조로움 속에서 흘러갔다. 가족들은 아주머니에게 보다 유익한 건강 요법을 권해 봐야 아무 소용 없다는 걸 알고 점차 이 일상의 반복에 경의를 표하게 되었고, 우리 집에서 길을 세 개나 건너야 하는 마을에서까지도 포장공이 궤짝에 못질하기 전에는 아주머니가 '쉬고 계시지나 않은지' 프랑수아즈에게 물으러 사람을 보내올 정도였다. 이렇게 모든 사람에게 보호받아 온 이 일상의 반복도 그해 딱 한 번 방해를 받은 적이 있었다. 마치 숨겨 놓은 과일이 남의 눈에 띄지 않은 채 무르익다가 드디어 저절로 떨어지듯이, 어느 날 밤 부엌 하녀의 출산이 닥쳐온 것이었다. 그녀의 진통이 견딜 수 없을 만큼 심해진 데다가 콩브레에는 산파가 없었으므로, 프랑수아즈는 날이 밝기도 전에 티베르지로 산파를 부르러 가야 했다. 아주머니는 부엌 하녀의 비명 소리에 쉬지도 못했고, 프랑수아즈는 가까운 거리인데도 아주 늦게야 돌아왔기 때문에 그녀의 보살핌을 아쉬워했다. 그래서 어머니는 내게 아침나절에 "가서 아주머니께 필요한 게 없으신지 보고 오렴." 하고 말씀하셨다. 나는 첫 번째 방으로 들어갔다. 열린 문 사이로 아주머니가 옆으로 누워서 자는 모습이 보였다. 코 고는 음악 소리가 가볍게 들렸다. 그래서 살짝 나오려고 하는데 아마도 내 기척이 아주머니의 잠 속에 들어가 사람들이 자동차에 대해 말하듯이 '기어를 바꾸어 놓았던지' 코골이 음악이 잠시 멈추었다가 다시 낮은 소리로 계속되더니, 드디어는 아주머니가 눈을 뜨며 얼굴을 반쯤 돌렸다. 그때 아주머니의 얼굴이 보였다. 얼굴에는 어떤 공포 같은 것이 어려 있었다. 아마도 무서운 꿈을 꿨던 모양이다. 아주머니가 누워 있는 자세에서는 내 모습이 보일 리 없었지만, 그래도 난 앞으로 가야 할지 아니면 물러서야 할지를 몰라 그냥 서 있었다. 그러나 아주머니는 이미 현실 감각을 되찾았는지, 그녀를 무섭게 했던 환영들의 거짓을 알아채고 있었다. 삶을 꿈보다 덜 가혹하게 해 주신 하느님에 대한 경건한 감사와 기쁨이 섞인 미소가 아주머니의 얼굴을 희미하게 비추었다. 그리고 자신이 혼자 있다고 생각하면서 스스로에게 말하는 습관에 따라 중얼거리는 것이었다. "주님, 찬미받으소서. 걱정거리라면 부엌 하녀가 해산하는 것밖에 없습니다. 저는 이제 막 내 불쌍한 옥타브가 부활하여 매일같이 나를 산책시키려는 꿈을 꿨습니다!" 아주머니는 손을 작은 탁자 위에 놓인 묵주 쪽으로 뻗었는데, 다시 시작된 졸음에 힘이 빠져 거기까지는 닿지 못했다. 아주머니는 안심하면서 다시 잠이 들었고, 나는 내가 그 말을 들은 것을 아주머니나 다른 누구에게도 들키지 않고 살며시 방에서 나왔다.

이런 출산 같은 극히 드문 사건을 제외하고는 아주머니 일상의 반복에 어떤 변화도 없었다고 말한다면, 이는 규칙적인 간격으로 항상 똑같이 반복되는 단조로움 가운데 이차적인 단조로움을 두고서 하는 말은 아니다. 이를테면 매주 토요일에는 오후에 프랑수아즈가 루생빌르팽 시장에 가는 관계로 점심 식사가 한 시간 앞당겨졌다.* 아주머니에겐 매주 한 번 자신의 습관을 위반하는 습관이 있었는데, 그것을 평소 습관 못지않게 소중히 여겼다. 프랑수아즈의 말을 빌리면, 아주머니는 거기에 너무도 '익숙해서', 만약 어느 토요일 점심 식사를 평소 시간까지 기다려야 하는 경우가 생긴다면, 그것은 주중 다른

---

* 유대인의 안식일이 토요일이라는 사실을 고려한다면 이 토요일 점심 식사 이야기는 『잃어버린 시간을 찾아서』의 유대주의적 표현으로 이해될 수도 있지만, 그보다는 더 '우리와 그들', 또는 '가족과 야만인'으로 나뉜 콩브레의 절대적인 폐쇄성을 상징해 주는 사건으로 해석되어야 할 것이다. 외부인과 내부인을 위한 종소리 일화와 같은 연장선에 위치한다.

날 점심 식사를 토요일처럼 앞당겨야 하는 것만큼이나 그녀를 '불편하게' 했을 것이다. 이처럼 앞당겨진 점심 시간은 우리 모두에게 토요일을 특별하고도 관대하며 우호적으로 여기게 했다. 여느 때라면 식사 후 휴식을 취하기에 아직 한 시간이나 남았는데도, 몇 초 안으로 철 이른 꽃상추나 특별한 오믈렛, 너무 과분한 비프스테이크가 나오리라는 걸 이미 알았다. 이처럼 불균형한 토요일의 반복은, 우리 고요한 삶이나 폐쇄적인 사회에서 일종의 민족적인 유대감을 형성하고 대화나 농담, 제멋대로 과장하는 이야기에 좋은 주제를 제공하는, 내적이고 지역적이고 거의 시민다운 작은 사건들 중 하나였다. 우리 가운데 누군가에게 '서사시적인 기질'*이 있었다면, 그 일은 전설적인 연작을 쓰기 위한 준비된 주제가 되었을 것이다. 아침부터 옷을 입기 전부터 우리는 아무 이유 없이, 강한 연대감을 느끼는 즐거움을 맛보며 서로가 기분 좋게 진심으로 애국심을 느끼며 말했다. "낭비할 시간이 없어요. 오늘이 토요일이라는 걸 잊지 마세요." 한편 프랑수아즈와 회의를 하던 아주머니께서는 하루가 다른 날보다 더 길 것이라고 생각하면서 이렇게 말씀하셨다. "식구들을 위해 맛있는 송아지 고기를 준비하면 어떻겠어? 오늘은 토요일이니까." 누군가 방심한 사람이 10시 30분에 시계를 꺼내며 "아직도 식사를 하려면 한 시간 삼십 분이나 남았군."이라고 말하기라도 하면 모두들 "도대체 뭘 생

---

* la tête épique. '서사시적인 기질'이라고 옮긴 이 표현은 니콜라 드 말레지외가 17세기 프랑스 서사시의 빈곤함을 비판하며 한 말에서 영감을 받은 것처럼 보인다.

각하시나요? 오늘이 토요일이라는 걸 잊으셨나 봐."라고 말하면서, 십오 분 이상이나 깔깔대며 웃다가, 아주머니를 즐겁게 해 드리기 위해 이 건망증을 알리러 이 층으로 올라가자고 말하기도 했다. 하늘의 얼굴마저도 변한 것처럼 보였다. 점심 식사 후에 태양은 오늘이 토요일라는 걸 의식해서인지, 저 끝에서 한 시간 이상이나 노닥거렸다. 그리고 누군가가 산책하기에 시간이 너무 늦었다고 생각할 때, 생틸레르 종탑에서 종소리가 두 번 울리는 것을 듣고(이 종소리는 점심 식사와 낮잠 때문에 한적해진 길에서 언제나 사람 하나 만나는 일 없이, 낚시꾼마저도 저버린 하얗고 선명한 냇물을 따라, 게으른 구름 몇 조각이 떠도는 허공을 홀로 지나갔다.) "뭐라고, 아직 2시밖에 안 됐다고?"라고 말하면, 모두들 일제히 대답했다. "착각한 거야. 한 시간 일찍 점심을 먹었으니까. 오늘이 토요일이라는 걸 알잖아!" 11시쯤에 아버지에게 볼일이 있어 찾아온 한 '야만인'(우리는 토요일의 특별함을 모르는 사람들을 그렇게 불렀다.)이 우리가 식사 중인 걸 보고 깜짝 놀라는 모습은, 프랑수아즈의 일생에서 가장 즐거운 일 중 하나였다. 그러나 프랑수아즈가 토요일마다 일찍 식사하는 것을 모르는 그 어리둥절해하는 손님 때문에 즐거워했다면, 그녀가 더 우습게 생각한 것은 아버지께서 이 야만인이 토요일 일을 알 수 없다는 건 생각하지도 않고, 벌써 우리가 식당에 있는 걸 보고 놀란 손님에게 아무 설명도 없이 다짜고짜 "그런데 오늘은 토요일입니다!"라고 대답할 때였다. 이야기가 이 지점에 이르면 (아버지의 편협한 국수주의에 마음속으로 깊이 공감하면서) 프랑수아즈는 기쁨의 눈물을 흘리며, 그녀가 느끼는 즐거움을 더 누리기 위해 그 대화를 길게 늘려 가며, 이 토요일이란 말이 뭔지 모르는 손님이 대답했을 말까지 지어내 곤 했다. 그러면 우리는 그녀가 덧붙인 말들을 비난하기는커 녕, 그것만으로는 여전히 부족하다고 여기며 "아니지, 그분은 또 다른 말도 한 것 같은데. 프랑수아즈가 처음 말했을 때는 더 길었잖아."라고 말하곤 했다. 고모할머니마저 하던 일을 그만 두고 머리를 들어 코안경 너머로 쳐다보았다.

토요일에는 이 밖에도 더 특별한 것이 있었는데, 5월에는 '성모성월' 행사에 참여하기 위해 저녁 식사 후 외출을 했다.

때때로 우리는 뱅퇴유 씨를 만났다. 그분은 "현 시대 사상 에 물들어 옷차림을 소홀히 하는 젊은이들의 저 한심한 습관" 에 대해 아주 엄격했으므로, 어머니께서는 내 옷차림에 잘못 된 점이 없는지 살펴보고, 그런 후에 우리는 성당으로 갔다. 내가 산사나무를 좋아하기 시작한 계기가 바로 이 '성모성월' 이었다고 기억한다. 그 나무는 그렇게도 성스럽지만 마음대 로 드나들 수 있는 성당 안에 있었고, 더 나아가 제단 위에까 지 놓여 있어 분리될 수 없는 채로 미사 의식에 참여했으며, 촛대와 성스러운 집기 들 사이로 가지를 뻗으며 수평으로 엮 여 축일 장식물이 되었고, 또 가지는 잎의 꽃줄 장식으로 더욱 아름답게 꾸며져 잎 위에는 눈부시게 하얗고 작은 꽃봉오리 다발들이 마치 신부의 늘어진 옷자락처럼 수없이 뿌려져 있 었다. 그러나 나는 그 가지들을 똑바로 보지 못하고 남몰래 바 라보았는데, 그 화려한 장식이 마치 살아 있는 것처럼 느껴졌 고, 잎이 들쭉날쭉한 모양으로 패었으면서도 하얀 꽃봉오리라는 최상의 장식이 덧붙어, 그 장식을 민중의 기쁨과 신비주의적인 엄숙함에 동시에 합당하게 만드는 자연 그 자체인 것처럼 느꼈기 때문이다. 더 위쪽에는 산사 꽃부리가 무심하고도 우아한 자태로 여기저기 열려 있었는데, 마지막 손질로 꽃부리 전체를 안개처럼 뽀얗게 만드는 가느다란 거미줄 같은 꽃 수술 다발을 나른하게 붙잡고 있었다. 나는 꽃부리들을 따라가며, 또 마음속으로 꽃이 피는 몸짓을 흉내 내면서, 하얀 옷을 입은 한 방심하고도 발랄한 아가씨가 가느다란 눈으로 교태 어린 눈빛을 보내며, 무엇엔가 정신이 팔려 재빨리 머리를 흔들고 있다고 상상했다. 뱅퇴유 씨가 딸과 함께 우리 곁에 와서 앉았다. 좋은 가문 출신인 뱅퇴유 씨는 한때 할머니 여동생들에게 피아노를 가르치기도 했는데, 아내가 죽은 후에는 물려받은 유산으로 콩브레 근처에 은거하고 있어 우리 집에서도 자주 그를 초대했다. 그러나 극도로 소심한 그분은 자신이 '시대의 취향에 따른 부적절한 결혼'이라고 부르는 결혼을 스완 씨가 한 후부터는, 스완 씨와 마주치지 않으려고 더 이상 우리 집에 오지 않으셨다. 뱅퇴유 씨가 작곡한다는 사실을 알게 된 어머니께서는, 댁에 찾아갈 테니 작곡한 것을 들려 달라고 상냥하게 말씀하셨다. 그렇게 할 수만 있었다면 뱅퇴유 씨는 무척이나 기뻐했을 것이다. 그러나 그는 예의나 호의에 대해 지나치게 소심했으므로, 언제나 자신을 타인의 입장에서 생각하고는 상대를 따분하게나 하지 않았는지, 혹은 자기 욕심만을 좇거나, 자기 욕심을 상대방에게 들켜 자신이 이기적으로 보이는 것은 아닌지 걱정하셨다. 부모님께서 뱅퇴유 씨를 방문하러 가던 날 나도 따라갔는데, 부모님은 내게 밖에 있어도 좋다고 하셨다. 몽주뱅*에 있는 뱅퇴유 씨의 집은 덤불이 우거진 작은 산 낮은 곳에 있었기 때문에, 그 덤불 속에 몸을 숨기고 있던 나는 삼 층 거실이 보이는 창문에서 불과 오십 미터 떨어진 곳에 있는 셈이었다. 우리 가족의 방문을 알리자, 뱅퇴유 씨가 서둘러 악보를 피아노 위 눈에 잘 띄는 곳에 놓는 것이 보였다. 그러나 부모님께서 방 안에 들어서자마자 그는 재빨리 악보를 꺼내 구석진 곳으로 치웠다. 아마도 자신의 곡을 연주할 수 있게 되어 손님들을 반갑게 맞이하는 것이라고 생각할까 봐 두려웠던 모양이다. 그리고 어머니께서 방문 도중에 그 이야기를 꺼낼 때마다 그는 매번 이렇게 되풀이했다. "누가 이걸 피아노 위에 올려놓았는지 모르겠군요. 제자리가 아닌데요." 그러고는 다른 화제로 돌렸는데, 그것이 그의 관심을 덜 끌었기 때문이다. 그의 유일한 열정은 딸에 대한 것이었다. 딸은 남자아이처럼 아주 튼튼해 보였는데도, 그는 늘 딸을 위해 신경을 쓰고 여분의 숄을 준비해 두었다가 딸의 어깨에 걸쳐 주곤 했는데, 이런 아버지를 보면서 사람들은 미소를 짓지 않을 수 없었다. 할머니께서는 얼굴이 주근깨투성이인 이 거친 아이의 시선에서 종종 부드럽고도 섬세하며 거의 수줍은 표현이 스쳐 간다고 말씀하셨다. 그 아이는 어떤 말을 할 때에도 말을 한 상대방 입장에서 그 말을 들었기 때문에, 오해

---

* 화자의 삶에 중요한 영향을 미칠 몽주뱅(Montjouvain)은 신화에 나오는 '청춘의 샘'처럼 '쾌락의 언덕'이란 뜻이다. 금지된 쾌락의 가능성을 처음으로 목격한 이곳은 화자가 사랑하게 될 알베르틴의 동성애적 취향의 기원이 된다.

의 가능성을 몹시 염려했고, 그래서 사람들은 이 남자아이 같은 '장난꾸러기' 얼굴 아래서, 눈물에 젖은 소녀의 섬세한 모습이 투명하게 비치며 드러나는 것을 볼 수 있었다.

성당에서 나가려고 제단 앞에 무릎을 꿇는 순간, 나는 갑자기 산사나무 꽃에서 아몬드의 씁쓸하면서도 고소한 향기가 풍겨 나오는 것을 느꼈다. 그 순간 나는 산사 꽃에서도 아주 작은 금빛 부분에 눈길이 쏠렸는데, 마치 프랑지판* 과자의 맛이 갈색으로 굽은 껍질 아래, 또는 뱅퇴유 양 뺨의 맛이 주근깨 아래 숨어 있듯, 산사나무 향기가 그 아래 숨겨진 것 같았다. 산사 꽃의 고요하고 움직이지 않는 자태에도 불구하고, 간헐적으로 풍기는 향기는 그 강렬한 생명력의 속삭임인 듯했고, 제단은 살아 있는 곤충의 더듬이들이 방문하는 어느 시골 울타리인 듯 진동했다. 거의 붉은 빛이 도는 몇몇 꽃 수술들을 보면서, 그것이 지금은 꽃으로 변신했으나, 곤충이 지닌 봄의 독기와 자극적인 기운은 그대로 간직하고 있는 것 같은 생각이 들었다.

우리는 성당에서 나와 정문 앞에서 뱅퇴유 씨와 잠시 대화를 나누었다. 뱅퇴유 씨는 광장에서 싸우고 있는 아이들 사이에 끼어들어, 작은 애들 편을 들고 큰 애들에게는 훈계를 했다. 뱅퇴유 씨의 딸이 굵은 목소리로 이렇게 뵙게 되어 얼마나 기쁜지 모른다고 말했을 때, 즉시 그녀의 마음속에서는 보다 감수성 많은 누이가 이 경솔한 남동생의 말 때문에 우리 집에 초대

---

* frangipane. 아몬드 크림으로 만든 과자로, 1월 주현절에 먹는 '갈레트 데 루아'가 대표적이다.

받고 싶어 한다고 사람들이 여길지 모른다고 생각하며 부끄러워하는 것 같았다. 뱅퇴유 씨가 딸의 어깨에 외투를 걸쳐 주었고, 두 사람은 딸이 모는 덮개 없는 작은 이륜마차에 올라타 함께 몽주뱅으로 돌아갔다. 한편 내일은 일요일이고, 우리는 대미사에 맞추어 일어나기만 하면 되었으므로, 달이 밝고 날씨가 무덥기라도 하면 명예를 좋아하시는 아버지께서는 우리에게 십자가상이 있는 곳으로까지 오랜 산책을 하게 하셨다.* 방향 감각이 없는 어머니께서는 자신이 어느 길에 와 있는지도 모르셨고, 그래서 그 산책을 전부 천재적인 전략가의 공훈으로 돌리셨다. 때로 우리는 구름다리까지 가곤 했는데, 역에서부터 시작되는 이 긴 돌의 보폭은 나에게 문명 세계 밖으로의 추방과 절망을 상기시켜 주었다. 매해 우리가 파리에서 올 때면, 콩브레에 도착하는 순간 역을 지나치지 않도록 미리 준비하라는 주의를 받았고, 기차는 이 분 동안 정차한 후 다시 움직이기 시작해서, 콩브레가 마지막 경계를 이루는 기독교 세계 저 너머로 가는 구름다리로 들어서곤 했다. 역 앞 큰길을 따라 집으로 돌아오는 근교에는 마을에서 가장 쾌적한 별장들이 있었다. 별장 정원에는 위베르 로베르**의 그림에서처럼 달빛이, 부서진 하얀 대리석 계단과 분수, 열린 철책을 흩뿌리고 있었다. 달빛은 전신국 사무실을 사라지게 했다. 거기에는 반쯤 부서진 기둥 하나만이

* 세속적인 명예나 야심을 중요시하는 아버지는 어린 아들을 훈련하기 위해 이렇게 오랜 산책을 명하는 것이다. 십자가상은 예전에 프랑스 시골 마을 길가에 장승처럼 놓여 있던 것을 가리킨다.
** Hubert Robert(1733~1808). 프랑스의 낭만주의 화가. 79쪽 주석 참조.

남았지만, 그래도 영원히 사라지지 않을 폐허의 아름다움을 간직하고 있었다. 나는 다리를 질질 끌며 졸음으로 쓰러질 것 같았다. 내게는 향기로운 보리수 냄새가 마치 엄청난 피로라는 대가를 치러야만 얻을 수 있는 보상처럼 느껴졌지만 그러나 그럴 만한 가치가 없어 보였다. 멀리 떨어진 철책들 너머로는 우리의 적막한 발자국 소리에 잠이 깬 개들이 번갈아 짖어 대었고, 지금도 저녁 무렵이면 그 소리가 이따금 들려온다. 그리고 역 앞 큰길은(그 위치에 콩브레 공원이 세워졌을 때) 개 짖는 소리 사이로 몸을 피하고 있었던 것이 틀림없다. 왜냐하면 지금도 내가 어느 곳에 있든지 개 짖는 소리가 들려오고 또 그 소리가 서로 응답이라도 하기만 하면, 보리수나무가 있고 달빛이 비치던 역 앞 큰길이 생각나기 때문이다.

갑자기 아버지께서 우리보고 걸음을 멈추라고 하더니 어머니께 물으셨다. "여기가 어디요?" 어머니는 걷는 데 지쳤지만 아버지를 자랑스럽게 여기면서, 아무것도 모르겠다고 상냥한 어조로 고백하셨다. 그러면 아버지께서는 어깨를 으쓱하고는 웃음을 터뜨렸다. 그러고는 마치 웃저고리 주머니에 든 열쇠와 함께 꺼내 보이려는 듯이, 우리들 앞에 우뚝 선 우리 집 정원의 작은 뒷문을 가리켰는데, 그 문은 생테스프리 거리 모퉁이와 더불어 모르는 길들의 끝에서 우리를 기다리고 있었다. 어머니는 감탄하며 아버지에게 말씀하셨다. "당신은 참 대단해요!" 그 순간부터는 한 발짝도 걷지 않아도 되었다. 오래전부터 내 행동에 의식적인 노력을 하지 않아도 되는 이 정원에서는 땅이 대신 걸어 주었기 때문이다. '습관'이 날 품에 안고는 아기처럼 침대까지 옮겨다 주었다.

이렇게 토요일의 하루는 한 시간 더 빨리 시작되었고, 프
랑수아즈가 없는 관계로 아주머니에게는 다른 날보다 더 느
리게 흘러갔다. 그래도 아주머니는 그녀의 허약하고도 괴팍
한 몸이 아직 견딜 수 있는 새로움과 오락거리가 토요일에 들
어 있다는 듯, 한 주일이 시작되면 토요일이 오기만을 초조하
게 기다렸다. 하지만 때로 아주머니가 어떤 커다란 변화를 갈
망하지 않았던 것은 아니다. 또한 있는 그대로가 아닌 다른 것
에 목말라 하는 예외적인 순간이 없었던 것도 아니다. 정력과
상상력의 결핍 탓에 쇄신의 원동력을 자신에게서 끌어낼 수
없는 사람들은, 앞으로 올 시간이나 초인종을 울릴 우편배달
부가 설령 나쁜 소식일지언정 뭔가 새로운 것을, 어떤 감동이
나 고통을 가져다주었으면 하고 바라며, 또는 한가한 하프 소
리처럼 행복이 침묵하게 한 감수성이 설령 난폭한 손에 그 줄
이 끊어질지언정, 다시 한 번 울려 주었으면 하고 바라는 법이
다. 또는 욕망이나 고통에 방해받지 않고 전념할 권리를 아주
어렵게 획득한 의지는, 비록 아주 잔혹한 사건이라고 해도 그
런 급박한 사건들의 손아귀에 고삐를 맡기고 싶어 한다. 어쩌
면 아주 작은 피로에도 고갈되어 버렸을 아주머니의 힘은, 휴
식을 취하는 가운데 겨우 한 방울씩 한 방울씩 돌아와서는 그
힘의 저장고를 채우는 데도 아주 오랜 시간이 걸렸고, 또 몇
달이나 걸려 겨우 넘칠 듯이 채웠다 해도 다른 사람이라면 그
힘을 여러 활동으로 이끌어 냈을 것을 아주머니께서는 어떻

게 사용해야 하는지 몰랐고, 또 결정도 하지 못했다. 이 무렵 아주머니께서는 — 결코 '물린' 적이 없던 감자 퓌레*를 먹는 일상적인 반복의 즐거움에서 오래지 않아 베샤멜 소스**를 친 감자로 바꿔 보려는 소망이 생겨난 것처럼 — 자신이 그렇게 도 소중히 여기는 이 단조로운 나날의 누적으로부터, 설령 한 순간에 지나지 않았을지언정, 그래도 뭔가 가정 내에서 어떤 천재지변이 일어나기를 기다리고 있었다는 걸 나는 믿어 의 심치 않았다. 자신의 몸에 이롭다는 걸 알면서도 스스로 결정 할 수 없었던 그런 변화 중 하나를 이번에야말로 결행하고자 하는 것이었으리라. 아주머니는 진심으로 우리를 사랑했지만 우리가 눈물을 흘리는 것을 보아도 기뻐했을 것이다. 아주머 니의 기분도 좋고 땀도 나지 않는 그런 때에, 만약 집에 불이 나 이미 우리 모두가 타 죽고, 오래지 않아 담벼락 돌마저 하 나도 남지 않을 것이라는 소식이 전해진다 해도, 아주머니 자 신이 당장 침대에서 일어나 별로 서두르지 않고 충분히 도망 칠 수 있는 시간만 있다면, 아주머니는 그런 소식이 오기만을 기다렸을 것이다. 거기에다 오랜 애도 속에서 우리에 대한 애 정을 음미하고, 슬픔에 짓눌려 다 죽어 가는 상태에서도 씩씩 하게 일어나서는 우리를 위한 장례식을 지휘하는 걸 보고 마 을 사람들의 놀라움의 대상이 되리라는 이차적인 이점과, 그

---

* 프랑스 인들이 즐겨 먹는 음식으로 삶아 으깬 감자에 버터와 우유를 섞은 것.
** 밀가루와 버터를 섞어서 만든 흰 루(roux)에 우유를 넣어 가며 볶다가 소금, 후추 등을 넣고 걸러 낸 '화이트 소스'를 지칭한다. '소스의 기본'으로 생선 요리 나 다양한 요리에 사용된다.

런 좋은 기회에 조금도 지체하지 않으며 짜증내거나 망설이지도 않고, 폭포가 떨어지는 아름다운 미루그랭 농가에 가서 여름을 보낼 수 있다는 보다 소중한 이점이 덧붙여졌다. 아주머니가 수많은 카드 점치기 놀이에 열중하면서 그런 일의 성공을 명상했을 것임에 틀림없는 이런 사건은 물론 한 번도 일어나지 않았다.(이 뜻밖의 작은 사건들이 실제로 일어난다면, 아주머니는 처음부터 절망에 빠졌으리라. 왜냐하면 나쁜 소식을 알리는 말에는 결코 우리가 그 억양을 잊을 수 없는, 논리적이고 추상적인 가능성과는 전혀 다른 실제적인 죽음의 흔적이 들어 있기 때문이다.) 아주머니는 자신의 삶을 보다 재미있게 만들려고, 때때로 상상 속에서 여러 우여곡절들을 만들어 내고 열정적으로 추구했다. 이를테면 갑자기 프랑수아즈가 돈을 훔치는 것을 확인하려고 술책을 쓰거나, 또 그녀를 현장에서 잡았다고 상상하며 즐거워했다. 혼자서 트럼프 놀이를 할 때면, 자기 몫과 상대방 몫을 동시에 하는 데 익숙해진 아주머니는, 프랑수아즈가 당황해 변명을 늘어놓는 것을 흉내 내고 나서는 불같이 화를 내며 그 변명에 대꾸하곤 했다. 그 순간 우리 중 누군가가 방에 들어가 보면, 땀에 흠뻑 젖은 아주머니가 두 눈을 반짝거리며, 가발이 제자리에 놓이지 않아 대머리가 훤히 드러난 모습을 볼 수 있었다. 어쩌면 프랑수아즈도 때때로 옆방에서 그녀를 향해 쏘아붙이는 그 매서운 빈정거림을 들었을 것이다. 그 빈정거림이 순전히 비물질적인 수준에 머무르고, 단지 낮은 소리로 중얼거리는 데 그쳐 더 이상 현실감을 주지 못할 때면, 이 지어낸 이야기는 아주머니를 충분히 위로해 주지 못했다. 때때로 이 '침대에서의 구경거리'가 아주머니에게 부족하다고 여겨지면, 그녀는 직접 자신의 연극을 연출하고 싶어 했다. 그리하여 어떤 일요일에는 신비스럽게 문이란 문은 모두 닫아 놓고, 욀랄리에게 프랑수아즈의 정직함에 대한 의혹과 그녀를 내쫓아 버릴 의도를 털어놓았다. 또 다른 날에는 프랑수아즈에게 욀랄리의 배신적인 행동에 대한 의혹을 말하면서, 그녀 집 대문이 욀랄리 앞에서 곧 닫힐 것이라고 말했다. 며칠 후에는 자신이 전날 속내를 털어놓은 상대가 지겨워져서는 배신자와 친해졌는데, 다음번 공연에서는 이 두 사람 역할이 또 바뀔 것이었다. 그러나 아주머니가 욀랄리에 대해 품는 의혹은 그녀가 같이 살지 않는 관계로 짚불처럼 더 이상 탈 것이 없으면 곧 꺼져 버릴 것이었지만, 프랑수아즈의 경우는 사정이 달랐다. 아주머니는 그녀와 노상 같은 지붕 아래 산다고 느꼈고, 또 혹시 침대에서 나왔다가 감기라도 걸릴까 봐 겁이 나서 그 의혹에 충분한 근거가 있는지 확인하려고 직접 부엌까지 내려갈 수도 없었기 때문에, 점차로 아주머니의 머릿속에는 매순간마다 프랑수아즈가 무엇을 하고 있는지, 또 무엇을 숨기려고 애쓰는지를 알아내는 것 외에 다른 관심거리는 없어졌다. 아주머니는 프랑수아즈의 얼굴에 나타나는 가장 은밀한 움직임이나 그녀 말의 모순, 그녀가 애써 감추려는 것 같은 욕망을 놓치지 않았다. 그러고는 단 한 마디 말로 프랑수아즈의 정체를 간파하고 있음을 드러내어 그녀를 질리게 했고, 동시에 불쌍한 하녀의 마음 깊숙이에 그 말을 처박아 넣는 데에서 어떤 잔인한 기분전환 같은 것을 찾는 듯했다. 다음 일요일에는 윌랄리의 어떤 폭로가 — 새롭게 태동한 학문이 선례를 따르는 데 질질 끌려다니다가 갑자기 어떤 발견 덕분에 지금까지 생각조차 하지 못했던 영역을 단번에 열어 보이듯이 — 아주머니가 추측해 왔던 것이 진실의 발끝에도 못 미친다는 것을 증명해 주었다. "그런데 프랑수아즈는 마님께서 자기에게 마차를 주신 걸로 알고 있는 것 같아요." "내가 마차를 줬다고?"라고 아주머니는 소리쳤다. "잘 모르지만 전 그렇게 생각했어요. 프랑수아즈가 사륜마차를 타고 아르타방*처럼 우쭐거리며 루생빌 시장에 가는 걸 봤거든요. 그래서 옥타브 마님께서 주신 거라 생각했죠." 프랑수아즈와 아주머니는 사냥꾼과 짐승처럼 서로 상대방의 계략에 대비하려고 경계하는 자세를 멈추지 않았다. 프랑수아즈의 마음을 할 수 있는 한 가장 잔인하게 괴롭히려는 아주머니를 보면서, 어머니께서는 프랑수아즈의 마음속에 진짜 미움이 싹트는 것은 아닌지 걱정하셨다. 어쨌든 프랑수아즈는 아주머니의 아주 하찮은 말이나 아주 작은 몸짓에도 점점 더 조심하게 되었다. 아주머니에게 부탁할 일이 있으면 어떻게 말을 꺼내야 할지 한참 동안 망설였고, 부탁할 말을 입 밖에 꺼내고 나서도 슬그머니 아주머니가 어떻게 생각할지 또 어떻게 결정했는지를 얼굴 표정에서 알아내려고 애썼다. 그렇게 해서 — 마치 17세기 『회고록』을 읽은 한 예술가가, 루이 대왕에 보다 가까이 다가

---

* 17세기 작가 라 칼프르네드의 소설 『클레오파트라』(1647~1658)의 주인공으로, 오만함이 특징이다.

가려는 생각에 자신을 유서 깊은 집안 출신 후손으로 만들거나, 실제로 유럽 현 군주들과 서신을 교환함으로써 자기가 목적하는 길로 나간다고 생각하지만, 동일한 형태, 따라서 죽은 형태 아래서 잘못 찾음으로써 그가 추구하는 것과는 정반대 방향으로 나아가는 것처럼—자신의 억제할 수 없는 괴벽과 한가함에서 생겨난 고약한 성격에 복종하는 시골의 한 늙은 여자가, 단 한 번도 루이 14세 같은 인물에 대해서는 생각해 본 적 없는데도 기상이라든가 점심 식사, 휴식 등 하루의 가장 하찮은 일들이 그 전제적인 특징에 의해, 생시몽이 베르사유 궁 삶의 '역학'*이라고 불렀던 것과 흡사한 그런 흥미로운 점을 가지게 되었던 것이다. 또한 아주머니의 침묵이나 얼굴이 보여 주는 상쾌한 기분과 오만함은, 마치 베르사유 길모퉁이에서 대왕에게 청원서를 드리려고 기다리는 신하나 대영주 들에게 루이 대왕의 침묵이나 상쾌한 기분과 오만함이 그러했듯이, 프랑수아즈에게는 그렇게도 열정적으로 무서워하며 지켜보아야 하는 해석의 대상이 되었다.

어느 일요일, 주임신부와 욀랄리의 방문을 동시에 받은 후 휴식을 취하던 아주머니에게 저녁 인사를 하려고 올라갔을 때, 어머니께서는 같은 시간에 손님이 겹치는 불운에 대해 위로의 말을 건넸다.

---

* mécanique. 여기서 역학이라고 옮긴 이 단어는 장소의 배치와 시계의 기계적인 정확함에 따라 조정되는 군주와 신하들의 시간표를 가리킨다. 생시몽은 루이 14세에 대한 『회고록』(1708)에서 「맹트농 부인과 그 아파트의 역학」에 대해 말했다.

"조금 전에는 일이 좀 어긋났네요, 레오니." 하고 어머니께서는 부드럽게 말씀하셨다. "한꺼번에 손님들을 맞이하셨으니……."

내 고모할머니는 "좋은 일이 겹쳐서"라는 말로 가로막았다. 딸인 레오니 아주머니가 아프고 나서부터는 항상 만사에 좋은 면만 보여 주며 사기를 북돋아 주어야 한다고 믿었기 때문이다. 그때 아버지께서 말씀하셨다.

"마침 온 가족이 다 모였으니까, 개별적으로 다시 말할 필요 없이 말씀드려야겠습니다. 르그랑댕 씨와의 사이가 조금 틀어진 것 같습니다. 오늘 아침엔 그분이 거의 인사도 하지 않았거든요."

미사가 끝난 후 르그랑댕 씨를 만났을 때 나는 아버지와 함께 있었다. 그래서 아버지 말을 듣기 위해 남을 필요 없이, 저녁 식사 메뉴를 물어보려고 아래층으로 내려갔다. 식사 메뉴는 매일 읽는 신문 기사처럼 내 기분을 전환하고, 축제 프로그램처럼 나를 흥분시켰다. 르그랑댕 씨는 성당에서 나오면서, 우리가 얼굴만 아는 인근 성주 부인과 나란히 우리 곁을 지나갔으므로, 아버지는 걸음을 멈추지 않고 친근하고도 조심스럽게 인사했다. 르그랑댕 씨는 거의 대답도 하지 않고 우리를 알지 못하는 것처럼 놀란 표정을 지었다. 그때 르그랑댕은 상냥하게 대하고 싶지 않은 사람들에게만 하는 듯한 특별한 시선을 보냈는데, 눈 안쪽이 깊숙이 들어가면서 마치 상대방이, 한없이 이어지는 도로 저편 끝 아주 멀리 떨어져 있어 그 꼭두각시 크기에 알맞게 아주 작은 신호를 보낸다는 듯이 고개만

까딱해 보였다.

그런데 르그랑댕 씨와 같이 있던 부인은 아주 정숙하고 존경받는 부인이어서 르그랑댕 씨가 그 부인과 몰래 바람을 피우다 들켜 당황한 것이라고는 생각조차 할 수 없었으므로, 아버지께서는 왜 르그랑댕 씨 기분이 상했는지 자문해 보았다. "그분이 언짢아하는 걸 보면서 저도 참 안타까웠습니다. 모두들 일요일 옷차림이었는데도 그분은 평소에 입는 헐렁한 저고리에 넥타이를 느슨하게 맨 모습이 조금도 멋을 부린 것 같지 않았고, 정말로 소박해 보였거든요. 순진한 얼굴에 호감 가는 모습이었어요." 그러나 가족들은 만장일치로 모두 아버지가 뭔가 착각을 했거나, 그때 르그랑댕이 다른 생각에 몰두하고 있었다는 의견이었다. 게다가 아버지가 품었던 의심은 다음 날 저녁으로 사라졌다. 긴 산책에서 돌아오는 길에 우리는 퐁비외 다리 근처에서 축일 휴가로 콩브레에 여러 날 머무르던 르그랑댕 씨를 만났다. 그가 우리 쪽으로 손을 내밀면서 다가오더니 "책 읽는 양반, 폴 데자르댕*의 이런 시구절을 아는가?" 하고 내게 물었다.

---

* Paul Desjardins(1859~1940). 베르그송의 제자로 『잊힌 자』(1883)라는 시집을 남겼다. 여기서 인용된 구절은 이 시집에 수록된 시로, 라마르틴에게 헌정된 「저녁의 목소리」에 나온다. 데자르댕은 프루스트의 파리정치학교 교수이기도 했는데, 1892년에는 「도덕적 행동을 위한 연맹」이라는 잡지를 창간하여 설교사로 변했다는 평을 낳기도 했고, 1893년부터는 러스킨을 불어로 처음 번역하기도 했다.

숲은 이미 어둡고, 하늘은 아직 푸르도다.

"지금 이 시간에 어울리는 좋은 구절 아닌가? 자네는 아직 폴 데자르댕을 읽은 적이 없겠지? 꼭 읽어 보게나. 그가 요즘에는 설교사로 변한 모양이지만, 그래도 한동안은 투명한 수채화가였다네."

숲은 이미 어둡고, 하늘은 아직 푸르도다.

"젊은이, 자네에게는 하늘이 항상 푸르기를 바라네. 그러면 지금 내게 다가오는 이 시간처럼, 숲은 이미 어둡고 밤이 빨리 저무는 시간이 와도, 내가 지금 하늘을 쳐다보면서 그러듯 마음을 위로받을 수 있을걸세." 그는 주머니에서 담배 하나를 꺼내더니 오랫동안 지평선에서 눈을 떼지 않았다. 그러다 갑자기 "안녕, 친구들." 하고는 우리 곁을 떠났다.

내가 메뉴를 물어보려고 부엌으로 내려가는 이런 시간이면, 저녁 식사 준비가 이미 시작되어 프랑수아즈는 자신의 조수가 된 자연의 모든 힘을 지휘하면서, 마치 거인을 요리사로 고용한 요정 이야기에서처럼 석탄을 쑤시고, 감자를 찌려고 증기에 올려놓고, 커다란 통이나 냄비, 솥, 생선 냄비에서부터 들짐승 고기를 넣는 테린* 단지, 과자를 만드는 가지각색 틀,

---

* 육류나 생선, 게살 같은 어패류를 고기 맛이 달아나지 않도록 우묵한 질그릇에 담아 끓여서 그대로 식혀 먹는 것을 가리킨다.

작은 크림 병들에 이르기까지 온갖 도자기 그릇이나 모든 크기의 냄비 세트를 동원하여 준비한 요리라는 예술품을 불로 알맞게 완성하고 있었다. 나는 잠시 멈추어 서서는 식탁 위에서 부엌 하녀가 이제 막 껍질을 벗겨 놓은 완두콩을 바라보았는데, 그것은 마치 무슨 장난감 초록빛 구슬의 수를 셀 때처럼 가지런히 크기별로 놓여 있었다. 그러나 내가 황홀감에 사로잡힐 때는 특히 아스파라거스를 마주할 때였다. 아스파라거스는 짙은 군청색과 분홍빛이 감돌아, 꼭지 부분이 벼이삭처럼 보랏빛과 하늘빛으로 어우러져 아래로 내려갈수록 — 밭의 흙이 아직 묻어 있는 — 땅 색이 아닌 무지갯빛으로 아롱거리며 그 빛깔이 조금씩 연해져 간다.* 이러한 천상의 빛깔은 어떤 감미로운 존재들이 즐겨 채소로 변신해서는, 먹을 수 있는 단단한 살로 변장해, 해 뜰 무렵 여명의 색깔이나 짧은 무지갯빛 출현, 푸른빛 저녁이 사라져 가는 과정에서 그 귀중한 정수를 드러내는 듯 보였다. 저녁 식사 때 아스파라거스를 먹고 자는 날이면 나는 밤새 그 정수를 느꼈는데, 그것은 마치 셰익스피어 요정극에서처럼 시적이면서도 외설적인 소극을 연출하여 내 방의 요강을 향수병으로 바꾸어 놓았다.

스완이 부르듯이 저 가련한 조토의 '자비'는 아스파라거스의 '껍질을 벗기라는' 프랑수아즈의 명령에 따라 아스파라거스가 든 바구니를 옆에 놓고 있었는데, 그 모습이 세상 모든

---

* 아스파라거스 묘사는 『잃어버린 시간을 찾아서』에 여러 번 등장하는데, 당시 인상파 화가 마네가 즐겨 그렸던 그림 소재이기도 하다.

불행을 떠맡은 듯 너무도 고통스러워 보였다. 그리고 아스파라거스의 분홍빛 저고리 위를 두르고 있는 가벼운 푸른빛 화관에는, 마치 파도바 성당 벽화 '미덕'의 이마에 둘렸거나 바구니에 꽂힌 꽃들처럼 별이 하나하나 섬세하게 그려져 있었다.* 한편 프랑수아즈는 닭을 제대로 구울 줄 아는 사람이 자기밖에 없다는 듯이, 꼬챙이에 꿴 닭을 이리저리 돌리며 콩브레 멀리까지 그녀의 가치를 알리는 냄새를 풍겼고, 그녀가 닭고기를 우리 식탁에 내놓는 동안에는 그녀가 이처럼 기름지고 연하게 만들 줄 아는 살의 향기가 그녀 미덕 고유의 향기처럼 느껴졌으므로, 그녀의 성격에 대한 나의 특별한 평가에서는 상냥함이 돋보였다.

그러나 아버지께서 르그랑댕 씨와의 만남에 대해 가족들의 의견을 듣는 동안 내가 부엌으로 내려간 날은, 조토의 '자비'가 얼마 전 출산을 해서 몸이 몹시 허약해져서는 자리에서 일어날 수 없을 때였다. 프랑수아즈의 식사 준비는 도와주는 사람이 없어 늦어지고 있었다. 내가 아래층에 내려갔을 때, 마침 프랑수아즈가 닭장 쪽으로 난 부엌 뒤채에서 닭 한 마리를 잡고 있었는데, 그녀는 닭의 귀 밑 목을 따려고 "이 나쁜 놈, 이 나쁜 놈." 하고 소리쳤고, 닭은 닭대로 극히 당연한, 절망적인 저항의 몸부림을 보이고 있었다. 그때 프랑수아즈의 모습은, 이튿날 저녁 식사 때 사제의 제의같이 금실로 수놓은 살코기와 성반에서 뚝뚝 떨어지는 진국으로 나타날 때에 비하면, 우리 하

---

* 147쪽 주석 참조.

녀의 성스러운 상냥함과 경건함을 조금 덜 돋보이게 했다. 닭이 죽자 프랑수아즈는 흘러내리는 피를 거두어들였고, 여전히 원한이 가시지 않은 듯 화를 벌컥 내더니 원수의 시체를 바라보고는 마지막으로 "이 나쁜 놈!" 하고 외쳤다. 나는 부들부들 몸을 떨며 위층으로 올라갔다. 당장에라도 프랑수아즈가 문밖으로 쫓겨나기를 바랐다. 그러나 누가 그녀처럼 뜨거운 물주머니와 향기로운 커피를 만들어 줄 것인가, 그리고 또…… 닭고기 요리는? 사실 다른 사람도 나와 마찬가지로 이런 비겁한 계산을 했을 것이다. 레오니 아주머니만 해도 ─ 당시에 나는 잘 몰랐지만 ─ 프랑수아즈가 자기 딸이나 조카를 위해서라면 어떤 불평도 하지 않고 목숨이라도 바쳤을 테지만, 타인에 대해서는 얼마나 잔인하게 굴 수 있는지 잘 알고 있었다. 그럼에도 아주머니가 프랑수아즈를 집에 두었던 것은, 그녀의 잔인함을 잘 알면서도 그 시중을 높이 샀기 때문이다. 마치 성당 채색 유리에 합장한 모습으로 그려진 왕과 왕비의 치세가 실제로는 피로 얼룩진 역사임을 보여 주듯이, 나는 점차로 프랑수아즈의 상냥함이나 뉘우침 또 여러 미덕들이 부엌 뒤채의 비극을 은폐하고 있다는 것을 깨달았다. 자신의 친척을 제외하고는, 멀리 떨어져 사는 사람의 불행에 대해서만 연민의 정을 느낀다는 것도 알게 되었다. 전혀 모르는 사람들이 당한 불행을 신문에서 읽을 때면 눈물을 펑펑 흘리다가도, 그 불행의 대상이 다소나마 뚜렷한 모습으로 나타날 때면 눈물이 금방 말라 버리는 것이었다. 부엌 하녀가 출산한 후 어느 날 밤, 심한 복통으로 고생하는 하녀의 신음 소리를 듣다 못한 엄마가 침대에서 일어나 프랑수아즈를 깨웠지만, 프랑수아즈는 냉담하게 그 비명이 연극에 불과하며 "주인 흉내를 내는" 것이라고 말했다. 그런 발작이 또 있을까 봐 우려한 의사는 집에 있는 의학 서적에서 증세가 기재된 부분에 책갈피를 꽂아 놓았으니 재발하면 책에 적힌 대로 응급 조치를 취하라고 일러 주었다. 어머니는 책을 찾아오라고 프랑수아즈를 보내면서 책갈피를 떨어트리지 않도록 주의를 주셨다. 그러나 한 시간이 지나도 프랑수아즈는 돌아오지 않았다. 프랑수아즈가 다시 잠을 자러 간 줄 알고 화가 난 어머니께서는 나보고 서재에 가 보라고 하셨다. 나는 거기서 책갈피가 끼워진 부분을 찾아보다가 발작에 대한 임상적인 기술을 읽고는, 그것이 자기가 전혀 알지 못하는 유형의 병자에 대한 것임을 알고 오열을 터트리고 있는 프랑수아즈를 발견했다. 책의 저자가 언급하는 고통스러운 증상을 읽을 때마다 그녀는 큰소리로 외쳤다. "아이고, 동정녀 마리아 님! 하느님께서는 정말로 이렇게 불쌍한 인간을 고통 받게 내버려두실 수 있나요? 아, 가엾은 것!"

하지만 내가 이름을 부르자마자 프랑수아즈는 조토의 '자비'가 누워 있는 침대 곁으로 돌아왔고, 그녀의 눈물도 금방 말라 버렸다. 그녀가 그렇게도 잘 알고 또 신문을 읽으면서 자주 품게 된 동정과 연민의 선한 감정이나 그와 비슷한 기쁨도, 부엌 하녀를 위해 한밤중에 일어나야만 하자 그만 귀찮고 짜증이 나서 전혀 느낄 수 없었던 것이다. 그래서 조금 전 의학 서적에서 읽었을 때는 그렇게도 슬퍼했던 내용과 똑같은 고통을 목격하면서도 부엌 하녀에게는 불쾌한 불평만을 늘어

놓으며 무서운 야유까지 해 대는 것이었다. 우리가 방을 나가자 자기 말이 들리지 않는다고 생각했는지 그녀는 이렇게 말했다. "이렇게 되지 않으려면 그런 짓은 하지 말았어야지! 실컷 재미를 보고 나서! 이제 와서 점잖은 체는 하지 말아야지. 그래도 어떤 젊은 녀석이 '저것'하고 노느라 하느님에게 버림받았으니. 아! 정말이지, 우리 어머니 고향 사투리로 말해지던 것과 똑같다니까.

　개의 엉덩이에 반하면
　개의 엉덩이도 장미꽃으로 보이네."

　프랑수아즈는 손자가 약한 코감기에라도 걸리기만 하면, 뭔가 필요한 것이 없는지 물어보려고 몸이 불편해도 자지 않고 한밤중에 길을 떠나 다음 날 아침 일하는 시간에 맞추려고 사십 리 길이나 걸어서 다녀오는 것이었다. 친척에 대한 사랑과 자기 집안의 크나큰 장래를 확고히 하려는 이런 욕망은, 반면에 다른 하인들에 대한 정책에서는 절대로 한 사람을 아주머니 댁에 오래 두지 않는다는 한결같은 원칙으로 나타났는데, 자기가 몸이 아파도 부엌 하녀를 주인 방에 드나들게 하기보다는 몸소 비시 약수를 갖다 바치기 위해 자신이 자리에서 일어나는 편이 더 낫다고 생각하며, 아무도 주인에게 접근하지 못하게 하는 데서 일종의 자부심을 느꼈다. 파브르*가 관찰한 막

---

* 장앙리 파브르(Jean-Henri Fabre, 1823~1915). 유명한 프랑스 곤충학자로

시류 곤충인 땅벌은 죽은 후에도 유충이 먹을 신선한 먹이를
마련하려고, 해부학의 힘을 빌려 자신의 잔인성을 키워 바구미
나 매미를 포획하고는, 다른 생명 기능은 그대로 둔 채 다리 운
동을 주관하는 신경중추를 놀라운 지식과 솜씨로 찔러, 그 마
비된 곤충 주위에 알을 갖다 놓고는 알이 부화해서 유충이 되
면 그 유충에게 온순하고도 무해하고, 도망치거나 저항할 수
없는, 그렇지만 조금도 썩지 않은 먹이를 제공하게끔 한다고
한다. 이와 마찬가지로 프랑수아즈는 어떤 하인이라도 우리 집
에 오래 붙어 있지 못하도록 그 끈덕진 의지로 매우 교묘하고
도 가혹한 술책을 썼는데, 그해 여름 우리가 거의 매일같이 아
스파라거스를 먹어야만 했던 것도, 아스파라거스 껍질을 도맡
아 벗기던 부엌 하녀가 냄새 때문에 심한 천식 발작을 일으켜
서 마침내 우리 집을 떠날 수밖에 없게 하기 위해서였다는 사
실을 우리는 여러 해가 지나서야 알게 되었다.

　슬프게도 우리는 르그랑댕에 대한 생각을 결정적으로 바꾸
지 않으면 안 되었다. 퐁비외 다리에서 르그랑댕과 만난 후 아
버지께서 자신의 잘못된 생각을 인정해야 했던 어느 다음 일
요일, 미사가 끝나 갈 무렵이어서 그런지 밖의 햇살과 소음,
그리고 뭔가 조금은 성스럽지 못한 것이 성당 안으로 들어왔
다. 구필 부인이나 페르스피에 부인은(방금 전 내가 조금 늦게
도착했을 때 열심히 기도에 전념하고 있어서, 내 자리에 가 앉는 데

──────────

『곤충기』 1권의 3장과 4장, 그리고 「살생전문가」라는 제목이 붙은 5장에서 땅벌
에 대해 썼다.

방해가 되는 무릎 괴는 작은 의자를 가볍게 다리로 밀어 주지 않았다면 내가 들어온 것도 알아차리지 못했다고 생각할 뻔했던 모든 분들) 마치 벌써 성당 앞 광장에 나온 것처럼 우리와 함께 큰 소리로 온갖 세속적인 화제에 대한 이야기를 하고 있었다. 그때 우리는 햇살이 쨍쨍 비치는 정문 문턱에서, 시장의 얼룩덜룩한 소란스러움을 압도하는 르그랑댕 씨를 보았다. 우리가 지난번에 만났을 때 그와 함께 있던 귀부인의 남편이 근방 다른 어느 대지주의 부인에게 르그랑댕을 소개하는 중이었다. 르그랑댕의 얼굴은 활기에 차고 놀라운 열성을 나타내 보였다. 그는 깊숙이 허리를 구부려 인사하고는 몸을 일으키다가 갑자기 등을 처음보다 더 뒤로 젖혔는데, 아마도 누이동생인 캉브르메르 부인의 남편으로부터 배운 것 같았다. 재빨리 몸을 일으키는 바람에 그렇게까지는 살집이 좋으리라 추측하지 못했던 르그랑댕의 엉덩이가 일종의 혈기왕성한 근육질 파도처럼 역류했다. 어떤 정신적인 표현도 찾아볼 수 없는, 다만 비속함으로 가득한 호의가 폭풍우처럼 휘몰아치고 있는 그 순수한 물질의 파동이, 그 관능적인 물결이 내 머릿속에 갑자기 우리가 아는 것과는 전혀 다른 르그랑댕의 가능성을 떠올리게 했다. 부인은 르그랑댕에게 자기 마차꾼에게 무엇인가를 말해 달라고 부탁했다. 마차로 가는 동안에도 그의 얼굴에는 조금 전에 소개받았을 때처럼 수줍고도 헌신적인 기쁨의 흔적이 여전히 그대로 새겨져 있었다. 그는 꿈꾸는 듯 황홀한 표정으로 미소를 짓고는 서둘러 부인 쪽으로 돌아갔다. 평소보다 훨씬 빨리 걸었기 때문에 두 어깨는 우스꽝스럽게 좌우로 흔들렸고, 다른 나머지는 안중에도 없다는 듯 완전히 넋이 빠진 모습이 마치 행복의 무기력하고도 기계적인 꼭두각시같아 보였다. 그렇지만 우리가 성당 정문에서 나와 그 옆을 지나가려고 했을 때, 교육을 잘 받고 자란 사람인지라 차마 우리를 외면하지 못하고는 그냥 우리가 안 보여서 인사할 필요가 없다는 듯이 갑자기 깊은 몽상에 잠긴 눈길로 멀리 지평선 너머 한 점을 응시하는 것이었다. 그의 얼굴은 부드럽고 헐렁한 저고리 위에 순진하게 놓여 있었고, 그가 싫어하는 사치스러움의 한복판에 자기 뜻과는 상관없이 잘못 들어왔다고 느끼는 듯한 표정을 지었다. 그리고 광장 바람에 나부끼는 커다란 땡땡이 무늬 넥타이는 그의 자랑스러운 침거와 고귀한 독립의 깃발처럼 르그랑댕의 가슴에서 펄럭거렸다. 우리가 집에 도착했을 때 어머니께서는 생토노레* 케이크에 대해 말하는 걸 잊어버린 것을 알고서는, 아버지에게 나를 데리고 돌아가서 케이크를 곧 갖다 달라는 말을 해 달라고 부탁했다. 우리는 성당 근처에서 아까 본 부인을 마차까지 배웅하느라 반대 방향에서 오고 있는 르그랑댕과 마주쳤다. 그는 우리 곁을 지나갔고 옆 부인과 이야기하는 걸 멈추지 않으면서도 우리에게 푸른 눈가를 통해 짧은 신호를 보냈는데, 그 신호는 눈꺼풀 안쪽에서 안면 근육과는 무관하게 이루어져 상대편 부인에게 전혀 들키지 않았다. 그러나 표현 범위를 지나치게 축소한 데 대해 강렬한 감정으로 보상하려는 듯, 우리에게 할당된 푸른 눈

---

* 양배추 모양 왕관 장식과 과일이나 생크림으로 장식된 전통 케이크다.

가를 온갖 호의에 찬 활기로 반짝이게 했으므로, 그 눈짓은 쾌활함을 넘어서서 짓궂은 장난같아 보였다. 그는 다정함을 은밀한 윙크나 암시, 감추어진 의미, 신비스러운 공모의 눈짓에 이르기까지 어찌나 정교하게 표현했던지, 드디어는 옆 성주 부인의 눈에는 보이지 않는 은밀한 안타까움을 드러내고, 냉정한 얼굴과 사랑에 불타는 눈동자를 단지 우리만을 위해 반짝이면서, 우정의 확인을 애정 맹세나 사랑 고백으로까지 끓어오르게 했다.

　그런데 마침 그 전날, 그는 부모님에게 나를 저녁 식사에 보내 달라고 부탁했었다. "와서 나이 든 친구와 함께 있어 주게나." 하고 그는 말했다. "우리가 다시는 돌아가지 못할 나라로부터 나그네가 보내 주는 꽃다발처럼, 아주 오래전에 내가 지나온 봄날 꽃향기를 그대 젊음에서 맡게 해 주게나. 앵초, 민들레, 금잔화와 함께 오게나. 발자크의 식물군에 나오는, 순수한 사랑의 꽃다발을 만든 꿩의비름*과 함께 와 주게나. 부활절 아침의 꽃 데이지**와 함께 오게나. 그리고 부활절의 우박 섞인 마지막 눈송이가 아직 녹지 않았을 때, 그대의 고모할머니 댁 오솔길에 향기를 풍기기 시작한 정원의 불두화***와 함께 와 주게나. 솔로

---

* 돌나물과에 속하는 야생화로 노란색이나 분홍색, 붉은색 꽃이 원줄기에 직접 달리며 잎사귀 가장자리에 얕고 둔한 톱니 같은 것이 있다. 발자크의 『골짜기의 백합』에서 펠릭스 드 방드네스가 모르소프 부인을 위해 만든 꽃다발에 나오는 꽃으로, 펠릭스는 꽃의 언어를 정념의 승화된 표현으로 간주한다.
** 부활절쯤 꽃이 핀다고 해서 pâquerette, 즉 '작은 부활절'이라고 불린다.
*** 부처님 머리를 닮았다 하여 불두화라고 하는데, 하얀 꽃이 피며 수국과 흡사하다.

몬 왕에게 어울리는 백합의 영광스러운 비단옷을 입고,* 제비꽃의 다채로운 빛깔과 함께 와 주게나. 특히 마지막 서리로 아직은 싸늘하지만, 오늘 아침부터 문에서 기다리는 두 마리 나비를 위해서 예루살렘의 첫 장미꽃**을 피우려는 산들바람과 함께 와 주게나."

집에서는 나를 르그랑댕 씨와 함께하는 저녁 식사에 보내야 할지 어떨지에 대해 이야기하고 있었다. 그러나 할머니께서는 르그랑댕 씨가 무례한 사람이라고 생각하기를 거부하셨다. "너희도 봐서 알겠지만, 그분은 옷도 아주 수수하게 입고 전혀 사교계 사람 차림이 아니잖느냐." 어쨌든 최악의 경우를 생각해 봐도 그런 사실을 모르는 체하는 편이 더 낫다는 것이 할머니 의견이었다. 사실을 말하자면, 르그랑댕이 취한 태도에 몹시 화가 나셨던 아버지께서도 그 태도의 의미에 대해 최종적으로 의심하는 것은 보류하시는 듯했다. 한 인간이 하는 모든 행동이나 태도에는 그 인간의 깊이 감추어진 성격을 드러내는 것이 있으며, 비록 그 태도가 예전에 그가 한 말

---

* 「마태복음」 6장 28~29절에 나오는 구절을 암시한다. "들에 핀 나리꽃들이 어떻게 자라는지 지켜보아라. 솔로몬도 그 온갖 영화 속에서 이 꽃 하나만큼 차려입지 못하였다."

** 예루살렘의 장미에 대한 암시는 명확하지 않다. 다만 러스킨이 「참깨와 백합」에 대한 강연에서 제사로 사용한 구약성경의 「이사야서」 35장에 나오는 구절을 암시하는 것이 아닌가 추정될 뿐이다.("광야와 메마른 땅은 기뻐하여라. 사막은 즐거워하며 꽃을 피워라.") 그런데 프루스트는 「참깨와 백합」 번역본 각주에서 이 구절의 통상적인 표현인 "사막과 메마른 땅은 기뻐하여라. 고독은 즐거워하며 장미꽃처럼 피어날 것이다."라고 적었다. 따라서 예루살렘의 장미꽃은 사막의 장미꽃에 대한 은유라고 할 수 있다. 「스완의 사랑」(폴리오) 487쪽 참조.

과 연결되지 않는다 해도, 죄인 자신이 고백하지 않는 증언으로 그것을 확정 지을 수는 없다는 것을 말해 주는 듯했기 때문이다. 그리하여 우리는 우리 감각의 증언에 의지할 수밖에 없는데, 이처럼 고립되고 비일관적인 기억 앞에서 우리는 이 감각들이 혹시 환상의 희생물이 아닌지를 묻게 된다. 이렇게 해서 그러한 태도 중 가장 중요한 것들은 자주 의문으로 남는 것이다.

나는 르그랑댕 씨와 함께 그의 집 테라스에서 저녁 식사를 했다. 밝은 달이 비추었다. "고요함에는 좋은 점이 있다네, 그렇지 않은가?"라고 그는 말했다. "나처럼 상처 받은 마음에는, 그대가 나중에 읽을 소설가가 말했듯이, 그늘과 고요만이 적합하다네.* 그리고 여보게, 자네에게는 아직 먼 일이지만, 일생을 통해 우리 지친 눈이 오늘같은 아름다운 밤이 어둠과 더불어 준비하고 증류하는 달빛만을 감내하고, 또 우리 귀가 침묵의 플루트 위에서 달빛이 연주하는 음악 외에 다른 것은 듣지 못하는 시간이 올걸세." 언제나 상쾌하게 들리는 르그랑댕 씨의 말에 나는 귀를 기울였다. 그러나 최근에 처음으로 목격한 부인에 대한 기억 때문에 마음이 혼란스러웠던 나는, 르그랑댕이 이 근방 여러 귀족들과 가깝게 지낸다는 사실을 알았으므로 혹시 그 부인도 알지 모른다고 생각하고는 용기를 내어 물어보았다. "저어, 선생님, 아십니까? 게르망트 성주 부인을? 아니, 게르망트 성주 부인들을?" 그 이름을 발음

---

* 발자크 소설 『시골 의사』에 나오는 제사다. "상처 받은 마음에게, 그늘과 고요를."

하는 것만으로도, 나는 그것을 내 꿈속에서 끄집어내어 객관적인 존재와 음향을 부여함으로써 그 이름에 대해 일종의 권한을 가지게 된 것 같아 행복했다.

그러나 게르망트라는 이 이름에, 우리 친구의 푸른 눈 한가운데에는 마치 보이지 않는 바늘 끝으로 찔린 듯 작은 갈색 홈이 나타났고, 눈동자 나머지 부분은 하늘색 물결을 분비하면서 반응했다. 눈꺼풀 언저리가 검어지더니 아래로 축 처졌다. 그리고 쓰디쓴 주름이 잡혔던 입은 이내 제 모습을 되찾으면서 미소를 지었다. 반면 그의 시선은 흡사 온몸에 화살을 맞은 아름다운 순교자의 시선처럼 여전히 고통스러워하는 것 같았다. "아니, 나는 그들을 알지 못한다네."라고 그가 말했다. 그러나 그는 이처럼 간단한 사실에, 이처럼 대수롭지 않은 대답에 걸맞은 자연스럽고도 물 흐르는 듯한 어조를 띠는 대신에, 사실인 것 같지 않은 주장을 믿게 하려고 끈질기게 말한 마디 한 마디에 힘을 주며, 몸을 기울이거나 머리를 흔들면서 단언하듯 말했고 — 마치 게르망트를 모른다는 사실이 어떤 이상한 우연의 결과일 수밖에 없다는 듯이 — 자신에게 고통스러운 상황에 대해 말을 하지 않을 수 없기 때문에 고백은 하지만, 그 고백이 어떤 당혹감도 불러일으키지 않는, 오히려 쉽고 즐거우며 자발적인 고백이라는 인상을 주려고 과장된 투로 말했다. 그리고 그 상황이 — 게르망트네 사람들과 왕래가 없다는 사실이 — 다른 사람에 의해 부과된 것이 아니라 자신이 원한 것으로, 집안 전통에서 비롯된 도덕적 원칙이나 신비주의적인 서약이 특별히 게르망트와의 교제를 금했기 때문이라는 듯이 말했다. "모른다네." 하고 그는 자신의 말을 스스로의 독특한 억양으로 설명하듯 말을 이었다. "나는 그들을 알지 못한다네, 알려고도 하지 않았다네. 나는 언제나 나의 완전한 독립을 보존하고 싶었다네. 사실 내겐 쟈코뱅 당원*의 기질이 있는지도 모른다네. 많은 사람들이 도와주려고 왔었네. 그들은 자주 내가 게르망트 가에 출입하지 않는 것이 잘못이며, 내가 교양 없고 비사교적인 늙은이로 보인다고 했네. 하지만 난 이런 평판이 두렵지 않네. 이건 정말 진심이네! 사실, 내가 이 세상에서 좋아하는 건 기껏해야 몇몇 성당, 책 두세 권, 그보다 많지 않은 그림들, 그리고 이 늙은 눈동자로는 이제 분간할 수도 없는 정원의 향기를 자네 젊음의 미풍이 나에게 가져다줄 때 비치는 달빛 정도라네." 나는 자기가 알지 못하는 사람들의 집에 가지 않기 위해 독립심을 지키는 것이 어째서 필요한지, 또 그렇다고 해서 어떻게 그들이 그를 미개인이나 비사교적인 사람으로 생각할 수 있는지 잘 이해가 가지 않았다. 다만 르그랑댕 씨가 성당과 달빛과 젊음만 좋아한다고 말했을 때, 그 말이 진심이 아니라는 것은 알 수 있었다. 그는 성에 사는 사람들을 아주 좋아했고, 그래서 그들 앞에 서면 그들 마음에 들지 않을까 봐 무척이나 겁을 집어먹었고, 자기 친구 중 부르주아나 공증인 또는 증권 중개인의 아들이 있다는 걸 보이지 않으려고 애를 썼으며, 만약 그 사실

---

* 1789년 프랑스 대혁명을 급진적으로 이끌었던 정치 분파로서 1793~1794년 7월까지 혁명정부를 주도했다. 공포정치로 국내외 반혁명 기도에 맞선 과격파의 대명사다.

이 발각될 것 같으면, 차라리 자기가 없을 때 멀리 떨어진 곳에서 '결석 재판'으로 발각되기를 바랐다. 그는 속물이었다. 아마도 그는 이 모든 것에 대해 우리 부모님과 내가 그렇게도 좋아했던 언어로는 한 번도 말한 적이 없었을 것이다. 그리고 내가 "게르망트 가 사람들을 아세요?"라고 물으면, 달변가인 르그랑댕은 "아니, 나는 그들을 한 번도 알려고 하지 않았다네."라고 대답했을 것이다. 그렇지만 불행히도 이 달변가인 르그랑댕은 그가 마음속 깊이 조심스럽게 숨겨 놓은 또 다른 르그랑댕에 종속되어 있었는데, 그는 이 또 다른 르그랑댕을 결코 밖으로 드러내 보이려 하지 않았다. 왜냐하면 이 또 다른 르그랑댕이 우리의 르그랑댕과 그의 스노비즘을 알고 위태롭게 할 이야기를 할지도 몰랐기 때문이다. 그런데 이 또 다른 르그랑댕은 그의 시선에 담고 있는 상처나 삐죽거리는 입, 지나치게 정중한 어조나 수많은 화살로 이미 내게 그 사실을 말해 주고 있었는데, 그때 우리의 르그랑댕 씨는 마치 화살에 찔린 성 세바스찬*처럼 자신의 스노비즘에 찔려 축 늘어진 듯 보였다. "아아! 그렇게 나를 아프게 하지 말게. 난 정말로 게르망트네 사람들을 모른다네. 내 평생의 상처를 건드리지 말게."라고 말하는 것 같았다. 이 말썽꾸러기 르그랑댕, 이 사기꾼 르그랑댕에겐 또 다른 르그랑댕처럼 아름다운 언

---

* 3세기경 로마 근위장교로, 형장에 끌려가는 신자들을 격려한 죄로 말뚝에 묶여 화살을 맞고 숨졌으나, 기적적으로 소생하여 그리스도의 복음을 전도하다 순교했다고 한다. 화살을 맞은 미남 청년으로 성화(聖畵)의 좋은 소재가 되었다.

변은 없었지만, 대신 아주 순발력 있는, 소위 '반사작용'이라고 부를 수 있는 그런 말솜씨가 있었으므로, 달변가 르그랑댕이 그에게 침묵을 부과하면 또 다른 르그랑댕이 이미 말을 해버린 뒤여서, 우리 친구인 르그랑댕 씨는 그의 '알테르 에고'*가 폭로한 나쁜 인상을 유감으로 여기면서도 어쩔 수 없이 그저 얼버무릴 수밖에 없었다.

물론 이 말은 르그랑댕 씨가 고함을 지르며 속물들을 공격했을 때 진지하지 않았다는 말은 아니다. 그는 적어도 자신이 속물이라는 사실을 스스로는 알지 못했다. 왜냐하면 우리는 오로지 다른 사람들의 열정만을 알며, 우리가 자신의 열정을 알게 되는 것도 주로 다른 사람들의 가르침을 통해서이기 때문이다. 그 열정은 우리에게 이차적인 방식을 통해서만, 즉 첫 번째 동기를 보다 품위 있는 동기로 바꾸는 상상력을 통해서만 작용한다. 르그랑댕의 스노비즘이 공작 부인을 자주 만나러 가라고 권한 적은 한 번도 없었다. 단지 그의 상상력에 명령하여, 공작 부인을 온갖 우아함으로 치장된 여인으로 꾸미게 했을 뿐이다. 그리하여 르그랑댕은 비열한 속물들은 알지 못하는 정신과 미덕의 매력에 끌려 공작 부인에게 접근한 것이라고 스스로 평하는 것이었다. 다만 다른 속물들은 그가 그들 가운데 한 사람이라는 사실을 알고 있었다. 그들은 르그랑댕에게 일어나는 상상력의 중개 작업을 이해할 수 없었으므로, 그의 사교 활동과 최초의 원인을 나란히 놓고 보았던 것이다.

---

* '또 다른 자아'란 의미의 라틴어다.

이제 집에서는 르그랑댕 씨에 대해 어떤 환상도 갖지 않게 되었고, 그와의 연락도 아주 드물어졌다. 엄마는 르그랑댕이 고백하지 않는 죄, 그가 계속해서 결코 용서할 수 없는 죄라고 부르는 스노비즘을 현장에서 목격할 때마다 아주 재미있어 했다. 아버지로 말하자면, 우리처럼 그렇게 초연하고도 즐거운 마음으로 르그랑댕 씨를 대할 수는 없었다. 그래서 어느 해 여름방학, 나를 할머니와 함께 발베크에 보내려고 했을 때 아버지께서는 이렇게 말씀하셨다. "할머니하고 네가 발베크에 간다는 걸 꼭 르그랑댕에게 알려야겠다. 그 사람이 자기 누이 동생을 소개해 준다고 할지 두고 보자꾸나. 여동생이 그곳에서 이 킬로미터 떨어진 곳에 산다고 우리에게 말한 걸 기억하지 못할지도 모르지만." 반대로 할머니께서는 일단 해수욕장에 가면 아침부터 저녁까지 해변에서 소금 냄새를 들이마셔야 하기 때문에, 방문이나 산책은 그만큼 바다 공기를 마시는 시간을 빼앗으므로 아무도 만나서는 안 된다고 생각하셨다. 그래서 우리 여행 계획을 르그랑댕에게 말하지 말아 달라고 간청하셨다. 르그랑댕의 누이동생인 캉브르메르 부인이 우리가 낚시하러 가기 위해 막 떠나려는 순간 호텔로 들이닥쳐서는, 그녀를 접대하려고 어쩔 수 없이 호텔에 갇혀 있어야 하는 모습이 벌써 할머니의 눈앞에 보였던 것이다. 그러나 엄마는 르그랑댕이 서둘러 동생을 소개해 주리라고 생각하지 않았으므로, 그런 위험이 그렇게 절박하지 않다며, 할머니가 괜한 걱정을 한다고 웃어 넘겼다. 그러나 발베크에 대해서는 우리가 말을 꺼낼 필요도 없이, 비본 냇가에서 만난 어느 저녁 날, 우리가 그쪽으로 갈 것이라는 생각은 꿈에도 하지 못한 그가 스스로 함정에 빠져들었다.

"오늘 저녁은 구름 사이로 아주 아름다운 보랏빛과 푸른빛이 아른거리는군요. 그렇지 않습니까, 동반자 선생님?" 하고 그는 아버지에게 말했다. "대기의 푸른빛이라기보다는 꽃의 푸른빛에 더 가까운, 하늘에서는 보기 놀라운 시네라리아* 꽃의 푸른빛이군요. 그리고 저 분홍빛 작은 구름 역시 꽃 빛깔 아닌가요? 카네이션이나 수국 빛깔? 이런 대기권 식물에 대해 제가 풍부하게 관찰할 수 있던 곳은 노르망디와 브르타뉴 사이에 있는 망슈** 해협밖에 없었지요. 거기 발베크 근처에, 그렇게도 황량한 장소 부근에, 부드러움이 깃든 매혹적인 작은 만(灣)이 있는데, 그 만에서 오주 고장***의 붉은 황금빛 황혼은, 무시하려는 건 아니지만, 이렇다 할 특징 없이 평범하다고 할 수 있습니다. 그러나 물기를 머금은 부드러운 대기 속에서 황혼이 질 때면, 푸른빛과 분홍빛이 감도는 천상의 꽃다발이 잠시 피어나는데, 비할 데 없이 아름답고, 때로 꽃이 시드는 데에도 몇 시간이나 걸린답니다. 또 다른 꽃다발에서는 금세 꽃잎들이 지고, 수많은 유황빛이나 분홍빛 꽃잎이 흩어져 있는 하늘은 더할 나위 없는 장관이랍니다. 오팔의 만이라고 불리

---

* 시네라리아는 국화과에 속하는 꽃으로, 봄에 피는 다채로운 빛깔 꽃이다.
** 망슈 해협(La Manche) 또는 영국 해협은 영국 그레이트브리튼 섬과 프랑스 사이 바다로, 대서양과 북해를 잇는다. 가장 좁은 곳이 동쪽 끝 도버 해협이다.
*** 오주 고장(Le Pays d'Auge)은 노르망디의 자연 지역을 가리킨다. 흔히 예술과 역사의 고장으로 분류된다.

는 그 만에 있는 금빛 모래사장은 근처 해안의 저 무시무시한 암벽에, 겨울이면 수많은 배가 바다의 위험 탓에 난파하는 저 해난 사고가 많기로 유명한 죽음의 바닷가에, 마치 금발 안드로메다*처럼 묶여 있는데도 더욱더 부드러워 보입니다. 발베크! 우리 토양의 가장 오래된 지질학적 골조이자, 진정한 '아르모르'**이며, '바다'이자 땅의 끝인 이 저주받은 지역을 아나톨 프랑스는 — 우리 작은 친구가 꼭 읽어야만 하는 마법사랍니다. —『오디세이아』에 나오는 킴메르 인***의 진짜 고장처럼 그 영원한 안개 속에서 아주 멋있게 묘사한답니다. 특히 발베크의 고대 매력적인 토양 위에는 호텔들이 이미 겹겹이 세워졌지만, 그렇다고 해서 토양이 변질된 것처럼 보이지는 않습니다. 몇 걸음만 걸어도 그렇게 아름다운 야생 지대로 소풍 갈 수 있으니 얼마나 즐거운 일입니까!"

"아! 발베크에 혹시 아는 분이 계십니까?" 하고 아버지께서 말씀하셨다. "마침 이 아이가 할머니와 함께 그곳에서 두 달쯤 보낼 예정이라서요. 어쩌면 제 아내가 갈지도 모르고요."

마침 르그랑댕 씨는 아버지를 바라보는 중 이런 질문을 받

---

* 그리스 신화에 의하면 에티오피아의 공주 안드로메다는 어머니 카시오페이아가 바다의 요정보다 자신이 더 아름답다고 자랑하는 바람에 신의 노여움을 사 바위에 쇠사슬로 묶인 채 괴물의 희생이 될 찰나 때마침 메두사를 물리치고 돌아오던 페르세우스 덕분에 구조되어 그의 아내가 되었다고 한다.
** 아르모르(Ar-mor)는 '바다 위에'란 뜻으로 브르타뉴를 지칭하는 켈트어다.
*** 킴메르 인은 호메로스가『오디세이아』에서 "영원한 어둠 속에 잠겨 있다고" 한 상상의 나라에 사는 종족이다. 아나톨 프랑스는『피에르 노지에르』에서 이와 같은『오디세이아』의 기억을 되살려 브르타뉴와 노르망디 바다를 묘사했다.

아 눈길을 딴 데로 돌리지 못하고 정면으로 보는 것이 두렵지 않다는 듯이, 우정과 솔직함이 깃든, 점점 더 강도 높은 눈길을—서글픈 미소와 더불어—상대방 눈에 보냈는데, 그때 그는 마치 상대방 얼굴이 투명하기라도 한 것처럼, 그 얼굴을 꿰뚫고 얼굴 너머 저편에서 선명한 색상으로 물든 구름을 응시하는 듯했다. 이런 모습은 그에게 일종의 정신적인 알리바이를 만들어 주어, 아버지가 발베크에 누구 아는 사람이 없느냐고 물었을 때, 다른 것을 생각하느라 질문을 듣지 못했다는 핑계를 마련해 주는 것 같았다. 대체로 이런 시선과 마주치면 상대방은 "무슨 생각을 하세요?"라는 질문을 하는 법이다. 하지만 우리의 호기심 많고 짜증 난, 잔인한 아버지께서는 되물으셨다.

"그곳에 친구라도 있으신가요? 그렇게 발베크를 잘 아시는 걸 보니?"

미소를 띤 르그랑댕의 시선은 최후의 절망적인 노력으로 다정함과 막연함, 진지함과 방만함의 절정에 이르렀는데, 아마도 이제는 대답할 수밖에 없다고 생각했는지 이렇게 말했다.

"제겐 도처에 친구가 있습니다. 상처를 입기는 했지만 아직은 완전히 패배하지 않은 나무들이 무리를 지어 서로 몸을 기대며, 연민의 정이라곤 전혀 찾아볼 수 없는 냉혹한 하늘을 향해 비장하고도 집요하게 애원하는 곳이라면, 어디든지 친구가 있습니다."

"제가 하려는 말은 그게 아닙니다." 하고 나무처럼 고집 세고 하늘처럼 냉혹한 아버지께서 가로막았다. "장모님께 무슨 일이 일어날 경우, 외진 곳에 있다고 느끼지 않으시도록 혹시 그곳에 아시는 분이 있나 해서 물어본 겁니다."

"어느 곳에서나 마찬가지로 그곳에서도 나는 누구나 알지만, 동시에 아무도 알지 못합니다."라고 르그랑댕이 좀처럼 항복하지 않으며 대답했다. "사물에 대해서는 많이 알지만 사람에 대해서는 잘 모릅니다. 그러나 그곳에서는 사물 자체도 사람같아 보입니다. 드문 사람들, 본질이 섬세한, 그러나 삶에 환멸을 느낀 사람 말입니다. 때로는 해안 벼랑 위 길에서 당신은 작은 성을 보게 됩니다. 황금빛 달이 떠오르고, 쪽배가 알록달록한 수면에 선을 그으며, 돛대에 불꽃 같은 깃발을 높이 걸고 색깔을 띤 채 돌아오는, 그런 장밋빛 저녁놀에 자신의 슬픔을 비교하려고 걸음을 멈춘 성을 보게 됩니다. 때로는 아주 소박한 외딴 집, 아니, 누추한 집과 마주치게 됩니다. 소심하면서도 소설적인 그 집은, 모든 사람의 눈에 행복과 환멸에 대한 불멸의 비밀을 감춘 듯합니다. 진실이 없는 그 고장은……." 하고 그는 마키아벨리적인 교활함으로 덧붙였다. "순전히 허구적인 그 고장은 아이들에게 나쁜 독서를 허락하는 것과도 같습니다. 이미 상당히 슬픔에 기운 이 어린 친구에게는, 슬픔에 기우는 성향인 이 아이의 마음을 위해서도, 나는 그곳을 선택하거나 추천하고 싶지 않습니다. 사랑의 속내나 헛된 회한의 기후는 나처럼 미망에서 깨어난 늙은이에게는 적합할지 모르지만, 아직 기질이 형성되지 않은 아이에게는 언제나 해롭습니다. 제 말을 믿으십시오." 하고 그는 집요하게 말을 이어 갔다. "그 만(灣)의 물은 이미 반쯤은 브르타뉴의 물이어서 내 마음처럼 혼탁한 마음, 아직 상처가 치유되지 않은 마음에는 어느 정도 진정 효과가 있을지 모르지만, 물론 여기에도 논란의 여지는 있습니다만, 자네 정도 나이의 소년에게는 맞지 않다네. 안녕히 가십시오, 이웃분들." 하고 말하면서 여느 때 버릇처럼 그는 갑자기 도망치듯 우리를 떠났다. 그러고는 우리 쪽을 돌아다보면서 의사처럼 손가락 하나를 쳐들고는 자신의 진단을 요약해 보였다. "쉰 살이 되기 전에 발베크는 안 됩니다. 그것도 심장 상태에 달렸습니다."

아버지께서는 그 후에도 몇 번 그를 만나 다시 이 이야기를 꺼내고는 질문을 퍼부으며 괴롭혔지만 별 소용없었다. 가짜 양피지 고문서를 만들기 위해 많은 노력이나 지식을 동원하는 박학한 사기꾼이, 정작 자기 노력이나 지식의 백분의 일만 이용해도 더욱 명예롭고 득이 되는 지위를 확보할 수 있다는 사실은 모르듯이, 아마도 우리가 더 끈질기게 굴었다면 르그랑댕은 차라리 바스노르망디에 대한 풍경의 윤리학과 천상의 모든 지질학은 우리에게 가르쳐 주었을지언정, 발베크에서 이 킬로미터 떨어진 곳에 자기 진짜 여동생이 산다는 것을 고백하거나 소개장을 써 주는 일은 결코 하지 않았을 것이다. 만일 우리가 소개장을 활용하지 않으리라는 걸 그가 확신했다면 — 할머니의 성격을 이미 경험한 적 있는 그에겐 너무나 당연한 일이었는데도 — 소개장이 그렇게 공포의 대상이 되지 않는다는 걸 알았을 텐데 말이다.

우리는 저녁 식사 전에 레오니 아주머니를 뵈려고 언제나 산책에서 일찍 돌아왔다. 계절이 시작될 무렵에는 해가 일찍

져서, 생테스프리 거리에 도착할 때면 반사되는 한 줄기 석양
빛이 우리 집 유리 창문에 어려 있었고, 칼베르 숲 뒤쪽을 둘
러싼 진홍빛 띠는 멀리 늪까지 비쳤으며, 자주 차가운 추위를
동반하던 그 붉은빛은 내 머릿속에서 닭을 굽던 불의 붉은색
과 연결되어, 산책이 가져다주는 시적인 기쁨에 미각의 기쁨
과 따뜻한 휴식의 기쁨을 뒤따르게 했다. 여름에는 반대로 산
책에서 돌아올 때면 해가 아직 지지 않았다. 우리가 아주머니
를 방문하는 동안, 그 기울어져 가는 창문을 스치던 빛은 커다
란 커튼과, 커튼을 묶는 갈라지고 줄기를 치고 여과된 끈 사이
에 멈추어 옷장 레몬나무에 작은 금빛 조각을 박아 넣으면서,
숲의 작은 초목을 비출 때의 섬세함으로 방을 비스듬히 비추
고 있었다. 그러나 어떤 아주 드문 날에는 우리가 돌아오기 훨
씬 전부터 옷장은 이미 그 일시적인 금빛 상감을 잃었고, 생테
스프리 거리에 이르러서도 석양이 유리창에 반사되지 않았으
며, 칼베르 숲 아래 연못도 붉은빛을 잃어버려 때로는 이미 오
팔 빛이 되어 있었으며, 한 줄기 긴 달빛이 넓게 퍼지면서 잔
물결 주름으로 갈라져 온 수면을 가로지르고 있었다. 그리하
여 우리가 집 근처에 도착할 때면 대문 앞에서 어떤 형체가 보
였는데, 어머니께서는 이렇게 말씀하셨다.

"저런, 프랑수아즈가 우리가 오는 것을 살펴보고 있구나.
아주머니께서 걱정하시는 모양이다. 하긴, 우리가 너무 늦게
돌아왔어."

우리는 옷을 벗을 틈도 없이 빨리 레오니 아주머니 방으로
올라가서 아주머니가 생각했던 것과는 달리 아무 일도 없었

으며, 우리가 '게르망트 쪽'으로 산책을 나갔었다고 말씀드리며 안심하게 해 드렸다. 아주머니께서도 우리가 그쪽으로 산책 나갈 때면 귀가 시간을 예측할 수 없다는 것을 잘 아셨다.

"거봐요, 프랑수아즈, 내가 말한 그대로지, 내가 게르망트 쪽으로 갔을 거라고 말했잖아요! 저런, 얼마나 배가 고플까! 당신이 만든 양갈비도 너무 오래 기다려서 다 말라 비틀어졌겠어. 그리고 지금이 돌아올 시간인가! 어떻게 게르망트 쪽으로 갔지!"

"전 아시는 줄 알았어요." 하고 엄마가 말했다. "우리가 텃밭 작은 문으로 나가는 걸 프랑수아즈가 봤다고 생각했거든요."

콩브레 주변에서 산책을 하려면 '길'이 두 개 있었는데, 이 두 '길'은 아주 반대 방향에 있어서* 우리가 집을 나갈 때면 결코 같은 문으로 나가지 않았다. 하나는 메제글리즈라비뇌즈였는데, 그 길로 가려면 스완 씨네 소유지를 지나가야 했기 때문에 스완네 집 쪽이라고 불리기도 했다. 그리고 다른 길은 게르망트 쪽이었다. 메제글리즈라비뇌즈에 대해서는 그런 '길'이 있다는 것과, 일요일이면 이상한 사람들이 콩브레에 와서 산책한다는 것밖에는 알지 못했다. 그 이상한 사람들이란 이번에는 아주머니조차도 알지 못하는, 그래서 우리 모두가 '전혀 알지 못하는 사람들'로 이런 이유만으로도 그들은 '메제글리

---

* 이 두 길, 스완네 집 쪽과 게르망트 쪽은 콩브레 근교 산책로이자 『잃어버린 시간을 찾아서』를 구성하는 커다란 두 기둥이다. 그러나 어린 화자가 분리되었다고 믿었던 이 두 산책로가 실은 서로 통해 있었다는 것이 나중에 질베르트에 의해 밝혀진다.

즈에서 왔을 것 같은 사람'으로 간주되었다. 게르망트로 말하자면, 어느 날 더 많이 알게 되었지만 아주 오랜 후의 일이다. 내 소년 시절을 통해 메제글리즈가 이미 더 이상 콩브레 토양과는 닮지 않은 땅의 기복 탓에 멀리 가면 갈수록 시야에서 사라지는 지평선처럼 접근할 수 없는 그 무엇이었다면, 게르망트는 현실적이라기보다는 관념적인 것으로, 그 '길'의 종점과도 같은, 적도나 극지방, 혹은 동양처럼 일종의 추상적이고 지리적인 표현이었다. 따라서 메제글리즈로 가기 위해 '게르망트를 통해서 간다든가' 그 반대로 하는 것은, 마치 서쪽으로 가기 위해 동쪽을 통한다고 하는 말만큼이나 아무 의미 없이 들렸을 것이다. 아버지는 늘 메제글리즈 쪽은 아버지가 보아 온 것 중 가장 아름다운 평원의 풍경이며, 게르망트 쪽은 전형적인 냇가 풍경이라고 말씀하셨기 때문에, 나는 그 두 길을 서로 다른 두 실체로 간주하며 오로지 정신적인 창조물에만 속하는 일관성과 통일성을 부여했다. 그리하여 두 길 중 어느 한 길의 작은 부분도 내게는 아주 소중했고, 그 길의 특별한 우월성을 보여 주는 것 같았다. 한편 이런 것들에 비하면, 어느 한쪽의 성스러운 땅에 도착하기까지 평원의 관념적인 풍경이나 내의 관념적인 풍경 가운데 놓인 순전히 물질적인 길들은, 마치 연극에 반한 관객 눈에 비치는 극장에 인접한 골목길들과 마찬가지로, 바라볼 가치도 없다고 여겨졌다. 그러나 나는 이 두 길 사이에 킬로미터가 나타내는 거리감 이상의 것을 두고 있었는데, 그 거리감은 내가 그 길들을 생각할 때 내 머릿속 두 부분 사이에 놓인 거리감 같은 것으로, 단지 멀어지게 할 뿐만 아니라 분리하고 각각 다른 차원으로 집어넣는 그런 정신적인 거리감이었다. 그리고 그 경계선은 우리가 같은 날 같은 산책길로 한 번은 메제글리즈, 다른 한 번은 게르망트 쪽 하면서 결코 두 방향으로 동시에 간 적 없는 습관 때문에 더욱더 절대적인 것이 되어, 두 길은 멀리서 서로 알아보지 못한 채, 여러 다른 오후들을 소통이 안 되는 밀폐된 항아리 안에 가두고 있었다.

메제글리즈 쪽으로 갈 때는 다른 여느 곳에 갈 때처럼 우리는 아주머니 댁 생테스프리 거리 쪽으로 난 대문을 통해 길을 나섰다.(이 산책은 그리 길지도 오래 걸리지도 않아 집에서 일찍 나가는 일이 없었고 날씨가 흐려도 상관없었다.) 우리는 총포상의 인사를 받기도 하고, 우체통에 편지를 넣기도 하고, 기름이나 커피가 떨어졌다는 프랑수아즈의 말을 지나는 길에 테오도르에게 전하기도 하면서, 스완 씨네 정원의 하얀 울타리를 따라 난 길을 지나 마을 밖으로 나갔다. 스완 씨네 정원에 이르기도 전에 우리는 낯선 손님들을 맞이하러 나온 라일락 향기와 만났다. 라일락 꽃은 작고 푸른 하트 모양의 싱싱한 잎 사이에서, 그 연보랏빛과 하얀 봉우리 깃털 장식을 정원 울타리 너머로 호기심에 찬 듯 내밀고 있었는데, 꽃들은 이미 햇빛을 듬뿍 받아 그늘에 들어가 있어도 빛으로 반짝거렸다. 어떤 꽃들은 '사수의 집'이라고 불리는 관리인이 사는 작은 기와집에 반쯤은 가린 채로, 그들의 분홍빛 미나레트*를 고딕풍 합각머리 위

---

* minaret. 회교 사원의 첨탑을 가리키는 말로, 프루스트는 라일락 꽃이 페르시아에서 건너왔다는 사실을 환기하며 이런 표현을 쓴 것으로 보인다.

로 내밀고 있었다. 봄의 님프들도, 프랑스식 정원에서 페르시아풍 미세화에 나오는 생생하고도 순수한 색조를 간직한 이 젊은 우리*들 옆에서는 천박하게 보였을 것이다. 나는 꽃들의 나긋나긋한 허리를 껴안고 향기로운 별 모양 곱슬머리를 끌어당기고 싶었지만, 이런 내 욕망에도 아랑곳없이 가족들은 걸음을 멈추지 않고 지나갔다. 부모님께서는 스완 씨가 결혼한 후부터 더 이상 탕송빌에 발을 들여놓으려 하지 않으셨으므로, 스완 씨 정원을 기웃거리는 것처럼 보이지 않으려고, 그 집 울타리를 따라 난 길을 통해 곧바로 들판으로 가는 대신 아주 멀리까지 가서는 다른 길로 돌아서 가곤 했다. 어느 날 할아버지께서 아버지에게 말씀하셨다.

"스완이 어제 말한 것 생각나니? 아내와 딸이 랭스에 가니까 자기도 파리에 가서 하루를 보내겠다고 한 것 말이다. 그 여자들이 여기 없으니 정원을 따라 가자꾸나. 그만큼 거리가 짧아질 테니."

우리는 잠시 울타리 앞에서 발길을 멈췄다. 라일락의 계절이 거의 끝나 가고 있었다. 그중 몇몇은 높다란 샹들리에 모양 연보랏빛 꽃에서 섬세한 빛을 퍼뜨리고 있었다. 그러나 일주일 전만 해도 그 향기로운 거품이 물결처럼 부서지고 있었는데, 대부분의 잎은 이제 생기를 잃고 꺼멓게 오그라든 채로 메마르고 향기 없이 시들어 버렸다. 할아버지께서는 스완 씨 어머니가 돌아가시던 날, 스완 씨 아버지와 함께 산책한 후로 정원 어느 곳이

---

* houris. 회교도의 천국에 사는 미녀로 알려져 있다.

그대로고 어느 곳이 변했는지를 아버지에게 일러 주셨다. 그리고 이 기회를 빌려 한 번 더 그때의 산책 이야기를 하셨다.

우리 앞에는 가장자리에 금련화*가 심긴 오솔길이 햇볕을 가득 받으며 성을 향해 오르막 길로 뻗어 있었다. 반대로 오른쪽에는 정원이 평평한 대지에 펼쳐져 있었다. 스완 씨 부모님이 파 놓은 연못은 정원을 둘러싼 높은 나무들의 그림자로 가려 있었다. 그러나 아무리 인공적인 창조물이라 할지라도, 자연을 바탕으로 인간이 작업한 것이다. 어떤 장소는 그 주위에 그들만의 특별한 왕국을 군림하게 하여 정원 한복판에 아득히 먼 옛 깃발을 게양한다. 마치 모든 인간의 간섭으로부터 멀리 떨어져 고독 속에서 작업되었으면서도, 인간에게 전시되어야 할 필요 때문에, 인간의 손이 만든 것 위에 겹쳐져서는 나무들을 도처에서 고독으로 에워싸는 듯하다. 이처럼 인공적인 연못이 내려다보이는 오솔길의 발밑에는 물망초와 빙카** 꽃이 두 줄로 엮여 있어, 그 미묘하고도 자연스러운 푸른빛 왕관이 수면을 명암으로 물들였고, 반면 글라디올러스는 왕자다운 무관심으로 그 무수한 검들을 구부러트리면서, 물에 발을 담근 등골나물과 매화마름 위에 그의 호수를 다스리는 왕홀(王笏)로 조각낸 보랏빛과 노란 백합꽃을 펼치고 있었다.***

---

* 금련화 또는 한련화라고 불리는 이 꽃은 남미가 원산지인 일년초로, 오렌지색과 붉은색 꽃이 핀다.
** 보라색 꽃이 피는 사철 덩굴 식물로 그늘지고 습한 곳에서 잘 자란다. 협죽도과에 속하는 이 꽃은 고흐의 「생레미 병원의 정원」을 장식한다.
*** 등골나물은 잎 가장자리가 톱니 모양이고 분홍색 꽃이 피며, 매화마름은

스완 양의 출타가 — 베르고트를 친구 삼아 여러 성당을 구경하러 다니는 특권을 가진 아가씨가 갑자기 오솔길에 나타남으로써 그녀를 알게 되고 그녀로부터 멸시당할 수 있는 절호의 기회를 빼앗아 가면서 — 처음으로 허락된 이 탕송빌 답사에 흥미를 잃게 만들었지만, 반대로 할아버지와 아버지 눈에는 이 소유지를 방문하기 편해졌다는 일시적인 매력이 더해지면서, 우리가 산악지대로 소풍 갈 때처럼 구름 하나 없는 날씨가 그쪽으로 산책 가기에 더할 나위 없이 적합한 날처럼 여겨지게 했다. 나는 할아버지와 아버지의 계산이 빗나가, 갑자기 기적적으로 스완 양이 그녀 아버지와 함께 우리 곁에 아주 가까이 나타나서 그녀를 피할 틈도 없이 그녀에게 인사해야 하는 상황이 벌어지기만을 바랐다. 그런데 갑자기 풀밭에서 그녀의 존재를 알려 주는 표시인 듯한 낚싯대가 수면에 낚시찌를 드리우며 둥둥 떠 있고, 광주리가 그 옆에 놓인 것이 보였다. 나는 서둘러 할아버지와 아버지의 시선을 다른 데로 돌리려고 애썼다. 게다가 스완이 자기 집에 머무르는 손님이 있는데도 집을 비우게 되어 난처하다고 말했으므로, 낚싯대가 그 손님들 중 한 사람 것인지도 몰랐기 때문이다. 오솔길에서는 어떤 발자국 소리도 들리지 않았다. 어느 나무에서인지 가지 꼭대기를 가르던 눈에 보이지 않는 새 한 마리가 하루를 짧게 만들려고 길게 이어지는 곡조로 주변의 고독을 탐색하고 있었

미나리아재빗과 식물로 꽃이 하얀색이다. 백합 또는 나리꽃이라고 불리는 Fleur de lis는 역대 프랑스 국왕의 문장(紋章)을 장식하는 꽃이다. 이 문단에서는 글라디올러스 꽃을 백합에 비유하면서 그 잎을 검으로, 꽃잎을 왕홀로 묘사했다.

지만, 돌아오는 것은 늘 같은 대답인 더 강력해진 고요와 움직이지 않는 파동뿐이어서, 더 빨리 흘려보내려고 한 순간을 오히려 영원히 멈추게 한 것 같았다. 햇빛은 움직이지 않게 된 하늘에서부터 무자비하게 내리쬐어 그 시선에서 벗어나고 싶은 생각이 들 정도였으며, 잠든 물은 곤충들 때문에 끊임없이 수면을 방해받으면서도 아마도 상상 속에서 대혼란을 꿈꾸는 듯했고, 수면에 둥둥 떠다니는 코르크 마개 낚시찌는 반사된 고요하고 넓은 하늘로 낚시찌를 전속력으로 끌어당기는 것만 같아 내 불안을 가중했다. 거의 똑바로 선 듯한 낚시찌는 당장에라도 가라앉을 것같아 보였다. 이미 나는 스완 양을 알고 싶다는 욕망이나 두려움과는 상관없이 어서 빨리 그녀에게 물고기가 잡힌 것을 알려 줘야 하지 않나 생각하고 있었다. 그때 마침 할아버지와 아버지께서 부르셨으므로, 그 뒤를 쫓아가려고 뛰어야만 했다. 들판으로 가는 오솔길을 걷다가 내가 따라오지 않은 걸 보고 두 분은 깜짝 놀라셨던 것이다. 오솔길에는 산사나무* 향기가 짙게 풍기고 있었다. 울타리는 임시 제단 위에 쌓아 놓은 산더미 같은 산사 꽃들로 칸막이가 보이지 않는, 쭉 늘어서 있는 노천 제단 같은 모습이었다.** 그 제단 밑으로 햇빛

---

* 또는 산사나무라고도 불리는 이 나무는 높이 3~6미터로 꽃은 5월에 피고 흰색이 주를 이루나 드물게 분홍색 꽃도 핀다. 5월에 꽃이 피므로 유럽에서는 '오월의 꽃'이라고도 한다.
** 대축일에는 노천 계단을 마을에 설치하기도 하는데, 마치 울타리에 핀 산사 꽃이 쭉 늘어선 모습이(그래서 칸막이도 보이지 않는) 이런 노천 제단에 놓인 꽃을 연상시킨다는 은유다. 텍스트의 이해를 위해 '노천'이라는 말을 덧붙였다.

은 방금 채색 유리를 통과한 듯, 바둑판무늬 빛을 땅바닥에 그
렸다. 산사 꽃 향기는 마치 내가 성모마리아 제단 앞에 서 있기
라도 한 듯이, 그 형태 안에 뚜렷이 드러나며 촉촉하게 내 주위
를 감돌았고, 장식된 꽃들 역시 마치 성당의 붉은 복도 난간이
나 채색 유리 창살 대에 투조 세공을 한 딸기 꽃의 하얀 살로
피어난 꽃들처럼, 저마다 방심한 표정으로 섬세하고도 눈부시
게 빛나는 불꽃 양식 잎맥 무늬 수술 다발을 들고 있었다. 이에
비하면 몇 주 후에 작은 바람의 숨결에도 날아가 버릴 단색 붉
은 실크 블라우스를 입고, 햇빛 아래서 이 시골길을 기어 올라
갈 들장미는 얼마나 순진한 농부 아가씨같아 보일까!

그러나 산사나무 앞에 걸음을 멈추고 그 눈에 보이지 않는
고정된 향기를 들이마시며 내 생각 앞에 내밀어 보아도, 내 생
각은 어떻게 해야 할지 몰랐고, 그 향기를 잃어버리거나 되찾
거나 하면서, 산사나무가 젊음의 기쁨과 더불어 여기저기 어
떤 음정의 차이처럼 예기치 않은 간격을 두며 곳곳에 꽃을 뿌
리는 그 리듬과 일체가 되어 보려 했지만 아무 소용없었다. 산
사 꽃은 무한히 고갈되지 않는 풍요로움과 더불어 똑같은 매
력을 주기는 했지만, 마치 백 번이나 연이어 되풀이 연주되어
도 더 이상 그 비밀에 접근하지 못하는 멜로디처럼, 내게 그
매력이 무엇인지 더 깊이 알도록 해 주지 않았다. 나는 보다
신선한 힘으로 산사나무에 접근하기 위해 몸을 돌렸다. 울타
리 뒤쪽 들판을 향해 가파르게 난 비탈길로 올라가서는, 홀로
길을 잃은 개양귀비 꽃 몇 송이와 게으르게 여기저기 뒤처진
수레국화 몇 송이를 쫓아다녔다. 꽃들은 마치 전원풍 모티프

가 드문드문 나타나는 장식 융단 테두리처럼 비탈길 여기저기를 장식했는데, 이 모티프는 곧 꽃잎 위에서 찬란하게 빛을 발할 것이었다. 마을이 벌써 가까이 다가왔다는 것을 알려 주는 외딴집들마냥, 드문드문 떨어져 있는 꽃들이, 밀밭이 출렁이고 구름이 양 떼처럼 뭉게뭉게 피어오르는 그 광대한 벌판의 넓이를 예고하고 있었다. 그리고 한 송이 개양귀비 꽃이 동아줄 끝에 매달려, 기름기 도는 검은색 부표 위로 붉은 깃발을 바람에 휘날리는 것을 보자 내 가슴은 두근거리기 시작했다. 아직 아무것도 보이지 않는데도, 낮은 땅에서 좌초된 배를 목수가 수리하는 것만 보고도 "바다다!" 하고 외치는 나그네처럼.

그런 다음 잠시 눈길을 돌렸다가 다시 바라보면 보다 더 잘 감상하게 되는 걸작 앞에 서 있는 것처럼, 나는 다시 산사나무에게로 돌아갔다. 그러나 오로지 산사 꽃만을 눈앞에 두려고 제아무리 두 손으로 차단막을 만들고 집중해 봐야 소용없었다. 꽃이 내게 불러일으킨 감정은 내게서 떨어져 나가 꽃에 가서 들러붙으려 했지만 헛수고였고, 그리하여 그 감정은 여전히 모호하고 막연한 채로 남아 있었다. 산사 꽃들은 내가 느낀 감정을 해명하는 데 아무 도움이 되지 못했다. 그렇다고 해서 다른 꽃들에게 부탁할 수도 없었다. 그때 할아버지께서 나를 부르셨고, 우리가 좋아하는 화가에게서 지금까지 우리가 알던 것과는 전혀 다른 작품을 볼 때, 또는 지금까지 연필로 스케치한 데생만을 보다가 완성된 그림 앞에 설 때, 또는 피아노 곡만을 듣다가 나중에 오케스트라의 색채를 입혀서 들었을 때와 같은 기쁨을 주시면서, 손가락으로 탕송빌의 울타리를 가리키며 말씀하셨다. "넌 산사 꽃을 좋아하지 않느냐. 이 분홍색 산사 꽃을 좀 보려무나. 정말 예쁘지 않으냐." 사실 그것은 산사 꽃이었다. 그러나 흰색 산사 꽃보다 더 아름다운 분홍색이었다. 분홍색 산사 꽃 역시 축제 치장을, ─ 유일하게 진정한 축제라고 할 수 있는 종교적인 축제로 치장했는데, 세속적인 축제란 것이 특별히 예정된 것도 아니고 본질적으로 축제적인 것도 전혀 없는, 그저 어떤 날에 우연히 일시적인 기분에 따라 정해진 것이기 때문이다. ─ 아니, 그보다 더 풍요롭게 치장하고 있었다. 가지에 매달린 꽃들은 마치 로코코식 울레트*를 장식하는 명주 술처럼 장식되지 않은 빈틈이 하나도 없도록 겹겹이 포개져서는 '천연색' 꽃들을 연출했으며, 따라서 콩브레식 미학에 따라 값을 매기고 평가해 본다면 성당 앞광장 '상점'이나 카뮈네 가게에서 분홍색 비스킷이 가장 비싼 것처럼, 가장 좋은 품질이었다. 나 역시 딸기를 으깬 분홍색 크림치즈를 가장 높이 평가했다. 그런데 이 꽃들은 바로 먹을 수 있는 음식의 빛깔을, 또는 대축일을 위한 의복을 부드럽게 치장하는 빛깔을 선택함으로써 자신이 뛰어난 이유를 드러냈으므로, 그 빛깔은 아이들 눈에도 명백히 아름다웠고, 또 바로 그런 이유로 그 빛깔이 조금도 음식 맛을 약속하지 않고 재봉사가 택한 것도 아니라는 사실을 이해했을 때조차도 아이들은 여전히 그 빛깔이 다른 어느 빛깔보다 더 생기 있고 더 자

---

* houlette. 양치는 목동의 지팡이다. 로코코식 울레트란 18세기 귀부인들이 손에 들고 다니던 전원 취향의 지팡이를 가리킨다.

연스럽다는 느낌을 받는다. 물론 하얀 산사 꽃 앞에 섰을 때에도 같은 느낌을 받았지만, 분홍색 산사 꽃 앞에서 더 많은 황홀감을 느꼈는데, 그 이유는 꽃들에게서 축제 분위기가 풍기는 것이 인공적 기교가 아닌 자연에 의해서였기 때문이다. 그 자연이 임시 제단을 꾸미며, 작은 관목을 지나칠 정도로 다정하고도 촌스러운 퐁파두르 부인*식 화려함을 지닌 분홍 꽃들로 넘쳐나게 하면서, 시골 가게 여인네의 순박함과 더불어 즉흥적으로 축제 분위기를 나타냈던 것이다. 가지 꼭대기에는 마치 레이스 종이로 싼 수많은 작은 화분에 감추어져 대축일이면 제단 위에서 그 가느다랗게 접힌 종이가 반짝거리는 장미나무처럼, 더 희미한 빛깔의 꽃봉오리로 무수히 넘쳐 났고, 봉우리가 열릴 때는 분홍 대리석 술잔 바닥같이 붉은 핏빛이 살짝 보였는데, 마치 산사나무가 싹트고 꽃 피는 곳이라면 어디든지 분홍색일 수밖에 없다는 듯이, 활짝 핀 꽃보다 더 산사 꽃의 특이하고도 매력적인 본질을 드러냈다. 마치 아무렇게나 옷을 입고 집에 남아 있는 사람들 틈에서 홀로 축일 옷차림을 한 아가씨처럼, 울타리 속에 섞이긴 했지만 울타리와는 다른 이 가톨릭적이고 감미로운 관목은 성모성월을 위한 준비를 다 마치고 벌써 거기 참여하고 있다는 듯이, 싱싱한 분홍빛 옷차림으로 미소를 띠며 반짝였다.

울타리 사이로 정원에 있는 재스민, 제비꽃, 마편초로 둘러

---

* Marquise de Pompadour(1721~1764). 루이 15세의 정부로 사치스러운 생활의 대명사다. 부셰의 초상화로 더 유명해졌다.

싸인 오솔길이 보였고, 꽃들 사이로 비단향꽃무*가 오래된 코르도바산 가죽처럼 향기롭고 빛 바랜 산뜻한 분홍빛 지갑을 열고 있는가 하면, 조약돌 위에서는 둥그렇게 감겨 있던 긴 초록색 분무기 호스가 풀리면서, 그 호스 구멍 사이로 수직 무지갯빛 부채가 꽃 위로 솟아오르며 다채로운 물방울로 꽃 향기를 적셨다. 나는 갑자기 걸음을 멈추었다. 움직일 수 없었다. 어떤 모습이 단지 우리 시선에만 작용하는 것이 아니라 보다 깊은 지각을 요하면서 우리 존재 전부를 사로잡은 것이다. 붉은빛 도는 금발머리 소녀가 지금 막 산책에서 돌아온 길인 듯, 손에 정원용 삽을 들고 분홍색 주근깨투성이 얼굴을 들어 우리를 바라보고 있었다. 그녀의 새까만 눈동자가 반짝였다. 당시에는 어떤 강렬한 인상을 객관적인 요소로 환원하는 방법을 알지 못했고 그 후에도 배운 적이 없었으며, 또는 눈 빛깔에 대한 개념을 추출하기에도 충분한 '관찰력'이 없었으므로, 오랫동안 그녀를 생각할 때면 그 눈의 광채에 대한 추억은, 그녀 머리가 금발이어서 그랬는지는 모르지만, 선명한 하늘빛 광채로 떠올랐다. 따라서 만약 그녀 눈동자가 그토록 검지 않았다면 ── 그녀를 처음 보는 사람에게 그토록 강렬한 인상을 주는 ── 특히 내가 파란색이라고 생각하며 사랑에 빠졌던 것처럼 그녀에게 사랑을 느끼지 못했을 것이다.**

---

* giroflée. 쌍떡잎식물로 겨자과의 여러해살이 화초다. 지중해 연안이 원산지로 유럽에서 자생하며 꽃은 십자 모양이고 빨간색, 분홍색, 자주색, 노란색, 흰색 등의 꽃이 핀다.
** 프루스트의 화자는 상상 속에서 질베르트의 눈동자가 파랗다고 생각한다.

나는 그녀를 바라보았다. 나의 첫 번째 시선은 단순한 눈의 대변자가 아닌, 모든 불안하고도 넋 나간 감각들이 내미는 창문을 통해 자기가 바라보는 육체와, 그 육체와 더불어 영혼을 만지거나 사로잡아 함께 데려가려는 시선이었다. 그리고 내 두 번째 시선은 할아버지와 아버지께서 곧 소녀를 목격하고는 그녀와 멀리 떼어 놓으려고 나보고 앞장서서 달려가라고 할까 봐 두려운 나머지, 그녀로 하여금 강제로 내게 주의를 기울이고 나를 알도록 하려는 무의식적으로 애원하는 시선이었다. 소녀는 눈동자를 앞과 옆으로 굴리며 할아버지와 아버지를 살펴보았는데, 아마도 우리를 우스꽝스럽다고 생각했는지 이내 무관심하고 무시하는 듯한 표정을 지으며 얼굴을 돌리고는 우리 시야에서 자신의 얼굴을 감추려고 옆으로 비켜섰다. 할아버지와 아버지께서 그녀를 보지 못한 채 계속 걸으며 나를 앞질러 가는 동안, 그녀는 내 쪽으로 눈을 길게 흘기며, 특별한 표현이나 나를 쳐다본다는 기색 없이, 그러나 뚫어지게 뭔가를 감추는 듯한 미소로 나를 응시했다. 내가 받은 좋은 교육의 관념에 비추어 본다면 모욕적인 경멸 표시로밖에 해석될 수 없는 그런 미소였다. 동시에 그녀는 무례한 손짓을 하고 있었는데, 내 마음속에 있는 예의범절 소사전에 따른다면, 그 손짓이 모르는 사람에게 공개적으로 보내졌을 경우에는 건방진 의사 표시라는 단 하나의 의미만이 있었다.

그러나 그녀의 눈동자는 실제로는 검은색이다. 그렇지만 그 검은색이 그토록 강렬하지 않았다면, 그가 파란색이라고 생각하며 사랑에 빠진 소녀에게서 사랑을 느끼지 못했을 것이라는 의미다.

"질베르트, 너 안 오고 뭐 하니?" 내가 본 적 없는 흰 옷 입은 여인이 날카롭게 위압적인 목소리로 외쳤다. 그리고 부인 옆 몇 걸음 떨어진 곳에는 리넨 양복을 입은 신사가 머리에서 튀어나올 듯한 눈으로 나를 바라보고 있었다. 소녀는 갑자기 미소를 멈추더니 삽을 주워 들고는 내 쪽은 돌아보지도 않고, 온순하지만 꿰뚫을 수 없는 앙큼한 표정으로 멀어져 갔다.

이렇게 해서 질베르트의 이름이 내 곁을 지나갔다. 그 이름은 조금 전까지만 해도 하나의 불확실한 이미지에 불과했던 것에 사람의 모습을 부여하여 어느 날인가 그 사람을 되찾게 해 줄 부적처럼 주어졌다. 그리하여 재스민과 비단향꽃무 위에서 발음된 그 이름은 초록색 분무기가 내뿜는 물방울처럼 날카롭고도 신선하게 내 곁을 지나갔으며, 그것이 통과하며 ― 고립시킨 ― 순수한 대기 아래 지대를 소녀의 신비로운 삶으로 적시고 무지갯빛으로 빛나게 하면서, 그녀와 함께 살며 여행하는 행복한 이들에게는 그녀를 가리키고, 내 어깨 높이에 있는 분홍색 산사 꽃 아래의 내게는 그토록 고통스러운 그들만의 내밀한 본질을, 그리고 그 내밀성과 더불어 내가 들어가지 못하는 그녀 미지의 삶을 펼치고 있었다.

한순간 (우리가 멀어지는 동안 할아버지께서는 "불쌍한 스완, 저들이 스완에게 무슨 짓을 한 건지. 샤를뤼스와 단둘이 있으려고 스완을 내보냈군. 바로 저 작자군, 난 단번에 알아보았어. 거기다 딸아이까지 저렇게 치욕스러운 일에 끌어들이다니."라고 중얼거렸다.) 질베르트가 어머니의 위압적인 어조에 한마디 대꾸도 하지 못하는 걸 보면서, 난 그녀가 누군가에게 복종해야 하고, 따라서 다른 모든 것보다 그렇게 우월한 존재가 아니라는 인상을 받았는데, 그것이 내 고통을 진정시켰고 희망도 얼마간 줬으며 내 사랑도 조금 누그러뜨려 주었다. 그러나 그 사랑은 내 마음 속에서 금방 다시 반사 작용으로 솟구쳐 올라, 내 모욕받은 마음이 질베르트와 같은 수준이 되든가 아니면 그 사랑을 내 모욕받은 마음 수준으로까지 끌어내리든가 해야 했다. 난 그녀를 사랑했다. 그녀를 모욕하거나 아프게 하여 그녀로 하여금 나를 생각하도록 만드는 그런 시간을 갖거나 생각조차 하지 못한 것이 안타깝기만 했다. 그녀가 얼마나 아름답게 보였던지, 오던 길을 되돌아가 어깨를 으쓱하며 "넌 정말 추하고 이상하게 생겼구나. 역겨워."라고 소리를 지르고 싶었다. 그렇지만 나는 계속해서 멀어져 가고 있었다. 분홍색 주근깨투성이 피부의 빨강머리 소녀가 삽을 들고 앙큼하고도 무표정한 시선을 오래도록 보내며 웃고 있던 이미지를, 위반할 수 없는 자연 법칙의 이름으로, 나 같은 아이는 접근할 수 없는 행복의 첫 번째 유형으로 영원히 가슴에 간직한 채, 나는 멀어져 가고 있었다. 그리하여 그녀 이름은 그녀와 함께 이름을 들었던 분홍색 산사나무 아래서 매혹의 향을 피우고 있었고, 그녀와 가까이 있는 모든 것들을, 말할 수 없을 정도로 다행히도 내 조부모님이 알고 지낼 수 있었던 그녀 조부모님을, 증권 거래소 중개인이라는 거룩한 직업을, 그녀가 살고 있다는 그 고통스러운 파리 샹젤리제 거리를, 그 모든 것을 사로잡아 방부제를 바르고 향기롭게 만들었다.

"레오니." 하고 할아버지가 집에 들어서면서 말씀하셨다.

"조금 전에 우리와 함께 있었더라면 좋았을 텐데. 넌 탕송빌을 알아보지 못했을 거다. 조금만 용기가 있었다면 네가 그렇게도 좋아하는 분홍색 산사 꽃 한 가지를 꺾어 왔을 텐데." 할아버지는 레오니 아주머니의 기분을 바꾸어 주려는, 또는 아주머니를 외출시키겠다는 희망을 온 가족이 잃지 않았으면 하는 바람에서 아주머니에게 늘 이렇게 산책 이야기를 들려주셨다. 예전에 아주머니께서는 이 스완 씨 소유지를 아주 좋아했고, 게다가 자기 집 문을 모든 사람들에게 닫았을 때에도 마지막까지 방문을 허락한 사람은 스완 씨뿐이었다. 그래서 그가 최근에 아주머니 병문안을 왔을 때에도(그녀는 스완 씨가 우리 가족 중에 지금까지도 만나 보고 싶어 하는 유일한 사람이었다.) 오늘은 피곤하니 다음번에는 꼭 방문을 허락하겠다고 대답하셨는데, 그때처럼 그날 저녁에도 아주머니는 할아버지에게 이렇게 말씀하셨다. "그래요. 다음에 날씨가 좋으면요, 마차를 타고 정원 문 앞까지 가 볼 거예요." 아주머니의 이 말은 진심이었다. 그렇게도 아주머니는 스완과 탕송빌을 다시 보고 싶어 했다. 그러나 아주머니에게 남아 있는 힘으로는 그렇게 했으면 하는 욕망뿐이지, 실현한다는 것은 그 힘을 넘어서는 일이었다. 때때로 날씨가 좋으면 아주머니는 활기를 찾아 침대에서 일어나 옷을 입으셨다. 그러나 옆방에 가기도 전에 피로해지기 시작해 침대를 요구하셨다. 아주머니에게서 시작되고 있었던 것은 ─ 단지 보통 때보다 조금 더 일찍 일어난 것뿐이지만 ─ 죽음을 준비하며 자신을 번데기로 감싸는 노년의 커다란 체념이었는데, 이런 체념은 오래 끌어 온 인생

말년에 흔히 볼 수 있는 일이다. 가장 단단한 정신적 유대로 맺어진 친구들 사이에서, 또는 열렬히 사랑했던 옛 연인들에게서도 찾아볼 수 있는 것으로, 그들은 어느 해부터인가 서로 만나는 데 필요한 여행이나 외출을 중단하고, 편지 쓰는 일을 그만두고, 이 세상에서는 더 이상 대화를 나눌 수 없다는 걸 깨닫는다. 아주머니는 자신이 결코 스완을 다시는 보지 못하리라는 것을, 결코 집을 떠날 수 없다는 것을 알았던 것이 틀림없다. 하지만 우리 눈에는 고통스럽게만 여겨지는 이 결정적인 칩거가, 같은 이유로 오히려 아주머니에게는 견디기 쉬웠는지도 모른다. 왜냐하면 아주머니가 나날이 확인할 수 있는 쇠진한 기력 탓에 어쩔 수 없이 부과된 칩거였는데도, 아주머니는 행동이나 움직임 각각을 피로나 고통으로 만들면서 자신의 무위나 고립, 침묵에 기력을 되찾아 주는 축복받은 휴식의 부드러움을 부여했기 때문이다.

아주머니는 분홍색 산사나무의 울타리를 보러 가지 않으셨다. 그러나 나는 계속해서 부모님에게 아주머니가 탕송빌에 가지 않을 것인지, 전에는 자주 간 적이 있는지 물어보았다. 내게는 신처럼 위대해 보이는 스완 양의 부모님과 조부모님에 대한 이야기를 듣기 위해서였다. 부모님과 함께 이야기할 때면 스완이라는, 내게는 거의 신화적인 존재나 다름없는 이 이름을 그분들 입에서 듣고 싶어 애를 태웠다. 그러나 나 스스로는 그 이름을 감히 입 밖에 내지 못했으므로, 내가 질베르트와 너무 멀리 떨어져 유배된 듯한 느낌이 들지 않도록, 그녀와 그녀 가족에 근접한 주제로 부모님을 이끌어 가곤 했다. 가령 갑자기 우리 할아버지 직책이 할아버지 선대부터 내려오는 것이라고 믿는 체하면서, 또는 레오니 아주머니가 보고 싶어 하는 분홍빛 산사나무 울타리가 마을 공유지에 있다고 하면서, 아버지로 하여금 내 주장을 정정하게 하여 내 뜻이 아닌데도 아버지 스스로 이렇게 말할 수밖에 없게 했다. "아니란다. 그 직책은 스완 아버지 것이고, 그 울타리는 스완 정원에 속한단다." 그러면 나는 숨을 돌렸다. 그 이름은 언제나 그것이 쓰인 자리에 놓여서 나를 숨 막히게 했는데, 그 이름을 듣는 순간 그 이름이 다른 어떤 이름보다 가득 차 보였던 것이다. 마음속에서 미리 수없이 발음할 때마다 그 무게가 더해 갔기 때문이다. 그 이름은 내게 기쁨을 주었지만, 그 기쁨을 감히 부모님에게 요구했다는 것이 부끄럽게 느껴졌다. 그 기쁨은 아주 강렬했지만, 부모님께서는 그 기쁨을 내게 주려고 그분들과는 아무 상관도 없는, 아무런 보상도 받지 못하는 일로 많은 수고를 해야 했다. 그래서 나는 조심스럽게 화제를 다른 것으로 바꾸곤 했다. 거기에는 약간의 양심의 가책도 있었다. 부모님께서 스완이라는 이름을 발음하자마자 내가 그 아래 넣어 둔 모든 독특한 매력들을 다시 발견할 수 있었기 때문이다. 그때 나는 갑자기 부모님께서도 그 매력을 느끼지 않을 수 없으며, 그분들도 나와 같은 관점에서 내 몽상을 알아채고 용서하고 따를 것이라는 생각이 들면서, 내가 마치 그분들을 굴복시키고 타락시키기라도 한 것 같아 무척이나 불행하게 느껴지는 것이었다.

그해 부모님께서는 파리로 돌아가는 날을 예년보다 조금

일찍 잡으셨다. 떠나는 날 아침 사람들은 사진을 찍으려고 내 머리를 파마하고 내가 한 번도 써 본 적 없는 모자를 조심스럽게 씌우고서는 솜을 댄 벨벳 코트를 입혔다. 어머니께서는 도처에서 날 찾다가 탕송빌에 인접한 가파른 작은 언덕길에서 가시 돋친 나뭇가지를 안고 눈물을 흘리며 산사나무에게 작별 인사를 하고 있는 나를 발견했다. 그때 나는 헛된 장식에 무겁게 짓눌리는 비극 속 여주인공처럼, 내 이마에 머리카락을 모으려고 온갖 매듭을 만들며 공을 들였던 그 성가신 손에게는 불경하게도, 파마하려고 붙인 종이를 떼고는 새 모자와 함께 발로 짓밟고 있었다.* 어머니께서는 내 눈물에 그다지 동요하지 않으셨지만 찌그러진 모자와 망가진 외투를 보고는 참지 못해 소리를 지르셨다. 나는 어머니의 소리를 듣지 않았다. "아, 내 작고 가련한 산사나무야!" 난 눈물을 흘리며 말했다. "날 슬프게 하고 억지로 떠나게 하는 것은 너희들이 아니다. 너희들은 날 한 번도 아프게 한 적이 없다! 그래서 난 너희들을 언제나 사랑할 것이다." 난 눈물을 닦으며 산사나무에

---

* 이 부분은 라신의 「페드르」 1막 3장에서 페드르가 무대에 처음으로 등장하며 말하는 대사를 거의 문자 그대로 인용한 것이다.("이 헛된 장식이며, 이 베일이 나를 얼마나 짓누르는가. 어떤 성가신 손길이 이 온갖 매듭들을 만들어서 내 이마에 머리카락을 모으려고 공을 들였나? 모든 것이 나를 괴롭히고, 나를 해치고 또 해치려고 음모를 꾸미는구나.") 그러나 프루스트의 다시 쓰기 작업은, 온갖 불필요한 장식품으로 마르셀을 짓누르는 것이 라신의 작품에서처럼 유모 외논이 아니라 어머니라고 말한다. 이 모친모독 테마는 레오니 아주머니의 장례 소식을 접한 화자의 불경한 태도와, 죽은 뱅퇴유 사진에 침을 뱉는 몽주뱅 일화로 이어진다.

게, 내가 크면 미치광이처럼 사는 다른 사람들을 흉내 내지 않고, 파리에서도 봄이 오면 사람들을 방문하거나 바보 같은 말들을 듣는 대신, 처음 피어나는 산사 꽃을 보러 시골로 내려오겠다고 약속했다.

메제글리즈 쪽으로 가는 산책 길에서는 일단 들판으로 들어서기만 하면 결코 빠져나오지 못했다. 그곳에서는 콩브레의 특별한 정령처럼 여겨지는 바람이 눈에 보이지 않는 방랑자처럼 끊임없이 불어 댔다. 매해 콩브레에 도착하는 날이면 내가 확실히 콩브레에 있다는 것을 느끼기 위해 나는 밭고랑들 사이를 달리는 바람을 만나려고 그곳으로 올라갔고, 그러면 바람은 내가 그 뒤를 쫓아 달리게 하였다. 메제글리즈 쪽에서는 바람이 몇십 리에 걸쳐 땅의 어떤 기복에도 부딪치지 않고 그 불룩 솟은 평원을 달렸으므로, 언제나 바람을 옆에 두는 셈이었다. 나는 스완 양이 자주 랑에 가서 며칠 보낸다는 것을 알았다. 그곳까지는 몇십 리 되었지만 그 거리는 장애물 하나 없는 평원으로 보상을 받았고, 무더운 오후 지평선 저 멀리에서 불어오는 산들바람이 아주 멀리 밀밭을 낮게 눕히고 드넓은 들판 전체로 물결같이 퍼져 나가면서 속삭이듯 더운 입김을 불어넣으며 내 발밑까지 와서는 잠두와 클로버 사이로 눕는 것이 보일 때면, 우리 두 사람이 공유하는 이 평원이 우리를 가깝게 해 주고 맺어 주는 듯 보였고, 또 그 바람이 그녀 곁을 지나왔으며 내가 이해하지 못하는 어떤 메시지를 속삭인다는 생각이 들어, 바람이 지나갈 때마다 나는 그 바람에 입맞춤을 하였다. 왼쪽으로는 샹피외(주임신부님은 이 말의 어원이 캄푸스 파가니(Campus Pagani)*라고 하셨다.)라고 불리는 마을이 있었다. 그리고 오른쪽 밀밭 너머로는 시골풍 생탕드레데샹** 성당의 조각된 두 종탑이 보였는데, 마치 두 이삭같이 뾰족하고 꺼칠꺼칠하며 벌집 구멍처럼 얽히고 노끈을 꼰 듯한, 누렇고 덩어리진 모양이었다.***

사과나무들은 일정한 간격으로 심겼고, 다른 어떤 과일나무와도 혼동될 수 없는 그런 흉내 내지 못할 잎들로 장식되어, 하얀 새틴 같은 넓직한 꽃잎을 벌리거나 붉은 꽃봉오리 다발을 수줍은 듯 늘어뜨리고 있었다. 바로 이 메제글리즈 쪽에서 나는 처음으로 사과나무들이 양지 바른 땅에 드리우는 동그란 그림자와 석양이 잎사귀 아래로 비스듬히 짜 놓은 미세한 금빛 비단에 주목했고, 아버지께서 짤막한 지팡이로 그 빛들을 막고 다른 곳으로 보내려고 했지만 결코 성공하지 못하는 것을 보았다. 때로 오후 하늘에는 하얀 달이 빛을 잃고 구름처럼 슬그머니 지나갔는데, 마치 자기 출연 날이 아닌 여배우가 남의 눈을 끌지 않으려고 평상복 차림으로 객석에 숨어 잠시 동료들의 연기를 구경하는 것 같았다. 나는 이런 달의 모습

---

* 시골 들판이라는 뜻의 라틴어.
** 이 중세 교회는 밀밭에 위치하는 지리적 요인 탓에 콩브레 대지와 농촌의 삶을 투영한다.
*** 종탑의 첫 번째 은유적인 표현인 종탑-이삭은 밀밭에 위치한 탓에 가능해진다. 주네트는 이를 '환유에 근거하는 은유'라고 칭한다. 종탑-생선이나 종탑-브리오슈 빵, 종탑-방석도 이처럼 시간적, 공간적 인접성에 인한 것으로, 프루스트 소설에서 은유 대부분은 환유에 근거한다는 것이 주네트의 견해다. 주네트, 「프루스트의 환유」, 『문채 III』, 41~63쪽 참조.

을 그림이나 책에서 보는 것을 좋아했는데, 그런 예술 작품들은 ─ 적어도 블로크가 내 눈과 마음을 보다 정교한 조화에 친숙해지게 하기 전 첫 몇 해 동안은 ─ 오늘날 내게 달이 아름답게 보이는 작품들과는 아주 달랐다. 당시에는 그것이 달이라고 생각하지도 못했다. 예컨대 생틴* 소설 몇 권이나 하늘에 낫 모양 은빛 달이 뚜렷이 드러난 글레르**의 풍경화 같은, 나 자신이 받은 인상처럼 그렇게도 소박하고 불완전한 작품들로, 내가 좋아한다는 것에 할머니의 동생들이 화를 내시던 그런 작품들이었다. 그분들은 어른이 되면 결국 좋아하게 될 작품들을 아이들 앞에 미리 놓아두면 아이들이 처음에는 그냥 좋아하다가 저절로 안목이 길러진다고 생각하셨다. 아마도 미적 가치란 것이 눈만 똑바로 뜨고 있으면 쉽게 지각할 수 있는 물질적 대상으로, 우리 마음속에서 그러한 가치가 서서히 성숙하기를 기다릴 필요성은 전혀 생각하지 못하셨던 것 같다.

뱅퇴유 씨가 사는 집은 메제글리즈 쪽, 몽주뱅의 커다란 늪가 관목이 우거진 비탈에 있었다. 그래서 우리는 뱅퇴유 씨의 딸이 전속력으로 이륜마차를 몰고 가는 모습을 길에서 자주 보곤 했다. 그런데 어느 해부터인가 뱅퇴유 양은 더 이상 혼자가 아니라, 자기보다 더 나이도 많고 우리 고장에서 평판도 좋지 않은 한 여자 친구와 늘 붙어 다녔는데, 그로부터 얼마 되지

---

* 자비에르 보니파스 생틴(Xavier Boniface Saintine, 1798~1865). 프랑스 소설가로 『피치올라』의 저자다.
** 샤를가브리엘 글레르(Charles-Gabriel Gleyre, 1808~1874). 스위스 화가로 「저녁 또는 잃어버린 환상」이 루브르 박물관에 걸려 있다.

않아 그 여자는 몽주뱅에 아예 뿌리를 내렸다. 사람들은 "저 불쌍한 뱅퇴유 씨는 한마디 '부적절한' 말에도 화를 내시는 분인데, 어떻게 사람들이 말하는 소문도 듣지 못할 정도로 딸에 대한 사랑에 눈이 어두워 한 지붕 밑에 저런 여자가 살도록 내버려 두었는지. 그분 말로는 마음씨가 아주 착한 훌륭한 여자로, 잘만 가르치면 음악에 탁월한 재능을 보여 줄 거라고 하지만. 저 여자와 딸이 몰두하는 것이 음악이 아니라는 걸 그분도 잘 아시련만." 하고 말들 했다. 뱅퇴유 씨는 그들이 음악을 한다고 말했다는 것이다. 사실 누군가와 육체 관계를 맺는 사람이 상대 부모 집에서 얼마만큼이나 그 도덕적 자질을 칭찬받는지는 눈여겨볼 만한 일이다. 그렇게도 부당하게 묘사되는 육체적 사랑은, 모든 존재로 하여금 자신의 친절함이나 자기희생의 아주 미세한 부분까지도 드러나게 함으로써, 주변 사람들 눈에는 그러한 미세한 부분이 더욱 빛나 보이는 법이다. 페르스피에 의사는 굵은 목소리와 짙은 눈썹 덕분에 신의 없는 사람 역할을 연기해도 전혀 배신자같아 보이지 않았고, 퉁명하기는 하지만 친절한 사나이라는 그 흔들림 없는 과분한 평판을 위태롭게 하는 일도 없었는데, 그가 거친 말투로 이렇게 말할 때면 주임신부와 다른 여느 사람들은 눈물이 나도록 웃어 대는 것이었다. "글쎄 그 여자가 뱅퇴유 양과 함께 음악을 한다는군요. 신부님 놀라셨나요? 전 잘 모르겠습니다만, 어제 뱅퇴유 씨가 자기 입으로 그러더군요. 어쨌든 그 여자에게도 음악을 좋아할 권리는 있으니까요. 난 젊은 사람들의 예술적인 소명에 반대하는 사람은 아닙니다. 그리고 뱅퇴유 씨도 마찬가지인 것 같고요. 게다가 그 사람도 자기 딸 친구하고 음악을 같이 한다지요. 제기랄, 그런 집에서 음악을 하다니요! 그런데 왜 신부님께서는 웃으시는 거죠? 그 사람들은 음악을 지나치게 많이 한단 말입니다. 요전 날에도 뱅퇴유 씨를 공동묘지 부근에서 만났는데 제대로 서 있지도 못하더군요."

그 무렵 우리와 마찬가지로 누구든지 뱅퇴유 씨를 목격한 사람이라면 그가, 아는 사람들을 피하거나 사람들 모습이 눈에 띄면 다른 방향으로 가고, 몇 달 사이에 부쩍 늙었으며 슬픔에 잠겨 딸의 행복에 직접 관계되는 일이 아니라면 어떤 노력도 할 수 없게 되어, 죽은 자기 아내 묘에서 온종일 지내는 모습을 보면서 그가 슬픔으로 죽어 가고 있다는 생각을 하지 않을 수 없었다. 또 항간에 퍼진 소문을 그가 모른다고 생각할 수도 없었다. 그는 그 소문을 알았으며, 어쩌면 믿기조차 했을 것이다. 아무리 도덕적으로 훌륭한 미덕을 보인다 할지라도, 여러 복잡한 상황 탓에 자신이 가장 단호하게 비난해 온 악덕과 가까이 해 보지 않은 사람은 아마도 전혀 없을 것이다. 게다가 여러 이유로 자신이 사랑할 만한 어떤 사람이 어느 날 밤 갑자기 이상한 말을 하거나 이해할 수 없는 태도를 취하는 등, 특별한 사실이라는 가면을 쓰고 괴롭혀도 깨닫지 못하는 경우가 있다. 그러나 뱅퇴유 씨 같은 사람은, 자유분방한 사람들의 배타적인 전유물이라고 우리가 잘못 알고 있는 그런 상황 중 하나를 감수하는 일이 다른 여느 사람들보다 훨씬 고통스러웠을 것이다. 그런 상황들은 악덕이 그에 필요한 장소와 안전성을 확보해야 할 때 나타나는데, 그 악덕은 때로는 아이 눈

빛깔처럼, 아버지와 어머니의 미덕이 섞이는 것만으로도 자연 자체가 아이에게서 꽃피우게 하는 것이다. 그러나 뱅퇴유 씨가 딸의 처신을 눈치챘다 하더라도, 그 때문에 딸에 대한 숭배가 줄어든 것은 아니었다. 사실이란 우리 믿음이 존재하는 세계로는 들어오지 못하며, 사실은 믿음을 낳게 한 적이 없지만 파괴하지도 않는다. 사실은 믿음을 끊임없이 거부할 수는 있어도, 믿음을 약화하지는 못한다. 불행이나 질병이 눈사태처럼 연이어 한 가정에 들이닥쳐도 가족들은 신의 자비나 의사의 능력을 의심하지는 않을 것이다. 그러나 뱅퇴유 씨가 세상의 관점이나 그들에 대한 세상의 평판이라는 관점에서 자신과 딸을 생각했을 때, 또는 그가 일반 사람의 존경을 받는 지위에 딸과 자신을 놓으려고 했을 때도 그는 콩브레의 가장 적대적인 주민들과 똑같은 관점에서 사회 신분을 판단했으므로, 자신이 딸과 더불어 최하층에 위치한다는 것을 알게 되었고, 따라서 그가 최근에 보인 태도에는 그의 위에 있거나 그가 밑에서 올려다보는 이들(지금까지는 그보다 훨씬 밑에 있던 사람들)에 대해서조차도 수치심이나 존경심을 품게 되어, 그 모든 실추에 기계적으로 따르는 결과로, 그들 수준까지 다시 올라가려고 애쓰는 경향마저 보였다. 어느 날 우리가 스완 씨와 함께 콩브레 거리를 걷고 있을 때 다른 길에서 불쑥 튀어나온 뱅퇴유 씨와 마주쳤는데, 너무도 갑작스러운 일이어서 그는 우리를 피할 틈이 없었다. 그러나 스완 씨는 사교계 사람다운 오만한 자비심을 보이면서 — 모든 도덕적인 편견을 버리고, 타인이 받은 수치심은 그 사람에게 은혜를 베풀 기회라고 생각하고는, 은혜를 받은 쪽이 소중하게 여기면 여길수록 점점 더 은혜를 베푸는 자의 자존심을 치켜세워 주는 ─ 지금까지 말도 건네 본 일이 없던 뱅퇴유 씨와 더불어 오랫동안 한담을 나누었는데, 헤어지기 전에 언제고 따님을 탕송빌에 보내 음악을 들려줄 수 없느냐고 부탁했다. 뱅퇴유 씨가 두 해 전에 그런 초대를 받았더라면 몹시 화를 냈을 테지만, 그때는 오히려 너무나도 감사하는 마음이 그를 가득 채워, 초대에 응하는 실례를 범해서는 안 된다고 생각할 정도였다. 자기 딸에 대한 스완의 호의가 그 자체만으로도 매우 명예롭고 정겨운 후원으로 여겨져, 그걸 이용하기보다는 그대로 간직하는 편이 정신적으로 만족하는 일이라 더 낫다고 생각했던 것이다.

"얼마나 좋은 분인지요!" 하고 스완이 떠나자 그가 말했다. 마치 재치 있고 예쁜 부르주아 여인들이 못생긴 바보라도 공작 부인이기만 하면 그 매력에 사로잡혀 존경하는 것처럼, 그런 열광적인 숭배를 보이며 말했다. "얼마나 좋은 분인지요! 저런 분이 그렇게 부적절한 결혼을 하다니, 얼마나 불행한 일입니까!"

그런데 아무리 진실한 인간이라 할지라도 위선적인 면이 있기 마련인데, 남과 얘기할 때는 그 사람에 대한 의견을 말하기를 삼가지만 그 사람이 자리에 없으면 금세 말하는 것처럼, 우리 부모님께서도 뱅퇴유 씨와 함께 있을 때는 원칙과 예절의 이름으로 스완의 결혼을 개탄하면서(바로 그런 이유로 우리 부모님은 같은 부류의 충직한 사람으로서 뱅퇴유 씨와 함께 그 원칙과 예절을 주장하셨다.) 몽주뱅에서는 그런 것을 위반한 적이 없다는 것을 은연중에 비추셨다. 뱅퇴유 씨는 자기 딸을 스완 씨 집에 보내지 않았다. 스완 씨는 그 점을 못내 아쉬워했다. 스완 씨는 매번 뱅퇴유 씨를 만났다가 헤어지고 나서야, 비로소 얼마 전부터 뱅퇴유 씨에게 그런 이름의 친척에 대해 물어보려고 했던 것이 생각났는데 이번에 뱅퇴유 씨가 딸을 탕송빌에 보내면 잊지 않고 물어보겠다고 결심하고 있었기 때문이다.

메제글리즈 쪽으로의 산책은 우리가 콩브레 주변에서 하던 두 산책 중에서 시간이 덜 걸렸고, 그래서 그곳으로의 산책은 날씨가 어떨지 알 수 없는 날을 위해 남겨두었다. 그곳에서는 대개 비가 왔고, 우리는 몸을 피할 수 있는 루생빌의 무성한 숲 기슭을 결코 시야에서 놓치지 않았다.

태양은 구름 뒤로 자주 숨으면서 그 타원 모양을 일그러트리며 구름 가장자리를 노랗게 물들였다. 여전히 밝지만 그래도 강렬한 광채가 사라진 들판에서는 모든 삶이 정지된 듯했고, 루생빌의 작은 마을엔 하얀 지붕 모서리 부조가 아주 확실하게 마무리 지어져 하늘에 조각되어 있었다. 한 줄기 바람이 까마귀를 날려 보내면 까마귀는 먼 곳에서 다시 떨어지곤 했다. 저 멀리 숲은 하얘진 하늘과 맞닿아, 옛 저택 창과 창 사이 벽을 장식하는 단색 그림 속 빛깔처럼 더 푸르게 보였다.

그러나 어떤 때는 안경 가게 진열창에 있는 수도사 모양 기압계를 보면서 우려했던 대로 비가 내리기 시작했다. 빗방울은 마치 함께 날아다니는 철새처럼 하늘에서 빽빽이 줄을 지어 내려온다. 빗방울은 결코 다른 빗방울과 떨어지지 않으며, 빨리 내려올 때에도 결코 헤매지 않으며, 저마다 자기 위치를 고수하면서 뒤이어 오는 것을 이끌고 내려온다. 하늘은 제비 떼가 이동할 때보다 더 컴컴해진다. 우리는 숲 속으로 몸을 피했다. 빗방울의 여행이 끝난 후에도 더 약하고 더 느린 비 몇 방울이 또다시 내려왔다. 그러나 우리가 피신처에서 나왔을 때는 지면이 이미 거의 말랐는데도, 빗방울은 나뭇잎이 마음에 드는지 여전히 잎맥을 따라 계속 놀며 잎 끝에 매달리거나 휴식을 취하거나 하면서 햇빛에 반짝이다가, 갑자기 높은 가지에서 미끄러지며 콧잔등 위로 떨어지곤 했다.

또한 우리는 자주 생탕드레데샹 성당 정문 아래서 성자들과 주교들의 석상에 섞여 비를 피하곤 했다. 성당은 얼마나 프랑스적이었는지! 문 위에는 성인들과 손에 백합을 든 기사 왕들, 그리고 결혼식과 장례식 장면들이 프랑수아즈의 영혼에 그려졌을 것 같은 모습으로 새겨져 있었다. 조각가는 아리스토텔레스와 베르길리우스와 관련된 몇몇 일화를* 이야기하고 있었는데, 프랑수아즈가 부엌에서 성 루이를 개인적으로 잘 아는 것처럼 의기양양하게 말하면서 성 루이와 비교해 훨씬 덜 '정의로운' 우리 조부모님을 수치스럽게 하려고 했을 때와 같은 방식이었다. 중세 예술가나 농부(19세기까지 생존했던)가

---

* 에밀 말(Émile Mâle, 1862~1954)은 『프랑스 13세기 종교 예술』에서, 13세기 프랑스 대성당에서 고대의 영향을 거의 찾아볼 수 없는데 단지 아리스토텔레스와 베르길리우스만이 예외로, 아리스토텔레스는 등에 창녀를 태우고 네 발로 걸어가는 모습으로 리옹 성당에 조각되어 있으며, 베르길리우스는 바구니에 매달린 모습으로 캉의 생피에르 성당에 묘사되어 있다고 말한다. 『스완의 사랑』(폴리오) 489쪽 참조.

고대 역사 혹은 기독교 역사에 대해 지닌 개념들은 순박하면서도 부정확한데, 그래도 그들은 그 개념을 책을 통해서가 아니라 직접적인 오랜 전통, 다시 말하면 계속해서 구전으로 전해 내려오는 동안 변형되어 알아볼 수는 없지만 생생하게 살아 있는 전통을 통해서 얻었다는 걸 알 수 있었다. 또한 나는 콩브레의 또 다른 저명인사가 생탕드레데샹 성당 조각상에 잠재적이고 예언적인 모습으로 새겨진 것을 알아보았는데, 바로 카뮈네 가게 점원인 젊은 테오도르였다. 프랑수아즈는 이 테오도르가 그녀와 동향인 데다 동시대 사람이라고 느꼈으므로, 레오니 아주머니의 상태가 몹시 악화되어 프랑수아즈 혼자만으로는 아주머니 몸을 돌려 눕힐 수도, 안락의자에 데리고 갈 수도 없었을 때에는, 아주머니에게 '잘 보일지도' 모르는 부엌 하녀를 위층으로 부르기보다는 차라리 테오도르를 부르는 것이었다. 그때 나쁜 녀석으로 통했던 테오도르는 ── 그럴 만한 충분한 이유가 있었다. ── 생탕드레데샹 성당을 가득 채우던 영혼과, 특히 프랑수아즈가 '불쌍한 병자들'이나 '불쌍한 마님'에게 바쳐야 한다고 생각하는 존경심에 넘쳐 아주머니의 머리를 들고 베개를 괴어 주었는데, 그 모습은 마치 쇠진해 가는 성모 마리아 곁으로 촛불을 들고 모여든, 부조로 조각된 순진하고도 열성적인 표정의 작은 천사들 모습과도 흡사했다. 돌에 조각된 천사들의 헐벗은 잿빛 얼굴은 마치 겨울나무처럼 지금은 잠을 자면서 기다리고 있지만, 테오도르의 얼굴처럼 곧 잘 익은 붉은 사과 색으로 반짝이면서 수많은 서민적이고 경건하고 약삭빠른 얼굴로 다시 피어날 준비가 되어 있었다. 성당 정문에서 좀 떨어진 곳에는, 이런 작은 천사들처럼 돌에 새겨지지 않고, 사람 동상보다 더 큰 성녀상 하나가 축축한 지면에 발을 내딛는 것을 피하게 해 주는 발받침대 같은 초석 위에 세워져 있었는데, 그 팽팽한 뺨이며 말총 바구니 안에서 무르익은 포도송이처럼 옷 주름을 부풀리는 단단한 젖가슴이며 좁은 이마며 짧고 위로 치켜진 코며 움푹 들어간 눈동자가 이 지방 농촌 여인네들의 건장하고도 무표정하고 씩씩한 모습을 잘 표현해 주었다. 이 유사성은 내가 미처 찾아내지 못했던 어떤 부드러움을 성녀상에 슬며시 불어넣어 줬는데, 우리처럼 비를 피해 들판에서 뛰어든 소녀에 의해서도 여러 번 확인되었다. 소녀의 존재는 조각된 잎사귀 곁에 돋아난 쐐기풀잎과 마찬가지로 자연과의 대조를 통해서만 예술 작품의 진실을 평가할 수 있다는 것을 보여 주는 듯했다. 우리 앞 저 멀리에는 약속한 땅, 아니 저주받은 땅 루생빌이, 내가 그 담벽 너머로 결코 들어가 본 적 없던 루생빌이, 우리 쪽에는 이미 비가 그쳤는데도 성경에 나오는 마을처럼 주민들의 처소를 비스듬하게 후려치는 온갖 폭풍우의 창날에 계속 거세되고 있었다.* 혹은 이미 하느님의 용서를 받았는지, 하느님은 다시 나타난 태양의 가장자리가 풀린 금빛 줄기를, 마치 제단 성체 현시대의 광선처럼, 불규칙한 길이로 내려오게 하고 있었다.

때때로 날씨가 아주 나쁘면 우리는 집으로 돌아가 방 안에

---

* 187쪽 주석 참조.

갇혀 있어야 했다. 여기저기를 감도는 어둠과 습기로 들판은 바다 같았고, 어둠과 물속에 잠긴 언덕 허리에 매달린 외딴집들은 돛을 접고 밤새 바다에서 꼼짝 않는 작은 배들처럼 반짝였다. 그렇지만 비가 오거나 소나기가 와도 별 상관이 없었다. 나쁜 여름 날씨는 일시적이고 표면적인 기분일 뿐, 변화무쌍한 좋은 날씨가 고정적으로 내재되어 있어, 겨울의 불안정하고도 변화무쌍한 날씨와는 전혀 달랐다. 오히려 반대로 여름 날씨는 무성한 나뭇잎으로 대지 위에 단단하게 자리 잡고 있어, 비가 나뭇잎 위로 떨어져도 여름의 지속적인 기쁨을 위태롭게 하는 일 없이 물기를 흘려 내리며, 여름 내내 마을 거리까지, 집과 정원 벽까지, 보랏빛과 하얀빛 비단 깃발을 게양했다. 나는 작은 거실에 앉아 저녁 식사 시간이 될 때까지 책을 읽으면서 마로니에 나무에 빗방울이 떨어지는 소리를 들었다. 소나기는 마로니에 나뭇잎을 반짝거리게 할 뿐, 마로니에는 여름의 담보물처럼 좋은 날씨가 계속되리라는 걸 보증하면서, 밤새 빗속에 서 있겠다고 약속했다. 그리고 아무리 비가 쏟아져도 탕송빌의 하얀 울타리 위에는 내일이면 수없이 많은 작은 하트 모양 잎들이 물결치리라는 걸 잘 알고 있었다. 그래서 나는 페르샹 거리의 포플러 나무가 소나기에게 절망적으로 간청하고 인사하는 것을 보아도, 또 정원 구석에 있는 라일락나무 사이로 마지막 천둥이 무섭게 우르릉거리는 소리를 들어도 슬퍼하지 않았다.

아침부터 날씨가 나쁠 때는 부모님께서 산책을 단념하셨으므로 나도 밖에 나가지 않았다. 그러나 이내 그런 날에도 혼자서 메제글리즈라비뇌즈 쪽으로 산책하는 습관이 생겼는데, 결국 돌아가신 레오니 아주머니의 상속 문제로 콩브레에 가야 했던 어느 가을이었다. 아주머니의 식이요법이 드디어는 아주머니를 돌아가시게 하고 말 것이라고 주장하던 이들이나, 동시에 아주머니의 병이 상상이 아니라 위장 계통 병이라고 우기면서 그분이 돌아가시면 그 명백한 증거에 믿지 않던 사람들도 믿을 수밖에 없을 거라고 주장하던 이들이나 모두들 의기양양했다. 아주머니의 죽음은 오로지 한 사람에게만 큰 슬픔을 안겨 주었는데, 프랑수아즈의 슬픔은 거의 원시적이라 할 수 있었다. 아주머니의 병이 계속되는 마지막 두 주 동안 프랑수아즈는 아주머니 곁을 잠시도 떠나지 않고, 옷도 갈아입지 않고, 아무도 돌보지 못하게 하면서, 아주머니의 몸이 땅에 묻힐 때까지 내내 붙어 있었다. 우리는 그때 프랑수아즈가 아주머니의 악담이나 의심, 노여움을 두려워하며 살아오는 동안, 그녀의 마음속에는 우리가 증오라고 착각했던, 어떤 존경과 사랑의 감정이 싹트고 있었다는 것을 알게 되었다. 예측하기 어려운 결정을 내리고 저지하기 힘든 농간을 부리면서도 쉽게 감동시킬 수 있는 착한 마음을 가진, 그녀의 진정한 여주인이자 여군주인 그 신비롭고도 전능한 제왕은 이제 더 이상 존재하지 않았다. 이런 아주머니에 비하면 그녀에게 있어 우리는 별 볼일 없는 사람들이었다. 우리가 프랑수아즈의 눈에 아주머니처럼 매력적인 존재로 보였던 것은 아주 오래전, 우리가 콩브레에서 휴가를 보내기 시작했던 무렵이라고 생각된다. 그해 가을 우리 부모님께서는 여러 가지 서

류 작성이나 공증인, 소작인과의 면담으로 분주해서 외출할
틈이 거의 없는 데다 날씨까지 나빠, 나 혼자 메제글리즈로
산책해도 좋다고 허락하셨다. 나는 비에 젖지 않으려고 커다
란 담요로 몸을 감싸고, 스코틀랜드식 체크무늬가 프랑수아
즈를 화나게 한다고 느껴지자 일부러 보란 듯이 어깨에다 걸
치고는 산책을 떠났다. 옷 색깔이 애도하는 마음과 아무 관계
없다는 걸 그녀 머릿속에 주입하는 건 불가능했을 것이다. 더
구나 아주머니의 사망에 대해 우리가 보이는 슬픔도 전혀 그
녀 마음에 들지 않았는데, 우리가 성대한 장례식 식사도 제공
하지 않았고, 아주머니 이야기를 할 때면 특별한 목소리도 내
지 않고 심지어는 콧노래까지 불렀기 때문이다. 물론 책 속에
서였다면 ─ 이 경우에는 나 자신도 프랑수아즈와 마찬가지
로 ─ 『롤랑의 노래』*나 생탕드레데샹 성당 정문에 그려진 장
례의 개념에 공감했을 것이다. 그러나 프랑수아즈가 내 곁에
있기만 하면, 그녀가 화나기를 바라도록 악마가 부추겼는지,
곧 아무것도 아닌 것을 트집 잡아 그녀에게 이렇게 말하는 것
이었다. 아주머니가 돌아가셔서 슬프지만, 아주머니가 어리
석긴 해도 선량한 분이셨기 때문이지 결코 우리 아주머니라
서 그런 것은 아니며, 비록 그분이 우리 아주머니이긴 하지만
어쩐지 미운 생각이 들던 터라 아주머니의 죽음이 조금도 슬
프지 않다는 둥 요컨대 책에서라면 어리석게 보였을 그런 말

─────────────

* 프랑스 무훈시의 최고봉인 이 작품에서(11세기 말 또는 12세기 초) 롤랑이
죽자 카롤루스 대제와 군대는 애도하며 슬퍼했다.

들을 내뱉곤 했다.

그러면 프랑수아즈는 시인처럼 슬픔이나 가족의 추억에 대한 혼란스러운 생각으로 마음이 메어, 내 이론에 대답할 줄 모르는 것을 사과하면서 "전 표현할 줄 모른답니다."*라고 말하면, 나는 페르스피에 의사에게나 어울리는 그런 냉소적이고 난폭한 상식의 힘을 업고 그 고백을 제압하는 것이었다. 프랑수아즈가 만일 "그분은 그래도 치인척입니다. 치인척에게는 항상 존경심을 표해야 합니다."**라고 말하기라도 하면, 나는 어깨를 으쓱하며 중얼거렸다. "이런 단어도 모르는 무식쟁이와 말싸움을 하다니, 나도 사람이 지나치게 좋군." 이처럼 나는 프랑수아즈를 평가하는 데 있어 편협한 인간의 관점을 택했는데, 공정한 성찰을 통해서라면 그런 편협한 인간을 가장 경멸했을 사람들조차도, 평범한 삶의 장면에서는 그 역할을 더 잘 해내는 법이다.

그해 가을 산책은 오랜 시간을 책과 더불어 보낸 후에 했던 만큼 더욱 상쾌하게 느껴졌다. 거실에서 아침나절 내내 책을 읽다가 피곤해지면, 나는 어깨에 담요를 두르고는 집 밖으로 나갔다. 오랫동안 꼼짝하지 않던 내 몸은 자리에서 모여 쌓인 활기와 속도로 가득 채워져서는, 마치 팽이를 손에서 놓으면 저절로 빙빙 돌아가듯이, 그 활기와 속도를 모든 방향으로

---

* 프랑스어로 '표현하다'를 의미하는 exprimer 대신에 프랑수아즈는 esprimer 라고 말하는데 그녀 고유 어법이다.
** 이 문장에서도 친척을 의미하는 '파랑테(parenté)'를 괄호를 의미하는 '파랑테즈(parenthèse)'와 혼동하여 '파랑테즈(parentèse)'라고 잘못 말한다.

소모해야 했다. 집들의 벽이며 탕송빌 울타리, 루생빌 숲 나무들, 몽주뱅이 기대고 있는 관목 덤불은 내 우산이나 지팡이 세례를 받아야 했고 그 각각이 단지 나를 열광시키는 어떤 어렴풋한 관념에 불과한 즐거운 외침을 들어야 했다. 그 관념은 느리고도 어려운 해명 과정을 택하기보다는 즉각적인 해결책을 향한 보다 안이한 표류의 기쁨을 더 좋아했으므로, 휴식의 빛에는 이르지 못했다. 우리가 느낀 것을 있는 그대로 옮긴다고 주장하는 대부분의 번역은 우리에게 아무것도 가르쳐 주지 않는 불분명한 형태로 그 느낌을 빠져나가게 함으로써 우리를 해방하는 것에 지나지 않는다. 메제글리즈 쪽에서 내가 느낀 것이나 그 소박한 발견들을 결산해 본다면, 메제글리즈가 우연한 배경에 불과했는지 아니면 필연적인 계시자였는지는 모르지만, 그해 가을 이런 산책을 하던 어느 날, 몽주뱅을 감싼 관목 덤불의 비탈길 가까이에서 나는 처음으로 우리 인상과 그 일상적인 표현 사이에 어떤 불일치가 있다는 것을 깨닫고 놀랐던 것이 기억난다. 한 시간가량 비바람과 즐겁게 싸우고 나서 몽주뱅의 늪가 뱅퇴유 씨의 정원사가 정원용 도구를 넣어 두던 기와가 덮인 작은 오두막 앞에 이르렀을 때, 태양이 다시 막 나타나면서 소나기에 씻긴 금빛 하늘과 나무들 위에서, 오두막 담벼락 위에서, 아직도 축축한 기와 지붕 위에서 다시 반짝거리기 시작했고, 지붕 꼭대기에는 암탉 한 마리가 거닐고 있었다. 불어오는 바람이 벽면에 자란 무성한 잡초와 암탉의 솜털을 나란히 잡아당겨, 잡초도 솜털도 모두 바람 부는 대로 한껏 그 길이 끝까지, 마치 무기력하고도 가벼운 물체처럼 몸을 내맡긴 채 나부끼고 있었다. 기와 지붕은 태양이 늪 속에 반사한 빛으로, 내가 여태껏 한 번도 주의해서 본 적이 없는 분홍빛 대리석 무늬를 그리고 있었다. 그리고 수면과 벽면 맞은편에서 어떤 창백한 미소가 하늘의 미소에 응답하는 것을 보자, 나는 접힌 우산을 휘두르면서 열광하여 소리쳤다. "저런, 저런, 저런, 저런!"* 그러면서도 동시에 내 의무는 이런 모호한 말을 내뱉는 데 그치는 것이 아니라, 내 황홀감을 통해 사물을 보다 분명히 보는 데 있다고 생각했다.

바로 그 순간 ― 별로 기분이 좋아 보이지 않는 한 농부가 지나갔는데, 그는 내가 휘두르는 우산에 얼굴을 맞을 뻔하자 기분이 더 나빠져서는, 내가 "날씨가 좋지 않습니까. 걷기에 좋은 날이군요."라고 말해도 별 성의 없이 대답했는데, 그 농부 덕분에 ― 나는 똑같은 감동이 미리 정해진 순서에 따라 모든 사람에게 동시에 일어나지 않는다는 것을 알게 되었다. 그 후에도 평소보다 조금 더 오래 책을 읽고 나면 나는 말하고 싶은 충동에 사로잡히곤 했는데, 그때마다 내가 말을 나누고 싶어 하는 친구는 이제 막 대화의 즐거움에 몰두한 후라, 조용히 책을 읽게 내버려 달라고 했다. 또 부모님이 너무도 소중하게 느껴져 그분들을 기쁘게 해 드리기에 아주 적절한 착한 짓을 하기로 결심했는데, 부모님께서는 바로 그때 마침 내가 잊었던 하찮은 실수를 지적하거나, 내가 키스하려고 달려가는

---

* 실망, 분노, 놀람을 나타내는 의성어로 프랑스어로는 '쥐트(zut)'라고 쓰나 우리말로 적당한 표현이 없어 '저런'으로 옮긴다.

그 순간 나를 심하게 꾸짖었다.

　때로 고독이 주는 열광에, 그와 뚜렷이 구분되지 않는 또 다른 열광이 겹쳐졌는데, 그 열광은 내 품에 안길 어떤 농부 아가씨가 갑자기 내 앞에 나타나는 걸 보고 싶다는 욕망에서 비롯되었다. 이 욕망은 여러 다양한 상념들 가운데서도 그 원인을 정확하게 캐 볼 틈 없이 갑자기 생겨났으므로, 욕망을 동반하는 쾌락도 여느 상념이 주는 쾌락보다 더 크게 느껴졌다. 그때 나는 이런 새로운 감동으로, 내 정신 속에 있는 모든 것들, 이를테면 기와 지붕이 반사하는 분홍빛이나 무성한 잡초들, 오래전부터 가고 싶어 했던 루생빌 마을, 그 숲의 나무들, 성당 종탑에 커다란 가치를 부여했다. 왜냐하면 이 새로운 감동을 불러일으킨 것이 바로 그런 사물들이라는 생각이 들자 그 사물들이 더욱 매력적으로 보였고, 그 감동이 내 돛을 미지의 힘찬 순풍으로 부풀리면서, 나를 그쪽으로 보다 빨리 날라다 주고 싶어 하는 것처럼 보였기 때문이다. 그러나 한 여인이 나타났으면 하는 욕망이 자연의 매력에 뭔가 더 열광적인 것을 덧붙여 주었다면, 반대로 자연의 매력은 여인의 매력이라는 지나치게 한정된 매력을 더 풍부하게 해 주었다. 나무의 아름다움은 곧 여인의 아름다움이었고, 그녀의 입맞춤이 지평선의 영혼과 루생빌 마을의 영혼, 내가 그해 읽은 책들의 영혼을 내게 넘겨줄 것만 같았다. 내 상상력은 관능적인 것과 접촉하면서 힘을 얻었고, 관능적인 것은 내 상상력의 모든 영역으로 확산되어 내 욕망은 이제 끝이 없었다. 바로 이렇게 해서 ── 습관의 활동이 유보되고, 사물에 대한 추상적 개념이 배제되는 자연 한가운데서 몽상할 때면 흔히 일어나는 일이지만, 우리는 깊은 신앙심으로 우리가 있는 장소의 독창성이나 개별적인 삶을 믿게 된다. ── 내 욕망이 호소하던 그 지나가는 여인은 그녀가 속한 일반적인 전형 중 한 예가 아니라, 그 대지의 필연적이고 자연스러운 산물로 느껴졌다. 그때 내가 아닌 모든 것, 즉 대지며 존재들은 성숙한 인간의 눈에 비친 것보다 더 현실적인 삶을 부여받아, 내게는 보다 소중하고 보다 중요한 것으로 보였다. 나는 대지와 존재들을 분리하지 않았다. 메제글리즈나 루생빌을 욕망하듯이 나는 메제글리즈나 루생빌의 농부 아가씨, 또는 발베크의 어부 아가씨를 욕망했다. 하지만 그 아가씨들이 내게 줄 수 있는 쾌락의 조건을 내가 마음대로 바꿔 버렸다면, 그 쾌락은 사실처럼 보이지 않아 나 자신도 그 쾌락을 믿지 못했을 것이다. 파리에서 발베크의 어부 아가씨를 만나거나 메제글리즈의 농부 아가씨를 만난다는 것은, 내가 바닷가에서 결코 본 적 없는 조가비를, 숲에서 결코 발견한 적 없는 고사리를 얻는 것과 마찬가지여서, 내 상상력이 그녀 주위를 감싸던 모든 쾌락을 빼앗아 버리는 것 같았다. 그러나 이렇듯 포옹할 만한 농부 아가씨를 한 명도 만나지 못한 채 루생빌 숲을 헤매는 것은, 숲 속에 숨겨진 보물이나 심오한 아름다움을 알아내지 못하는 것과 다름없었다. 나뭇잎 사이로만 보이던 그 소녀는, 그 자체가 내게는 다른 식물보다 조금 더 키 큰 지방 식물로 보였고, 그 구조가 나를 고장의 심오한 정취에 더 가까이 다가가게 해 주는 것 같았다. 내가 이런 사실을 쉽게 믿을 수 있었던 것은(그리고 그녀가 쾌락을 맛보게 해 줄 그 애무는 특별한 것으로, 그녀 아닌 다른 여자를 통해서는 결코 맛볼 수 없었을 거라고 믿었던 것은) 내가 아직 어려서, 우리가 몇몇 여인들을 소유하고 함께 맛본 쾌락을 추상화하고, 그것을 하나의 일반적인 개념으로 환원해 언제나 똑같은 쾌락의 바꿀 수 있는 도구로 여기는 나이에는 아직 이르지 못했기 때문이다. 그런 쾌락이란 우리가 한 여인에게 접근하면서 추구하는 목적이나 미리 느끼는 불안의 원인처럼, 정신 속에서 고립되고 분리된 채 형성되지 않는다. 우리는 그런 것을 우리가 느낄 쾌락으로 여기지 않는다. 우리는 오히려 상대 여자의 매력을 쾌락이라고 부른다. 왜냐하면 우리는 자신을 생각하지 않고, 오히려 자신으로부터 빠져나갈 생각만을 하기 때문이다. 막연히 기대되고 숨겨지고 내재된 쾌락이 막상 이루어지는 순간 우리 곁에 있는 여인의 다정한 시선과 입맞춤으로 야기되는 여러 다른 쾌락들도 함께 절정에 달하기 때문에, 그 쾌락이 특히 우리에게는 상대 여인이 우리에게 베푸는 선의와 행복을 통해 헤아려지는, 그녀의 선한 마음씨와 감동 어린 애정에 대해 우리가 느끼는 일종의 열광적인 고마움의 표시로밖에 보이지 않는다.

아! 슬프게도 콩브레에 있는 우리 집 꼭대기 아이리스 꽃향기가 풍기는 방의 열린 창문 한가운데로 루생빌 성탑밖에 보이지 않았을 때, 나는 그것이 마치 내 첫 번째 욕망들의 속내 이야기를 들어 주는 유일한 상대이기라도 한 듯이, 그 성탑을 향해 어느 마을 아이를 보내 달라고 애원해 보았지만 아무 소용없었다. 그때 나는 탐험을 시도하는 여행자나 절망에 빠져 자살하는 사람처럼, 비장하게 망설이며 정신을 잃고는 창문을 통해 내게로까지 드리운 야생 카시스 나뭇잎 위에 달팽이의 자연스러운 흔적이 덧붙을 때까지 죽음의 길이라고 여겨지는 그런 미지의 길을 내 안에 개척하고 있었다.* 이제 나는 헛되이 성탑에 애원했다. 넓은 들판을 내 시야에 가득 담고, 거기서 한 여인을 데려오려고 헛되이 내 시선을 쥐어짰다. 나는 생탕드레데상 성당 정문까지 갈 수 있었다. 할아버지와 함께 있었다면 틀림없이 만날 수 있었을, 그러나 할아버지 곁이라 말은 하지 못했을 그 농부 아가씨의 모습도 찾아볼 수 없었다. 나는 멀리 있는 나무줄기만 한없이 바라보았다. 그 뒤에서 소녀가 갑자기 나타나 내게로 다가올 것만 같았다. 내가 탐색하던 지평선은 텅 비어 있었다. 어둠이 내려왔다. 내 주의력은 이 불모의 땅, 이 고갈된 대지가 숨기고 있을지도 모르는 존재들을 열망하면서 그곳에 밀착했지만, 아무 희망도 없었다. 그래서 난 더 이상 즐거움이 아닌 분노로 루생빌 숲 나무들을 때리기 시작했다. 그러나 나무들 사이로부터는, 마치 화폭에 그려진 풍경 속 나무들처럼, 어떤 살아 있는 물체도 나오지 않았다. 내가 그렇게도 욕망하던 여인을 품에 안지 않고는 집에 돌아갈 수 없었지만, 그녀가 나타날 우연의 가능성이 점점 줄어들고 있다는 사실을 시인하면서 콩브레로 돌아가는 길로 접어들 수밖에 없었다. 만일 그녀를 길에서 만났다 해도 말이나 걸 수 있었을까? 그녀는 날 미치광이 취급했을 것이다. 이러한 산책 중 형성된 이 실현되지 않는 욕망들을 다른

---

* 화자가 처음으로 성에 눈뜨게 되는 이 장면에 대해서는 32쪽 참조.

사람들도 품을 수 있으며, 내 밖에서 진실일 수 있다는 생각은 더 이상 하지 않기로 했다. 내게는 그런 욕망이 순전히 내 성격이 만들어 낸 주관적이고 무기력하고 환상적인 창조물로밖에 생각되지 않았다. 이제 욕망은 자연이나 현실과 무관했고, 그리하여 현실도 모든 매력이나 의미를 상실한 채 내 삶에서 하나의 관례적인 틀에 지나지 않게 되었다. 마치 여행자가 기차 좌석에 앉아 시간을 보내려고 책을 읽을 때 그가 탄 기차가 소설의 허구 세계에 대해 그러하듯이.

당시에는 어렴풋하게 느꼈지만, 몇 년 후에 사디즘에 대한 어떤 관념을 가지게 된 것도 바로 이 몽주뱅 주변에서 받은 인상 때문이었다. 이 인상이 아주 다른 이유로 내 삶에서 중요한 역할을 하게 되리라는 것은 나중에 알 것이다. 아주 더운 날이었다. 부모님께서는 하루 종일 집을 비우니 나에게 마음대로 늦게 돌아와도 좋다고 말씀하셨다. 그래서 내가 좋아하는 기와 지붕의 반사광을 다시 보려고 몽주뱅의 늪까지 갔다가, 집이 내려다보이는 비탈길 관목 덤불 나무 그늘 아래 누웠고, 그러다 그만 잠이 들어 버렸다. 뱅퇴유 씨를 방문하러 갔을 때 아버지를 기다리던 곳이었다. 잠에서 깨어났을 때는 이미 어두운 밤이었다. 몸을 일으키려고 하자 뱅퇴유 양이 눈에 띄었다.(내가 그녀를 알아본다고 생각하는 한에서 그랬다. 콩브레에서 그녀가 어린아이였을 때만 봤을 뿐 자주 보진 못했는데 처녀가 다 되어 있었기 때문이다.) 그녀는 아마도 금방 방에 들어온 것 같았는데, 내 맞은편 겨우 몇 센티미터 떨어진 곳에, 그녀 아버지가 내 아버지를 접대하던 방이자 지금은 그녀가 거실로 사용하는 작은 방에 있었다. 창문은 열려 있었고 등불도 켜져 있어, 나는 들킬 염려 없이 그녀의 모든 움직임을 볼 수 있었다. 지금 움직이면 덤불이 부스럭거릴 것이고, 그러면 그녀가 그 소리를 듣고 내가 자기를 엿보려고 숨어 있는 거라 여길지도 몰랐다.

그녀는 상복을 입고 있었다. 얼마 전에 그녀 아버지가 돌아가셨기 때문이다. 우리는 그녀를 보러 가지 않았다. 어머니께서, 선의의 행동을 방해하는 유일한 미덕인 정숙함을 이유로 방문을 꺼리셨기 때문이다. 그러나 어머니는 진심으로 그녀를 측은히 여겼다. 어머니께서는 뱅퇴유 씨의 서글픈 삶의 종말을, 어머니로서 유모로서 딸을 돌보는 데 전념하다가 나중에는 딸이 준 고통으로 괴로워했던 그분의 종말을 회상하곤 하셨다. 그러고는 고통스러웠던 뱅퇴유 노인의 말년 얼굴을 머릿속에 그려 보셨다. 나이 든 피아노 교사이자 은퇴한 동네 오르간 연주자인 그분이 자기 말년의 모든 작품들을, 변변치 않은 곡들이긴 했지만, 악보로 정서해서 완성하는 걸 완전히 단념했다는 사실도 알게 되었다. 우리는 그 곡들이 그 자체로는 거의 가치가 없다고 생각했지만, 그렇다고 해서 무시하지도 않았다. 왜냐하면 그 곡들은 딸을 위해 자신을 희생하기 전까지만 해도 그분 삶의 이유였을 정도로 그분에게는 아주 소중했으며 또 작품 대부분이 미처 악보로 옮겨지지 못하고 다만 그분 머릿속에만 간직되었거나 고작 두세 곡만이 몇몇 종잇장에 적혔긴 했지만 거의 읽을 수 없어서 사람들에게는 알려지지 않을 것이기 때문이었다. 어머니께서는 뱅퇴유 씨가 딸을 위해, 꿈꾸어 온 그 부끄럽지 않은 존경받는 행복한 미래를 포기해야만 했던 것이 더 고통스러웠을 거라고 생각하셨다. 어머니는 내 이모할머니들의 옛 피아노 선생님이었던 뱅퇴유 씨의 지극한 슬픔을 회상하시면서 진심으로 마음 아파하셨고, 동시에 뱅퇴유 양이 자기가 아버지를 죽인 거나 다름없다고 자책하며 회한 섞인 슬픔을 느낄 거라는 생각에 또 아파하셨다. "가련한 뱅퇴유 씨." 하고 어머니가 말씀하셨다. "그분은 아무런 보답도 받지 못한 채 딸만을 위해 살다가 돌아가셨는데. 죽은 후에나 그 보답을 받을 수 있을지, 그렇다면 어떤 식으로? 딸만이 그 보답을 줄 수 있을 텐데."*

뱅퇴유 양의 거실 구석 벽난로 위에는 그녀 아버지 사진이 든 작은 액자가 놓여 있었는데, 밖에서 마차가 굴러오는 소리가 들리자마자 그녀는 재빨리 사진을 가져다가 소파 위로 몸을 던지고는 작은 탁자를 몸 가까이로 끌어당기면서, 마치 뱅퇴유 씨가 예전에 내 부모님에게 연주해 주고 싶어 하던 곡을 자기 옆에 갖다 놓았던 것처럼, 그 위에 사진을 올려놓았다. 드디어 그녀의 여자 친구가 들어왔다. 뱅퇴유 양은 몸도 일으키지 않고 양손을 머리 뒤에 괸 채 친구를 맞이하면서, 자리를 내주려는 듯 소파 반대쪽으로 몸을 비켰다. 하지만 그녀는 곧 상대방이 귀찮게 생각할지도 모르는 자세를 자신이 강요한다고 느꼈다. 친구가 자기와 떨어진 곳에 앉는 걸 더 좋아할지도

---

* 레오니 아주머니 죽음 후 뱅퇴유 씨의 죽음에 대한 환기는, 이 두 죽음에 밀접한 연관이 있음을 말해 준다. 어머니에 대한 화자의 죄의식을 보여 주는 대목이다.

모른다고 생각했고 그러자 자기가 경솔했다고 여겨져 그녀의 섬세한 마음은 불안하기만 했다. 그녀는 다시 소파 자리를 차지하고는 눈을 감고 자신이 이렇게 드러누운 이유가 단지 졸음 때문이라는 걸 보여 주려고 하품을 하기 시작했다. 친구에 대한 그녀의 거칠고도 위압적인 친밀감에도 불구하고, 나는 그녀에게서 그녀 아버지가 보이던 지나치게 공손하면서도 주저하는 몸짓, 느닷없는 조심성을 알아보았다. 이윽고 그녀는 일어서더니 덧문을 닫으려 했지만 잘 닫히지 않는다는 시늉을 했다.

"그냥 열린 대로 둬. 난 더운데."라고 여자 친구가 말했다.

"그래도 난 싫어. 사람들이 우리를 볼지도 모르니까."라고 뱅퇴유 양이 대답했다.

그러나 그녀는, 그런 말을 한 것이 실은 자신이 듣고 싶은 말을 친구가 하도록 하기 위한 것에 불과하며, 그러나 조심스럽게 그 말을 하는 주도권을 친구에게 주고 싶어 한다는 걸 친구가 틀림없이 알아차릴 거라고 짐작했다. 그래서 나는 그녀의 시선을 볼 수 없었지만 그녀가 활기차게 이런 말을 덧붙였을 때, 우리 할머니를 즐겁게 해 주던 그런 표정을 짓고 있었을 거라는 생각이 들었다.

"사람들이 우리를 볼지도 모른다고 말한 건, 우리가 책 읽는 걸 사람들이 본다는 뜻이었어. 아무리 별 의미 없는 일을 할 때라도, 사람들이 보고 있다고 생각하면 난 싫어."

그녀는 본능적인 관대함과 무의식적인 예의로, 자신의 욕망을 실현하기에 필요하다고 판단되는, 미리 머릿속으로 생각해 둔 말은 아직 하지 않았다. 그녀 마음 깊숙이에는 매순간 수줍게 간청하는 처녀가 거칠고 의기양양한 군인을 물리치고 있었다.

"그래, 어쩌면 드나드는 사람이 많은 이 시골에서, 이 시간에, 사람들이 우리를 볼지도 모르겠군." 하고 친구가 야유하듯 말하고는 "그래서 그게 어떻다는 거야?"라고 덧붙였다.(친구는 뱅퇴유 양이 좋아할 만한 글을 호의로 읽어 줄 때에도, 다정하고도 심술궂은 윙크를 덧붙여만 한다고 생각했는지 냉소적으로 말했다.) "볼 테면 보라고 하지 뭐, 그게 더 좋지 않겠어?"

뱅퇴유 양이 몸을 떨며 일어섰다. 소심하고도 예민한 그녀의 마음은 자신의 관능이 부르는 이 장면에 어떤 즉흥적인 대사를 해야 더 잘 어울릴지 모르는 것 같았다. 그녀는 할 수 있는 한 그녀의 진정한 도덕적 본성으로부터 멀리 떨어져, 그녀가 되고 싶어 하는 타락한 소녀에 어울리는 언어를 찾아내려고 했지만, 타락한 소녀라면 진심으로 했을 그런 말도 그녀 입에서 나오면 거짓으로 보였다. 그리하여 그녀 스스로가 허락하는 몇 마디 말도 어색한 말투가 되어 버렸고, 대담해지려는 그녀의 욕망도 소심한 버릇에 마비되어 "춥지 않니? 덥지? 혼자서 책 읽고 싶은 거 아냐?"라는 말만 뒤섞여 나오는 것이었다.

"아가씨는 오늘 저녁 아주 요상한 생각을 하시나 봐요."라는 말을 그녀는 드디어 하고야 말았는데, 이 말은 전에 친구 입으로부터 들었던 것을 아마도 되풀이한 것 같았다.

파인 크레이프 블라우스 사이로 친구의 키스가 찌릿하게 와 닿는 것이 느껴지자 뱅퇴유 양은 작게 비명을 지르며 도망쳤다. 그들은 마치 사랑에 빠진 두 마리 새처럼, 넓은 소매를 날개처럼 파닥거리며 낄낄거리고 짹짹거리며 서로를 쫓아다녔다. 그러다가 드디어 뱅퇴유 양이 친구 몸을 덮치며 소파에 쓰러졌다. 친구는 옛 피아노 교사의 사진이 놓인 작은 탁자에 등을 돌리고 있었다. 뱅퇴유 양은 친구의 주의를 사진 쪽으로 끌지 않으면 친구가 보지 않으리라는 걸 깨닫고, 그 사진을 이제 막 본 것처럼 말했다.

"어머나, 우리를 바라보고 있는 이 아버지의 사진을 도대체 누가 여기 갖다 놓았을까. 여기가 제자리가 아니라고 스무 번이나 말했는데."

그 말은 바로 뱅퇴유 씨가 우리 아버지에게 그의 악보에 대해 했던 말이라는 것이 기억났다. 뱅퇴유 씨의 사진은 그 여자들의 모독 의식에 습관적으로 사용되고 있었음에 틀림없다. 왜냐하면 친구는 그 말을 듣고 나서, 준비된 의식의 한 부분인 것처럼 이렇게 대답했기 때문이다.

"거기 있는 자리에 그냥 내버려둬. 이젠 그가 없으니 우리를 귀찮게 하지 못하잖아. 저 비열한 원숭이가, 이렇게 네가 창문을 열어 놓은 걸 보면 눈물을 흘리면서 외투라도 걸쳐 줄 것 같니?"

뱅퇴유 양은 상냥하게 나무라는 투로 대답했다. "그래도, 그래도." 이 말은 그녀의 착한 성품을 증명해 줬는데, 아버지에 대해 이런 식으로 말하는 것에 화가 나서가 아니라(어떤 잘못된 추론인지는 모르겠지만, 이런 순간이면 습관적으로 명백히 그녀 마음속에 뭔가 억눌린 감정이 있는 것 같았다.) 이기주의자처

럼 보이지 않으려고, 친구가 자기에게 주려는 쾌락에 제동을
거는 듯 보였다. 또 그런 모독적인 말에 미소로 답하는 온순함
이나 위선적이면서도 상냥한 비난은 그녀의 솔직하고도 착한
성품에 비하면, 아마도 그녀가 닮고자 하는 사악함의 특별히
비열하고도 매력적인 형태로 보였다. 그러나 그녀는 방어할
수도 없는 망자에 대해 그토록 가혹하게 구는 사람이 자신에
게 다정하게 대해 줄 때 느껴지는 쾌락의 매력에 저항할 수 없
었다. 그녀는 친구 무릎 위로 뛰어 올라 친구의 딸이라면 했을
법한 몸짓으로, 키스를 받기 위해 순결하게 이마를 내밀었고,
그렇게 함으로써 그들 둘 다 무덤 속에서까지 뱅퇴유 씨의 부
성을 강탈하여 잔혹함의 절정에 이르는 희열을 맛보았다. 친
구는 두 손으로 뱅퇴유 양의 머리를 붙들고는, 뱅퇴유 양에 대
한 커다란 애정과 이젠 고아가 된 그녀의 쓸쓸한 삶에 뭔가 기
분전환이라도 해 주고 싶은 마음에서, 금방 온순해져서는 이
마에 키스를 했다.

"이 끔찍한 늙은이에게 내가 뭘 해 주고 싶은지 아니?" 하
고 친구가 사진을 들며 말했다.

그리고 뱅퇴유 양의 귀에다 몇 마디 속삭였는데, 내게는 들
리지 않았다.

"어머, 네가 설마 그런 짓을."

"내가 침을 못 뱉을 줄 알아? 이 사진에다가?" 하고 친구가
일부러 거칠게 말했다.

그들의 말이 더 이상 들리지 않았다. 뱅퇴유 양이 지치고 서
투르고 분주하고 정직하고 서글픈 모습으로 덧문과 창문을

닫으러 왔기 때문이다. 그러나 나는 뱅퇴유 씨가 일생을 딸 때문에 감내해야 했던 그 모든 고통의 대가로, 그가 죽은 후에 딸로부터 어떤 것을 받았는지 알게 되었다.

그렇지만 나는 나중에 설령 뱅퇴유 씨가 그 장면을 목격했다 해도 딸의 착한 마음에 대한 믿음은 여전히 잃지 않았을 것이며, 또 그런 태도가 전혀 틀리진 않았다고 생각했다. 물론 뱅퇴유 양의 일상에서 겉으로 드러난 악의 모습은 너무도 완벽해서, 그 정도로 완벽하게 실현된 악의 모습을 사디스트 여성이 아닌 다른 곳에서 찾아보기란 힘들 것이다. 오로지 딸만을 위해 살아 온 아버지 사진에 친구가 침을 뱉는 것을 구경할 수 있는 곳은, 시골 별장의 진짜 등불 아래서가 아니라 오히려 도시 불바르 극장*의 조명 아래서다. 그리고 우리 삶에서 멜로드라마의 미학에 근거를 제공하는 것은 사디즘밖에 없다. 이런 사디즘의 경우를 제외하고, 뱅퇴유 양처럼 죽은 아버지의 기억과 소망을 잔인하게 저버리는 딸이 현실에도 있을지는 모르지만, 그 잔인함을 이처럼 초보적이고 순진한 상징주의 일막극으로 뚜렷하게 요약하지는 못했을 것이다. 그녀의 행동에서 죄악이라고 할 수 있는 것만 해도 다른 사람 눈에 가려 있었으며, 스스로도 악을 행한다는 것을 인정하지 않았으므로 그녀 자신의 눈에도 보이지 않았을 것이다. 그러나 이런 겉모습 너머로 뱅퇴유 양의 마음속에 있는, 적어도 초기 단계의 악에 아마도 불순물이 없지는 않았을 것이다. 그녀 같은 사

* 파리 대로변에 있는, 주로 대중적인 연극을 공연하는 극장을 가리킨다.

디스트는 악의 예술가이지, 완전무결하게 악한 사람과는 다르다. 완전한 악인의 악은 바깥에 있는 것이 아니라 선천적이어서 그 자신과 잘 구별되지 않는다. 그리고 미덕이나 고인에 대한 기억, 자식으로서의 부모에 대한 사랑을 찬미하지 않는 이상 그것들을 모독하는 데서 오는 불경한 기쁨도 느끼지 못하는 법이다. 뱅퇴유 양 같은 사디스트들은 아주 감상적이고 천성적으로 고결해서, 그런 사람들에게는 관능적인 쾌락마저도 뭔가 사악한, 악인의 특권처럼 여겨지는 것이다. 그들이 잠시 관능적인 쾌락에 탐닉하는 것을 스스로에게 허락하는 것도 사실은 잠시나마 그들의 소심하고도 다정한 영혼으로부터 탈출했다는 환상에 빠지려고, 악인의 껍질을 쓰고 공범자와 함께 쾌락의 비인간적인 세계로 들어가려고 한 것이다. 그러나 그런 탈출에 성공하기가 얼마나 어려웠는지를 보면서, 나는 그녀가 정말로 탈출을 열망했음을 알게 되었다. 그녀가 아버지와 전혀 다른 사람이 되기를 바랐을 때조차도, 그녀가 연상시키는 것은 나이 든 피아노 선생님이 생각하는 방식이나 말투였다. 그녀가 모독한 것은 단순한 아버지 사진 이상으로, 그녀가 쾌락에 사용한 것, 그러나 쾌락과 그녀 사이에 끼어 쾌락을 직접적으로 맛보지 못하게 한 것으로 바로 아버지와 닮은 얼굴이었으며, 아버지가 가보처럼 물려준 어머니의 푸른 눈이었으며, 뱅퇴유 양의 악덕과 그녀 사이에 어떤 말투나 정신을 깃들게 한 다정한 몸짓이었다. 그 정신은 악덕을 위해 만들어진 것이 아니라, 악덕이란 것이 그녀가 평소에 지켜야 하는 수많은 의무적인 예의범절과 크게 다르지 않다고 생각하게 하는 그런 정신이었다. 쾌락이라는 관념을 부여하고 쾌락을 매혹적으로 보이게 한 것은 악이 아니었다. 오히려 쾌락은 그녀에게 해로운 듯했다. 그녀가 쾌락에 몰두할 때마다, 평소에는 그녀의 고결한 영혼에서 찾아볼 수 없었던 사악한 상념이 동반되면서 뭔가 악마적인 것을 찾아내고 마침내는 쾌락을 악과 동일시하는 것이었다. 어쩌면 뱅퇴유 양은 그녀의 여자 친구가 근본적으로 나쁜 사람은 아니며, 그런 모독적인 언사를 내뱉는 것도 진심이 아니라고 느꼈을 것이다. 그러나 적어도 그녀는 친구 얼굴에 나타나는 미소와 시선에 키스하며 쾌락을 느꼈고, 그 미소와 시선은 비록 진심이 아니라 할지라도 사악하고 천박한 표현으로, 고통스러워하는 선한 자가 아니라 잔혹과 쾌락을 좇는 자의 얼굴에 나타나는 것과 비슷했다. 사실 그녀는 한순간, 아버지의 기억에 대해 어떤 야만적인 감정을 품고 있는 소녀가, 그녀처럼 타락한 공범자와 더불어 즐겼을지도 모르는 장난을 자신이 실제로 하고 있다고 상상했을지도 모른다. 어쩌면 그녀가 다른 사람이 주는 고통에 무관심하고, 이 무관심이 어떤 이름으로 불리든간에, 잔혹함의 끔찍하고도 지속적인 형태라는 것을 자신이나 타인에게서 식별할 수만 있었다면, 그녀는 결코 악을 이처럼 드물고 경이롭고 낯설게 여기지 않았을 것이며, 악의 나라로 이주하는 것도 이처럼 안온하게 느끼지 않았을 것이다.

이처럼 메제글리즈 쪽으로 가는 것이 비교적 쉬운 일이었다면, 게르망트 쪽으로 가는 것은 다른 문제였다. 시간이 오래 걸렸고, 그래서 우선 날씨를 확인해야 했다. 화창한 날씨가 계속 된다 싶을 때면 프랑수아즈는 "저 불쌍한 농작물"에 비 한 방울 떨어지지 않는다고 절망하면서, 잔잔한 푸른 하늘 표면에 드문드문 피어오른 흰 구름을 바라보며 이렇게 투덜댔다. "꼬리기름상어가 콧등을 내밀며 헤엄치는 것 같구나! 왜 불쌍한 농부들을 위해서 비로 만들 생각은 하지 못하는 걸까? 그런데 밀이 무르익을 때면 서서히 쉴 새 없이 비가 내리기 시작해서 바다인지 어딘지도 알 수 없겠지!" 한편 아버지께서 정원사와 기압계로부터 한결같이 긍정적인 대답을 듣게 되면 저녁 식사 시간에 이렇게 말씀하셨다. "내일도 오늘과 날씨가 같다면 게르망트 쪽으로 갑시다." 우리는 점심 식사가 끝나자마자 정원 작은 뒷문으로 나와 페르샹* 거리로 접어들었다. 그 길은 비좁고 뾰족한 모퉁이로 이어졌으며, 작은 잔디밭으로 채워진 길 한가운데에는 말벌 두세 마리가 꽃이나 풀 들을 모으며 하루를 보내고 있었다. 그렇게도 색다른 그곳의 기이한 특성과 까다로운 개성은 이름에서 연유한 듯했는데, 오늘날의 콩브레에서 이 거리를 찾는 것은 헛수고로, 예전에 이 길이 있던 자리에 지금은 학교가 세워졌기 때문이다. 그러나 나의 몽상은 (르네상스 시대의 붉은 복도와 17세기 제단에서 로마 양식** 성가대석의 흔적을 발견했다고 생각하고는, 건물 전체를 12세기 모습으로 복원한 비올레르뒤크*** 문하 건축가들과 마찬가지로) 새로 지은 건

---

* 페르샹(Perchamps)은 프랑스어로 '들판을 찌르다'라는 뜻이다.
** 로마 양식은 1030년부터 12세기 중반에 이르는 예술 양식을 가리킨다.
*** 외젠 비올레르뒤크(Eugeru Viollet-le-Duc, 1814~1879). 프랑스 건축가로

물의 돌에 하나도 빼놓지 않고 구멍을 뚫어 페르샹 골목길을 '복원하고' 있었다. 게다가 내 몽상에는 이러한 복원을 위해 일반적으로 복원 전문가에겐 없는 더 정확한 자료들이 있다. 내 기억에 간직된, 아직까지는 남아 있지만 곧 사라질 운명에 처한 내 유년 시절 콩브레 이미지들이다. 더욱이 콩브레 자신이 사라지기 전에 이 이미지들을 내 마음속에 새겨 놓았으므로 — 할머니께서 즐겨 주시던 그 영광스러운 사진 복제화와 이 이름 없는 초상화를 비교할 수 있다면 — 다빈치의 걸작이나 생 마르크 성당 정문을 오늘날에는 더 이상 존재하지 않는 상태로 보여 주는 「최후의 만찬」이나 젠틸레 벨리니의 옛 판화만큼이나 참으로 감동적이다.*

우리는 루아조 거리의 오래된 여인숙인 루아조플레세 앞을 지나갔는데, 그 넓은 안마당에는 17세기에 몽팡시에, 게르망트, 몽모랑시 공작 부인들이 소작인과의 분쟁을 해결하려고, 또는 충성 서약을 환기하려고 콩브레에 와야 했을 때, 화려한 사륜마차들이 줄지어 들어가던 곳이다.** 우리가 나무들 사이

노트르담 대성당을 포함하여 수많은 중세 건축물을 복원한 것으로 유명하다. 그러나 프루스트는 이런 복원 작업이 옛 흔적을 다 파괴한다고 여겨 비판적인 입장을 취했다.

* 다빈치의 「최후의 만찬」은 모르겐의 판화가 유명하다. 79쪽 주석 참조. 벨리니는 이탈리아 화가로 「산마르코 광장에서의 십자가 성유물 예배 행렬」(1496)을 그렸다. 175쪽 주석 참조.

** 몽팡시에(Montpensier) 공작 부인은 안마리루이즈 도를레앙(Anne-Marie-Louise d'Orléans, 1627~1693)을 가리키며, 몽모랑시(Montmorency) 부인은 마리 펠리시 데 쥐르생(Marie Félicie des Ursins)으로 추정된다. 여하튼 두 역사적 인물 사이에 게르망트라는 허구 인물을 끼워넣어 사실주의적 효과를 냈다.

산책로에 이르자 생틸레르 종탑이 보였다. 나는 그곳에 앉아 하루 종일 종소리를 들으며 책을 읽고 싶었다. 날씨는 화창했고 주위도 고요해서, 시각을 알리는 종소리가 울려와도 낮의 고요를 깨트리기는커녕, 오히려 낮에서 불필요한 것들을 다 제거하고, 또 종탑이 할 일 없는 사람의 무료함과 주의 깊은 정확성으로 ― 뜨거운 태양열 속에서 서서히 자연스럽게 모인 몇몇 금빛 물방울을 짜서 떨어트리려는 것처럼 ― 충만한 고요함을 원하는 시간에 눌러 짜내는 것처럼 보였기 때문이다.

게르망트 쪽의 가장 큰 매력은 산책 내내 옆으로 비본 내의 흐름을 함께할 수 있다는 점이었다. 집에서 나와 십 분이 지나면 우리는 퐁비외라고 불리는 작은 다리를 통해 처음 강을 건너곤 했다. 콩브레에 도착한 다음 날부터 부활절 강론이 끝나 날씨가 좋기만 하면 나는 퐁비외 다리까지 달려가, 화려한 축제 준비로 근처 가재도구들이 더욱 초라해 보이는 축일 아침 혼란 속에서, 아직 어둡고 벌거벗은 땅 사이로 이미 푸른 하늘빛을 띠고 흘러가는 냇물을 바라보았다. 냇물 옆에는 한 무리 철 이른 노란 수선화와 앵초 꽃이 피어 있었고, 한편 여기저기 뾰족한 푸른 입을 내민 제비꽃은 조그만 나팔꽃 모양 꽃잎 속에 간직한 향기 방울의 무게 덕분에 이미 줄기를 구부리고 있었다. 퐁비외 다리는 배 끄는 좁은 길로 통했는데, 여름철이면 개암나무의 푸른 잎으로 덮인 나무 아래에는 밀짚모자를 쓴 한 낚시꾼이 뿌리를 내렸다. 콩브레에서는 대장장이나 식료품 가게 점원이 성당 순시원 제복이나 성가대 아이의 흰 옷 속에 모습을 감추어도 누구인지 다 알 수 있었는데,

그 낚시꾼만은 내가 신원을 알 수 없는 유일한 사람이었다. 그 사람은 우리 부모님을 알았던 것 같다. 우리가 그 앞을 지나갈 때 그가 모자를 벗어 들어올렸기 때문이다. 그의 이름을 묻고 싶었지만, 부모님께서는 물고기가 놀라지 않도록 조용히 하라고 손짓하셨다. 우리는 몇 걸음 높은 비탈에서 강을 내려다보는 배 끄는 좁은 길로 들어섰다. 맞은편 강가 지대는 낮았고, 광활한 초원이 마을까지, 멀리 떨어진 기차역까지 펼쳐져 있었다. 초원에는 콩브레 옛 백작들 성의 유적들이 반쯤 풀밭에 묻힌 채 여기저기 흩어져 있었는데, 중세 때 게르망트 제후들과 마르탱빌 수도원장들이 적의 공격에 대비해 비본 내를 장벽 삼아 세운 성이었다. 이제는 초원을 울퉁불퉁하게 만드는 거의 눈에 띄지 않는 몇 성탑 조각들과 몇몇 총안만이 남아 있었지만, 이 총안을 통해 강철활 사수가 돌을 쏘았고, 보초가 콩브레를 둘러싼 게르망트의 모든 속령인 노브퐁, 클레르퐁텐, 마르탱빌르세크, 바이오요레그장을 감시하였다. 지금은 총안이 풀밭 가까이 닿아, 수업을 하러 오거나 쉬는 시간에 놀러오는 신학교 아이들 차지가 되었다. 이런 과거는 거의 땅속으로 내려갔거나, 마치 시원한 바람을 쐬러 산책 나온 사람처럼 강가에 누워 있었지만, 나를 깊은 몽상에 잠기게 하여, 지금은 작은 마을에 불과한 콩브레라는 이름에 아주 다른 도시를 덧붙이면서 금빛 미나리아재비 꽃* 아래 반쯤 가려진

---

* 미나리아재비는 노란 꽃이 핀다고 하여 프랑스어로는 '금빛 꽃봉오리(bouton d'or)'라고 불린다. 햇빛이 잘 들고 습한 곳에서 잘 자란다.

그 불가사의한 옛 얼굴로 내 상념을 사로잡았다. 이 지대에는 미나리아재비 꽃들이 아주 많았다. 꽃들은 풀밭 위에서 놀려고 스스로 택한 이곳에 때로는 홀로, 때로는 쌍쌍이, 때로는 무리 지어 몰려와 마치 달걀 노른자처럼 노랗게 빛나고 있었다. 나는 금빛 미나리아재비 꽃을 바라보면서 느끼는 기쁨을 혀로 음미하지 못하고 꽃의 금빛 표면에만 모아 두었으므로, 마침내 그 기쁨은 쓸모없이 아름답기만 한 효과를 보일 정도로 강력해졌다. 어린 시절 프랑스 요정 이야기에 나오는 왕자 이름 같은 그 예쁜 꽃 이름의 철자를 완전히 다 발음할 줄 모르면서도 꽃을 향해 두 팔을 벌리고 배를 끄는 길에 서 있을 때부터 그 꽃은 내게 기쁨을 주었다. 꽃들은 몇 세기 전에 아마도 아시아로부터 와서는 영원히 귀화하여 이 마을에 자리 잡고는, 소박한 지평선에 만족하며, 햇빛과 물가를 사랑하며, 기차역의 소박한 경치에 충실하며, 그러나 프랑스의 오래된 화폭에 그려진 몇몇 그림들처럼 그들의 서민적인 소박함 속에서 여전히 동방의 찬란한 시학을 간직하고 있었다.

나는 아이들이 작은 물고기를 잡으려고 비본 냇가에 물병을 담그는 모습을 바라보는 걸 좋아했다. 물병은 냇물로 채워지면서도 냇물로 둘러싸여, 한편으로는 단단해진 물처럼 허리가 투명한 '그릇'인 동시에, 흐르는 액체 수정이라는 큰 그릇에 잠긴 '내용물'이기도 해서, 물병 형태 그대로 식탁에 나왔을 때보다 더 감미롭고 더 자극적인 방식으로 청량감을 불러 일으켰는데, 그 청량감이 손으로 잡을 수 없는 단단하지 않은 물과, 혀로는 음미할 수 없는 액체성 없는 유리 사이에서 지속적으로 분배되며 흘러나왔기 때문이다. 나는 나중에 낚 싯대를 가지고 이곳에 와야지 하고 마음속으로 결심했다. 가 지고 온 간식 중에서 빵 한 조각을 꺼냈다. 내가 빵 조각을 비 본 내에 던지자마자 그것만으로도 포화 현상을 일으키기에 충분했던지, 물은 금세 빵 조각 주위로, 지금까지는 흩어져 눈 에 보이지 않던 허기진 올챙이들이 마치 금방 단단해질 채비 를 한 듯이 타원형 포도송이처럼 응결되었다.

이어 비본 내의 흐름은 수생식물로 가로막힌다. 처음에는 이를테면 수련처럼 외따로 떨어진 꽃들이 있다. 수련은 물 흐 름과는 반대로 피어 있어 불행히도 거의 휴식을 취하지 못한 채, 마치 기계적으로 행동하는 나룻배처럼 한쪽 냇가에 닿았 나 싶으면 금세 왔던 냇가로 되돌아가면서 끊임없이 왕복하 고 있었다. 냇가 쪽으로 밀려난 꽃자루가 접혔던 곳을 펼치 고, 길게 뻗고, 실을 풀어 헤치고 팽팽하게 하여 냇가 맨 끝까 지 닿았는가 싶으면, 거기서 다시 냇물 흐름에 붙잡혀 초록빛 동아줄처럼 휘감기면서 그 가엾은 식물을 출발점이라고 부를 만한 곳으로 돌려보내곤 했는데, 거기서는 같은 움직임을 반 복하지 않고는 한순간도 머무를 수 없었다. 산책할 때마다 나 는 언제나 같은 상태인 수련을 발견하곤 했다. 그 모습은 내 게 어떤 신경쇠약증 환자들을 연상시켰는데, 할아버지께서는 거기다 레오니 아주머니도 포함하셨다. 그들은 매번 전날 떨 쳐 버리겠다고 하면서도 여전히 간직하고 있는 괴상한 습관 의 장면을 여러 해 동안 변함없이 보인다. 불편함과 괴벽의 쳇 바퀴 안에 갇혀 빠져나오려고 헛되이 발버둥치지만, 오히려 그런 노력은 그들의 이상하고도 불가피하며 해로운 식이요법 장치를 더 잘 작동하게 하고, 그 기능을 더 견고하게 할 뿐이다. 수련도 마찬가지여서, 영원히 끝없이 되풀이되는 기이한 형벌로 단테의 호기심을 자극했던 저 불행한 사람들 중 한 사람과도 흡사했다. 마치 내가 부모님 뒤를 쫓아가야 했듯이, 베르길리우스가 성큼성큼 멀어지면서 단테에게 빨리 쫓아오라고 강요하지만 않았다면, 그 죄인은 자신이 받는 형벌의 특별함이나 이유를 더 길게 이야기해 주었을 것이다.*

그러나 좀 더 멀리 가면 비본 내의 흐름이 느려지면서 한 사유지를 통과한다. 이 사유지 출입을 일반인에게 허용한 소유주는 수생초 재배에 재미를 붙였는지 비본 내가 만드는 몇몇 연못에다 진짜 수련 정원을 꽃피워 놓았다. 이 지대에는 나무가 아주 많았기 때문에 냇물은 일반적으로 커다란 나무 그림자에 가려 진한 초록빛을 띠었고, 때로 오후에 소나기가 쏟아질 듯하다 다시 갠 저녁 무렵 집으로 돌아갈 때면, 일본 취향

---

* 이 장면은 단테의 『신곡』, 「지옥편」 7권에서 수전노나 방탕자 들이 마치 시시포스처럼 커다란 돌덩어리를 밀고 꼭대기까지 올라갔다 떨어지고 다시 시작하는 장면을 상기한다. 프루스트는 특히 베르길리우스가 단테의 「지옥편」에서 한 역할에 관심이 많았는데(단테의 『신곡』은 로마 시인 베르길리우스의 「아이네이스」에서 묘사된 「지옥편」에 기초했으며, 베르길리우스는 단테의 조언자로 직접 작품에 등장한다.) 단테가 지나치게 죄인들을 응시하고 그들의 말을 들어주자 베르길리우스가 이를 말렸다고 한다. 마찬가지로 신경쇠약증 환자에 비유되는 수련을 지나치게 관조하는 화자에게 베르길리우스는 '성큼성큼 멀어지면서' 그들로부터 떨어질 것을 암시하고 있는 것이다. 특히 「갇힌 여인」에서 화자는 "베르길리우스의 안내를 받지 못한 시인은 슬프도다."라고 말하면서, 단테처럼 베르길리우스 같은 안내자를 두지 못한 아쉬움을 토로한다.

의 유선칠보(有線七寶)* 같은 보랏빛에 가까운 맑고 선명한 푸른빛을 띠었다. 수면 이곳저곳에는 가운데가 빨갛고 가장자리가 하얀 수련이 딸기처럼 붉게 물들어 있었다. 조금 더 멀리에는 보다 창백하고 덜 반짝거리며, 더 오톨도톨하고 주름 잡힌 무수한 꽃들이 우연히도 꽃줄로 배열된 듯 우아하게 물결쳤는데, 마치 느슨하게 풀린 꽃줄에서 이끼 장미의 꽃잎이 서글프게 한 잎 한 잎 떨어지는 페트 갈랑트**의 한 장면을 보는 듯했다. 다른 쪽 구석에는 주부가 닦은 도자기마냥 깨끗하게 씻긴 장대꽃*** 같은 깨끗한 흰색 분홍색 꽃이 달린 보통 수련을 위한 곳이 마련되어 있었다. 더 멀리에는 빽빽이 들어찬 수련들이 진짜 물 위에 떠다니는 화단을 만들어, 정원 제비꽃이 나비마냥 그들의 푸르스름하고도 윤기 나는 날개를 이 수상 화단의 투명 경사 위에 내려놓으려고 온 것 같았다. 이 수상 화단은 또한 꽃 자체 색깔보다 더 소중하고 더 감동적인 색깔의 땅을 꽃들에게 줬기 때문에 천상의 화단처럼 보였다. 그리고 이 화단은 오후에 수련 밑에서 주의 깊고도 고요하며 움직이는 행복의 만화경을 반짝이면서, 또는 저녁 무렵 어딘가 먼 항구에서처럼 석양의 분홍색과 몽상으로 가득 채워져서

* 금속 윤곽선으로 만든 문양을 뜻한다.
** 페트 갈랑트(fête galante)란 전원에 모여 앉은 궁중 남녀들을 그리는 회화의 한 주제로, 18세기 와토가 즐겨 그렸다. 그리고 이끼 장미는 꽃받침과 줄기가 이끼 같은 잔털로 덮인 장미다.
*** 십자화과 다년생 초본으로 높이가 40~110센티미터로 붉고 흰 꽃이 핀다. 학명은 Hesperis matronalis다.

는, 비교적 색깔이 변하지 않는 꽃관 주위에, 끊임없이 변화하면서도 시간 속에서 가장 깊고 가장 덧없는 신비스러운 것과 — 모든 무한한 것과 — 조화를 이루며 하늘 한가운데 수련을 꽃피우는 것 같았다.

이 정원에서 나오면 비본 내의 흐름은 다시 빨라진다. 뱃사공이 노를 놓고, 배 바닥에 등을 대고 머리를 아래쪽에 두고 반듯이 누워, 배를 물결치듯 흘러가게 내버려두고는, 머리 위로 천천히 흐르는 하늘을 바라보며 얼굴엔 행복과 평화가 어린 모습을 나는 얼마나 여러 번 보았으며, 또 나도 먼 훗날 내 마음대로 자유롭게 살 수 있다면 얼마나 그처럼 되고 싶었던가!

우리는 물가에 있는 아이리스 꽃 사이에 앉았다. 축제일 하늘에는 한가로운 구름이 길게 이어져 떠돌고 있었다. 때때로 권태에 짓눌린 잉어 한 마리가 물 위로 튀어 오르며 불안하게 숨을 쉬었다. 간식 시간이었다. 다시 출발하기 전 우리는 오랫동안 풀밭에 앉아 과일과 빵과 초콜릿을 먹었는데, 우리가 앉아 있는 풀밭까지 약하기는 하지만 조밀한 금속성 생틸레르 종소리가 수평으로 들려왔다. 종소리는 공기 속을 그토록 오래 지나왔는데도 공기에 섞이지 않고, 그 모든 연속적인 울림으로 골이 진 채, 우리 발아래 꽃들을 스칠 듯 지나가며 파르르 떨었다.

때로는 숲으로 둘러싸인 물가에 가면, 별장이라고 불리는 외딴집이 보였다. 이 세상에 보이는 거라고는 집 다리를 적시는 냇물밖에 아무것도 없었다. 생각에 잠긴 얼굴과 우아한 베일로 보아 이 고장 사람이 아닌 듯한 젊은 여인이, 그녀 이름은 물론이고 특히 그녀가 마음을 차지할 수 없었던 남자의 이름이 이곳 사람들에게는 알려지지 않았을 거라고 느끼는 그 쓰디쓴 기쁨을 맛보며, 보이는 것이라곤 고작 문 옆에 매어 놓은 나룻배뿐인 그런 창문에 둘러싸인 채, 속된 표현으로 말하면 '파묻히러' 와 있었다.* 때로 냇가 나무들 너머로 지나가는 행인들 목소리가 들리면 멍하니 시선을 들기도 하지만, 그들의 얼굴이 보이기도 전에 이미 그녀는, 그들은 자신을 배신한 남자를 여태껏 알지 못했고 앞으로도 알지 못할 것이며, 그들 과거에서 배신한 남자의 흔적은 찾아볼 수 없으며 또 그들의 미래에도 그 흔적이 생길 기회는 없을 거라고 확신하는 것이었다. 그녀의 체념한 모습을 통해 우리는, 그녀가 사랑하는 남자의 모습이 우연히 눈에 띌지도 모르는 곳을 스스로 떠나, 두 번 다시는 그를 만나지 못할 곳으로 왔다는 걸 느낄 수 있었다. 나는 그녀를 바라보았다. 사랑하던 남자가 결코 지나가지 않으리라는 걸 아는 길을 산책하고 돌아온 그녀는, 공허하고도 우아한 몸짓으로 모든 것을 체념한 손에서 긴 장갑을 벗고 있었다.

우리는 게르망트 쪽으로 산책할 때 한 번도 비본 내 수원지까지 거슬러 올라가 본 적이 없었다. 나는 자주 그 수원지에 대해 생각해 보았지만, 그곳은 내게 너무도 추상적이고 관념적인 존재여서, 그 수원지가 같은 도(道) 내 콩브레에서 몇 킬로미터 떨어진 곳에 있다는 말을 들었을 때, 마치 지구에 또

---

* 아마도 이 여인은 프루스트 유년 시절 콩브레에서 멀지 않은 미루그랭의 암벽 근처 외따로 떨어진 곳에 살던 쥘리에트 주앵빌 다르투아(Juliette Joinville d' Artois)를 가리키는 듯하다. 이 여인은 1887년에 『마음을 통하여』라는 회고록을 펴냈다. 『스완의 사랑』(폴리오) 491쪽 참조.

다른 정확한 지점이 있어 고대에서는 그곳에 지옥 입구가 열렸다는 말을 들었을 때처럼 그저 놀랍기만 했다. 더욱이 우리는 한 번도 내가 그렇게 가고 싶어 하던 산책 종점인 게르망트 성까지 갈 수 없었다. 그곳에는 성주 게르망트 공작과 공작 부인이 살았으며, 그들이 실제 인물이며 현존한다는 것도 알았지만, 내가 그들을 떠올릴 때면 때로는 우리 성당에 걸린 「에스더의 대관식」에 나오는 게르망트 백작 부인처럼 장식 융단 속 인물이라 상상하거나, 때로는 성수를 찍으려고 할 때나 자리에 앉을 때 양배추의 초록빛에서 푸른 자두 빛으로 변하는 채색 유리 속 질베르 르 모베처럼 미묘한 분위기로 둘러싸인 인물이라 그려 보거나, 또 때로는 마술 환등기가 내 방 커튼 위로 돌아다니게 하고 천장 위로 올라가게도 하는 게르망트 가문 조상인 주느비에브 드 브라방의 이미지처럼 전혀 만질 수 없는 대상이라 상상했다. 말하자면 언제나 메로빙거 왕조 시대의 신비에 둘러싸여, '앙트(antes)'라는 음절에서 발산되는 오렌지 빛 석양에 잠긴 모습으로 그려 보았던 것이다.* 그렇지만 그들이 공작과 공작 부인으로 내게는 낯선 존재인데도 분명히 실제로 존재한 데 반해, 공작이라는 작위의 그 인물은 엄청나게 팽창하고 비물질화되어, 나는 그들을 공작과 공

---

* 이름에 대한 몽상은 화자의 유년 시절 특징으로, 마치 이름 자체가 존재의 기원이라도 되듯 그의 수련 과정에서 중요한 자리를 차지한다. 게르망트의 실체가 바로 그 이름에 담겼다고 생각하는 화자는 게르망트(Guermantes)란 단어의 '앙트'라는 음절에서 '맨드라미 색(amarante)' 또는 '오렌지 색(orange)'을 연상하며 중세까지 거슬러 올라가는 명문가의 찬란한 광휘를 석양의 황금색에 비유했다.

작 부인으로 만든 저 게르망트 가문을, 햇빛 찬란한 저 '게르망트 쪽' 모든 것을, 비본의 흐름을, 수련과 커다란 나무 들을, 그토록 아름다운 오후 한나절을 그 인물들 안에 가두었다. 또 그들에게 단지 게르망트 공작과 공작 부인이라는 작위만 있는 것이 아니라, 그들의 선조들이 14세기부터 옛 영주들을 정복하려다 실패한 후 마침내 그 둘의 결혼으로 동맹을 맺고, 그 후부터는 '콩브레 백작들'이 되어 콩브레의 첫째가는 시민이 되었지만 이곳에는 거주하지 않는 유일한 시민이라는 것도 알게 되었다. 콩브레의 백작인 그들은, 그들 이름과 인물 한가운데 콩브레를 소유했으며, 어쩌면 콩브레 특유의 그 묘하고도 경건한 슬픔을 그들 안에 실제로 간직했을 것이다. 도시의 소유자이지만 집은 없고, 마치 내가 카뮈네 가게로 소금을 사러 갈 때 고개를 들면 생틸레르 성당 제일 뒤쪽 채색 유리에 검게 칠해진 뒷면만이 보이던 질베르 드 게르망트처럼, 아마도 그들은 밖에, 거리에, 하늘과 땅 사이에 살았을 것이다.

게르망트 쪽에서는 때때로 어두운 꽃송이가 기어 올라가는 작고 축축한 울타리 앞을 지나가곤 했다. 그러면 나는 어떤 귀중한 깨달음을 얻을 수 있을 것만 같아 걸음을 멈추곤 했다. 내가 좋아하는 작가 중 한 사람이 이 지역을 묘사한 것을 읽은 후부터는, 내가 그렇게도 욕망했던 하천 지대의 한 조각 풍경이 눈앞에 펼쳐지는 듯했기 때문이다. 페르스피에 의사로부터 성 정원에 있는 꽃들과 아름답게 흐르는 물에 대한 이야기를 들었을 때, 게르망트는 내 생각 속에서 모습을 바꾸어 하천 지대, 거품 이는 물이 흐르는 그 상상의 땅과 동일시되었다. 나는 게르망트 부인이 갑작스러운 변덕으로 내게 반해서 나를 성으로 초대하는 꿈을 꾸었다. 하루 종일 그녀는 나와 함께 송어를 낚고, 저녁에는 내 손을 잡고 가신(家臣)들의 작은 뜰 앞을 지나면서, 낮은 벽을 따라 드리운 보랏빛 붉은빛 줄기 꽃들을 가리키며 꽃 이름을 알려 주었다. 그녀는 내가 쓰고 싶어 하는 시의 주제에 대해서도 말하도록 했다. 이런 몽상은 언젠가 작가가 되고 싶어 하는 나에게 무엇을 쓰고 싶은지 알아야 할 때가 왔다는 사실을 말해 주었다. 하지만 내가 철학적이고 무한한 의미를 지닌 주제를 찾으려고만 하면, 금세 내 머리는 작동하기를 멈추고 내 주의력 앞에는 허공만이 보일 뿐이었다. 나는 내게 재능이 없거나, 뭔가 뇌에 병이 생겨 재능이 가로막혔다는 생각이 들었다. 때로는 아버지가 해결해 줄 것이라고 기대하기도 했다. 아버지는 권력도 있고 유력 인사들로부터도 특별대우를 받아서, 이를테면 프랑수아즈가 생사의 법칙보다 더 불가피하다고 가르친 법률을 우리가 위반하게끔 했는데, 이를테면 온 동네에서 유일하게 우리 집만은 '벽면 닦아 내기' 공사를 일 년간 늦추었고, 온천에 가고 싶어 하는 사즈라 부인의 아들을 위해 A로 시작하는 수험생 명단에서 S 차례를 기다리는 대신에, 이 개월 전에 대학입학자격시험을 먼저 치르도록 장관으로부터 허가를 받아 낸 적도 있었기 때문이다. 내가 중병에 걸리거나 강도에게 붙잡히는 일이 있어도, 아버지는 최고위층 인사들과 너무도 잘 내통하고, 하느님도 거절할 수 없는 추천장을 지녔으므로, 질병이나 납치는 내게 아무런 위험도 없는 공연한 흉내에 불과하다는 확신이 있었기에, 나는 편안한 현실로 돌아갈 수 있는 그 불가피한 시간을, 해방과 치유의 시간을 조용히 기다렸을 것이다. 어쩌면 미래에 내가 쓸 작품의 주제를 찾고 있었을 때, 내 머릿속에 각인된 이런 재능의 부재, 이 시커먼 구멍은 견고하지 않은 환상에 불과하며, 이러한 환상은 내가 우리 시대 최고 작가가 될 것이라고 이미 '정부'와 '신'과 합의를 본 아버지께서 개입하기만 하면 금방 사라져 버릴 것이라고 생각했다. 하지만 때로 부모님께서 내가 그들을 따라가지 않고 뒤에 처진 것을 보고 짜증을 내실 때면, 내 현재 삶은 아버지가 인위적으로 만들고 아버지 마음대로 변경한 것이라기보다는 오히려 반대로 현실은 나를 위한 것이 아니며, 나에게는 현실에 맞설 수단도 없고 내 편을 들어 줄 사람도 없으며, 현실 밖에 다른 아무것도 숨어 있지 않은 것처럼 느껴졌다. 그때 나는 내가 다른 사람들과 같은 식으로 존재하며, 그들처럼 늙어 가고 그들처럼 죽어 갈 것이며, 그들 가운데서도 특히 글에 대한 재능이 전혀 없는 사람일 뿐이라고 생각했다. 이처럼 절망에 빠진 나는 블로크의 격려에도 불구하고 문학을 영원히 단념하기로 했다. 내 사유의 공허함에 대한 이런 절박한 내면 감정은, 사람들이 내게 해 줄 수 있는 갖가지 듣기 좋은 말보다 더 우세해졌는데, 마치 선행을 했다고 칭찬을 받을 때 악인이 느끼는 양심의 가책과도 같았다.

어느 날 어머니께서 말씀하셨다. "넌 노상 게르망트 부인에 대한 이야기를 하는데, 마침 페르스피에 의사 선생님이 사 년 전에 그분 병을 치료해 주신 적이 있어서 그분이 의사 선생님

따님 결혼식에 참석하려고 콩브레에 오신다니, 아마도 결혼
식에서 뵐 수 있을 거다." 게다가 나는 게르망트 부인 이야기
를 페르스피에 의사를 통해 가장 많이 들어왔다. 그분은 게르
망트 부인이 레옹 대공 부인의 가장무도회에서 입었던 의상을
입고 찍은 사진이 실린 잡지도 우리에게 보여 준 적이 있었다.

혼인미사 중에 갑자기 성당 순시원이 움직이는 바람에 코
가 높고 눈은 푸르고 예리하며 매끄러운 연보랏빛 실크가 반
짝거리는 부풀린 새 목 장식*을 두르고, 코 옆에 작은 뾰루지
가 난 금발 부인이 제단 앞에 앉아 있는 것이 보였다. 매우 더
워 보이는 듯한 그녀의 붉은 얼굴에서, 누군가가 내게 보여 준
사진과 비슷한, 거의 용해되어 거의 지각하기 힘든 그런 미세
한 부분들을 알아보았다. 특히 내 주의를 끈 그녀의 특징들을
말로 표현하려고 했을 때는 페르스피에 의사가 게르망트 공
작 부인을 묘사했을 때와 똑같은 단어, 즉 높은 코와 푸른 눈
이라는 말로 정확히 나타났으므로 '이 부인은 게르망트 부인
과 닮았구나.'라는 생각이 들었다. 그런데 부인이 미사를 보던
곳은 바로 질베르 르 모베 제단으로, 꿀벌집 구멍처럼 금빛으
로 팽창한 묘석 아래에는 옛 브라방 백작들이 잠들어 있었고,
게르망트 가문 누군가가 의식에 참석하려고 콩브레에 올 때
를 위해 마련된 자리라는 이야기를 들었던 것이 기억났다. 게
르망트 부인이 이 제단에 오기로 한 날, 사진 속 게르망트 부

---

* cravate. 프랑스 혁명 때 유행하던 것으로 레이스나 망사로 목이나 가슴을 장
식하던 것을 가리킨다. 넥타이의 한 형태로 간주될 수도 있으나, 넥타이의 현대
적인 이미지 때문에 이 글에서는 그냥 목 장식으로 옮기고자 한다.

인과 닮은 부인은 한 사람밖에 없지 않은가. 바로 이분이 게르망트 부인이구나! 내 실망은 너무도 컸다. 게르망트 부인을 상상할 때면, 장식 융단이나 채색 유리 색깔과 더불어 다른 세기 속에, 살아 있는 사람들과는 전혀 다른 물질 속에 그 모습을 그려 냈다는 사실을 전혀 생각하지 못한 데서 비롯된 실망이었다. 나는 부인 얼굴이 붉을 수 있으며, 사즈라 부인처럼 연보랏빛 목 장식을 두를 수 있다는 걸 한 번도 생각해 본 적이 없었다. 또 그녀의 달걀형 뺨이 내가 집에서 본 적 있는 사람들을 연상시켰으므로, 부인이 그 생성 원리나 그녀 몸을 이루는 분자 구성에 있어, 아마도 실질적으로는 게르망트 공작 부인이 아닐지도 모르며, 그 육체는 자신에게 부여된 이름도 모른 채 의사나 상인 들의 아내마저 포함된 어떤 여성 유형에 속하는 것은 아닐까 하는 의혹이 머리를 스쳐갔다. 그러나 그 의혹은 이내 사라졌다. "그렇다, 게르망트 부인은 단지 이런 것이다."라고 나는 주의 깊지만 놀란 얼굴로 그 모습을 주시하며 말했다. 물론 그 이미지는 게르망트 부인이라는 동일한 이름 아래 여러 번 내 꿈 속에 나타났던 이미지와는 아무 관계도 없었다. 왜냐하면 이 이미지는 다른 것들처럼 내가 마음대로 만든 것이 아니라, 바로 조금 전 처음으로 성당에서 내 눈 속에 뛰어들었기 때문에 성질이 달랐고, 제멋대로 음절의 오렌지 빛을 흡수한 것도 아닌, 극히 현실적이어서 코 끝에서 타오르는 뾰루지에 이르기까지 모든 것이 삶의 법칙에 복종하고 있음을 증명해 주었다. 마치 연극 피날레 장면에서, 우리가 보는 것이 단순히 조명 효과인지 어떤지 알지 못할 때, 요정 옷의 주름 하나가, 요정의 작은 손가락 떨림 하나가, 살아 있는 여배우의 물질적인 현존을 말해 주듯이 말이다.

그러나 동시에 내 시선을 붙든 높은 코와 예리한 눈의 이미지에,(아마도 내 앞에 나타난 그 여자가 게르망트 부인일지도 모른다고 생각할 틈도 없이 먼저 높은 코와 예리한 눈이 내 시선에 부딪치면서 첫 번째 상처를 냈기 때문에) 이 바뀔 수 없는 최근 이미지에 "이분이 바로 게르망트 부인이구나."라는 관념을 덧붙이려고 해 봤지만, 마치 어떤 간격을 두고 떨어져 있는 두 원반처럼, 그 관념과 이미지를 일치하는 데에는 이르지 못했다. 그러나 내가 그토록 자주 꿈꾸어 왔던 게르망트 부인이 내 외부에 실제로 존재한다는 사실을 내가 보고 있는 지금, 내 상상력에는 더 큰 힘이 가해졌고, 이 상상력은 기대했던 것과는 너무도 다른 현실과 접촉하는 순간 잠시 마비되었다가 곧 반응하면서 이렇게 말하는 것이었다. "카롤루스 이전부터 명예로운 게르망트 가문에겐 그들의 가신들을 살리고 죽일 권리가 있었다. 게르망트 공작 부인은 주느비에브 드 브라방의 후손이다. 그녀는 이곳에 있는 어느 누구도 알지 못하며, 또 알려고 하지도 않는다."

그리고 — 아! 그렇게도 느슨하고 긴 끈으로 얼굴에 고정되어, 얼굴을 멀리 떠나 이리저리 홀로 돌아다닐 정도로 유연한 인간의 저 경이로운 독립적인 시선이여! — 게르망트 부인이 자기 조상 무덤 위 제단 앞에 앉아 있는 동안 그녀의 시선은 성당 안을 이리저리 방황하다가 여러 기둥을 따라 올라가더니 내게로까지 와서 멈추었다. 마치 성당 안 중앙 통로를 떠돌던 햇살의 애무를 내가 받는 순간, 그 햇살도 내가 자신을 만지고 있다는 것을 의식했다는 듯이. 게르망트 부인으로 말하자면, 그녀는 자기 아이들이 장난꾸러기 같은 대담함과 무분별한 행동으로 모르는 사람들과 말을 주고받으며 노는 것을 보고도 못 본 체하는 어머니처럼 꼼짝 않고 앉아 있었는데, 그녀의 한가한 영혼이 실은 그러한 시선의 방황을 묵인하고 있었는지 아니면 비난하고 있었는지는 나도 전혀 알 수 없었다.

내가 충분히 그녀를 바라보기 전에는 그녀가 떠나지 않는 것이 중요하다고 생각했다. 몇 해 전부터 그녀를 보기만을 그렇게도 간절히 소망해 왔으므로, 내 시선 하나하나가 그녀의 높은 코, 붉은 뺨, 그리고 그녀 얼굴에서 그만큼 귀중하고 정확하며 특별한 표시처럼 생각되는 모든 특징에 대한 기억을 물질적으로 가져다가 내 몸속에 간직하기라도 하려는 듯이 나는 그녀에게서 눈을 떼지 않았다. 이제는 그녀 얼굴에 대해 내가 품었던 온갖 상념이 그녀를 아름답게 만들었으므로 — 어쩌면 이것은 특히 우리 자신에게 있어 최상인 부분을 보존하려는 본능의 한 형태, 말하자면 언제나 실망하지 않으려는 욕망에서 비롯된 것인지도 모른다. — 나는 다시 그녀를(내 앞에 앉아 있는 부인과 내가 지금까지 그려 보았던 게르망트 공작 부인은 같은 사람이었으므로) 나머지 사람들 밖에 배치했다. 조금 전까지만 해도 그녀의 육체를 단순히 바라보기만 했으므로 잠시 다른 사람들과 혼동했지만, 지금은 주위 사람들이 "저분은 사즈라 부인이나 뱅퇴유 양보다 낫군요."라고 마치 게르망트 부인을 그런 여자들과 비교할 수 있다는 듯이 말하는 것을 듣자 그만 나도 모르게 화가 났다. 그리하여 내 시선은 그녀의 금발, 푸른 눈, 목 장식에 멈추면서, 다른 여인들의 얼굴을 연상시킬지도 모르는 모든 요소들은 제거하면서, 이렇듯 의도적으로 불완전하게 그린 스케치 앞에서 소리치는 것이었다. "얼마나 아름다운 여인인가! 얼마나 고결한 분인가! 내 앞에 있는 분이 저 자랑스러운 게르망트 부인이자, 주느비에브 드 브라방의 후손이구나!" 그러고는 내 주의 깊은 시선으로 그녀의 얼굴을 얼마나 비추고 분리했던지, 지금도 그날 예식에 대해 생각할 때면, 참석자 중에서 머리에 떠오르는 사람은 부인과, 부인이 정말 게르망트 부인인지를 물어본 나에게 그렇다고 대답한 성당 순시원 외에는 아무도 생각나지 않는다. 그러나 부인 모습은 지금도 보인다. 특히 갑자기 번개 치고 심한 비바람이 몰아치는 가운데 간헐적으로 뜨거워진 태양이 밝게 비추던 제의실에서의 행렬 때, 게르망트 부인은 이름도 모르는 콩브레 주민들 사이에 뒤섞여 있었는데, 그들의 열등함에 비해 그녀의 우월함이 너무나도 뛰어났으므로 그녀는 마을 사람들에게 진정한 호의를 느끼지 않을 수 없었고, 그리하여 그녀는 자신의 우아함과 소박함으로 그들을 더욱 압도하려고 했다. 그래서 알고 있는 사람에게 보내는 분명하고 의도적인 시선은 던질 수 없었지만, 방심한 생각이 억누를 수 없는 푸른빛 물결로 눈에서 끊임없이 빠져나가는 것을 그대로 내버려둘 수밖에 없었던 그녀는, 그 물결이 도중에 수시로 부딪치는 마을 사람들을 거북하게 하거나 무시하는 것으로 보이지 않기만을 바랐다. 지금도 부풀린 연보랏빛 실크 목 장식 위로 그녀의 온화하면서도 놀란 눈동자가 보인다. 그녀는 감히 어느 한 사람에게 보내지 못하고 모든 사람들에게 나누어 주는 듯한 미소를, 가신들에게 미안하다고 사랑한다고 말하는 봉건군주의 약간 수줍은 듯한 미소를 그 눈에 덧붙이고 있었다. 그런데 그 미소가 그녀에게서 눈을 떼지 않던 나에게로 떨어졌다. 그때 나는 미사가 진행되는 동안, 부인이 질베르 르 모베의 채색 유리창을 뚫고 들어왔을 한 줄기 햇살 같은 푸른 눈길을 내게 보내 주었던 그 순간을 회상하면서 마음속으로 말했다. "아마도 저분이 내게 관심이 있는 모양이구나." 내가 그분 마음에 들었고, 그분이 성당에서 나온 후에도 여전히 나를 생각할 것이며, 나 때문에 게르망트 저택에서의 저녁도 쓸쓸할 것이라고 생각했다. 그러자 나는 곧 그녀를 사랑하게 되었다. 우리가 한 여인을 사랑하는 데는, 때로는 스완 양의 경우처럼 — 적어도 나는 그렇게 생각했다. — 그녀가 우리를 경멸의 눈길로 바라보고, 또 그녀가 결코 우리 것이 될 수 없다고 생각하는 것만으로도 충분하지만, 또 때로는 게르망트 부인 경우처럼, 우리를 호의적인 눈으로 바라보고, 또 그녀가 우리 것이 될 수 있다고 생각하는 것만으로도 충분할 때가 있다. 그녀의 두 눈은 도저히 내가 딸 수 없는, 그렇지만 그녀가 내게 기꺼이 바쳤을 빙카* 꽃처럼 푸르렀다. 그리고 태양은 한 조각 구름의 위협을 받으면서도 여전히 온 힘을 다해 성당 앞 광장과 제의실 안으로 빛을 던지며 예식의 장엄함을 위해 바닥에 깔아 놓은 붉은 양탄자를 제라늄 살색으로 물

---

* 협죽도과의 한해살이 식물로 보랏빛이 도는 푸른색 꽃이 핀다.

들였고, 그 위로 게르망트 부인이 미소를 지으며 걸어갔다. 그녀는 양탄자의 모직 섬유에 분홍빛 벨벳 질감과 빛의 표피를, 「로엔그린」의 몇몇 악장과 카르파초의 몇몇 그림들을 특징짓는, 화려함과 기쁨 속에서의 그 다정함과 진지한 부드러움을 덧붙였는데, 그것은 왜 보들레르가 트럼펫 소리에 '감미롭다'는 형용사를 썼는지 깨닫게 해 주었다.*

그날 이후 내가 게르망트 쪽으로 산책을 갈 때면 내겐 문학적인 재능이 없다는 사실과, 그 때문에 유명한 작가가 되기를 단념할 수밖에 없다는 사실에 나는 예전보다 더 가슴이 아팠다. 내가 느끼는 회한은, 홀로 떨어져 몽상에 잠길 때면 얼마나 날 괴롭게 했던지, 또 그런 회한을 느끼지 않기 위해 내 정신은 스스로 그 고통에 대한 일종의 억제책으로 시나 소설, 재능의 결핍 탓에 더 이상 기대할 수 없게 된 내 시적 장래에 대한 모든 생각을 그만두는 것이었다. 그런 문학적인 관심에서 완전히 벗어나 아무것에도 주의를 기울이지 않게 되었을 즈음, 느닷없이 지붕이며 돌 위로 반사되는 햇빛이며 오솔길 향기가 나에게 어떤 특별한 기쁨을 주며 발걸음을 멈추게 했는데, 그것들은 내가 보는 것 너머로 무언가를 숨기고 나에게 와서 붙

---

* 「로엔그린」은 1850년 초연된 바그너의 가극이다. 비토레 카르파초(Vittore Carpaccio, 1460~1525)는 베네치아 화가로 작품에는 「성녀 우르술라의 전설」, 「성 히에로니무스」, 「성 스테파노 이야기」 등이 있다. 그리고 "트럼펫 소리는 감미롭다."라는 구절은 보들레르의 『악의 꽃』 중 「예기치 못한 일」에 나오는 시구로, 프루스트는 보들레르의 바그너적인 회상이라고 설명한다. 프루스트, 「보들레르」, 『생트뵈브에 반해서』, 623쪽 참조.

잡으라고 초대했지만, 내 노력에도 불구하고 나는 그것이 무엇인지를 알아낼 수 없었다. 나는 숨겨진 것이 그것들 속에 있다고 생각되어 꼼짝 않고 바라보며 숨을 들이마시고, 이미지나 향기 저편으로 내 상념과 함께 가려고 애썼다. 그리고 할아버지 뒤를 좇아 계속 길을 가야만 했을 때에도 눈을 감고 그것들을 되찾기 위해 노력했다. 나는 지붕 선, 돌의 미묘한 빛깔을 정확히 기억해 내려고 애썼다. 왜 그런지는 알 수 없었지만, 그것들이 내게는 속이 꽉 차 보이고, 마치 어떤 덮개에 불과한 양지금 막 방긋 열리면서, 감추었던 것을 내게 건네주려는 것 같았다. 물론 일찍이 내가 잃어버렸던 희망, 장차 소설가나 시인이 될 수 있다는 희망을 되돌려줄 수 있는 그런 인상은 아니었다. 그러한 인상들은 항상 지적인 가치가 없고 추상적인 진리와도 관계 없는 어떤 특정 대상에 연결되어 있었기 때문이다. 하지만 적어도 그 인상들은 내게 알 수 없는 기쁨을, 일종의 풍요로운 환상을 줌으로써, 내가 위대한 문학 작품을 쓰기 위해 철학적인 주제를 탐색할 때마다 느끼는 권태나 무력감으로부터 날 위로해 주었다. 그러나 이 형태와 향기 또는 색깔에 대한 인상이 내 의식에 부과한 의식의 임무는, 즉 그 인상들 뒤에 숨은 것을 지각하려는 임무는 너무도 힘들어서, 나는 곧 그런 노력을 피하게 해 주고 또 피로에서 구해 줄 구실을 찾아내려고 애쓰는 것이었다. 다행히도 부모님께서 부르셨다. 그러자 나는 나 자신의 탐색을 효과적으로 계속해 나가는 데 필요한 평온함이 지금 내게 없으므로, 집에 돌아갈 때까지는 더 이상 생각하지 않는 편이 나으며, 아무런 결과도 없이 미리 기진맥진

해할 필요가 없다고 생각했다. 그래서 형태 또는 향기에 싸인 미지의 것에 더 이상 전념하지 않고, 마치 혼자서 낚시하러 가던 날 물고기의 신선함을 유지하기 위해 풀로 덮은 바구니에 넣어 가지고 왔던 것처럼, 미지의 것을 이미지라는 옷으로 감싸 집에 가져 오면 여전히 싱싱할 거라고 생각하면서 마음을 가라앉혔다. 그러나 일단 집에 돌아오면 나는 다른 것을 생각했고, 그리하여 내 정신 속에는 반사광이 놀던 돌, 지붕, 종소리, 나뭇잎, 향기 같은 서로 다른 많은 이미지들이 쌓여 갔으며 (산책 길에서 따 온 꽃들이나 다른 사람들이 준 물건들처럼) 그 이미지 아래 내가 예감은 했지만 의지가 부족하여 발견하지 못했던 현실이 죽은 지도 오래되었다. 그렇지만 한번은 — 여느 때보다 우리 산책이 길어져 오후가 저물어 갈 무렵 돌아오다가 마차를 전속력으로 몰고 가는 페르스피에 의사를 만났는데 다행히도 의사는 우리를 알아보고 마차에 태워 주었다. — 같은 종류의 인상을 받아, 그 인상을 버리지 않고 좀 더 깊이 생각한 적이 있었다. 의사는 날 마차꾼 옆자리에 앉히더니, 콩브레에 돌아가기에 앞서 마르탱빌르세크의 환자 집에 들러야 하니 우리보고 그 집 문 앞에서 기다리라고 했다. 우리는 바람처럼 달려갔다. 어느 길모퉁이에서 갑자기 마르탱빌 종탑 두 개가 보였고, 그 순간 나는 다른 어떤 것과도 닮지 않은 특별한 기쁨을 맛보았다. 두 종탑은 석양을 받아, 우리가 탄 마차 움직임과 길 굴곡에 따라 자리를 바꾸는 듯 보였고, 비외비크 종탑이 언덕과 골짜기를 사이에 두고 멀리 더 높은 고원에 있는데도 바로 그 종탑들 옆에 서 있는 듯 보였다.

종탑 모양과 선의 이동, 표면에 비치는 햇살을 주목하면서, 나는 내가 받은 인상의 끝까지 이르지 못했지만 무엇인가 그 움직임 뒤에, 그 밝음 뒤에 숨어 있는 듯했으며, 종탑이 무엇인가를 가지고 있으면서도 동시에 감추고 있는 듯 느껴졌다.

종탑은 아주 멀리 있는 듯 보였고, 우리가 전혀 종탑에 가까이 다가갔다고 생각하지 않았으므로 얼마 후에 마차가 마르탱빌 성당 앞에 멈추었을 때 나는 깜짝 놀랐다. 지평선에서 종탑을 보면서 느꼈던 기쁨의 이유를 알아내지 못했기 때문에, 그 이유를 찾아내야 하는 의무가 매우 고통스럽게 여겨졌다. 차라리 햇빛에 움직이는 그 선을 머릿속에 간직해 두고 지금은 더 이상 생각하고 싶지 않았다. 만약 그렇게 했다면 두 종탑은 영원히 나무들이나 지붕, 향기, 소리에 합류해 버렸을 것이다. 그것들이 내게 주는 모호한 기쁨 덕분에 다른 것들과 구별되어 왔는데, 나는 그 기쁨 자체에 대해서는 한 번도 깊이 생각해 본 적이 없었던 것이다. 의사를 기다리는 동안 나는 마차에서 내려 부모님과 이야기를 나누었다. 그런 후에 우리는 다시 출발했고, 나는 마차꾼 옆자리에 앉아 다시 한 번 종탑을 보려고 고개를 돌렸다. 얼마 후 길모퉁이에서 종탑이 마지막으로 보였다. 마차꾼은 말을 하고 싶지 않은 듯 내가 하는 말에 거의 대꾸를 하지 않았고, 또 다른 말 상대도 없었기 때문에 나는 나 자신과 종탑을 생각해 보는 수밖에 없었다. 곧 종탑 선과 빛나는 표면이 마치 일종의 껍질처럼 찢어지면서 그 안에 감추어졌던 것 중 일부가 나타났고, 조금 전까지만 해도 존재하지 않았던 어떤 상념이 머릿속에서 단어 형태로 떠올랐다. 그러자 조금 전에 종탑을 보면서 느꼈던 기쁨이 얼마나 커졌던지, 나는 일종의 도취감에 사로잡혀 더 이상 다른 것은 생각할 수 없었다. 그때 우리는 이미 마르탱빌에서 멀리 떨어져 있었으므로 고개를 돌려 돌아보니 종탑이 다시 보이기는 했지만, 해가 이미 저문 탓에 이번에는 온통 까맣게 보였다. 종탑은 때때로 길모퉁이에서 사라지다가 마지막으로 모습을 드러내더니 결국은 보이지 않게 되었다.

마르탱빌 종탑 뒤에 숨어 있는 것이 하나의 아름다운 문장과도 유사한지 어떤지도 물어보지 않은 채 — 왜냐하면 그것이 말의 형태로 나타나 나를 기쁘게 했으므로 — 나는 의사에게 연필과 종이를 빌려 마차가 흔들리는데도 이런 짧은 글을 썼다. 이 글은 그 후에 찾아낸 것으로 조금밖에 수정하지 않았다.*

"홀로, 끝없이 펼쳐진 들판에 길을 잃은 듯 두 마르탱빌 종탑이 하늘을 향해 솟아오르고 있었다. 곧 우리는 세 종탑을 보았다. 뒤늦게 비외비크의 종탑이 빙그르르 급회전하면서 두 종탑에 합류하며 그 모습을 드러냈던 것이다. 몇 분이 흘렀고 우리는 빠른 속도로 달렸다. 그러나 세 종탑은 여전히 우리 멀리에서, 마치 들판에 내려앉은 세 마리 새처럼 햇볕 속에서 꼼짝 않았다. 그러다 비외비크 종탑이 멀어지면서 다시 거리를 두자 마르탱빌의 종탑들만이 석양빛을 받으며 홀로 남았는

---

* 「자동차를 타고 본 길의 인상」이라는 글에 나오는 문단으로 1907년 《르 피가로》에 실렸다. 프루스트는 이름을 바꾸거나 문장 몇 개를 삭제하는 정도만 수정했다. 이 글은 나중에 발간된 『모작과 잡문』(1919)에서 「보전된 성당. 캉의 종탑. 리지외 대성당」이라는 제목으로 수록된다.

데, 그 종탑의 경사 위로 석양이 노닐며 미소 짓는 모습이 멀리서도 보였다. 종탑에 가까워지는 데도 이렇게 오랜 시간이 걸렸는데, 종탑에 도착하려면 또 얼마나 걸릴까 하고 생각하는데, 갑자기 마차가 모퉁이를 돌더니 우리를 바로 종탑 아래 내려놓았다. 종탑이 얼마나 거칠게 마차를 향해 내던져졌는지, 거의 성당 정문에 부딪칠 뻔했다. 우리는 가던 길을 계속 갔다. 조금 전에 이미 마르탱빌을 떠났고, 마을은 잠시 우리를 동반하더니 이내 사라졌다. 마르탱빌의 종탑과 비외비크의 종탑만이 홀로 지평선에 남아, 달아나는 우리에게 작별 인사라도 하듯 햇빛이 비치는 첨탑을 흔들고 있었다. 때로는 두 종탑이 우리를 좀 더 오래 볼 수 있도록 다른 하나가 몸을 뒤로 숨겼다. 그러나 길의 방향이 바뀌면서 종탑은 세 금빛 굴대처럼 빛 속에서 선회하더니 우리 눈에서 사라졌다. 그러나 잠시 후 우리가 콩브레 근처에 이르렀을 때 해는 이미 기울었고, 마지막으로 다시 한 번 종탑들이 보였다. 그 종탑들은 아주 멀리 낮게 깔린 들판의 지평선 위, 하늘가에 그려진 세 송이 꽃에 지나지 않았다. 종탑들은 또한 이미 어둠이 깔린 고독 속에 내버려진 전설 속 세 아가씨를 생각나게 했다. 우리가 전속력으로 멀어져 가는 동안, 수줍게 길을 찾는 그들의 우아한 실루엣이 몇 번 서투르게 비틀거리더니, 서로 바짝 붙어 하나씩 미끄러지면서 아직 분홍빛을 띤 하늘에 매력적이지만 체념한 듯한 검은 형체 단 하나를 남기고는 마침내는 어둠 속으로 사라졌다." 나는 이 글을 결코 다시 떠올려 보지 않았지만, 의사의 마차꾼이 마르탱빌 시장에서 사 온 닭을 항상 바구니에 넣어 보관하던 의자 구석에서 이 글을 다 썼을 때 나는 너무도 행복해서, 이 글이 나를 종탑과 종탑 이면에 숨겨진 것들로부터 완전히 해방해 준 것 같아, 마치 나 자신이 암탉이 되어 이제 막 알을 낳기라도 한 것처럼 목청껏 노래를 부르기 시작했다.

이런 산책을 하는 동안 하루 종일, 나는 게르망트 공작 부인의 벗이 되어 송어를 낚고 비본 내에서 보트를 타는 기쁨을 꿈꿀 수 있었고, 행복을 열망하는 이러한 순간에는 삶이 항상 행복한 오후의 연속이기만을 바라는 것이었다. 하지만 집으로 돌아오는 길 왼편으로, 서로 가까이 붙은 두 농장과 꽤 멀리 떨어진 곳에 한 농장이 보이고, 그 농장을 지나 콩브레로 돌아오려면 떡갈나무가 늘어선 오솔길을 따라가기만 하면 되며, 그 길 한 편에는 각각 울타리가 쳐진 작은 목초지가 있고, 또 목초지에는 사과나무가 규칙적인 간격으로 심겨 석양빛이 비치면 사과나무의 그림자가 일본풍 데생을 그리는 그런 농장이 보이는 곳까지 이르면 내 가슴은 갑자기 뛰기 시작했다. 나는 이제 삼십 분 후면 집에 도착한다는 것을 알았다. 우리가 게르망트 쪽으로 산책을 하러 가는 날이면 보통은 저녁 식사가 늦어지므로 식사가 끝나자마자 식구들은 방에 가서 자라며 날 내보낼 것이고, 어머니는 손님이 있을 때처럼 식탁에 붙잡혀서는 내 침대로 저녁 인사를 하러 오지 않으리라는 걸 알았다. 내가 이제 막 들어선 이 슬픔의 지대는, 마치 하늘의 분홍빛 띠가 초록빛이나 검정 빛 띠에 갈라지듯 조금 전에 내가 기쁨으로 뛰어 들어갔던 지대와는 너무도 달랐다. 새 한 마리가 분홍빛 하늘 속으로 날아가다 끝에 닿으려는 것이 보인다. 검정 빛에 거의 닿을까 말까 하다 그 안으로 들어간다. 나를 조금 전까지 감싸던 욕망, 게르망트에 가고, 여행을 하고, 행복해지고 싶어 하는 욕망으로부터 지금 나는 너무도 멀리 떨어져 있어서, 설령 그 욕망이 이루어진다 해도 전혀 기쁘지 않았을 것이다. 밤새도록 엄마 품에서 울 수만 있다면 그런 것은 모두 버려도 좋다! 나는 몸을 떨며, 어머니의 얼굴에서 내 불안한 눈길을 떼지 않았다. 어머니의 얼굴이 오늘 저녁 내 방에 나타나지 않으리라는 것을 이미 머릿속으로 보고 있었다. 나는 차라리 죽고 싶었다. 그리고 이러한 상태는 다음 날까지 계속될 것이었다. 그러나 아침 햇살이 내 방 창문까지 올라와서는 금련화로 뒤덮인 벽에 정원사처럼 사다리를 놓으면, 나는 어머니와 떨어져 지내야 하는 저녁이 온다는 사실도 기억하지 못하고 재빨리 침대에서 뛰쳐나와 정원으로 내려갈 것이었다. 이처럼 나는 게르망트 쪽에서 어느 일정 시기 동안 내 마음속에서 연속적으로 일어나는 변화를 구별하는 것을 배웠고, 그 마음 상태들은 우리 몸에서 규칙적으로 발생하는 열처럼, 한쪽이 나타나면 다른 쪽을 쫓아 버리면서 각각의 나날을 공유하는 것이었다. 그 상태들은 가까우면서도 서로의 밖에 있어 소통할 방법이 없으므로, 나는 더 이상 한쪽의 상태에서 내가 욕망하고 두려워하고 성취한 것을, 다른 한쪽에서 이해하기는커녕 그려 볼 수도 없다.

이렇게 메제글리즈 쪽과 게르망트 쪽은 내 삶의 수많은 작은 사건들과 연결되어 있었지만, 우리가 나란히 보내는 여러 다양한 삶 중에서도 가장 변화가 많고 이야깃거리가 풍부한, 지적인 삶과 연결되어 있었다. 물론 이 삶은 우리 안에서 서서히 진행되어, 우리를 위해 의미와 양상을 변화시켜 주고, 우리에게 새로운 길을 열어 주는 진리 발견을 위해 이미 오래전부터 준비해 온 것이고, 또한 우리가 알지 못하는 채로 준비해 온 것이기도 하다. 이러한 진리는 우리 눈에 보이게 된 날에야 비로소 존재하기 시작한다. 풀밭 위에서 놀던 꽃들, 햇빛을 받으며 흘러가던 물, 진리의 출현을 둘러싼 그 모든 풍경의 추억에는 무의식적이고 방심한 표정이 뒤따른다. 물론 그 풍경은 이 보잘것없는 행인, 이 꿈꾸는 소년에 의해 ─ 군중 속에 휩쓸린 회고록 작가가 왕을 바라보듯이 ─ 오랫동안 관조되어 왔지만, 그렇다고 해서 자연의 한 모퉁이, 정원의 한 가장자리가 이 관조자 덕분에 그들의 가장 덧없는 특성 속에서 살아남으리라고는 생각하지 않았을 것이다. 그렇지만 곧 들장미에 자리를 내줄, 울타리를 따라 감도는 산사 꽃 향기나, 오솔길 자갈돌 위에서 들리던 메아리 없는 발자국 소리, 수초에 부딪쳐 이내 사라지는 냇물 거품, 이 모든 것들을 내 열광하는 마음이 품에 안고 많은 세월을 건너뛰게 하는 데 성공했다. 주변 길은 사라졌고, 또 그 길을 밟은 이들이나, 그 길을 밟은 이들에 대한 추억도 사라졌다. 때로는 한 조각 풍경이 오늘날까지도 다른 모든 것으로부터 홀로 떨어져 나와, 내 상념 속에서 꽃이 만발한 델로스 섬*처럼 불확실하게 떠돌아다니지만, 난 그것이 어떤 나라, 어떤 시대에서 ─ 어쩌면 단순히 어떤 꿈

─────────────

* 에게 해에 있는 이 작은 섬은 제우스의 애인이었던 레토가 헤라 여신의 질투를 피해 아폴론을 낳은 곳으로 알려져 있다.

에서 — 왔는지 말할 수 없을 때가 있다. 하지만 나는 메제글리즈 쪽과 게르망트 쪽을, 내 정신적인 토양의 깊은 지층으로, 아직도 내가 기대고 있는 견고한 땅으로 생각하지 않을 수 없다. 그때 나는 사물들을, 존재들을 믿었다. 내가 이 두 길을 돌아다니며 알게 된 사물들이나 존재들만이 아직도 내가 진지하게 생각하고, 아직도 내게 기쁨을 주는 유일한 것이다. 창조에 대한 믿음이 내 마음속에서 고갈된 탓인지, 아니면 현실이란 기억을 통해서만 이루어져서 그런 건지, 오늘 처음으로 내 눈에 보이는 꽃들은 진짜 꽃처럼 보이지 않는다. 라일락, 산사꽃, 수레국화, 개양귀비, 사과나무가 있는 메제글리즈 쪽과, 올챙이가 헤엄치는 냇가와 수련과 금빛 미나리아재비가 있는 게르망트 쪽은 내가 영원히 살고 싶어 하는 고장의 모습이었다. 그곳에서 나는 다른 무엇보다도 낚시를 하러 가고, 카누를 타고, 고딕풍 요새의 유적을 볼 수 있어야 하고, 생탕드레데샹 성당같이 밀밭 한가운데 기념비적인 건초더미 같은 시골풍 황금빛 성당을 발견할 수 있어야 한다고 생각한다. 그리고 지금도 여행을 할 때 들판에서 우연히 수레국화나 산사나무, 사과나무를 보면, 그것들은 내 과거 지평과 같은 깊이에 놓여 있어 즉각적으로 내 마음과 교감한다. 그렇지만 어느 장소에나 고유하고 개별적인 것은 있기 마련이므로, 게르망트 쪽을 다시 한 번 보고자 하는 욕망에 사로잡힐 때 누군가가 나를 비본의 수련만큼이나 아름다운, 혹은 그보다 더 아름다운 수련이 있는 냇가에 데려간다 해도 내 욕망은 충족되지 않았을 것이다. 마치 저녁에 집에 도착했을 때 — 훗날 내가 사랑을 하면서, 사랑과 결코 분리될 수 없는 고뇌가 내 안에서 눈을 뜨는 시간이 될 때 — 내 어머니보다 더 아름답고 더 지적인 분이 저녁 인사를 하러 온다 해도 결코 내가 원하지 않았을 것처럼 말이다. 그렇다, 내가 아무 동요 없이 행복하고 평온하게 잠을 잘 수 있는 데 필요한 것은 어머니였고, 그런 평온함은 훗날 어떤 연인도 내게 줄 수 없었다. 왜냐하면 사람들은 연인을 믿을 때조차도 연인을 의심하며, 다른 속셈이나 다른 의도 없이 오로지 나만을 위한 어머니의 키스 같은, 그렇게 완전하게 연인의 마음을 소유하는 것은 불가능하기 때문이다. 나는 어머니가 나를 향해 얼굴을 기울일 때, 눈 아래 뭔가 흠이 있어도 그것마저 어머니의 한 부분인 듯 사랑했다. 마찬가지로 내가 다시 한 번 보고 싶은 것은, 내가 알았던 게르망트 쪽, 붙어 있는 두 농장으로부터 좀 떨어진 곳의 떡갈나무 오솔길 입구에 있던 농장과, 햇빛이 늪처럼 주위를 반사할 때면 사과나무 잎들의 윤곽이 뚜렷이 드러나던 그 초원과, 이따금 밤의 꿈속에서 그 개별성이 나를 환상적인 힘으로 껴안지만 꿈에서 깨어나면 찾을 수 없었던 그 풍경이다. 메제글리즈 쪽과 게르망트 쪽은 내게 여러 다른 인상들을 동시에 느끼게 했으므로, 아마도 그 인상들은 결코 따로 떼어 놓을 수 없을 정도로 하나가 되어 훗날 내게 많은 환멸을 맛보게 했고, 또 많은 과오를 범하게 했는지도 모른다. 왜냐하면 가끔 어떤 사람이 산사나무의 울타리를 상기하는 것만으로도 난 분별없이 그 사람을 다시 보고 싶어 했고, 또는 여행에 대한 단순한 욕망만으로도 사랑이 되돌아온 걸로 믿고, 또 상대방에게도 그렇게 믿게 했기 때문이다. 그러나 또한 그 때문에 오늘날 내가 받는 인상들 가운데에는 이 두 길과 연결되는 인상들이 언제나 존재하며, 그 인상들에 토대와 깊이를 주어 다른 인상들보다 더 높은 차원을 부여하는 것도 사실이다. 또한 이 두 길은 그 인상들에 대해 나만이 아는 어떤 매력이나 의미를 덧붙인다. 여름날 저녁 잔잔하던 하늘이 갑자기 짐승처럼 으르렁거려 사람들이 이런 폭우를 원망할 때면, 나는 메제글리즈 쪽에 홀로 머무르면서 비 내리는 소리 너머로, 눈에 보이지 않지만 오래 지속되는 라일락 향기를 들이마시며 황홀해한다.

이처럼 나는 아침이 올 때까지 콩브레 시절 잠 못 이루던 슬픈 밤들을, 또한 한 잔의 차 맛에 의해 — 콩브레에서는 '향기'라고 불렀을 — 내가 최근에 그 이미지를 되찾은 많은 나날들을, 또는 작은 마을을 떠난 지 여러 해가 지난 후 추억의 연상을 통해 알게 된, 내가 태어나기 전 스완 씨가 한 사랑에 대해 사람들이 말해 준 것을 회상하며 보냈다. 가장 친한 친구들의 생애보다 몇 세기 전 죽은 사람들의 생애에 대해 보다 정확하고 상세한 정보를 얻을 수 있듯, 나는 스완 씨의 사랑에 대해 아주 정확하게 알게 되었는데, 그것은 한 도시에서 다른 도시로의 통화가 어떤 장치를 통해 이루어졌는지를 알기 전에는 불가능해 보였던 것이다. 이 모든 추억들이 서로 겹치며 하나의 덩어리를 이루었지만, 그렇다고 그 추억들 사이에서 — 가장 오래된 것과 '향기'로 인해 생긴 최근 추억, 그리고 내가 알게 된 다른 사람에 대한 추억 사이에서 — 진정한 균열이나 단층은 아니라고 해도, 적어도 어떤 암석이나 어떤 대리석에서처럼 기원과 나이와 '형성'의 차이를 나타내는 돌의 결이나 색채의 다양함을 구분하지 못하는 것은 아니었다.

아침이 다가오자 잠에서 깨어날 때의 불확실한 상태는 당연히 오래전에 사라졌다. 나는 내가 실제로 어느 방에 있는지를 알았고, 어둠 속에서 단지 기억만으로 방향을 정하거나, 얼핏 눈에 들어온 희미한 빛을 표적 삼아 그 아래 십자형 유리창과 커튼이 있을 거라고 생각하면서 내 주위에 방을 재구성했다. 창과 문이 원래 놓여 있던 모습을 보존하는 건축가나 실내 장식가처럼 나는 방을 완전히 재구성하고 가구를 갖추면서, 거울을 배치하고 옷장을 원래 자리에 갖다 놓았다. 그러나 아침 햇살이 — 내가 햇빛으로 착각했던, 벽난로 속 마지막 장작불이 커튼 구리 봉에 반사한 것이 아닌 — 어둠 속에서 분필로 그리듯 처음으로 하얀 광선을 그려 수정을 시도하자, 창문은 커튼과 더불어 내가 잘못 배치해 놓았던 문틀에서 사라졌으며, 한편 내 기억이 서투르게 놓아둔 책상은 창문에 자리를 내주려고 벽난로를 앞쪽으로 밀어내면서 복도 경계 벽을 허물고 전속력으로 도주했다. 조금 전까지만 해도 화장실이 펼쳐졌던 곳은 작은 안마당이 차지했고, 내가 어둠 속에서 다시 지었던 방은 아침햇살이 손가락을 추켜올려 커튼 위로 그려 넣은 창백한 표시에서 쫓겨나 깨어남의 소용돌이 속에서 어렴풋이 보이는 다른 방들에 합류하였다.

(2권에서 계속)

옮긴이 **김희영**   Kim Hi-young. 한국외국어대학교 프랑스어과를 졸업하고 프랑스 파리 3대학에서 마르셀 프루스트 전공으로 불문학 석사와 박사 학위를 받았다. 서울대 불어불문학과 및 대학원 강사, 하버드대 방문교수와 예일대 연구교수, 한국외국어대학교 서양어대 학장 및 프랑스학회와 한국불어불문학회 회장을 역임했다. 「프루스트 소설의 철학적 독서」, 「프루스트의 은유와 환유」, 「프루스트와 자전적 글쓰기」, 「프루스트와 페미니즘 문학」 등의 논문을 발표했고, 『문학장과 문학권력』(공저)을 썼으며, 롤랑 바르트의 『사랑의 단상』과 『텍스트의 즐거움』, 사르트르의 『벽』과 『구토』, 디드로의 『운명론자 자크와 그의 주인』을 번역 출간했다. 현재 한국외국어대학교 명예 교수로 있다.

잃어버린 시간을 찾아서 1

스완네 집 쪽으로 1

1판 1쇄 펴냄 2012년 9월 5일
1판 46쇄 펴냄 2024년 7월 25일

지은이 마르셀 프루스트
옮긴이 김희영
발행인 박근섭·박상준
펴낸곳 (주)민음사

출판등록 1966. 5. 19. 제16-490호
주소   서울시 강남구 도산대로1길 62(신사동)
         강남출판문화센터 5층(우편번호 06027)
대표전화 02-515-2000 | 팩시밀리 02-515-2007
홈페이지 www.minumsa.com

© 김희영, 2012. Printed in Seoul, Korea

ISBN   978-89-374-8561-9 (04860)
        978-89-374-8560-2 (세트)